KB009224

여왕님
뜻대로

여왕님 뜻대로 1

초판 1쇄 인쇄 2015년 7월 15일
초판 1쇄 발행 2015년 7월 23일

지은이 백묘
발행인 오영배
책임편집 김보나
표지 · 본문 디자인 권지연
제작 조하늬
일러스트 kine

펴낸곳 (주)삼양출판사 · 단글
주소 서울시 강북구 도봉로 173
대표 전화 02-980-2112 **팩스** / 02-983-0660
출판등록 1999년 3월 11일 제9-00046호
블로그 www.blog.naver.com/dan_gul

ISBN 979-11-313-0424-2 (04810) / 979-11-313-0423-5 (세트)

+ (주)삼양출판사 · 단글의 서면 허락 없이는 어떠한 형태나 수단으로도 이 책의 내용을 이용하지 못합니다.
+ 지은이와 협의하에 인지는 생략합니다. 잘못된 책은 구입한 곳에서 바꾸어 드립니다.
+ 이 도서의 국립중앙도서관 출판시도서목록(CIP)은 서지정보유통지원시스템홈페이지(http://seoji.nl.go.kr)와
  국가자료공동목록시스템(http://www.nl.go.kr/kolisnet)에서 이용하실 수 있습니다. (CIP제어번호: 2015018863)

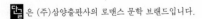 은 (주)삼양출판사의 로맨스 문학 브랜드입니다.

백묘 장편소설
ROMANCE STORY

여왕님 뜻대로

As you like it,
your Majesty

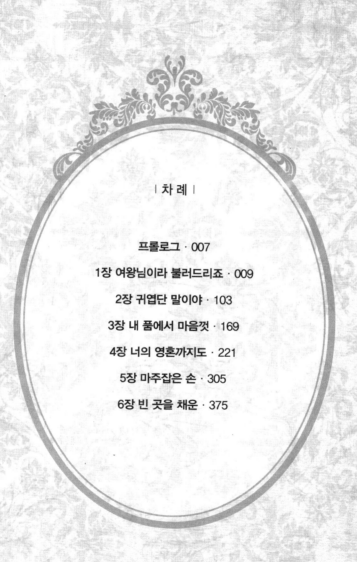

| 차 례 |

프롤로그

아무리 노력해도 지워지지 않는 순간이 있다.

주위를 떠돌던 냄새와 에워싼 공기의 온도, 창문을 타고 들어오는 소음과 미미하게 감도는 불길한 기운.

발을 들여놓는 순간 오감을 자극했던 그 모든 것을, 여전히 또렷하게 기억한다.

1장
여왕님이라 불러드리죠

방 안에 한 남자가 쓰러져 있었다.

컴퓨터는 위잉 소리를 내며 돌아가는 중. 영문으로 된 문서가 모니터를 가득 채웠고, 책상 주위엔 수십 권의 책이 아무렇게나 널려 있었다. 그 책들 사이에, 정장 차림의 한 남자가 엎드린 자세로 쓰러져 있었다.

번쩍—

시체처럼 쓰러져 있던 남자의 눈이 뜨인 것은, 복도식 아파트의 복도를 걸어가는 발걸음 소리가 들려왔을 때였다.

자박. 자박.

사실 그를 자극한 것은 소리가 아니었다. 냄새였다.

닭고기에 살짝 양념된 밀가루를 묻혀, 깨끗한 기름에서 바싹 튀긴 고소하고 진한 냄새. 복도를 가득 채우고도 남아 살짝 열린 창문 안으로 흘러들어오는, 입 안 가득 침을 고이게 하는 냄새.

그랬다.

치킨 냄새였다.

남자는 이제 막 걸음마를 배운 아이처럼 비틀거리며 일어났다.

질질질―

다리를 움직일 힘도 없는 듯, 그는 긴 다리를 끌며 현관문으로 향했다.

달칵―

간신히 현관문을 연 남자의 눈앞에 놀라운 광경이 펼쳐졌다. 보면서도 믿을 수 없다는 듯, 그의 눈이 커졌다. 그는 금방이라도 흩어질 환상을 바라보는 사람처럼 잠시 움직임을 멈춘 채 복도 바닥을 응시했다.

그곳에 있었다.

치킨이.

막 튀긴 듯 아직 김이 솔솔 나는 노릇노릇한 치킨이 한 조각씩 복도에 떨어져 있었다. 헨젤과 그레텔이 과자를 버리고 지나간 듯, 점점이 떨어져 있는 치킨 조각들. 남자는 마치 헨젤과 그레텔의 과자를 쪼아 먹은 참새처럼 치킨 조각을 향해 달려들었다.

쭈그리고 앉아 한 조각씩 입에 밀어 넣고 미처 먹지 못한 것은 품에 끌어안으며, 그는 치킨을 따라 한 걸음씩 앞으로 나아갔다.

그렇게 정신없이 마지막 치킨 조각을 집어 들었을 때.

끼이이익―

1111호의 문이 열렸다.

치킨이 사라졌다.

그걸 깨달은 것은 현관문을 닫고 신발을 막 벗었을 때였다.

좋아하는 작가가 오랜만에 신작을 냈는데, 그 내용이 무척 실망스러웠다. 이해할 수 없는 내용을 이해하려고 노력하면서 걷느라, 들고 있는 봉지의 무게가 달라진 것도 알지 못했다.

아무튼 봉지 안에 가득했던 치킨이 사라졌다.

오랜만에 들린 치킨집에 상자가 똑 떨어졌다. 단골 가게라서 상자를 사용할 것 없이 그냥 봉투에 담아달라고 했는데, 그 봉투에 구멍이 뚫려 있을 줄은 몰랐다. 빈 봉투를 들여다보며, 재인은 깊은 한숨을 내쉬었다.

집에 오자마자 치킨과 맥주로 하루를 마무리할 생각이었는데, 일이 귀찮게 됐다. 길에 흘렸으면 길고양이들의 일용한 양식이 되겠지만, 아파트 안에 흘린 치킨은 일일이 주우러 다녀야만 했다.

'귀찮아.'

라고 생각하며, 재인은 현관문으로 향했다.

끼이이이익―

오래된 아파트라 문이 열릴 때는 거슬리는 소리가 났다. 문틀에 기름칠이라도 해야겠다고 생각하며, 그녀는 치킨을 찾기 위해 고개를 숙였다. 그리고 재인은 그대로 굳었다.

'뭘까?'

가장 먼저 떠오른 생각.

'이건 뭘까?'

치킨이 있었다. 반쯤 열린 문 사이로 보이는 '그것'의 품에.

'대체 이 남잔 뭐지?'

뒤늦게 '그것'이 사람이라는 것을 인지했다.

남자였다. 그것도 값비싸 보이는 정장을 빼입은, 근사한 외모의
남자.

댄디컷이 무척 잘 어울리는 그는 당장이라도 런웨이를 걸어야
할 듯 멋졌다. 하지만 그는 쭈그리고 앉아 있었고, 닭다리 하나를
입에 물고 있었다. 그의 품에는 재인이 떨어뜨린 것이 분명한 치킨
이 소중하게 담겨 있었는데, 그 자태는 마치 알을 품는 어미닭을 연
상케 했다.

정신없이 닭다리를 탐하던 그가 천천히 고개를 들었다. 그와 눈
이 마주쳤다. 짙은 눈썹 아래에 자리 잡은 갸름하고 예쁜 눈매. 그
안에 담긴 눈동자는 검고 반짝거렸다. 반듯한 이마 아래로 날카롭
게 떨어지는 코와 약간 도톰한 입술이 조화로웠다. 종이를 벨 듯
날카로운 턱선과 만지지 않아도 알 수 있을 만큼 부드러워 보이는
피부.

하지만 외모가 어떠하든, 그는 입에 닭다리를 물고 있었다.

'예상치 못한 광경을 목격하는 순간, 온몸의 근육이 경직된다.'라
는 말은 자주 들었다. 하지만 그걸 직접 체험하는 일이 생길 줄은

몰랐다. 정말이지, 예상치 못한 광경이었다.

값비싼 옷을 차려입은 근사한 남자가, 오래된 아파트 복도에 떨어진 치킨을 주워 먹는 모습. 그걸 누가 상상이나 하겠는가. 아니, 그런 건 일부러 상상하고 싶지도 않다.

잘못 봤나 싶어서, 재인은 손등으로 눈을 비볐다.

쓰윽— 쓰윽—

몇 번 문지른 후에 다시 내려다봤지만, 닭다리를 입에 문 남자는 여전히 그곳에 존재했다. 터무니없는 환상 같은 게 아니다. 실제로 눈앞에 있다. 닭다리를 입에 문 잘생긴 남자가.

그냥 잘생긴 남자도 상종할 기분이 아닌데, 닭다리를 입에 문 남자라면 말할 것도 없다. 닭다리 남자(이젠 길게 풀어서 부르기도 귀찮다.) 따위는 무시하는 게 상책이다.

그렇게 판단한 재인은 슬그머니 뒷걸음질을 쳐서 안으로 들어가, 스윽 현관문을 닫았다. 아무것도 보지 못하고, 아무것도 듣지 못했다는 듯이.

닭다리 남자가 벌떡 일어나 문고리를 잡고 흔들까 봐 걱정이 됐지만, 다행히 현관문밖은 고요했다. 재인은 금방 터질 폭탄이라도 안고 있는 심정으로 현관문을 노려보다가, 발소리를 죽이고 거실로 향했다.

'대체 그건 뭐였지?'

소파에 앉아 심호흡을 한 후에야, '그것'에 대해 정리할 여유를 찾았다. 하지만 고민을 한들 답이 나올 리 없다. 이웃 주민이 복도에 치킨이 떨어진 걸 발견해서, 친절한 마음에 치워 줄 수는 있다. 하지만 닭다리 남자의 모양새는 아무리 봐도 친절에서 우러나온 행동은 아니었다.

그 남자는 치킨을 주워서! 먹고! 있었다!

'대체 길바닥에 떨어진 걸 왜 주워서 먹는 거야? 그것도 그렇게 멀쩡하게 차려입고.'

차라리 거지꼴을 하고 있었으면 이해하겠다. 너무 배가 고프면 쓰레기통이라도 뒤지고 싶어지는 법이니까. 하지만 닭다리 남자가 입고 있는 정장은, 명품에 밝지 않은 재인의 눈에도 무척 비싸 보였다. 그 옷만 전당포에 맡겨도 근사한 식사를 몇 끼는 해결할 수 있을 텐데, 바닥에 떨어진 걸 주워 먹는 이유가 뭐란 말인가. 그것도 하나가 아닌, 여러 개를!

8살 때 이후로 타인 때문에 혼란에 빠진 건 처음이다.

8살.

불현듯 떠오른 그 나이가 쓴웃음을 자아냈다.

"네 부모는 말이야."

잊을 수 없는 목소리가 들려오는 통에, 재인은 벌떡 일어났다. 굳이 안 좋은 기억을 끄집어낼 필요는 없다.

재인은 욕실로 향했다. 폐건물처럼 보이는 허름한 아파트지만, 수압은 만족스러웠다.

쏴아아아—

강하게 쏟아지는 뜨거운 물이 잠깐 떠오른 불쾌한 기억도 함께 씻어 냈다. 샤워만 할 생각이었는데 머리까지 감았다. 재인은 젖은 머리에 수건을 두르고 거실로 나와 냉장고로 향했다. 냉장고 안은 캔 맥주로 채워져 있었다. 안주를 할 만한 게 있을까 싶어 찬장을 열어봤지만, 아무것도 없었다. 재인은 맥주 두 캔을 들고 와서 소파에 앉았다.

치익— 캔 맥주를 딸 때 나는 그 소리가, 재인은 좋았다.

'내일은 마트에서 장 좀 봐야겠어.'

라고 생각하며, 캔에 입술을 댔을 때였다.

딩동— 초인종이 울렸다.

반사적으로 시계를 확인한 이유는, 누군가 방문하기 늦은 시간이라는 생각 때문이었다. 밤 12시 20분. 확실히 늦은 시간이다.

'누구지?'

샤워를 하는 동안, 아까 마주한 해괴한 남자를 머릿속에서 지워 버린 터였다. 그 때문에 늦은 시간의 초인종 소리와 닭다리 남자를 연관 지어 생각하지 못했다.

'술 취한 사람인가?'

복도식 아파트였기 때문에, 거하게 취한 사람이 집을 잘못 찾아오는 경우가 왕왕 있었다. 현관문에 달린 외시경으로 밖을 확인했다. 검은색 정장 상의가 보였다.

'설마……!'

그제야 잊고 있던 닭다리 남자가 떠올랐다. 이왕이면 평생 잊은 채로 있고 싶었는데.

딩동— 초인종이 채근하듯 다시 울렸다. 재인은 인상을 찌푸리고 현관문을 노려봤다. 매일 보는 현관문이 낯설게 느껴졌다. 이 문밖에, 그 남자가 있다.

'대체 뭐 하는 인간이야?'

그래, 태평양 같이 넓은 마음으로 아까의 일을 이해한다고 치자. 고급 정장을 입은 남자가 너무너무너무 배가 고파서, 복도에 떨어진 치킨을 주워 먹을 수밖에 없었다. 이해가 안 되지만, 그래도 이해를 해 보자.

하지만 이 상황은 정말이지 이해가 되지 않았다. 복도에 떨어진 걸 주워 먹는 창피한 꼴을 보였으면, 우연이라도 마주치고 싶지 않은 것이 정상적인 사람의 마음이다. 하지만 닭다리 남자는 일부러 재인의 집을 찾아와 초인종을 눌러대고 있었다.

뭘 하고 싶은 걸까?

'설마 그 꼴을 본 내 입을 막으려는 건가?'

극단적인 생각을 할 만큼, 닭다리 남자의 행동은 기이하기 짝이 없었다.

'일단 무시하자. 저러다가 알아서 돌아가겠지.'

재인은 돌아섰다.

"안에 있는 거 다 알고 있습니다."

재인의 행동을 지켜보고 있는 듯, 남자의 목소리가 문틈으로 들어왔다.

"문 여세요."

재인의 눈이 커진 이유는, 놀랐기 때문이 아니라 황당하기 때문이었다. 기가 막혔다. 이 시간에 남의 집에 찾아와서 저렇게 당당하게 문 열 것을 요구하다니. 모르는 사람이 들으면 경찰이 용의자를 잡으러 들이닥친 줄 알겠다.

그래도 재인은 무시하는 걸 선택했다.

"아, 혹시 그게 필요한 겁니까?"

한 걸음 옮기려는데, 남자의 낮고 은밀한 음성이 재인의 발목을 잡았다.

"그래요, 그럴 줄 알았습니다. 필요하다면 해 드려야지요."

그의 목소리가 호기심을 자극했다.

재인은 슬며시 돌아서서 현관문을 응시했다. 뭘 하려는 걸까?

"그럼 허심탄회하게 질문해 보세요."

"뭐?"

느닷없는 제안에 저도 모르게 소리를 내고 말았다. 기다렸다는 듯 남자가 말했다.

"고대로부터 어딘가를 통과하기 위해서는 질문에 대한 답을 해야만 했죠. 유명한 얘기로는 스핑크스를 통과하기 위한 질문이 있었습니다. 아침에는 다리가 몇 개, 저녁에는 몇 개. 그러고 보니 오늘 치킨에 다리가 세 개더군요. 알고 계셨습니까? 닭이 돌연변이가 아닌 이상, 일종의 행운, 복권 당첨과 같은 일이 벌어진 거라고 할 수 있죠. 느낌이 아주 좋습니다."

아니, 내 느낌은 안 좋은데.

재인은 슬슬 걱정이 되기 시작했다. 문밖에 있는 저 남자, 아까도 느꼈지만 역시 정상이 아니다.

올해 정신이상자가 일으킨 사건이 몇 건이더라?

'아니, 이런 걸 생각할 때가 아니지.'

재인은 서둘러 소파로 걸어가, 그 위에 던져놨던 휴대폰을 집어 들었다.

"그 어떤 질문에도 대답할 준비가 되어 있습니다. 뭐든 물어보세요. 근사한 답변을 들려드릴 테니까요."

남자는 여전히 질문 타령을 해댔고, 재인은 망설임 없이 휴대폰의 번호를 눌렀다.

1, 1, 2.

민중의 지팡이 경찰 아저씨들은 10분도 되지 않아 달려왔다. 남자가 주절주절 변명하는 소리와 어딘가로 끌려가는 소리가 들려왔다.

딩동—

"경찰입니다."

재인은 외시경으로 상대를 확인한 후에야 현관문을 열었다. 경찰에게 사정을 설명한 후, 잘 부탁드린다고 말하고 문을 닫았다.

소파에 앉아 캔 맥주를 손에 쥐었다. 맥주는 미지근해져 있었고 김이 다 빠졌다. 맛없는 맥주를 한 모금 삼키며 한숨 돌렸다. '누군가' 때문에 당황하는 건 굉장히 오랜만에 있는 일인 것 같다.

보통 하루의 일과를 마친 후에는 여러 가지 생각을 한다. 과거, 현재, 그리고 미래에 대한 수많은 망상. 하지만 오늘 밤, 재인의 머릿속을 채운 건 딱 하나였다.

닭다리 남자, 두 번 다시 마주치는 일 없기를.

'경찰 생활 10년을 했지만 이런 놈은 처음이다!'

라고, 동래아파트 정신이상자를 붙잡아온 경찰들은 생각했다.

'뭐, 이런 놈이 다 있어?'

10년 경력의 경찰들이 황당해하는 것이 당연했다. 아무리 작은 파출소라도, 일단 잡혀 오면 당황하거나 겁에 질리거나 긴장하는 게 마땅했다. 하지만 파출소에 들어선 남자는,

"호오. 이것이 한국의 경찰서로군요!"

라며 감탄사를 내뱉더니, 갑자기 휴대폰을 꺼내 여기저기 사진을 찍기 시작했다. 적당히 하라고 화를 내고, 윽박지르고, 나중에는 애원까지 했다. 하지만 남자는 자기가 만족할 때까지 사진을 찍다가 갑자기 지친 듯 구석에 있는 긴 의자에 가서 누웠다.

"눕긴 어딜 누워? 일어나서 조서나 작성해!"

경찰 한 명이 의자를 툭 치며 말하자, 남자는 검지를 들어 까딱까딱 움직이며 말했다.

"웨이러미닛."

기가 막힌 표정으로 노려보는 경찰을 뇌두고, 성현은 느긋하게

눈을 감았다. 눈을 감자마자 크고 둥근 연갈색 달이 시야에 맺혔다.
아니, 달이 아니다. 재인의 눈동자였다.

흔들림 없는 연갈색, 아름다운 눈동자.

'유재인.'

특이한 능력이 있다는 얘기는 들었다. 하지만 그렇게나 아름다
운 여자라는 것은 아무도 알려 주지 않았다.

'굉장했어. 그게 바로 진실을 파헤치는 눈이라는 건가?'

과연 티 한 점 없는 그 눈동자를 마주하면, 거짓말을 하기 힘들어
질 것도 같았다. 그때, 손에 쥐고 있던 휴대폰이 진동했다. 성현은
누군지 확인하지도 않고 통화 버튼을 눌렀다.

"응."

[왜 연락이 안 됐던 거야?]

전화를 건 상대가 짜증 섞인 목소리로 물었다.

"휴대폰 배터리가 다 닳았었더라고."

[제때 충전 좀 해. 어려운 일도 아니잖아.]

"어려워. 기계 문명은 사람을 지치게 하지."

[그 기계 문명의 혜택을 가장 제대로 누리고 있는 게 너야, 에디.]

"제대로, 라는 건 상대적이야, 팀. 난 내가 기계 문명의 혜택
을……."

[시끄럽고. 그래서, 유재인은 만나 봤어?]

"아아, 만났지."

성현의 입가에 그 자신도 의식하지 못한 옅은 미소가 번졌다.

[어때? 그 능력, 진짜야?]

"그건 아직 모르겠는데."

[대체 거긴 뭐 하러 간 거야? 벌써 한 달이 지났어. 한 달 동안 그 거 하나 못 알아냈다고?]

"여러 가지로 바빴으니까."

[바쁘다, 는 말 역시 굉장히 상대적이라는 걸 알려 주고 싶네, 에 디. 네놈의 '바쁘다'는 고작해야 방구석을 뒹굴면서 쓸데없는 자괴 감에 몸부림치는 걸 말하는 거겠지. 남들은 그걸 한가하다, 라고 표 현해.]

"쓸데없는 자괴감이라니. 사색의 시간은 원래 인간에게……."

[시끄러. 언제 돌아올 거야? 메리랑 리젤 때문에 정신이 하나도 없어. 특히 메리가 허구한 날 전화해서 널 내놓으라고 닦달한다고.]

친구의 한탄을 들으며, 성현은 재인을 떠올렸다. 희고 작은 얼굴, 커다란 눈과 오뚝한 코, 키스를 하고 싶게 만드는 붉고 도톰한 입 술, 그렇게 사랑스럽게 생겼으면서 아무도 접근하지 못하게 하려는 듯 흘리는 냉기.

그녀는 마치 상처를 입은 새끼 호랑이 같았다.

새끼 호랑이는 귀엽다. 그리고 상처를 입은 작은 짐승은 돌봐 주 고 싶기 마련이다.

"아무래도 시간이 더 걸릴 것 같아. 메리랑 리젤은 네가 적당히 상대해 줘. 그럼 굿나잇."

[적당히 상대하라니! 그 여자들이 적당히 상대한다고……!]

뚝—

성현은 친구의 절규를 무시하고 전화를 끊었다. 그는 한쪽 입꼬리를 올리며 다시 눈을 감았다.

큰 소망은 아니었다고 생각한다. 느닷없이 등장한 정신이상자를 두 번 다시 만나지 않았으면 좋겠다고 생각하는 건, 누구나 품을 수 있는 소박한 바람일 뿐이다.

이른 아침, 재인은 쓰레기장에 쓰레기를 버리고 들어와 올라가기 위해 엘리베이터 버튼을 눌렀다. 누군가 옆에 와서 섰고, 그때까지만 해도 아무 생각이 없었다.

"덕분에 어젯밤에는 좋은 경험을 했습니다."

신기할 정도로 낮고 부드러운 음성이 들려왔을 때에야, 그녀는 고개를 돌려 옆에 선 사람을 확인했다. 그 남자였다. 재인은 소박한 소망마저 산산조각 났음을 깨닫고, 깊은 한숨을 내쉬었다.

"파출소 의자에서 한숨 자는 거, 아무나 할 수 있는 경험이 아니죠. 놀라울 정도로 신선한 경험이었습니다."

오히려 재인이 더 놀라웠다. 이 남자 상태로 봐선 경찰에 한두 번 끌려간 게 아닐 텐데. 의외로 이런 남자를 신고하지 않을 만큼 마음이 넓은 사람들이 많은 모양이다.

"덕분에 제 인생의 다이어리에 추가할 경험이 하나 늘었습니다."

재인은 대답하지 않고 엘리베이터가 1층에 서기를 기다렸다. 마침 1층에 도착한 엘리베이터가 딩— 소리를 내며 열렸다. 하지만 재인은 거기에 탈 수가 없었다.

턱— 남자가 한 팔로 엘리베이터 앞을 가로막은 것이다.

재인은 고개를 들고 남자의 얼굴을 똑바로 노려봤다. 어제는 쭈그리고 앉아 있어서 몰랐는데, 남자는 상당히 키가 컸다.

"뭐 하는 짓이죠?"

재인의 날선 질문에 남자가 빙그레 웃으며 입을 열었다.

"타고 싶으면 내 이름을 물어보세요."

'타고 싶으면 이름을 알려 주세요.'라고 말해도 황당할 텐데, 자기 이름을 물어보라니. 어이가 없어서 대꾸할 말조차 찾을 수가 없었다.

"자, 자. 어려워말고 물어보세요."

말해 주고 싶다. 어려워서가 아니라, 당신 이름 따위 알고 싶지 않아서 안 물어보는 거라고. 하지만 한 번 상대하기 시작하면, 계속해서 부딪힐 것 같았다. 재인은 그의 말에 대꾸하는 대신, 계단을 이용하기로 했다.

휙 돌아서서 계단을 올라가는데 남자가 뒤를 따라왔다.

"그렇군요. 건강이 제일이죠. 계단을 이용함으로써 얻을 수 있는 건강 효과가 대단하다고 들었습니다."

재인은 대답하지 않고 계속 올라갔다. 계단을 올라가면서 말하기엔 체력이 부족했다.

"좋습니다, 좋아요. 계단을 이용한 건강관리 비법을 알려 주셨으니, 보답으로 내 이름을 알려 주는 수밖에 없겠군요."

아니, 필요 없는데.

애초에 보답을 받을 만한 행동도 하지 않았다.

"민성현입니다. 29살, 물병자리. 취미는 독서와 낚시. 특기는 잘생긴 얼굴."

알고 싶지 않은 이름과 더불어 나이와 취미까지 알게 되어 버렸다. 게다가 물병자리라니. 그의 별자리 따위는 궁금하지도 않았지만, 굳이 대꾸하지 않았다. 계속 무시하면 알아서 떨어져 나가겠지.

재인의 오판이었다. 성현은 무한대의 체력을 가졌는지, 11층까지 올라오는 동안 끊임없이 말했고 숨을 헐떡이지도 않았다. 유독 길게 느껴지는 계단을 올라가며, 재인은 알고 싶지 않은 성현의 신상명세에 대해 알게 되었다.

키는 186cm이고, 몸무게는 76kg. 신발 사이즈는 280mm. 물병자리보다는 사자자리이고 싶었다는 이해할 수 없는 소망까지.

11층에 도착했을 때, 쉴 새 없이 말한 성현보다 조용히 올라온 재인이 더 지치고 말았다. 낯선 사람에게 이런 감정을 느끼기도 쉽지 않은데, 재인은 민성현이란 인간이 끔찍이도 싫었다.

숨을 몰아쉬는 재인을 보며, 성현이 하하 웃었다.

"이거, 이거. 유재인 씨는 체력 관리 좀 하셔야겠습니다."

턱—

자신의 이름을 듣자마자, 재인은 손바닥으로 그의 가슴을 쳤다. 그의 단단한 가슴에 손바닥을 댄 채, 재인은 그를 노려봤다.

"하아…… 하아……."

내 이름을 어떻게 아는 거냐고 물어보려 했는데, 숨이 차서 말이 나오지 않았다. 억지로 숨을 삼키고 말하려다가,

"콜록, 콜록."

사레가 들리고 말았다. 숨을 몰아쉬며 새된 기침까지 하게 되자 고통스러웠다. 폐가 쥐어뜯는 듯 아파 왔다. 그때였다.

토닥. 토닥.

그가 재인의 등을 가볍게 두드려 주기 시작했다.

"자, 긴장하지 말고 천천히 호흡하세요, 천천히."

그의 손길은 다정했다.

"그래요. 압니다. 알고말고요."

뭘 안다는 걸까?

고통스러운 와중에도 궁금했다.

"그렇겠죠. 잘난 얼굴을 앞에 두면 긴장되고, 그러다 보니 사레도 들리고. 그런 마음, 모르는 건 아닙니다."

누가 이 남자 좀 어떻게 해 줬으면 좋겠다.

"하지만 유재인 씨. 나도 결국은 똑같은 인간일 뿐입니다. 유재인 씨와 다를 게 없어요. 그러니까 그렇게까지 긴장하지 않아도 됩니다. 아니면……."

스윽—

턱—

그가 갑자기 재인의 어깨를 살며시 밀었다. 그의 힘에 떠밀려 벽에 등이 닿았다. 그는 재인의 얼굴 양쪽 벽에 손을 짚고 그녀를 내

려다봤다. 기침이 한풀 가신 재인은 눈을 크게 뜨고 그의 얼굴을 올려다봤다.

"그 마음에 화답하여."

그의 얼굴이 서서히 가까워졌다. 그때까지만 해도 재인은 그가 뭘 하려는지 짐작조차 할 수 없었다. 그래서 멍하니 그를 응시했다. 코끝이 닿고 숨결이 섞였다.

"입맞춤이라도."

입술이 닿을락 말락 가까웠다. 아직 닿지도 않았는데, 그 입술의 온도가 느껴질 만큼.

"해드릴까요?"

팟—

그제야 정신을 차린 재인이, 양손으로 거세게 그의 가슴을 떠밀었다. 그는 쉽게 떨어져 나가 재인을 내려다보며 빙그레 웃었다. 이런 상황에서도 그의 미소가 무척 근사하다는 생각이 들어, 재인은 아랫입술을 질근 깨물었다.

"수줍어하실 것 없습니다."

수줍다니.

이 남자는 단어 선택이 이상하다. 느닷없이 입맞춤을 하려고 하는 남자에게 느끼는 감정이 분노일 거라고는 생각 안 하는 걸까?

"당신."

하지만 재인은 자신이 동요했다는 것을 들키고 싶지 않았다.

"내 이름을 어떻게 아는 거지?"

그래서 키스할 뻔했던 상황은 없었던 일로 여기기로 했다.

"글쎄요."

그가 중얼거렸다.

"어떻게 아는 걸까요?"

"내가 먼저 물었어. 내 질문에 똑바로 대답해."

뭐가 재미있는 건지, 성현이 작게 웃었다.

"그래요. 거기에 관해서라면 여러 가지 대답을 드릴 수 있겠군요."

그가 검지를 하나 펼쳤다.

"첫 번째. 원래 알고 있었다."

중지를 펼쳤다.

"두 번째. 우편함을 뒤져서 알아냈다. 오, 이걸로 브이(V) 자가 그려졌군요."

재인이 대답 없이 노려보자 그가 약지를 펼쳤다.

"세 번째. 사람의 마음을 읽는다."

그는 손가락 세 개를 펼치고 재인을 지그시 응시했다. 재인이 그 중 하나를 고르길 기다리는 것 같았다. 하지만 재인은 그의 바람대로 움직여 줄 생각이 없었다. 아마도 우편함을 뒤졌을 것이다.

민성현이란 남자는 정신이상자인 것도 모자라서 스토커이기도 한 모양이다. 말없이 휴대폰을 꺼내 112를 누르려는데, 그의 커다란 손이 재인의 손을 잡았다.

"파출소 경험은 한 번으로 족한 것 같습니다, 유재인 씨."

"내 이름 부르지 마, 이 미친 인류야."

그가 씩 웃었다.

"그래요. 그럼 여왕님이라 불러드리죠."

대체 왜!

울컥, 짜증이 치밀어 올랐다. 하마터면 소리를 지를 뻔했다. 그게 재인을 당혹스럽게 만들었다.

타인에게 이해받을 수 없다는 것을 알기에, 높고 견고한 벽을 쌓았다. 재인의 세계는 벽 안에만 있었기 때문에, 벽 밖의 사람들이 그 무슨 짓을 하든 휘둘리지 않을 수 있었다. 그들이 아무리 조롱하고 경멸하고 욕해도, 어차피 세계 밖의 사람들일 뿐이니까.

민성현이란 미친 인류도 분명 벽 밖의 사람이고, 심지어 알게 된 지 24시간도 지나지 않았다. 그런데 처음으로 재인에게서 감정을 이끌어냈다.

이런 건 위험하다. 누군가 벽을 부수는 일이 있어서는 안 된다.

재인은 성현의 얼굴에서 눈을 떼고 복도를 걸어갔다.

"정신이상자를 이해하려고 해선 안 돼. 이해를 하는 순간,
자네들도 정신이상자가 되는 거야."

언젠가 교수가 했던 말이 떠올랐다. 그래, 민성현이란 남자를 이해하려고도, 알려고도 하지 않는 게 좋겠다. 방금 전의 짜증은 아마도 '저런 걸' 처음 접하기 때문에 생긴 감정의 일렁임일 것이다.

"사실 난 굉장히 충격을 받았습니다. 상처를 받았다고 표현하는

게 맞겠네요."

성현이 재인의 뒤를 따라오며 말했다. 상대하고 싶지 않지만 무엇에 상처를 받았는지 궁금해졌다. 성현은 사람의 호기심을 자극하는 음성을 자유자재로 구사해냈다.

"전에 한국 드라마를 봤을 때, 경찰서에서 용의자에게 국밥을 대접해 주는 걸 봤거든요. 그런데 아무것도 주지 않더란 말입니다. 현실과의 괴리감, 이라는 표현을 이럴 때 사용하는 걸까요?"

괜히 궁금해했다.

"그래서 말입니다."

유독 길게 느껴지는 복도를 걸어 1111호 앞에 섰는데, 성현이 그 앞을 막아서며 말했다.

"여왕님이 대신 국밥 좀 대접해 주지 않으시겠습니까?"

부드럽게 제안하는 그를 지그시 응시하며, 재인은 주머니 속의 휴대폰을 꾹꾹 눌렀다.

1, 1, 2.

의자에 비스듬히 앉아 수업을 들으며, 몇 시간 전의 일을 떠올렸다. 경찰을 불렀더니, 어젯밤에 왔던 두 명의 경찰이 와서 지긋지긋하다는 표정으로 성현의 양쪽 팔에 팔을 끼워 넣었다. 성현은 딱히 반항하지 않았지만, 재인을 지그시 응시하며 말했다.

"이런 식으로 날 보내버리면 후회할 텐데요, 여왕님."

경찰들이 어쩌냐는 표정으로 재인을 쳐다봤고, 재인은 대답했다.

"부탁드립니다. 제 우편물까지 뒤졌더라고요."

"분명 후회할 겁니다, 여왕님. 내 주옥같은······."

"시끄러, 이 자식아! 할 짓이 없어서 우편물을 뒤져? 거기다 여왕은 또 뭔 놈의 여왕이야?"

거칠어 보이는 경찰 한 명이 성현의 말을 끊으며 윽박질렀고, 성현은 그대로 끌려갔다.

'내가 왜 그 인간 생각을 하고 있는 거지?'

퍼뜩 정신을 차리고 생각을 지웠다. 정신을 단단히 붙들고 있어야겠다. 생각이 또 그 이상한 남자에게로 향하기 전에.

교수는 한창 분노이론에 대해 설명하고 있었다.

분노.

그건 재인과 거리가 먼 단어였다.

8살 때 이후, 분노라는 감정을 잃었다. 아무리 화를 내고 소리를 쳐도, 변하는 것은 아무것도 없다는 것을 알게 되었기 때문이다.

풀썩―

옆자리에 누군가 앉는 소리가 들렸다. 희미하게 풍겨오는 담배 냄새. 재인은 돌아보지 않고도 누군지 알 수 있었다. 류한선일 것이다. 몇 달 전부터 징그러울 정도로 재인을 따라다니는 귀찮은 형사.

부스럭― 부스럭―

그는 재인이 돌아봐 주기를 바라는 듯 부산스럽게 움직였다. 재인은 속으로 한숨을 삼키며 수업에 집중하기 위해 애썼다. 끝까지 모르는 척했더니, 그는 포기한 듯 책상에 엎드렸다. 쉬는 시간이 될 때까지 한숨 자려는 모양이다.

그때, 강의실 앞문이 열리며 조교가 머뭇머뭇 들어왔다. 교수가 잠시 강의를 멈추고 조교를 돌아보자, 조교가 교수의 귀에 뭐라고 속삭였다. 교수는 얼굴을 잔뜩 구기고 조교에게 무어라 지시를 내렸고, 조교는 심각한 표정으로 강의실에서 나갔다.

'무슨 일이지?'

최 교수가 수업 중간에 경찰의 도움을 요청 받아 불려가는 일은 왕왕 있었다. 하지만 저렇게 심각한 표정을 짓는 건 처음 있는 일이다. 큰 사건이라도 벌어진 건가 싶었는데, 교수는 다시 수업을 진행했다.

교수의 표정이 굳은 이유는, 수업이 끝날 무렵에 알게 되었다.

"오늘 오후 특강 말이야. 좀 늦어질 것 같아. 강사가 일이 생겨서 30분쯤 늦는다고 하네. 그때까지 점심들 먹고, 천천히 강의실로 오도록 하게."

이번 특강 강사는 현장 경험이 많은 프로파일러라고 들었다. 아마도 그 사람에게 문제가 생긴 모양이다. 교수가 나가자마자 엎드려 있던 한선이 상체를 일으키고 재인을 돌아보며 웃었다. 재인은 그의 미소에 화답해 주지 않고 무표정하게 물었다.

"왜 또 왔어요?"

"우리 서울지방경찰청의 귀하신 인재가 오늘도 건강은 하신지, 다친 곳은 없으신지 확인하러 왔다. 진짜 부지런하지 않냐?"

"어제 좋았던 건강이 하루아침에 나빠질 리는 없잖아요. 일일이

체크할 필요 없어요. 그리고 류 형사님, 바쁘지 않으세요?"

"바쁘다니! 서울 시내에서 한가하기로 따지자면 나만큼 한가한 사람이 없다고!"

"류 형사님 주머니 속의 휴대폰은 아까부터 계속 울리고 있는데요."

"아, 이건 알람."

한선이 주머니를 툭툭 치며 별일 아니라는 듯 말했다.

그럴 리가. 지금쯤 강력계에선,

"야, 류한선 그 또라이 자식 또 어디 갔어?"

"그 꼴통이 갑자기 사라지는 게 하루이틀 일입니까?"

"아오, 이 시키는 왜 전화도 안 받아?"

따위의 고성이 오가고 있을 게 분명하지만, 재인은 거기까지 신경 쓰지 않기로 했다.

"배고프다. 인느님, 배 안 고파?"

언제부턴가 자꾸 재인아, 재인아, 불러대기에,

"제 이름 막 부르지 좀 마세요."

라고 말했더니, '인느님'이라고 부르기 시작했다. 사람의 마음을 읽는 능력을 가졌으니, '느님'을 붙이기에 손색이 없다나?

문득 '여왕님'이라고 부르던 성현이 떠올라서 불쾌해졌다.

"안 고픕니다. 배고프면 나가서 뭐라도 사드시고, 경찰청으로 돌아가세요."

"가 봐야 할 일도 없어."

"그러니까 그 휴대폰 아까부터 계속 울리고 있다고요."

"그러니까 이거 알람이라고. 걱정 말고 같이 땡땡이나 치자고."

"같이 땡땡이, 가 아니겠죠. 류 형사님은 이 수업을 수강하는 학생도 아니잖아요."

"난 어릴 때부터 배움에 대한 욕심이 있었지."

"거짓말."

"역시 인느님. 단번에 내 거짓말을 간파하다니."

"그런 거짓말은 누구라도 간파할 겁니다. 아무튼 전 수업 들을 거고, 류 형사님이랑 같이 점심을 먹을 생각도 없어요. 가서 할 일이나 하시죠."

"할 일이 없다니까. 서울이 얼마나 안전한 도시인데."

한선이 건성으로 대꾸하며 의자에 등을 기대고 다리를 쭉 폈다. 재인이 무슨 말을 해도 이곳에 버티고 있겠다는 의지를 드러내는 행동이었다.

"아무튼 난 책 읽을 겁니다."

재인은 가방에서 두꺼운 책을 한 권 꺼내며 말했다. 에드윈 컴버배치의 첫 작품이었다.

"나랑 안 놀아 주겠다고? 일 다 팽개치고 놀러왔는데? 너, 그렇게 매정한 여자였냐?"

"일 없다면서요?"

"아, 그래. 일이 없긴 하지. 아, 한가롭다, 한가로워."

자기가 내뱉은 말이 있어서인지, 한선은 더 이상 재인을 괴롭히지 않았다. 다른 학생들은 점심을 먹으려고 다들 나갔기 때문에, 강의실은 조용했다. 재인은 고요함을 즐기며 책을 펼쳤다.

독서에 몰입하다보니 시간이 훌쩍 지나갔다. 학생들이 돌아오기 시작했고, 삼삼오오 모여서 수다를 떠는 통에 시끄러워졌다. 하지만 재인은 한선이 옆에 앉아 말을 걸 때까지, 활자에서 눈을 떼지 않고 있었다.

"이거라도 먹어라."

책상 위로 포장된 샌드위치와 우유가 쓱 올라왔다. 재인은 가볍게 한숨을 내쉬며 책을 덮었다.

"안 먹겠다는 말은 하지 마. 넌 너무 말랐어. 그러다 쓰러진다."

"안 쓰러져요."

"한 번 말하면 좀 들어, 인마."

한선이 짐짓 심각하게 인상을 찌푸리며 말했다. 짙은 눈썹이 휘어지자 그의 남자다운 얼굴이 더 강하게 보였다. 재인은 가볍게 한숨을 내쉬며 고개를 끄덕였다.

"일단은 사다 준 거니까 잘 먹을게요. 감사합니다."

"그래, 많이 먹어. 많이 먹고 살 좀 쪄야지."

한선이 언제 인상을 찌푸렸냐는 듯 환하게 웃었다. 한선이 웃을 때면 눈초리가 아래로 내려가서 평소의 강인한 느낌이 사라진다. 주인을 보고 반기는 강아지 같다고 생각하며, 재인은 샌드위치를 집어 들었다.

찌익— 샌드위치 포장지를 뜯는데, 조교가 들어왔다.

"어…… 강사님이 좀 더 늦으신다고 합니다. 10분만 더 기다려 주세요."

그렇게 말하는 조교의 얼굴에도 난처한 기색이 역력했다.

"강사한테 뭔 일 생겼나?"

"서울은 안전한 도시라면서요?"

"인느님, 네 문제가 뭔지 알아?"

"별로 알고 싶지도 않네요."

"아니, 그래도 알려 줘야겠다. 넌 기억력이 너무 좋아."

"흐응."

재인은 건성으로 고개를 끄덕거리며 샌드위치를 먹었다. 책을 읽느라 몰랐는데 배가 고프긴 했나 보다. 샌드위치의 빵은 촉촉하고, 안에 든 베이컨은 푸짐했다.

벌컥―

또다시 강의실 앞문이 열린 것은, 재인이 샌드위치와 우유를 말끔히 먹어치웠을 때였다. 재인은 포장지를 접느라, 안으로 들어온 사람을 보지 못했다.

긴 다리를 움직여 성큼성큼 안으로 들어온 '강사'는, 모두의 주목을 받는 것이 익숙한 듯 여유로운 미소를 짓고 있었다.

"웬일이야."

"누구지?"

"와, 대박. 와아…… 모델 같아."

"진짜 잘생겼다."

여기저기서 감탄사가 터져 나왔다.

"히야. 진짜 잘생겼네. 저건 뭔데 저렇게 잘생긴 거지?"

옆에 앉아 있던 한선조차 탄성을 내뱉었다. 그때까지도 재인은 별 관심을 주지 않고 포장지를 마저 접었다.

"옆집에 사는 여왕님이 말입니다!"

하지만 강사가 입을 열었을 때, 재인은 더 이상 여유를 부릴 수가 없었다.

번쩍―

고개를 들었다.

그와 동시에 그 남자가 시야 안으로 확 밀려들어왔다.

고급 정장, 왁스로 멋을 낸 헤어스타일, 반듯한 이마에서부터 뚝 떨어지는 날카로운 콧날, 아몬드 형의 예쁜 눈과 붉은 입술.

"미친 인류……."

꿈인 줄 알았다. 혹은 환상이라도 좋았다. 이것이 현실이 아니기를 바랐다. 저 미친 인류가 대학교까지 찾아오는 일이 벌어졌다는 사실을 믿고 싶지 않았다.

그래, 꿈일 거야. 환각일 거야. 내가 미쳐가고 있나 봐. 벌써 정신 이상자에게 물든 게 분명해. 그렇게 현실부정을 하고 있는데, 그가 말을 이었다.

"어찌나 마음이 태평양처럼 넓으신지, 경찰서 구경할 기회를 두 번이나 주시지 뭡니까. 사람이 태어나서 경찰에 끌려가는 경험을 몇 번이나 해 보겠습니까. 한 번, 두 번?"

손가락을 하나씩 올리며 말하던 그가 씩 웃었다.

"브이 자가 되었군요. 아무튼, 세 번? 오, 이건 닭발 같은데요."

펼쳐진 자기 손가락 세 개를 신기하다는 듯 쳐다보는 그의 모습에, 다들 벌어진 입을 다물지 못했다. 처음에 입이 벌어진 이유가 그의 놀라운 잘생김 때문이라면, 지금 입이 벌어진 이유는 그의 기묘한 행동 때문이리라.

"아무튼 여왕님 덕분에 경찰에 끌려가는 행운을 두 번이나 얻어서, 이 가슴이 뜨겁습니다. 그래요, 아주 뜨겁지요."

왼쪽 가슴에 손을 올린 그는 정말로 감격한 듯 보였다.

"뭐야, 저 미친놈은?"

한선이 중얼거렸다. 재인은 말해 주고 싶었다. 저 정도는 약과라고. 지금 저 모습은 오히려 정상에 가까운 거라고.

손을 내리고 똑바로 선 그는 강의실 안을 쭉 둘러봤다. 한 명, 한 명, 뚫어져라 응시하던 그의 눈동자가 재인에게서 멈췄다.

눈이 마주쳤다. 여전히 까맣고 맑은 눈동자.

그 순간 재인은, 진공 상태의 공간에 빨려 들어가는 듯한 느낌을 받았다.

꿀꺽. 마른침을 삼키는데, 그가 재인에게 시선을 고정한 채 입을 열었다.

"반갑습니다, D대 범죄심리학과 대학원생 여러분. 범죄심리분석관 민성현입니다."

저 남자가 특강 강사였다고? 믿을 수 없는 말이었다.

'아닐 거야. 분명 진짜 강사를 제거하고 자기가 강사인 척 위장하고 들어온 걸 거야.'

현실을 부정하고 싶어서 바보 같은 생각까지 했다.

'그래, 분명 저 인간이 무슨 짓을 저지른 거야. 경찰에 신고를 해야 돼.'

뒤늦게 들어온 최 교수가 성현의 어깨에 친근하게 손을 얹는 걸 보지 못했다면, 재인은 경찰에 세 번째 신고를 했을 것이다.

"미국에서 활발하게 활동하다가 내 부탁을 받고 건너온 친구야. 여러 가지로 배울 게 많을 테니, 강의 잘들 듣고 리포트는 특강 시즌 끝날 때 한 번에 내도록 해. 잘 부탁할게, 민 교수."

최 교수는 재인에게 큰 충격을 안겨 주고 강의실에서 나갔다. 재인은 특강이고 뭐고 도망치고 싶어졌고, 도망치기로 결심했다. 조용히 가방을 챙기는데, 저벅저벅, 성현이 재인의 옆으로 걸어왔다.

"안 되지요, 유재인 씨."

단둘이 있을 때와는 사뭇 다른 무게감 있는 목소리였다. 재인은 눈만 들어 성현을 올려다봤다.

"내가 말했잖습니까, 후회할 거라고."

분명 그 말을 하기는 했다. 하지만 이런 식일 줄은 몰랐다.

"그 순간의 선택 때문에, 내 주옥같은 명강의를 40분이나 놓쳤습니다. 그건 전부 유재인 씨 탓이에요."

아니, 명강의를 놓친 부분은 조금도 후회되지 않는다. 이럴 줄 알았으면 모함을 해서라도 경찰서에 더 붙들려 있게 할 걸 그랬다. 스토커가 아니라 테러로 신고할걸.

"이제 내 강의를 들을 시간은 1시간 20분 남짓. 물론 내일이 있긴 하지만, 내일은 오늘과 또 다를 겁니다. 집중하세요, 유재인 씨."

성현이 재인의 책상을 가볍게 톡톡 두드리고 빙글 몸을 돌렸다. 재인은 이를 악물고 비명이 나오려는 걸 참았다.

"저 미친놈, 아는 미친놈이냐?"

성현이 다가올 때부터 맹수 같은 눈으로 그를 노려보던 한선이 낮은 음성으로 물었다. 재인은 잠시 한선의 존재를 잊고 있었다.

"아니, 전혀요."

"거짓말."

한선의 눈은 여전히 성현에게 고정되어 있었다. 재인은 한선이 당장이라도 뛰어나가 성현의 목덜미를 물어뜯을지도 모른다고 생각했다. 그렇다면 이번만큼은 한선을 응원해 줘야지.

"도대체 저놈은 어떤……."

"여러분은 나한테 묻고 싶은 게 많을 겁니다."

한선이 다시 재인에게 성현에 대해 물어보려는데, 앞으로 돌아간 성현이 말했다.

"강의를 시작하기 전에 가볍게 대답해드리겠습니다."

아무도 질문하지 않았고, 사실 성현이 질문할 시간을 주지도 않았다. 말을 마치자마자 자기 혼자 '대답'을 하기 시작한 것이다.

"나이는 29살에 물병자리, 미국에 건너간 건 5살 때. 어릴 때부터 이 잘난 얼굴 덕에 여러 가지 제안을 받았지만, 내가 꼭 하고 싶은 건 바로 탐정! 하지만 알게 되었죠. 탐정이라는 건 이름만 그럴 싸할 뿐, 돈 벌기 힘든 직업이라는 걸. 그래서 7살 때 꿈을 포기하고 다른 길을 찾기 시작했습니다."

너무 빨리 포기한 거 아냐?

"다른 길……이라고 하니 떠오르는 기억이 하나 있네요. 낚시를 갔다가 길을 잃은 적이 있는데……."

성현은 30분 동안 자신의 개인사에 대해 끊임없이 떠들어 댔다. 남자 얼굴 밝히는 몇몇 여학생들조차도 진저리를 칠 무렵, 성현이 말했다.

"아, 애인에 대해서는 말해 줄 수 없습니다. 이런 개인적인 부분은 아무 데서나 떠들어낼 수가 없으니까요."

자기 집 냉장고에 들어 있는 물병 개수까지 말했으면서, 남자는 이상한 부분에서 말을 아꼈다.

재인은 황당했고, 그 순간만큼은 강의실 안의 다른 학생들도 마찬가지감정이라는 것을 알 수 있었다. 한 번도 타인과 같은 감정을 공유한 적이 없는 것 같은데, 이번만큼은 명확하게 공유하고 있다.

저 미친 인류.

"굉장해."

조용히 앉아 있던 한선이 중얼거렸다.

"심문도 하지 않았는데, 저놈에 대한 모든 것을 알게 됐어."

그래, 놀라울 만도 하겠지. 이제 막 이름을 튼 상대의 속옷 취향까지 알게 되었으니까.

꼭 공부하고 싶은 학문이라서 어렵게 대학을 마치고 대학원을 다니기 시작했다. 그래서 다들 지루해하는 수업조차도 재인에게는 그저 즐겁기만 했다.

대학원에 다닌 지 거의 2년째. 재인은 처음으로 생각했다.

'아, 집에 가고 싶다.'

성현의 강의 1시간 20분 중, 남은 50분은 의외로 평범했다. 아니, 평범함을 넘어서 멋진 강의였다.

그는 자기가 참여했던 한 사건을 예로 들며, 한 남성이 성범죄자가 되기까지의 과정을 유려하게 설명했다.

성현은 목소리를 높일 때와 낮출 때를 알고 있었다. 그의 음성은 수강을 하는 학생들을 강렬하게 끌어당겼고, 몰입하게 만들었다.

한 마디로 그는 카리스마 있는 강사였다.

성현의 평범한 모습이 재인에게는 놀랍기만 했다. 성현을 알게 된 지 24시간도 되지 않은 상황에서 그를 판단하는 건 바보 같은 짓이라는 것을 안다. 하지만 지난 몇 시간 동안 그가 보인 기이한 행각은, 그를 정신이상자로 분류하게끔 만들기 충분했다.

그리고 지금 성현은 놀랍도록 평범하다.

불현듯 '폭풍전야'라는 말이 떠올랐다. 혹시 저 평범함은 누구도 따라잡을 수 없는 '이상행동' 직전의 고요함인 것이 아닐까?

그렇게 생각하자 오싹, 팔뚝에 소름이 돋았다.

재인은 강의가 끝나자마자 벌떡 일어났다.

"내일 특강은 늦지 않도록 하겠습니다. 조심해서들 가세요."

소름 끼치도록 평범한 성현의 끝인사가 등 뒤를 따라왔지만, 그녀는 돌아보지 않았다. 어쩐지 성현이 따라와 아는 척을 할 것 같아서, 서둘러 이 자리를 피할 생각뿐이었다.

"뭐가 그렇게 급해?"

뒤에서 들려오는 한선의 음성에 움찔했다. 성현인 줄 알았기 때문이다.

'하긴. 일단은 교수니까 대학에서까지 이상한 짓을 하진 않겠지.'

성현이 느닷없는 등장에 너무 예민해졌던 것 같다. 11월의 차가운 바람이 옷 속으로 파고들어왔다. 재인은 그제야 추위를 느끼며 점퍼를 여몄다. 한선이 당연하다는 듯 그녀의 옆에 서며 말했다.

"인느님, 오늘 저녁 예정 없지? 고기나 먹으러 갈까?"

"저야 예정이 없지만, 류 형사님은 바쁘지 않나요?"

"말했잖아, 서울은 안전해서 할 일이 없다고."

"그렇군요. 오늘 아침 신문에서 읽은 취객 폭행 사건과 강도 살인 사건은 '서울'이란 이름의 다른 도시에서 일어난 일인 모양이군요."

"하하하. 인느님, 네 문제가 뭔지 알아?"

"아까도 말했다시피, 그다지 알고 싶지 않은데요."

"넌 말이야."

한선이 거기까지 말했을 때였다. 맞은편에서 눈에 익은 중년의 남자가 달려오고 있었다. 각진 얼굴에 눈썹이 진해서 안 그래도 험상궂은 얼굴이 무시무시하게 일그러져 있었다. 한선의 파트너이자 선배 형사인 이주학이었다.

"헉!"

그를 본 한선이 숨을 삼키며 걸음을 멈췄다. 주학도 한선을 발견했다.

"너, 이 새끼!"

대학 교정에 거친 목소리가 쩌렁쩌렁 울려 퍼졌다. 학생들이 깜짝 놀라 이쪽을 돌아봤다.

"류한선, 너 이 새끼! 거기서 꼼짝 마!"

주학은 범죄자를 상대할 때보다 과격하게 외쳤다. 아마도 이 광경을 보는 학생들 중 대부분은 한선이 천인공노할 범죄자라고 여길 것이다.

게다가 한선도 수상쩍게 행동했다. 파랗게 질린 얼굴로 주학을 바라보다가 황급히 돌아선 것이다.

급하게 돌아서던 한선의 어깨와 재인의 어깨가 세게 부딪쳤다. 무심히 서 있다가 단단한 몸과 부딪친 재인은 그 힘을 이기지 못하고 휘청거렸다. 상체가 뒤로 넘어갔다.

'넘어지겠네.'

재인은 자세를 바로하기 위해 허우적거리는 시도조차 하지 않았다. 넘어졌을 땐 다시 일어나면 그만이다.

풀썩―

하지만 재인의 예상과 달리 몸에 고통이 느껴지지 않았다. 기우뚱, 뒤로 넘어가던 몸이 단단하면서도 부드러운 것에 닿았다. 그것이 무엇인지 생각해볼 틈도 없이, 긴 팔이 앞으로 나와 재인을 꼭 끌어안았다.

"이런, 이런. 여왕님이 알아서 내 품으로 들어와 주다니."

머리 위에서 나직한 음성이 들려왔다.

"이거, 굉장히 기쁜데?"

성현이었다.

불의의 사고 때문에 일어난 상황이기는 하지만, 누군가가 뒤에서 이런 식으로 안아주는 건 처음이었다. 등에 닿은 그의 가슴과 재인의 양쪽 팔을 다 감싸 안은 그의 두 팔은 견고하면서도 따뜻했다.

그래서 재인은 몸을 바로 세워야 한다는 생각도 하지 못하고, 잠시 그대로 멈춰 있었다. 둘 다 두꺼운 겉옷을 입고 있는데도 그의 체온이 점퍼 너머로 전해졌다.

"여왕님."

그의 숨결이 정수리에 느껴졌다.

오늘 아침 입술이 닿을 뻔했던 상황이 떠올라 움찔, 몸을 떨었다. 그는 긴장하는 재인이 귀여운 듯 작게 웃었다. 그 바람에 그의 숨결이 더 강하게 재인의 머리카락 속으로 파고들어왔다.

"엄청 작다. 한 품에 쏙 들어오네."

그의 낮은 음성이 부드럽게 흘러내렸다.

"야, 이 자식! 너 뭐야?"

둘의 모습을 보고 도주를 멈춘 한선이 외쳤다. 재인은 퍼뜩 정신을 차렸다.

'내가 지금 뭘 하고 있는 거지?

마법에서 풀려난 듯한 기분이었다. 저도 모르게 성현의 품에 안겨 있는 것을 즐기고 있었다.

즐기다니. 정상적인 남자의 품도 싫은데, 미친 인류의 품에서 기분 좋다는 생각을 하고 있었다니. 말도 안 된다.

"너야말로 뭐야, 이 자식아!"

빠악—

어느새 도착한 주학이 화낼 준비를 하는 한선의 뒤통수를 후려쳤다.

"으아! 아프잖아요, 선배!"

"이게 어디서 눈을 부라려? 너 이 새끼, 어제도 땡땡이치더니 오늘도 또 땡땡이를 쳐? 네가 질풍노도의 청소년인 줄 알아? 사건이 생겼으니까 당장 따라와!"

"잠깐만 좀 있어 봐요, 선배. 이 자식, 수갑 좀 채우고요."

"개똥 쌈 싸먹는 소리하고 자빠졌네! 나야말로 네놈한테 족쇄를 채워두고 싶다, 이 자식아!"

"아, 선배! 드러운 소리 좀 하지 맙시다! 먹을 게 널렸는데 왜 굳이 개똥을 쌈 싸먹어요? 요새 살림이 많이 어려워요? 아아악! 귀 잡아당기지 마요!"

"됐으니까 따라와! 재인아, 늘 미안하다. 다음에 이놈이 또 찾아오면 경찰에 신고해라."

"야, 너! 떨어져! 인느님한테서 떨어지라고, 이 잘생긴 미친놈아!"

주학이 재인에게 말하는데, 한선이 성현을 노려보며 외쳤다.

"넌 좀 닥치고 따라와!"

주학은 대학 교정에서 끌어안고 있는 남녀에게는 큰 관심이 없는 듯, 시끄럽게 구는 한선의 귀를 잡아당겼다. 주학에게 끌려가면서도 한선은 몇 번이나 뒤를 돌아보며,

"이 잘생긴 미친놈, 너 두고 보자! 네놈 손목에 수갑을 채울 때까지 지켜볼 거다, 이 자식아아아아아아! 선배, 그만 좀 당기라고요! 귀 빠지겠네!"

라며 앞으로 시작될 스토킹을 예고했다.

그들의 모습이 사라진 후에도, 성현은 여전히 재인을 꼭 끌어안고 있었다. 절대로 놔주지 않겠다는 듯이. 게다가 재인의 머리카락이 마스크라도 된다고 생각하는 듯, 그녀의 머리카락에 입술을 묻고 있었다. 아까부터 머리카락 사이로 파고드는 그의 숨결이 거슬렸다.

"저기요."

그를 뭐라고 불러야 할지 고민했다.

아파트 복도에서 만났을 때는 '미친 인류'로 족했다. 하지만 지금 그는 어찌 되었든 한 명의 당당한 교수였다.

"교수님."

일단 그의 정체를 알게 되었으니, 교수라고 불러 주기로 했다.

"저 좀 놔주시죠."

"흐음. 그거 상당히 괜찮군요."

그가 은근한 목소리로 말했다. 괜찮다, 고 하기에 놔줄 줄 알았다. 하지만 성현의 팔은 여전히 재인의 몸을 에워싸고 있었다.

"교수님, 놔달라고 말씀드렸는데요."

"여왕님의 존댓말이라니. 과격한 여왕님도 좋지만 정중한 여왕님도 상당히 괜찮군요. 이런 걸 팔색조의 매력이라고 한다죠?"

무슨 소리를 하나 했더니.

생각지도 못한 사고방식에 재인은 할 말을 잃었다.

"앞으로 여왕님이 또 어떤 매력을 보여 줄지 굉장히 기대됩니다. 아, 그렇다고 해서 부담을 느낄 필요는 없습니다. 자연스러운 게 좋아요, 자연스러운 거."

당신이란 존재가 제일 부담스러워, 라고 생각하며 재인은 물었다.

"안 놔주실 건가요?"

"글쎄. 어쩌면 좋을까? 여왕님은 내가 어떻게 해 주길 바라죠?"

"누차 말씀드렸을 텐데요. 놔달라고."

"그건 쉽지 않은 일입니다, 여왕님. 이 상황은 뭐랄까. 그래요, 마치 퍼즐 같은 거죠. 내 품에 여왕님이 완벽하게 들어맞아요. 여기가 바로 여왕님의 자리란 생각이 들지 않습니까?"

울컥.

짜증이 치밀었다.

"이보세요, 민성현 교수님. 이거 성희롱으로 신고를 당해도 할 말 없는 상황이에요. 또 경찰서 신세 지고 싶어요?"

"후후후."

그가 낮게 웃자 숨결이 머리카락을 헤치고 들어와 두피에 닿았다. 오싹하면서도 이상한 느낌이 전신으로 퍼졌다.

품안의 재인이 움찔하는 것을 느낀 성현이 웃음기가 묻어나오는 목소리로 속삭였다.

"같이 저녁 먹겠다고 약속해요, 여왕님. 안 그러면 계속 이렇게 안고 있을 거니까."

식탁 위에는 김치찌개와 된장찌개, 그리고 갖가지 반찬이 차려져 있었다. 김이 모락모락 나는 흰쌀밥을 물끄러미 응시하며, 재인은 입을 열었다.

"교수님이……."

그를 교수라 부르는 것이 아직도 어색해서 팔뚝에 소름이 돋았다.

"저한테 왜 이러시는지 모르겠는데요."

"마침 그 부분에 대해서 얘기할 생각이었는데."

이제야 성현의 의도를 알게 되는 건가 싶어, 재인은 진지하게 귀를 기울였다.

성현은 심각한 표정으로 재인을 응시하며 말했다.

"여왕님의 존댓말, 상당히 매력적이지만 계속 그러니까 약간 거리감이 느껴지기도 하네요. 적당히 반말도 섞어주는 편이 훨씬 친근한 느낌이 들 것 같습니다."

그러면 그렇지.

재인은 잠시나마 그에게서 제대로 된 대답을 기대한 자신을 원망했다.

"편하게 하세요, 편하게. 원한다면 스위티라든가, 달링이라고 불러도 좋습니다. 여왕님에게만큼은 허락할게요."

"허락할 필요 없고요, 그렇게 부를 생각도 없습니다, 교수님."

"그거 아쉬운데?"

그는 턱을 괸 채 빙그레 웃었다.

이 가게에 들어온 뒤부터, 가게 안의 손님들이 모두 성현을 쳐다보고 있었다. 힐끗힐끗 훔쳐보는 사람도 있고, 아예 대놓고 보는 사람도 있었다.

그는 이런 시선에 익숙한 듯, 신경 쓰는 눈치가 아니었다.

"여왕님. 난 방금 문화적 충격이라고 표현해도 이상하지 않을 만큼 충격을 받았습니다."

그의 음성이 은밀해졌다. 재인은 눈만 슬쩍 들어 그를 쳐다봤다.

"들은 적은 몇 번 있는데, 진짜 이럴 줄은 몰랐거든요."

성현은 정말로 충격을 받은 눈치였다.

'뭐 때문에 저러지?'

의아해하는 재인의 귀에, 성현의 중얼거림이 들려왔다.

"메뉴 하나를 시켰는데, 에피타이저가 이렇게 많이 딸려오다니."

또 속았다.

매번 저 호기심을 자극하는 은밀한 음성에 속게 된다.

"이게 그 한국인의 정이라는 겁니까? 정이 넘치는군요. 넘쳐서 익사를 할 정돕니다."

그래, 그냥 익사해버려라.

더는 들어 줄 기분이 아니라서 벌떡 일어났다. 그러자 성현도 따라 일어나, 가볍게 재인의 어깨를 눌렀다.

"앉아요, 여왕님. 음식 버리면 지옥 갑니다."

'당신이랑 같이 있는 이 순간이 지옥이야.'라고 생각했지만, 굳이 말하지 않았다. 하루 종일 샌드위치 하나를 먹었기에 배가 고프기도 했다. 재인은 순순히 자리에 앉아서 숟가락을 들었다.

흰쌀밥을 크게 한 술 뜨는데, 성현이 말했다.

"맛있게 먹어요, 여왕님."

그 말에 재인은 고개를 번쩍 들었다. 성현은 빙그레 미소를 짓고 있었다.

지끈―

심장 부근에 통증이 일었다.

"맛있게 먹어, 우리 애기."

잊고 있던, 아니, 원래부터 없던 거라고 생각하기 위해 노력했던 음성이 떠올랐다.

그러고 보니 8살 때 이후로, 누군가와 마주앉아 밥을 먹는 것은 처음인 것 같다. 목이 꽉 메었다. 재인은 작게 숨을 몰아쉬며 동요를 가라앉혔다.

대단한 일이 아니다. 그저 제멋대로인 남자에게 끌려와서 밥을 먹게 되었을 뿐이다. 그뿐인 일이다.

술렁이던 마음이 가라앉았다. 재인은 숟가락을 움직였다.

"여왕님의 기분이 유독 안 좋아 보이는 이유는, 내 얼굴이 너무 빛나서입니까?"

"아니요. 교수님 얼굴은 보고 있지도 않습니다."

"그럼 왜 그렇게 기분이 안 좋아 보일까요?"

"원치 않는 자리라서겠죠. 전 교수님이랑 같이 저녁을 먹을 생각 없었습니다."

"하지만 난 여왕님에게 꼭 저녁을 사주고 싶었습니다."

재인은 그 이유를 알고 싶지도, 듣고 싶지도 않았다. 그래서 묵묵히 밥을 먹었다.

"사실 내가 죽어 가고 있었거든요."

예상대로 그는 재인이 묻지 않았는데도 말하기 시작했다.

"너무 배가 고픈 겁니다. 거의 일주일을 굶은 것 같네요. 그래서 방에 쓰러져 있었는데, 창문으로 치킨 냄새가 흘러들어오더군요. 여왕님은 내 생명의 은인입니다. 여왕님을 위해 뭐라도 해 줄 수 있는 기분이에요."

"그럼 내일부터 저 좀 모르는 척해 주시겠어요?"

"아니, 그건 안 되겠는데요?"

이 남자, 정말 싫다.

재인은 평소보다 빨리 밥을 먹었다. 얼른 이 자리를 벗어나고 싶었다.

밥을 다 먹은 후, 성현과 함께 일어났다. 성현은 자신이 계산하려는 듯 멋지게 카운터로 걸어갔다.

"17,000원이요."

앞치마를 두른 주인아주머니가 말했다. 성현은 지갑에서 지폐를 꺼내 내밀었고, 그걸 본 아주머니의 인상이 구겨졌다.

달러였다.

"달러는 안 돼요, 손님."

"아, 그렇습니까? 혹시나 했는데 역시나였군요. 그럼 카드로 계산하겠습니다."

성현이 반짝거리는 카드를 꺼내서 건넸다. 아주머니는 참을성 있게 카드를 긁었고, 성현에게 말했다.

"정지 카드라고 나오네요, 손님."

그 상황에서도 성현은 당황한 기색을 보이지 않고 카드를 돌려받았다. 차선책이 있나 보다.

재인은 가만히 서서, 성현이 다음 수단을 사용하길 기다렸다.

성현은 카드를 검지와 중지 사이에 끼우고 살랑살랑 흔들며, 재인에게 말했다.

"계산 좀 대신 해 주시겠습니까?"

싫다.

이 남자가 너무 싫어서 어떻게 해야 될지 모르겠다.

"이걸로 빚이 하나 늘었군요. 여왕님은 두 번이나 내 생명을 구해 줬습니다."

성현의 말을 깨끗이 무시하고 전철역을 향해 걸었다. 재인은 성현과 멀어질 수만 있다면, 불속에 뛰어들 수도 있을 기분이었다.

자박자박.

저벅저벅.

재인은 우뚝 걸음을 멈추고 뒤를 돌아봤다. 재인의 뒤를 따라오던 성현이 왜 그러냐는 듯 고개를 옆으로 기울였다.

"왜 따라와요?"

성현이 싱긋 웃었다. 그는 검지를 들어 손가락을 빙글빙글 돌렸다. 뭘 말하고 싶은 건지 알 수 없었다.

"당신 정신상태가 정상이 아니라는 말을 하고 싶은 거라면, 알아들었어요."

"아니, 여왕님. 리플레이."

"리플레이?"

"시간을 30분 전으로 되돌려봅시다."

"30분 전?"

재인은 미간을 좁히고 30분 전의 일을 떠올렸다. 그리고 기억해 냈다. 성현이 했던 말 속에 포함된 소름 끼치는 진실을.

"그래서 방에 쓰러져 있었는데, 창문으로 치킨 냄새가 흘러

들어오더군요."

　재인은 하얗게 질린 얼굴로 성현을 노려봤다. 성현은 리플레이
가 가지고 온 효과를 즐기는 듯 미소를 짓고 있었다.
　"설마……."
　재인은 주먹을 꽉 쥐었다.
　"우리 아파트에 사는 거예요?"

　전철역엔 사람이 많았다.
　재인은 술렁이는 마음을 진정시키려고 애쓰며 승강장으로 걸어
갔다. 그러는 동안에도 성현은 당연하다는 듯 재인의 옆을 걷고 있
었다. 사람들의 시선이 자연스럽게 성현에게로 향하는 것을, 재인
은 똑똑히 느꼈다.
　확실히 눈에 띄는 남자였다. 만화에서 툭 튀어나온 듯 화려하면
서도 어딘가 날카로움이 느껴지는 외모, 185cm가 넘는 큰 키와 넓
은 어깨, 모델처럼 늘씬한 자태.
　'존재하는 것만으로도 화보'라는 말이 아깝지 않은 남자였다. 물
론 입을 열지 않았을 때의 얘기다.
　"역시 그렇죠?"
　재인의 시선을 느낀 성현이 입을 열었다.
　'그 입 좀 다물고 있으면 안 돼?'라고 생각하며, 재인이 물었다.
　"뭐가요?"

"우쭐해지지 않습니까? 잘생긴 남자가 옆에 있으니."

"그렇게 수시로 잘난 척을 하는 거, 지치지 않아요?"

"잘난 척이라니요. 진실을 이야기하는 겁니다. 진실을 이야기하는 것은 지치는 일이 아니죠."

그러면서 성현이 재인을 내려다봤다. 그의 검은 눈동자를 마주할 때마다, 그 선명한 깊음에 놀라게 된다. 어떻게 저렇게 흔들림이 없을까?

"보세요. 내가 내 자신에 대해 거짓말을 하는 것 같습니까?"

"정신이상자들은 자기 눈에 보이는 것과 생각을 그대로 믿고 있죠. 괜히 정신이상자겠어요?"

"응? 여기 어디에 정신이상자가 있습니까?"

너 말이야, 너!

재인은 그냥 상대하지 않기로 결심했다. 자꾸 상대했다가는 같이 미치게 될 것 같다.

승강장에 서서 전철을 기다리는데, 그가 옆에 딱 달라붙어 있는 게 거슬렸다. 그래서 슬쩍 옆 승강장으로 옮겼더니, 당연하다는 듯 그가 졸졸 따라왔다.

또 옆으로, 졸졸. 옆으로, 졸졸. 옆으로, 졸졸.

그러다 보니 어느새 가장 가장자리 승강장에 도달해서 도망칠 곳이 없어졌다. 눈을 가늘게 뜨고 그를 노려보자, 그가 '나 잘했지?'라는 미소를 지었다.

그때, 전철이 들어왔다.

사람이 너무 많아서 떠밀리듯 전철에 올랐다. 시루떡처럼 꾹꾹 채워진 사람들이 재인과 성현을 막무가내로 밀어붙였다.

　재인은 어떻게든 몸을 움직여 성현과 반대쪽 방향으로 밀려가려고 했다. 하지만 의도와 다르게 성현과 마주 본 자세로 바짝 붙어서 있게 되었다.

　성현과의 키 차이 때문에 재인의 얼굴이 그의 가슴 높이에 있었다. 몸에 힘을 주지 않으면 그의 가슴에 얼굴이 파묻힐 것 같았다.

　문이 닫히고 전철이 출발했다.

　기우뚱—

　출발할 때의 반동으로 몸이 뒤로 떠밀렸다. 성현의 팔이 재인의 잘록한 허리를 감쌌다. 그의 손이 재인의 등 아랫부분에 닿았다. 두꺼운 점퍼를 입었는데도 그의 체온이 깊숙이 파고들어오는 느낌이 들었다.

　"이 손 치워요."

　재인이 나지막하게 속삭였다. 하지만 그는 미동조차 하지 않았다. 정말 안 들린 건지, 안 들리는 척하는 건지 모르겠다. 그래서 재인은 다시 한 번 말했다.

　"이 손 치워요."

　"그냥 있어요, 여왕님. 이게 더 편하지 않습니까?"

　확실히 편하기는 했다. 하지만 그걸 인정하고 싶지 않았고, 그의 도움을 받고 싶지도 않았다. 그래서 몸을 꿈틀거리며 벗어나려 했다.

　"아, 뭐야!"

"왜 이렇게 움직여?"

주위에서 툽상스러운 소란이 일어났다. 성현에게서 벗어나기엔 전철 안에 사람이 너무 많았다.

남에게 피해를 줄 순 없기에, 재인은 어쩔 수 없이 도망치는 것을 관뒀다. 그래, 10정거장 정도만 가면 되니까 참자.

그의 팔이 재인을 지탱해 준 덕분에 옆으로 기우뚱거리지는 않게 되었다. 하지만 뒤쪽의 사람들이 움직일 때마다 몸이 앞으로 밀려 그의 가슴에 자꾸 코가 파묻혔다. 그럴 때마다 그의 몸에서 풍기는 달콤한 냄새가 재인의 후각을 자극했다.

처음에는 착각인 줄 알았다. 달콤한 냄새라니, 내가 어떻게 된 게 분명해.

하지만 그의 몸에서 번지는 달콤한 향기는 사라지지 않았다. 솜 사탕 같기도 하고, 초콜릿 같기도 한 향기. 대체 이건 무슨 향일까? 이런 향기를 내는 향수가 있었던가?

'아니, 내가 왜 이 남자 냄새의 정체를 궁금해 해야 하는데?'

라고 생각하면서도, 결국 중얼거리고 말았다.

"교수님 몸에서 달콤한 냄새가 나네요."

"아아, 그거요."

때마침 멈춘 전철이 한 무리의 승객들을 밖으로 뱉어냈다. 몸이 조금 자유로워졌다.

"그건 아마."

그가 코트 주머니를 뒤졌다. 재인은 허리를 감싸고 있던 그의 팔이 떨어져 나갔다는 사실에 안도하며 고개를 들었다. 그때 그녀의 입술 안으로 뭔가가 쏙 밀려들어왔다.

재인은 깜짝 놀라 눈을 크게 뜨고 그를 올려다봤다. 그의 새까만 눈동자를 보는 순간, 입안에 들어온 것이 녹아내렸다. 혀끝에 달콤함이 느껴졌다.

재인의 놀란 얼굴이 재미있는 듯, 그가 눈웃음을 지으며 속삭였다.

"초콜릿 냄새일 겁니다."

"굳이…… 먹여 줄 필요까지는 없었는데요."

재인이 다 녹지 않은 초콜릿을 우물거리며 말했다. 성현은 주머니에서 또 다른 초콜릿을 꺼내 은박지를 벗겼다. 그러더니 이번에는 자기 입안에 쏙 넣었다.

"하지만 맛있지 않습니까?"

"단 걸 좋아하시나 보죠?"

질문을 해놓고 나서 곧바로 후회했다. 이 남자의 취향 따위, 아무래도 상관없는데.

아니나 다를까. 성현의 얼굴에 해사한 미소가 떠올랐다.

"이럴 수가! 여왕님이 내 취향을 궁금해 하다니! 그래요, 마침 잘 됐습니다."

'마침 잘 됐다.'라는 말에 움찔했다. 성현의 '잘 됐다'가 재인에게는 '안 됐다'라고 할 만한 일이리란 확신이 들었기 때문이다. 그리고 재인의 확신은 맞아떨어졌다.

"안 그래도 여왕님과 헤어지고 싶지 않아서 어떻게 할까 고민 중이었는데. 합시다, 여왕님."

재인이 미간을 모으고 그를 노려봤다.

"하긴 뭘 해요?"

"아시잖아요. 서로의 비밀을 터놓으며 밤새 이야기하고, 베개 싸움까지 하는, 절친한 친구가 되기 위한 과정. 파자마 파티."

알긴 뭘 알아?

나이 서른이 다 되어 가는 남자가 난데없이 파자마 파티를 요청해 왔다. 이럴 때 어떤 반응을 보여야 하는지, 재인은 알지 못했다. 아니, 재인 뿐 아니라 어느 누구라도 알지 못할 것이다.

재인은 입술을 살며시 벌린 채 멍하니 성현을 올려다봤다. 이 미친 인류는 늘 재인의 예상을 한참 뛰어넘는 행동을 한다.

이어진 성현의 행동 또한 재인의 예상을 한참 뛰어넘었다. 그는 주머니에서 또 초콜릿을 꺼내더니 재인의 벌어진 입술 사이로 쏙 밀어 넣은 것이다.

입안에 녹아드는 초콜릿의 달콤함에 정신을 차렸다. 재인은 손등으로 입술을 쓱 닦으며 중얼거렸다.

"단 거 많이 먹으면 당뇨병 걸려요."

성현이 눈이 커졌다가 곧 반달 모양으로 접혔다. 성현은 재인의 머리를 쓰다듬으려는 듯 손을 올렸다가, 다시 아래로 내리더니 고개를 옆으로 돌렸다. 그는 여전히 미소를 짓고 있었다. 그 순간 재인은 자신이 느낀 감정에 확 짜증이 일었다.

그의 웃는 얼굴을 보는 것이, 싫지 않았다.

성현의 집이 1102호라는 것을 확인한 재인은, 1105호 앞 복도 바닥을 가리키며 분명하게 말했다.

"여길 넘어오면 신고할 겁니다. 아무리 교수님이라고 해도 안 봐 줄 거예요."

경고하는 모습이 귀여워서, 성현은 슬쩍 발을 옮기는 시늉을 했다. 그러니 재인은 정말로 휴대폰을 꺼내 들었다. 파출소 신세를 지는 것은 두 번으로 족했기에, 그는 '파자마 파티'를 포기하는 수밖에 없었다.

재인은 끝까지 경계하는 눈초리로 성현을 쏘아보며 자기 집으로 들어갔다.

탁—

그녀의 집 문이 닫힌 후, 성현은 빙글 몸을 돌려 1102호 안으로 들어갔다. 책 몇 권과 컴퓨터 하나만 들고 들어온 집이라, 거실은 텅 비어 있었다. 흔한 소파조차 없었다.

그는 바닥에 다리를 쭉 펴고 앉아 머리를 벽에 기댔다.

"이거 참."

눈을 감고, 성현은 중얼거렸다.

"생각이랑 너무 다른데?"

진실을 파헤치는 능력. 그런 능력을 가진 여자는 좀 더 냉철하고 사무적일 줄 알았다. 물론 재인은 겉으로 보기엔 굉장히 사무적으로 보였고, 차가운 느낌마저 들었다. 하지만 조금 더 가까이 다가가 보면, 그녀는 그저 모를 뿐이었다. 사람의 온기를 받아들이는 법을.

익숙지 않은 일이기에 당황하는 모습이, 다른 사람들 눈에는 차가움으로 보일지도 모르겠다. 하지만 성현의 눈엔 그녀의 서투름이 또렷하게 보였다.

"단 거 많이 먹으면 당뇨병 걸려요."

그 말을 하며 시선을 피하던 재인이 떠올라 웃음이 나왔다. 어찌나 귀여운지, 하마터면 전철이라는 것도 잊고 와락 끌어안을 뻔했다.

사실 성현은 보는 눈이 많다고 해서 하고 싶은 행동을 참는 성격은 아니었다. 다만 아까 재인을 마음껏 끌어안지 못했던 것은, 한 가지 마음에 걸리는 점이 있었기 때문이었다.

재인은 때때로 부서질 듯 위태로워 보였다. 그 위태로움의 이유를 알지도 못하는 상황에서 섣불리 건드릴 수는 없었다.

성현은 팔을 허공으로 뻗고 자신의 손등을 쳐다봤다. 펼친 손가락 사이로, 재인의 연갈색 눈동자가 보이는 듯했다. 그것을 뚫어져라 응시하며, 성현은 중얼거렸다.

"뭘까, 여왕님. 난 보통 한 번 보면 아는데, 여왕님이 숨기고 있는 게 뭔지는 잘 모르겠단 말이야. 그 작은 몸속에 뭘 감추고 있는 거지?"

　　　　*　　　*　　　*

　아침에 일어나자마자 가장 먼저 하는 일은 양치질을 하며 신문을 가지러 나가는 것. 칫솔을 입에 물고 반쯤 감긴 눈으로 현관문을 연 재인의 시야로 반짝거리는 고급 구두가 들어왔다.

　재인은 말없이 현관문을 닫으려 했지만, 덥썩, 그 전에 구두의 주인이 현관문을 잡아서 고정시켰다.

　재인은 시선을 들어 그를 노려봤다.

　"신문입니다, 여왕님."

　성현은 마치 집사처럼 한 손에 신문을 들고 서 있었다.

　이 남자는 잠도 없나?

　어젯밤 헤어졌을 때처럼, 그는 근사한 정장을 입고 있었고, 왁스로 고정시킨 헤어스타일도 완벽했다.

　1105호 옆으로 넘어오면 경찰에 신고하겠다고 했던 사실을 떠올렸지만, 칫솔을 입에 물고 있는 상황에서는 신고하기도 힘들었다. 게다가 계속 신고를 한다고 해서 성현이 이 짓을 그만둘 것 같지는 않았다. 매번 경찰에게 신세를 지는 것도 미안하다.

　재인은 같은 층에 미친 인류가 산다는 징그러운 현실을 받아들이기로 했다. 묵묵히 받아넘기다 보면 성현이 먼저 이 짓거리에 질리는 날이 올 것이다.

　평생 이럴지도 모른다는 생각이 들어서 오싹해졌지만, 곧 그 무서운 생각을 떨쳐냈다. 인간은 호기심 많은 만큼 쉽게 질리기도 하는 종족이다. 성현도 인간이니까(인간, 맞겠지?) 조만간 다른 흥밋거리를 찾아낼 것이 틀림없다.

손을 내밀자 성현이 순순히 신문을 건네 줬다. 하지만 문을 잡고 있는 손을 치우진 않았다. 재인이 손을 놓으라는 뜻으로 손을 한 번, 성현의 얼굴을 한 번 쳐다봤다. 재인과 눈이 마주친 성현은 입가에 옅은 미소를 지으며 고개를 끄덕였다.

"그럴 줄 알았습니다. 좋아요, 여왕님."

그 순간 재인은 문 따위 신경 쓰지 말고 들어갈 걸 그랬다고 후회했다. 성현은 항상 재인의 눈빛을 제멋대로 해석했기 때문이다.

아니나 다를까. 성현이 제멋대로의 해석을 덧붙였다.

"아침 식사, 같이 합시다."

"싫어요."

칫솔을 입에서 빼고 분명하게 말했다.

"절대 싫어요."

"수줍어할 거 없습니다, 여왕님."

"수줍은 게 아니라 싫다고 말하는 겁니다, 교수님."

"하하하하. 이런, 이런. 내 여왕님은 수줍음이 너무 많아."

그가 이마를 짚고 고개를 저었다. 성현은 행동 하나하나가 연극을 하는 것처럼 느껴졌는데, 그게 무척 잘 어울렸다.

"사양할 거 없어요, 여왕님. 나도 여왕님이랑 같이 아침을 먹고 싶었으니까."

재인은 할 수만 있다면 그의 배를 발로 차버린 후 문을 닫고 싶었다.

와장창—!

옆집에서 시끄러운 소리가 나며,

벌컥—

거칠게 문이 열린 것은, 재인이 '진짜로 그냥 차버릴까?'라고 진지하게 고민할 때였다.

"아, 진짜! 내가 안 훔쳤다고! 내가 손 댄 거 아니라고!"

욕설이 섞인 거친 목소리가 들려왔다. 옆집이 시끌벅적하면 고개를 돌릴 법도 한데, 성현은 여전히 재인만 주시하고 있었다.

"아니긴 뭐가 아니야? 너 아니면 아빠 지갑에서 돈 빼 갈 사람이 이 집에 어디 있어? 이 노무 자식아! 이리 안 들어와?"

옆집 아주머니의 외침도 들려왔다.

"내가 거길 왜 들어가? 젠장! 자식새끼 도둑놈 취급하는 집구석, 나도 필요 없어!"

"영민이 너, 진짜! 이리로 들어와!"

"아, 이거 놔!"

옆집 사는 18살 불량소년 영민과 아주머니가 엎치락뒤치락하는지 복도가 점점 시끄러워졌다. 성현이 구경하고 싶으면 나와 보라는 듯 옆으로 슬쩍 비켜섰다.

하지만 재인은 굳이 옆집 일에 끼어들고 싶은 생각이 없었다. 그저 이 문을 닫고, 마저 양치질을 한 후 신문을 읽고 싶을 뿐이었다.

서로에게 상처 입을 소리를 해가며 영민과 옆집 아주머니가 재인의 집 앞까지 밀려왔다. 열린 문과 성현 사이로 두 사람의 모습이 보였다. 마침 재인은 고개를 돌리던 영민과 눈이 마주쳤다.

"뭘 봐? 눈 안 깔아?"

그 와중에도 영민은 재인에게 위협적으로 경고했다. 옆집 아주머니가 영민의 머리통을 세게 후려쳤다.

"너, 어른한테 말버릇이 그게 뭐야?"

"아, 이 손이나 놔! 그렇게 의심이 되면 경찰에 신고를 하든가 하라고! 난 나갈 거니까!"

재인은 정말로 옆집 일에 관계되고 싶지 않았다. 하지만 본 이상, 어쩔 수 없었다. 죄를 저지르지도 않았는데 누명을 쓰는 기분을, 재인은 화가 날 정도로 잘 알고 있었다.

그 답답함, 절망, 그리고 아무도 믿어 주지 않는 것에 대한 외로움.

"아주머니."

재인은 옆집 아주머니를 부르며 신발을 신었다. 성현이 현관문을 더 열어 주며 옆으로 비켜섰다.

복도로 나간 재인은 다시 한 번 영민의 눈동자를 확인한 후 또렷한 목소리로 말했다.

"영민이는 돈을 훔치지 않았어요."

그 순간 성현의 입가에 의미심장한 미소가 떠오르는 것을, 재인은 보지 못했다.

결백을 주장하던 영민에게도, 재인의 말은 예상 밖이었던 모양이다. 영민과 옆집 아주머니 둘 다 눈을 휘둥그레 뜨고 재인을 쳐다봤다.

'남의 집 일에 신경 쓰지 마!', '당신이 뭘 안다고 그래?'라는 말이 나와도 이상하지 않을 상황이었다. 하지만 두 사람은 그런 말을 할 수 없었다.

재인에게서 흘러나오는 기묘한 냉기와 그녀의 연갈색 눈동자에 담긴 단호한 확신 때문이었다.

'확신'이라는 것이 만져질 리 없다. 그런데도 그들은 손만 뻗으면 그녀의 눈동자에 담긴 '확신'을 만질 수 있을 거란 느낌을 받았다. 그만큼 또렷했다.

"그, 그럼 누가……?"

집안에서 벌어진 일을 재인이 알 리 없다. 하지만 아주머니는 재인의 기세에 눌려 묻고 말았다.

재인의 시선이 영민과 옆집 아주머니를 비껴 지나갔다. 1110호 앞에는 엄마와 오빠의 싸움을 말리기 위해 막 밖으로 나온 영지가 서 있었다.

재인의 눈동자가 영지에게 고정되었다.

영민과 옆집 아주머니는 재인의 시선을 따라 고개를 돌렸다. 재인의 손이 서서히 올라가 영지를 가리켰다.

"저 아이……."

'저 아이가 훔쳤어요.'라고 말하려는데, 커다란 손이 재인의 입을 틀어막았다. 그제야 옆에 성현이 서 있었다는 것을 깨달았다. 왜 그러냐는 듯 성현을 올려다보자, 그는 빙그레 웃으며 속삭였다.

"여기서부터는 내가."

그렇게 말하고 성현은 재인을 놔주었다. 성현이 몸을 빙글 돌려 영민과 옆집 아주머니를 사이로 걸어 들어갔다. 영민의 손목을 잡고 있던 옆집 아주머니의 손이 떨어져 나갔다.

성현은 한 손으로 영민의 등을 밀어 엘리베이터 쪽으로 보내며, 옆집 아주머니를 향해 해사한 미소를 지었다.

"지갑 속 돈의 행방에 대해서는."

옆집 아주머니는 느닷없이 끼어든 성현을 향해 고개를 돌렸다. '왜 끼어드느냐.'고 한 마디 할 생각이었지만, 성현의 화려한 얼굴을 보는 순간 아주머니의 얼굴이 붉어졌다.

"따님께."

그런 아주머니를 향해, 성현이 은근한 목소리로 속삭였다.

"물어보는 것이 좋겠네요."

탁—

아주머니가 성현을 향해 열심히 고개를 끄덕이는 걸 보며, 재인은 현관문을 닫았다. 어차피 도와줘서 고맙다는 공치사를 받을 생각은 없었으니, 이걸로 됐다.

하지만 성현의 행동을 이해할 수가 없었다. 왜 거기서 입을 막은 걸까?

당장이라도 나가서 왜 그런 행동을 한 거냐고 묻고 싶었지만 관

됐다. 지금껏 성현의 행동패턴으로 봤을 때, 그는 자기가 답해 주고 싶은 말에는 묻지 않아도 답을 해 주었다.

재인은 욕실에 들어가 양치질을 마저 하고 샤워를 했다. 젖은 머리에 수건을 올리고 거실에 나와 신문을 집어 들었다.

'이상한 누나야.'

라고 생각하며, 영민이 엘리베이터 닫힘 버튼을 누르려 할 때였다.

"웨이러미닛."

성현이 닫히려는 엘리베이터 문을 한 팔로 탁 막아 세웠다. 영민은 인상을 찌푸리고 성현의 팔 아래쪽으로 보이는 복도의 광경을 확인했다. 엄마는 동생인 영지와 함께 집에 들어갔는지 보이지 않았다.

"아니지, 불량 청소년. 내 뒤를 확인할 때가 아니야."

성현의 굵은 저음이 엘리베이터 안에 가득 찼다. 영민은 다시 시선을 돌려, 성현을 올려다봤다. 영민도 작은 키가 아니었는데, 성현은 영민보다 머리 하나가 더 컸다. 게다가 조금 전엔 다급한 상황이라 잘 몰랐는데, 무지막지하게 잘생겼다.

인간은 잘생긴 동성을 보면 적대감이 생기기 마련이다. 하지만 영민은 성현에게 적대감조차 느낄 수 없었다. 감히 넘볼 수 없을 만큼 잘생겨서가 아니었다. 영민을 내려다보는 그의 눈빛 때문이었다.

불량 인생으로 살아온 지 어언 4년. 싸움도 심심치 않게 해봤고, 시비도 걸어봤고, 경찰에 잡혀간 적도 몇 번 있었다. 하지만 이런 식의 눈빛은 처음이었다.

무섭다.

선생님들한테도 욕을 내뱉을 만큼 안하무인으로 살아온 영민이지만, 성현을 앞에 둔 지금 숨도 제대로 내쉴 수가 없었다. 검은 눈동자가 금방이라도 맹수의 이빨이 되어 영민의 목을 콱 물어뜯을 것 같았다.

사자를 앞에 둔 토끼처럼, 영민은 꼼짝도 못하고 그를 올려다봤다.

"담배를 피우는 건 괜찮아. 삥을 뜯는 것도 내가 상관할 일은 아니지. 하지만 불량 청소년. 네가 하지 말아야 할 행동이 딱 하나 있어."

그게 뭔지는 모르겠지만, 영민은 그게 무엇이든 지킬 용의가 있었다. 이 무서운 남자와 마주치지 않을 수 있다면, 뭐든 할 수 있었다.

"1110호의 불량 청소년."

성현이 천천히 허리를 굽혀, 영민과 눈높이를 맞췄다.

꿀꺽—

영민이 마른침을 삼키는 소리가 크게 울렸다. 하지만 영민은 그것이 부끄럽지 않았다. 이 남자를 앞에 두면 누구라도 긴장할 수밖에 없을 것이다.

"한 번만 더 1111호의 여왕님에게 거친 말을 지껄이면."

그가 다시 허리를 폈다.

"이 현실에도 지옥이 존재한다는 걸 똑똑히 알게 해 주겠어."

딩동—

신문의 사회면을 훑어보고 있는데 초인종이 울렸다. 신문지를 손에 들고 읽으면서 걸어가, 누구냐고 묻지도 않고 문을 열었다. 달콤한 냄새가 먼저 상대의 정체를 알려 주었다.

"왜 또 왔어요?"

신문에서 눈을 떼지 않은 채 물었다.

"아침 같이 먹으려고."

부스럭거리는 소리에 고개를 들자, 커다란 편의점 봉투를 흔드는 성현이 보였다.

"편의점이라도 털었어요?"

"무슨 그런 서운한 말씀을. 난 도덕관념이 철저한 사람입니다."

'도덕관념이 철저한 사람이 남의 우편물을 뒤져?'라는 말을 할까 하다가 관뒀다. 그래, 네 멋대로 생각해라.

"어젠 돈 없었잖아요."

어제저녁으로 먹은 음식값 17,000원이 없어서 재인에게 대신 돈을 내게 만든 성현이었다. 편의점 봉투의 크기로 봐선 17,000원은 훌쩍 넘는 돈이 들었을 것 같았다.

"돈이야 뭐, 있다가도 없고 없다가도 있는 것이지요."

간밤에 은행이라도 턴 게 아닐까 의심스러웠다. 왠지 이 남자라면 그러고도 남을 것 같았다.

"아무튼 아침이나 같이 먹읍시다."

아침보다는 신문을 마저 읽고 싶었다. 하지만 싫다고 말하면 성현은 계속 재인을 괴롭힐 것이 뻔했다. 성현과 알게 된 지 얼마 안됐는데도, 그의 행동 패턴을 알 수 있다는 사실이 싫었다.

재인은 들어오라는 의미로 말없이 거실로 향했다. 하지만 성현은 여전히 현관문밖에 서 있었다.

"왜 안 들어와요?"

성현의 표정이 당혹스러울 만큼 환해졌다.

"정말 들어가도 됩니까?"

"아침 같이 먹자면서요?"

"물론 그렇죠. 하지만 여왕님 댁에 들어가는 영광을 베풀어 주실 줄이야."

"……그럼 어디서 먹을 생각이었는데요?"

설마, 하는 생각에 물었다. 재인의 짐작대로 그는 복도를 가리켰다. 저 남자는 복도에서 피크닉을 즐기는 취미가 있는 모양이다. 치킨도 거침없이 주워 먹더니.

재인은 수상쩍은 민성현을 집으로 들일지언정, 그의 취미에 동참하고 싶은 생각은 없었다.

"물론 저야 믿을 만한 남자니까 괜찮습니다만."

집안으로 들어오며 성현이 말했다.

"수상한 남자는 절대 집에 들이면 안 됩니다. 안 되고말고요."

당신만큼 수상한 사람은 없다고 말해 주려다가 다른 말을 꺼냈다.

"왜 신발을 신고 들어오는 거죠?"

성현이 반짝거리는 구두를 신은 채로 거실에 들어오고 있었다. 납득할 만한 질문을 했는데도 성현은 놀란 듯 눈을 크게 떴다.

"그럼…… 곧바로 침실로 직행하자는 겁니까? 저야 감사하지만, 서로 알아갈 시간이 필요한 것도 같은데. 전 교감을 통한 상대가 아니면 그게 좀 불가능하거든요."

"……대체 무슨 말을 하는 거예요?"

"신발은 침대에서…… 아, 실례. 한국이 신발을 벗는 문화라는 걸 깜빡했습니다. 한국에 와서 다른 사람 집을 방문한 적이 없거든요. 오해하지 마세요. 여왕님을 침대에 눕힐 생각으로 머릿속을 가득 채우고 있는 건 아니니까."

그런 상상으로 머릿속을 가득 채운 것 같지만, 지적하지 않았다. 다만 재인은 후회했다.

'내가 왜 이 인간을 집으로 들인 거지?'

어제부터 자신의 행동을 도통 이해할 수가 없었다. 한선을 대할 때처럼 단호하게 나가면 되는 건데, 성현에게는 자꾸만 휘둘리고 만다.

일단 집안으로 들어온 성현은 마치 자기 집인 것처럼 식탁이 있는 곳으로 가더니, 편의점 봉투를 내려놨다. 그리고 그 안에 담겨 있는 것들을 꺼내 식탁 위에 올려놓기 시작했다.

샌드위치, 샌드위치, 샌드위치, 샌드위치…….

"교수님, 샌드위치 중독이세요?"

"아침으로 먹을 만한 게 샌드위치밖에 없더군요. 아니면 아이스크림이나 과자를 사올 걸 그랬나요?"

"컵라면이라든가…… 아니, 됐습니다."

얻어먹는 입장에서 가타부타 따질 수는 없었다. 재인은 샌드위치 하나를 집어 들었고, 성현은 재인의 맞은편 의자에 앉았다.

편의점 샌드위치는 퍽퍽하고 맛이 없었다. 하지만 평소에 맛을 따져가며 식사를 하지는 않기에, 재인은 기계적으로 턱을 움직였다.

재인이 샌드위치를 먹는 동안, 성현은 깍지 낀 손등에 턱을 괸 자세로 재인을 지켜봤다. 어찌나 뚫어져라 지켜보는지, 동물원의 코끼리가 된 기분이었다.

"교수님은 안 드세요?"

그의 시선이 부담스러워서 물어봤더니, 성현이 어깨를 으쓱하며 말했다.

"네, 전 이런 건 안 먹습니다."

"……이보세요."

"아무리 여왕님 요청이라도 이런 음식은 입에 좀 안 맞아서."

비싼 정장과 구두를 착용하는 남자의 입에 편의점 샌드위치가 안 맞을 수는 있다고 생각한다. 고급 음식만 먹고 자란 사람이 서민 음식을 못 먹는 거, 재수 없다고 생각하지도 않는다. 사람마다 취향의 차이가 있는 거니까.

하지만 상대가 민성현이라면 얘기가 달라진다.

누가 떨어뜨렸는지도 모르는 치킨을 복도 바닥에 쭈그리고 앉아 열심히 주워 먹던 사람이 할 소리는 아니라는 것이다.

어이가 없다는 표정을 불쾌하다는 의미로 받아들였는지, 성현이 얼른 덧붙였다.

"하지만 여왕님의 명령이라면 어떻게든 먹어보겠습니다. 여왕님을 위해 못 할 건 없으니까요."

"아니, 됐습니다. 그냥 그러고 계세요."

성현이 안심한 듯 희미한 미소를 지었다.

재인은 집요하게 따라붙는 그의 시선을 무시하며 샌드위치 두 개를 먹어치웠다.

"남은 건 어떻게 할까요?"

하고 물었더니,

"여왕님 뜻대로."

라는 대답이 돌아왔다. 여왕님이라는 호칭, 정말 거슬린다고 생각하며 남은 샌드위치를 냉장고 안에 차곡차곡 집어넣었다.

등 뒤로 성현이 가까이 다가온 것이 느껴졌다. 재인의 뒤에 바짝 붙어선 성현이 한 손으로 냉장고를 짚고 안을 들여다보고 있었다. 반쯤 허리를 굽히고 있던 재인은, 그의 품안에 가둬진 듯한 기분이 들어서 인상을 찌푸렸다.

이 남자는 스킨십이 너무 잦다. 미국에서 살다가 와서 그런 걸까?

"맥주."

그의 굵은 저음이 재인의 머리 위에서 들려왔다.

"맥주, 맥주, 맥주. 냉장고 안에 온통 맥주뿐이군요."

"네, 그렇게 됐네요."

차갑게 대답하며 옆으로 슬쩍 몸을 피해, 성현의 팔 사이를 빠져 나왔다. 성현이 냉장고 문을 닫고 재인을 향해 돌아섰다.

"그러면 안 됩니다, 여왕님. 인간에게 있어서 기본적으로 필요한 것이 의식주라고는 하지만, 그중 하나만 선택하라면 당연히 '식'입니다, 식. 그렇잖습니까. 집 없어도 살고, 옷 벗고도 살 수 있지만, 밥을 먹지 않고는 살 수가 없죠. 죽습니다, 그러다 죽어요."

생긴 것답지 않게 호들갑을 떠는 성현을, 재인은 물끄러미 올려 다봤다. 아무리 생각해도 성현의 의도를 알 수가 없다. 게다가 아무리 직시해도 보이는 것이 없다. 아무것도 보이지 않는 건 드문 일이었다.

"아까 내 입을 막은 이유가 뭐죠?"

"입을 막은 이유라. 여러 가지가 있죠. 첫 번째."

또 첫 번째 타령인가 싶었지만 묵묵히 그의 대답을 기다렸다. 그는 검지를 하나 펼쳤다.

"여왕님의 입술로 내 손바닥에 낙인을 찍고 싶었다.

"……."

"두 번째. 오, 이러니까."

"브이 타령 그만하시고 그냥 말하세요."

"칫."

그는 브이를 구체화한 자신의 몸놀림을 자랑할 수 없는 것이 아쉬운 듯 가볍게 혀를 찼다.

"그럼 두 번째. 상처를 받지 않게 하기 위해. 아쉽게도 이유가 두 개뿐이라서 닭발까지는 가지 못하겠군요."

닭발은 아무래도 좋았다.

"상처라니요? 그 여자애가 상처를 받을까 봐서요?"

"그런 것도 있고, 내 여왕님의 마음도 걱정이 되고."

"죄를 저지른 건 그 여자애인데 내가 상처를 받을 이유가 없죠."

"아니죠, 여왕님. 리플레이 해봅시다."

성현이 검지로 빙글빙글 원을 그리며 말했다.

"누명을 쓴 아들이 있고, 진짜 범인인 딸이 있습니다. 옆집 여자가 그 광경을 목격했고, 딸을 가리키면서 '쟤가 진짜 범인이야!'라고 말했다고 칩시다. 그렇다면 진퇴양난의 상황에 빠진 1110호 아주머니는 어떤 반응을 보였을까요?"

그 이후에 벌어진 상황을 예상하는 것은 어렵지 않았다. 자주 경험했던 일이니까.

아마도 1110호 아주머니는 재인을 몰아붙였을 것이다. 자기의 딸을 보호하기 위해, 아들에게 누명을 씌운 자신의 잘못을 모르는 척하기 위해. 어쩌면 재인에게 필요 이상의 악담을 퍼부었을지도 모르겠다.

"그런 걸로는 상처 안 받아요. 인간의 행동 패턴에 대해서는 이

미……."

덥석—

성현이 갑자기 재인의 손을 잡는 통에, 재인은 말을 멈췄다. 눈을 크게 뜨고 성현을 올려다봤지만, 신경은 잡힌 손에 쏠려 있었다. 재인의 손이 쏙 들어갈 만큼 커다란 그의 손은 무척이나 따뜻했다. 어찌나 따뜻한지 하마터면……

'하마터면 뭐? 뭘 하려고 한 거야, 난?'

손 한 번 잡혔다고 혼란스러움을 느끼는 자신을 이해할 수 없었다. 당혹스러움에 굳어버린 재인을 지그시 응시하며, 성현이 말했다.

"여왕님이 심리학을 오래 공부한 것도 알고, 머리가 좋다는 것도 알아요. 그렇다면 여왕님도 알 거예요. 상처를 받지 않는 인간은 없다는 거."

그의 검은 눈동자가 재인의 마음을 읽는 듯 날카롭게 빛났다. 재인은 처음으로 그의 눈동자 안에서 감정 하나를 읽어낼 수 있었다.

안타까움. 우월감이 섞이지 않은 순수한 안타까움.

꿀꺽—

재인은 마른침을 삼키며 시선을 옆으로 돌렸다. 이런 눈빛을 본 건 딱 한 번. 아주 오래전 딱 한 번뿐이었다.

"재인아. 미안해."

재인은 울고 싶어졌다.

간신히 눈물을 참는데, 그의 다정한 음성이 재인의 찢긴 심장 위에 내려앉았다.

"아픔을 무시하지 말아요, 여왕님. 무서워서 무시했다면 이제부터는 직시하고 받아들여요. 그러지 않으면 마음보다 먼저 몸이 사라질 테니까."

"아, 깜빡했는데 세 번째 이유가 있었네요. 자, 이걸로 닭발입니다."

제멋대로 재인의 마음을 들쑤신 성현은, 그런 적 없다는 듯 손가락 세 개를 들었다. 재인은 잠시나마 이 남자의 눈빛에 휘둘린 자신을 질책하며 세 번째 이유를 기다렸다.

"아, 중지와 약지를 접으면 평화의 상징이 된다는 거 아십니까? 이렇게도 세 번째를 표현할 수 있겠군요."

성현은 엄지와 검지, 소지를 올린 '평화의 상징' 손 모양을 보여주며 말했다. 재인은 진심으로 성현을 한 대 때려주고 싶었지만 꾹 참았다.

"그런 건 아무래도 좋으니까 이유나 말해 주세요."

"후후후. 내 여왕님은 정말 성격이 급하군요. 알겠습니다. 세 번째 이유는 포장을 하기 위해섭니다."

"포장이요?"

"여왕님의 그 능력."

움찔했다.

"1110호의 아주머니가 이렇게 물어볼 수도 있죠. 당신, 우리 딸이 그랬다는 거 어떻게 알았어? 우리 집에 CCTV라도 설치한 거야?"

성현이 허리에 한 손을 올리고 1110호 아주머니의 성대모사를 했다. 하나도 안 비슷했지만 굳이 지적하지 않았다.

"하지만 '따님께 물어보세요.'라고 했을 경우, 여러 가지로 포장할 수가 있죠. 아들이 아니라면 딸이라고 생각했어요, 따님이 이쪽을 보고 있는 모습이 좀 불안해 보여서요. 이런 식으로."

성현의 설명은 귀에 들어오지 않았다. 성현은 분명하게 말했다. '여왕님의 그 능력'이라고. 그렇다는 것은 재인의 능력을 이미 알고 있었다는 뜻이 된다.

어떻게 알고 있는 걸까?

재인의 능력을 아는 사람은 서울지방경찰청 강력팀의 몇 명뿐이었다. 그들이 성현에게 말해 준 걸까?

아니, 그럴 리는 없다. 다들 '능력'이라고는 하지만 그리 대단한 것도 아니었다. 그저 상대의 거짓말을 간파해내는 기술이 남들보다 뛰어날 뿐이다. 굳이 미국의 프로파일러에게 재인에 대해 알릴 이유가 없는 것이다.

게다가 한선도 성현의 존재에 대해 전혀 모르는 눈치였다. 한선을 잡으러 왔던 한선의 파트너 주학도 성현에게 눈길조차 주지 않았다.

성현은 경찰청과는 관계가 없는 인물인 게 분명하다.

"여왕님의 능력에 대해서는."

재인의 의심을 꿰뚫어본 듯 성현이 말했다.

"친구에게 들었습니다."

"친구 누구요?"

"오, 제 인간관계에 대해서도 관심을 가져 주시는 겁니까?"

성현이 밝은 표정으로 되물었다.

이 남자가 진짜!

재인은 부글부글 끓는 속을 가라앉히며 성현을 노려봤다.

"친구, 누구요?"

"제 부…… 아, 실례. 여왕님 앞에서 천박한 단어를 꺼낼 뻔했네요."

"……."

"제 소꿉친구요."

"그러니까 그 친구가 대체 뭘 하는 사람인데요? 제가 아는 사람이에요?"

"글쎄요. 어떨까요?"

성현이 싱글싱글 웃었다.

웃는 얼굴에 침 못 뱉는다는 속담이 있지만, 그 속담은 거짓말이다. 침을 못 뱉긴. 재인은 웃고 있는 성현에게 침만 뱉어 줄 게 아니라 주먹질에 발길질까지 해 주고 싶은 심정이었다.

이 기분 나쁠 정도로 잘생긴 남자가 얄미워서 견딜 수가 없다.

"물론 제가 여왕님의 노예를 자처하고 있긴 하지만 말입니다. 이

건 좀 형평성에 어긋난다는 생각이 들지 않습니까?"

"대체 뭐가요?"

"전 여왕님에 대해 아는 거라고는 그 능력과 이름뿐인데, 여왕님은 저에 대해 소장의 주름 개수까지 알게 되었잖습니까."

"교수님의 소장 주름 개수 같은 건 관심도 없어요."

"그거 서운하군요."

어떡하지? 이 남자를 대체 어떻게 해야 하지?

재인은 다른 의미로 울고 싶어졌다.

성현이 최 교수와 지인이고, 교수라는 직함까지 있어서 어떻게든 평범한 사람이라고 생각하려 했다. 하지만 아니라는 것을 이제야 깨달았다.

이 남자가 어떤 직업을 가졌든, 어떤 수업을 진행하든, 이 남자의 정신 상태와는 아무런 관계가 없다. 미친 인류는 그저 미친 인류일 뿐.

정신이상자와 제대로 된 대화를 시도하려는 자신이 바보였다. 미치광이의 마음을 읽으려 하면, 더불어 미치광이가 될 뿐이다.

그러니까 이제 관두자. 이 능력에 대해 어떻게 알게 된 건지, 왜 자꾸 접근하는 건지 알아내려는 건 그만두자. 어차피 알려 주지도 않을 테니까.

"나가세요."

"저에 대해 묻는 건 그만둔 겁니까?"

그가 여유롭게 물었다. 재인은 현관문을 가리키기 위해 손을 올리려다가, 여전히 그의 손에 한 손을 잡힌 상태라는 걸 깨달았다. 빼내려 했지만 그럴수록 그는 꽉 잡고 놔주지 않았다.

"이 손 좀 놔주시겠어요?"

"제 질문에 대답해 주시면요."

"뭔데요?"

"여왕님이 저지른 범죄는 뭡니까?"

몸이 굳었다.

성현이 예리한 시선을 피하고 싶은데 목이 움직이지 않았다. 눈을 크게 뜬 채 그의 날카로운 시선을 오롯이 받아내는 수밖에 없었다.

그는 재인을 닦달하지 않았다. 그저 조용히 그녀의 눈을 응시하며 대답을 기다리고 있었다.

뒤늦게 정신을 차렸다. 이 남자가 그 일에 대해 알 리 없다. 그저 한 번 찔러본 것이리라.

"인간이라면 누구나 범죄를 저지르죠."

변명하듯 내뱉는 목소리가 자신의 것처럼 들리지 않았다. 재인은 침착해지려고 애쓰며 덧붙였다.

"지금 교수님이 제 허락 없이 손을 잡고 있는 것도 범죄고요."

성현은 싱긋 웃었지만 손을 놔주진 않았다.

"나가 주세요. 집주인 명령이에요. 안 그러면 신고할 거예요."

"그럼 제 주옥같은 강의를 놓치게 될 텐데요."

"그런 건 아무래도 좋아요. 나가 주세요."

들썩이던 마음이 서서히 가라앉았다.

이상한 남자가 갑자기 친근하게 접근을 해오는 통에 잠시 흔들렸다. 타인의 온기를 느끼는 것이 너무 오랜만이라서 마음이 조금 술렁였을 뿐이다.

갑자기 서늘하게 변한 재인을, 성현은 말없이 응시했다.

'내가 너무 몰아붙였나?'

하지만 성현은 재인의 작은 몸을 가득 채운 죄책감의 이유가 궁금해서 견딜 수가 없었다.

타인의 거짓말을 읽어내는 능력이 있는 여자. 그런 여자가 하고 있는 거짓말은 대체 뭘까?

손안에 쏙 들어오는 재인의 작은 손이 차갑게 식어가는 게 느껴졌다. 그녀의 갈색 눈동자만큼이나 서늘했다.

'일단은 물러서야겠군.'

성현은 손에서 힘을 뺐다. 그러기를 기다렸다는 듯 재인이 얼른 손을 빼 현관문을 가리켰다.

재인은 성현을 보고 있지 않았다. 아마 성현이 자기와 비슷한 능력을 가졌다고 생각하는 것이리라. 사실 성현에게는 그런 능력이 없었지만, 굳이 말해 주진 않기로 결심했다.

'그나저나 이 여잔 참 귀엽단 말이야. 뭘 먹고 이렇게 귀여운 거지? 맥주?'

이 와중에도 재인은 귀여웠다. 성현에게 마음을 읽히지 않기 위해 힘껏 시선을 피하는 모습이 귀여워서, 꽉 끌어안아 주고 싶을 정도였다.

화를 내는 게 당연한 상황에서도 재인은 늘 차분하고 담담한 말투를 사용했다. 하지만 성현은 재인의 속이 얼마나 부글부글 끓고 있는지 알고 있었다.

그렇게 애써 감정을 억누르는 그녀가 안쓰럽고 귀여워서, 성현은 재인을 위해 뭐든 해 주고 싶었다. 그러기 위해서는 재인이 품은 죄책감의 이유를 알아야만 했다.

"만약에 말입니다, 여왕님."

그래서 조금 더 재인을 자극해 보기로 했다.

"제가 직접 여왕님이 저지른 범죄를 알아내면."

재인의 미간에 살짝 주름이 생겼다가 사라졌다.

"상을 하나 주세요. 근사한 걸로."

재인은 대답하지 않았다. 성현은 그걸 무언의 허락이라고 받아들이기로 결정하고, 느릿하게 재인의 집에서 나왔다.

덥석—

쿵—

재인의 집 현관문을 닫자마자 곰 같은 것이 튀어나와 성현의 멱살을 잡아서 그대로 벽에 밀어붙였다.

도심에서 곰의 습격을 받으면 놀랄 법도 한데, 성현은 표정의 변화가 없었다.

재인의 집에서 나올 때처럼 느긋한 표정으로 자신을 밀어붙인 상대를 내려다봤다.

"류한선 형사. 맞지?"

성현의 질문에 험악한 표정을 짓고 있던 한선이 눈을 크게 떴다. 성현은 나쁜 짓을 하다가 주인에게 걸린 강아지를 보는 것 같다고 생각했다.

"너, 내 이름을 어떻게 알아? 스토커냐?"

금방 다시 인상을 찌푸린 한선이 거친 어조로 물었다. 성현은 고개를 옆으로 기울였다.

"어제 대학교에서 들었으니까?"

"어제…… 아, 맞다. 그랬지."

"스토커가 아니라는 걸 알았으면 좀 놔주지? 참고로 난 절대 남자를 스토킹하진 않아."

"그럼 여자라면 하겠다는 소리냐?"

"내가 원한다면 못 할 이유가 없지."

성현은 여전히 멱살을 잡고 있는 한선의 손을 잡아 옆으로 떼어 냈다. 한선의 짙은 눈썹이 불쾌한 듯 휘어졌다.

둘은 잠시 서로의 양손을 맞잡은 상태로 힘자랑을 했다. 멱살을 잡으려는 쪽과 그걸 떼어 내려는 쪽. 둘은 서로의 눈을 노려보며 사생결단을 한 듯 싸우고 있었지만.

'대체 뭘 하는 거지, 저 두 사람?'

복도가 시끄러워져서 확인하러 나온 재인의 눈엔, 두 손을 꼭 붙잡고 서로의 눈을 열렬히 응시하는 뜨거운 커플로만 보였다. 교수와 형사가 아침부터 복도에서 벌이는 뜨거운 행각에 끼어들고 싶은 마음은 없었다. 재인은 나올 때처럼 조용히 뒷걸음질을 쳐서 들어가 문을 닫았다.

재인에게 목격 당했다는 것을 모르는 두 사람은 그 상태로 10분 넘게 대치하다가, 결국 누가 먼저랄 것도 없이 팔을 내렸다. 한선이 좋은 싸움을 했다는 듯 씩 웃으며 성현의 어깨를 툭 쳤다.

"곱상하게 생긴 놈이 힘은 좋은데?"

"외모와 힘은 아무 관계가 없지. 그러는 자네도 나쁘지 않았어."

"아침부터 땀을 흘렸더니 배가 고프군. 아침은 먹었냐?"

"아직. 난 입이 고급이거든."

"잘생긴 게 생긴 것처럼 노네. 그래서 뭘 먹고 싶은데?"

"선지해장국."

"……."

동래 아파트 근처의 선지해장국 가게는 24시간 영업이었다. 성현은 한국의 24시간 오픈 문화와 단 돈 3,000원에 에피타이저까지 두루두루 나오는 식문화에 대해 한참을 떠들어 댔다.

잘생긴 미친놈을 경이로운 마음으로 지켜보던 한선은, 뒤늦게 떠올렸다. 이 잘생긴 미친놈이 혼자 사는 재인의 집에서 나왔다는 것을. 꿈자리가 뒤숭숭해서 찾아왔는데 그런 꼴을 보게 될 줄이야.

마음 같아서는 식탁을 뒤집어엎으며 고함을 지르고 싶었지만, 일단은 경찰이라는 자각이 있었다. 사람 많은 데서는 소란을 피우지 말자, 라는 것이 한선의 인생 과제였다. 선배인 주학은 한선에게,

"이 꼴통아. 너 앞으로 소란 피우고 싶어질 때마다 속으로 열을 세. 열까지 세고 나서도 지랄 맞게 굴고 싶으면, 그때 그 꼴통 짓을 하든지 하라고!"

라는, 따스한 조언을 해 주었었다.

"재인이랑 무슨 사이야?"

한선의 질문에, 잘생긴 얼굴만큼이나 멋지게 국밥을 먹던 성현이 숟가락을 내려놨다. 그의 입가에 번진 옅은 미소는 화가 치밀 정도로 근사했다.

"지금 날 취조하려는 건가, 류 형사님?"

"누가 국밥 먹으면서 취조를 하냐? 힘 겨룬 사이끼리 탁 까놓고 말해 보자고. 너, 재인이랑 뭔 사이야?"

"규칙이 하나 있어."

성현이 젓가락으로 깍두기를 쿡 찍으며 말했다.

"내게서 뭔가를 꺼내고 싶을 땐, 자네가 가진 걸 하나 내놔야 돼. 이 규칙을 지킨다면 궁금한 것을 말해 주지 못할 것도 없지."

"그러니까…… 네가 먼저 질문을 하겠다, 그거지?"

"응."

"그럼 그냥 그렇게 말하면 되지, 뭘 그렇게 비비 꽈?"

"이래야 폼 나잖아."

성현이 그런 당연한 것도 모르냐는 듯, 오히려 황당한 표정을 지었다. 한선은 주학에게 묻고 싶었다.

'선배님. 이놈은 열까지 세는 걸로는 안 될 것 같은데, 어쩌죠?'

"류 형사님은 우리 여왕님이랑 무슨 사이지?"

"여왕님? 야, 우리 재인이가 왜 네 여왕님이야? 네가 뭔데 재인이를…… 읍!"

열까지 세는 것도 잊고 벌떡 일어나 언성을 높인 한선의 입에 깍두기가 틀어박혔다. 원치 않는 깍두기와 입맞춤을 한 한선이 눈을 부릅떴다. 성현은 자기 입술을 손가락으로 가볍게 누르며 말했다.

"공공장소에서는 조용히 하는 게 좋지 않을까? 자넨 경찰이잖아."

"제길."

한선은 깍두기를 우적우적 씹으며 도로 자리에 앉았다. 깍두기는 적당히 익어서 굉장히 맛있었다.

"자, 어려워말고 대답해봐. 자넨 우리 여왕님이랑 무슨 사이야?"

"그냥 아는 사이. 자, 이젠 네가 답해."

"아니. 협상 결렬이야. 난 거짓말쟁이는 상대 안 해."

"거짓말쟁이라니. 난……!"

거기까지 말한 한선은 입을 다물었다. 방금 성현의 행동은 재인과 유사했다.

"너 설마…… 재인이랑 같은 과냐?"

"같은 과?"

"모르는 척하지 마."

"아, 여왕님의 능력을 말하는 거라면, 나에겐 그 능력이 없어. 내가 할 줄 아는 건 아주 기본적인 것들뿐이야."

"재인이 능력을, 네가 어떻게 알고 있는 거지?"

성현이 검지로 빙글빙글 원을 그렸다.

"리플레이를 해 보지, 류 형사님. 규칙이 하나 있다고 했고, 그리 어려운 규칙도 아니잖아. 류 형사님이 대답을 안 해 줬는데도 난 대답을 하나 해 줬어. 대출혈 서비스지."

"……알겠어."

이 잘생긴 고집불통에게는 무슨 말을 해도 통하지 않으리라는 것을, 한선은 깨달았다. 다른 때라면 어떻게든 성현을 닦달해서 답을 끌어내겠지만, 재인과 관계된 일일 때는 달랐다. 갑자기 재인의 주위에 나타난 성현의 정체를 빨리 파악해야만 했다.

"내가 재인이를 만난 건 몇 개월 전의 일인데……."

한선은 재인과 만나게 된 계기와 그녀를 보는 순간 느낀 벅찬 사랑의 감동 등을 실감나게 설명했다. 성현은 국밥을 열심히 먹으며 한선의 이야기를 들었다.

이야기가 마무리되었을 때, 국밥을 다 비운 성현이 컵에 물을 따랐다. 느릿하게 움직이는 성현의 긴 손가락을 보며, 한선이 말했다.

"나랑 재인이는 이런 사이야. 이제 됐지? 이제 내 차례다."

"아니, 여전히 내 차례야."

"뭐?"

우아하게 물을 마신 성현이 검지를 빙글빙글 돌리며 말했다.

"리플레이 해 보지, 류 형사님. 자네의 거짓말 이후, 난 아직 질문을 하지 않았어."

뚝—

한선의 이성이 끊어졌다.

'국밥의 난'이라고 불릴 만한 싸움이 끝난 후, 망신창이가 된 성현과 한선은 나란히 국밥집에서 쫓겨났다. 분이 안 풀린 한선이 성현의 멱살을 잡으려 했지만, 그 전에 성현이 한선의 두 손을 붙잡았다. 또다시 두 손을 꼭 부여잡고 서로를 열렬히 응시하는 상태가 유지되었다.

'저 사람들은 대체 왜 여기에서까지……?'

학교에 가려고 나온 재인은, 국밥집 앞에서도 서로를 지그시 바라보는 두 사람을 발견했다. 이번에도 끼어들고 싶지 않았기 때문에, 재인은 다른 길로 가기 위해 주저 없이 돌아섰다.

재인이 걸어서 10분 걸리는 전철역에 도착했을 때쯤에야, 둘은 대치 상태에서 벗어났다. 성현은 구겨진 옷을 탁탁 털었고, 한선은 야구점퍼 주머니에 손을 찔러 넣었다.

"너 뭐 하는 놈이야, 대체? 아, 규칙 타령은 하지 마. 이번에 대답 안 하면 서에 끌고 가서라도 대답을 들을 테니까."

"민간인을 막 잡아가겠다고?"

"기물손괴죄!"

"그건 자네도 동참했잖아, 류 형사님. 자네가 부순 게 더 많은 것 같은데?"

"에이씨! 내가 네놈에 대해 못 알아낼 것 같아?"

"글쎄. 서울지방경찰청의 형사님이라면 못 알아낼 것도 없겠지."

성현이 순순히 인정하니 할 말이 없어졌다. 한선은 씩씩거리며 성현을 노려보다가 크게 숨을 내뱉고는 고개를 저었다.

"유재인, 함부로 건드리지 마."

"걱정 마. 함부로 건드리진 않으니까. 난 늘 성심성의껏……."

"닥쳐, 이 잘생긴 미친놈아. 네가 무슨 꿍꿍이로 재인이 앞에 나타난 건지 모르겠는데, 재인이한테 위험인물이라고 생각되면 머리에 바람구멍 내줄 거야."

"형사가 민간인에게 협박을 하다니."

"재인이를 위해서."

한선의 음성이 한 톤 낮아졌다.

"내가 뭐든 못할 것 같아?"

성현의 눈이 가늘어졌다.

"아니, 다 할 수 있을 것 같네."

놀리는 듯한 뉘앙스였지만 놀림을 받는 기분이 들지는 않았다. 한선은 성현의 곱상한 얼굴을 노려봤다.

"내가 바빠서 지금은……."

한선이 거기까지 말했을 때였다.

"류한선, 너 이 꼴통 자식! 너, 이리 안 와?"

주학의 커다란 목소리가 아침의 고요함을 깨뜨렸다. 한선의 얼굴이 새하얗게 질렸다. 한선은 로봇처럼 뻣뻣하게 뒤를 돌아봤고, 도깨비 같은 얼굴로 달려오는 주학을 발견했다.

"아, 제기랄!"

도망치려는데 성현이 가볍게 한선의 손목을 잡아 멈춰 세웠다.

"야, 이거 봐! 이 자식, 너! 죽고 싶냐?"

빠악—

어느새 바로 뒤까지 달려온 주학이 한선의 뒤통수를 후려쳤다.

"이 자식이 어디서 민간인을 협박하고 쥐랄이야, 쥐랄이!"

"아씨, 이 자식은 민간인 아닙니다, 선배! 이 자식, 스토커라고요!"

"스토커는 너지, 인마!"

"제가 왜요! 아니, 선배야말로 제 스토킹하십니까? 어떻게 이렇게 기가 막히게 제가 있는 곳을 찾아와요? 제 몸에 위치 추적기라도 달았어요? 네?"

"헛소리 말고 따라와! 이거 참, 죄송하게 됐습니다."

그 와중에도 주학은 성현에게 싹싹하게 사과를 하고는, 한선의 귀를 잡아당겼다.

"너, 두고 보자! 아아악! 아파요, 선배!"

라고 외치며 끌려가는 한선을 지켜보던 성현의 한쪽 입꼬리가 올라갔다. 성현은 멀어지는 한선을 보며 중얼거렸다.

"류한선 형사님이 여왕님의 범죄에 대한 실마리를 제공해 줄지도 모르겠군."

강의 시간까지는 30분 정도가 남았다. 재인은 비스듬히 앉아서 책을 응시하고 있었다. 학교에 오기 전 서점에 들러서 사온 에드윈 컴버배치의 신간 소설이었다. 기다리고 기다리던 소설인데 책장을 펼치지 않은 이유는, 머릿속에 떠오른 영상 하나가 지워지지 않았기 때문이다.

'그 둘은 대체 뭘 하는 거였지?'

가까운 거리에서 두 손을 꼭 맞잡고 서로의 눈을 지그시 응시하던 성현과 한선. 키 180cm가 넘는 건장한 남자 두 명이, 맹렬하게 서로를 탐하는 모습을 본 후라 마음이 뒤숭숭했다.

'무슨 생각들을 하는 건지.'

성현과 한선이 그렇게 친한 사이인 줄 몰랐다. 어쩌면 성현이 말한 소꿉친구가 한선일지도 모르겠다는 생각이 들었다.

'아니, 이제 그런 건 아무래도 좋아.'

"여왕님이 저지른 범죄는 뭡니까?"

그의 예리한 시선이 생생하게 떠올랐다. 떠보는 어투가 아니었다. 그는 재인의 범죄를 확신하고 있었다.

'어떻게 아는 거지?'

성현과 한선이 친한 사이라서 재인의 능력을 알고 있을 수는 있었다. 하지만 범죄에 관해서라면 얘기가 달랐다. 그 일에 대해 아는 사람은 아무도 없었다.

손바닥에 닿았던 서늘한 감촉, 주위를 에워싼 차가운 공기. 그날의 기억은 오롯이 재인의 것이었다.

툭—

절대 잊을 수 없는 끔찍한 기억에 사로잡혀 있는데, 누군가 어깨를 가볍게 두드렸다. 깜짝 놀라 돌아본 이유는, 성현일지도 모른다는 생각 때문이었다.

하지만 뒤에 서 있는 인물은 재인보다 한 살 어린 대학원생 진혁이었다.

"왜 그렇게 놀래요?"

진혁이 반달 모양으로 눈을 접고 웃었다.

"잠깐 딴생각을 하고 있었어."

진혁이 자연스럽게 재인의 옆자리에 앉았다. 진혁은 가방에서 부스럭부스럭 뭔가를 꺼내더니 재인에게 내밀었다. 샌드위치였다.

"누나, 또 아침 거르고 왔죠?"

샌드위치.

어제 한선도, 오늘 아침 성현도, 그리고 지금은 진혁까지. 다들 왜 이렇게 샌드위치를 챙겨 주는지 모르겠다. 샌드위치가 최신 유행인 걸까?

재인은 베이컨이 잔뜩 들어 있는 샌드위치를 책상 가장자리로 밀어 두고 진혁을 돌아봤다.

아이돌 가수처럼 생긴 진혁과는 2년 전 대학원에 입학했을 때 알게 되었다. 여학생들의 인기를 한 몸에 받으면서도, 그는 우쭐한 기색이 없었다. 늘 차분하고 겸손해서 함께 있는 게 부담스럽지 않았다.

"어제 특강, 재미있었다면서요?"

진혁이 말했다.

"특강……."

"특강 강사님이 엄청 재미있는 사람이라고 하던데요."

"그걸 재미있다고 한다면, 그래, 재미있는 거겠지."

재미있다기보다는 그냥 정신이상자라고 말해 줄까 하다가 관뒀다. 굳이 알려 주지 않아도 오늘 특강을 들으면 알게 될 테니까.

"게다가 강사님이 엄청 잘 생겼다던데, 정말 그래요?"

진혁이 재인을 돌아봤다. 재인은 진혁의 단정한 얼굴을 물끄러미 응시하다가 고개를 끄덕였다.

"응, 생긴 건 멀쩡해."

진혁이 웃었다.

"다른 애들은 잘생겼다고 난리던데, 누나 눈엔 안 차나 봐요."

"사람마다 취향이 있으니까."

재인의 무심한 대답에 진혁이 눈이 가늘어졌다.

"그럼 우리 유재인 씨 남자 취향은 어떻게 되십니까?"

남자 취향 같은 건 생각해 본 적 없는 재인이었다. 하지만 하나만큼은 분명히 대답할 수 있었다.

"스토킹 안 하고 정상적인 사고방식을 가진 남자."

"하하하하. 그건 당연한 거고요."

진혁이 어이없다는 듯 웃는 걸 보며, 재인은 생각했다.

'그래, 당연한 거지. 그런데 그 남자는 그 당연한 부분을 가지고

있지 않다고.'

그러다가 깨달았다. 오늘 아침부터 지금 이 순간까지 '민성현'이라는 존재가 머릿속을 꽉 채우고 있다는 걸.

이제 더는 성현에 대해 생각하고 싶지 않다. 도통 이해할 수 없는 행동들도, 마음을 읽는 듯한 예리한 눈빛도, 재인이 감당하기엔 너무 버거웠다.

고요함을 가장한 이 시간을, 지금까지처럼 영위하고 싶었다. 몇 달 전 만나게 된 한선은 시끄럽긴 해도 재인의 삶을 흔들진 않았다. 하지만 성현은 알게 된 지 단 이틀 되었을 뿐인데, 마치 해일처럼 재인의 삶을 뒤흔들었다.

복잡한 머릿속을 애써 정리하던 때에 수업이 시작됐다.

수업 내용이 흥미로워서 잡생각을 하지 않을 수 있었다. 2시간의 강의가 끝나고, 1시간의 쉬는 시간이 주어졌다. 쉬는 시간이 지나고 나면 특강 시간이다.

"누나, 점심 같이 드실래요?"

진혁이 일어나며 물었다.

"아니, 난 이걸로."

재인은 아까 진혁에게 받아 둔 샌드위치를 가리켰다.

"그래요, 그럼. 이따 봐요."

진혁은 순순히 고개를 끄덕이고는 다른 학생들과 어울려 강의실에서 나갔다. 만약 한선이었으면 끝까지 같이 먹자며 닦달했을 것이다.

'그냥 집에 갈까?'

특강 시간에 성현을 마주해야 하는 게 싫었다. 그의 날카로운 눈빛이

'나는 네가 저지른 범죄를 알고 있다.'

라고 끊임없이 속삭일 것 같아서 두려웠다. 간신히 묻어 둔 어둠이 타인에 의해 파헤쳐지는 것은 유쾌하지 않았다. 가능하다면 집도 이사하고 싶다는 생각이 들 정도였다.

고민을 하는 동안 1시간이 훌쩍 흘러갔다. 학생들이 돌아와서 강의실이 시끌시끌해졌고, 진혁이 옆자리에 앉아 "교수님 어떨지 기대된다."는 둥, "수업도 재미있다던데."라는 둥 중얼거렸다.

'그래, 그냥 가자.'

성현을 피하고 싶으면서도 쉽게 일어서지 못한 이유는, 수업 내용 때문이었다. 인정하기 싫지만 성현의 수업은 굉장히 매력적이었다.

그러나 역시 성현을 마주하느니 특강을 놓치는 게 나을 것 같았다. 더는 성현과 관계되고 싶지 않았다. 당분간 아파트를 벗어나 모텔에라도 묵어야겠다.

"누나, 가시게요?"

가방을 어깨에 메는 재인을 보며, 진혁이 놀란 듯 물었다. 재인은 가볍게 고개를 끄덕이고 서둘러 강의실에서 나왔다.

좋을 것이 하나도 없는 인생이다. 그래도 학교에서만큼은 어깨

를 짓누르는 무거운 짐에서 조금이나마 벗어날 수 있었다. 그런데 성현이 던진 질문이 잠깐의 평화조차 앗아 갔다.

"여왕님이 저지른 범죄는 뭡니까?"

굵은 저음의 음성이 생생하게 귓가에 울렸다. 고개를 푹 숙이고 바닥을 보며 걸었다. 따라오는 음성에서 도망치려는 듯 바삐 움직이는 낡은 스니커즈를 보느라, 맞은편에서 오는 사람을 보지 못했다.

툭―

이마가 상대의 가슴과 부딪쳤다.

"죄송⋯⋯."

사과를 하려다가 말을 멈췄다. 상대에게서 풍겨오는 달콤한 향기 때문이었다. 반사적으로 고개를 들자, 왕자처럼 화려한 얼굴이 시야 가득 들어왔다.

성현이었다.

"오, 이런. 여왕님."

언제나처럼 그가 연극조로 말했다.

"땡땡입니까?"

무시하고 옆으로 지나가려 했다. 하지만 성현이 슬쩍 옆으로 자리를 옮겨 재인의 앞을 막았다. 오른쪽, 왼쪽, 오른쪽, 다시 왼쪽. 그렇게 몇 번을 시도하다가 미간을 모으고 그를 노려봤다. 성현이 싱긋 웃었다.

"안 되지, 안 돼요, 여왕님. 비싼 돈 주고 다니는 대학원이잖습니까. 하나도 놓치지 말고 열심히 들어야지요."

당신만 아니면 열심히 들었을 거야.

"게다가 제 강의는 말입니다, 아무 데서나 들을 수 있는 게 아닙니다. 놓치면 후회할걸요."

싱글싱글 웃는 그의 얼굴을 보고 싶지 않았다. 그는 어디 하나 부족한 사람처럼 굴었지만, 사실은 예리했다. 저렇게 넋 나간 사람처럼 행동하면서도 재인의 속을 읽어내려 하고 있을지도 모른다.

그래서 고개를 숙였다. 그의 고급 구두는 여전히 반짝반짝 빛을 내고 있었다.

앞코를 마주한 낡은 스니커즈와 새 구두.

재인은 이 두 개의 신발이 마치 두 사람의 살아온 인생 같다는 생각이 들었다. 낡고 닳아 회생 불가능한 인생과 늘 반짝반짝 빛나는 인생.

성현이 유독 불편한 이유 중 하나가 여기에 있음을, 이제야 깨달았다. 그는 밝았다. 어릴 적부터 모두에게 사랑을 받고 자란 사람들이 흔히 보이는 유쾌한 밝음, 티 한 점 없는 즐거움을, 성현은 가지고 있었다.

그래서였다. 한선보다도 성현이 더 부담스러운 이유는. 한선보다도 성현에게 더 흔들리는 이유는.

서로 완전히 반대되는 것이 맞닿았을 때의 강렬한 반작용.

재인은 문득 궁금해졌다. 그녀가 느끼는 이 반작용의 힘을, 그도 느끼고 있을지.

"비켜 주세요."

재인이 차가운 목소리로 말했다.

"전 특강 들을 생각 없습니다. 비켜 주세요, 교수님."

"흐응."

그는 가볍게 콧소리를 내더니, 재인의 앞에 쭈그리고 앉아 재인을 올려다봤다. 예상치 못한 그의 행동에, 재인은 주춤 뒤로 물러났다. 그런 재인을 빤히 올려다보며 그가 눈을 가늘게 떴다.

"여왕님, 화났습니까?"

"화는 무슨……!"

그의 행동이 재인을 당황하게 만들었다.

대체 왜 이렇게까지 하는 거지?

성현은 상대하면 상대할수록 어려웠다. 그의 행동 패턴은 도통 종잡을 수가 없었다.

스토킹을 하는 듯하더니, 저녁을 얻어먹고, 재인의 특별한 능력에 대해 알고 있고, 아침을 사다 주고, 아픈 곳을 찌르고, 그리고 지금은……

'왜 이렇게 곤란하다는 표정으로 쳐다보는 거야?'

성현이 손을 뻗어 재인의 가느다란 손목을 살짝 붙잡았다. 원하면 언제든 뺄 수 있을 만큼 살짝.

하지만 재인은 손목을 뺄 수 없었다. 그의 손은 따뜻했고, 그 따스함이 좋았다. 인정하고 싶지 않지만 닿아 있는 감촉이 싫지 않아서, 그대로 서서 그를 내려다봤다.

"화난 게 아니군요."

재인의 눈을 빤히 응시하고 있던 성현이 중얼거렸다. 그가 재인의 얼굴로 다른 쪽 손을 뻗었다. 그의 검지가 재인의 얼굴 근처에서 느릿하게 왔다 갔다 했다.

재인은 최면 시계를 보는 것처럼 멍하니 그의 손가락을 따라 눈동자를 움직였다.

"죄책감……도 아니고. 그렇군. 여왕님은 지금 슬퍼하고 있군요."

팟―!

재인은 그제야 정신을 차리고 그의 손을 뿌리쳤다. 그녀는 겁에 질린 표정으로 성현을 노려봤다.

지금껏 타인의 감정을 읽을 줄만 알았지, 자신의 감정을 읽힌 적은 없었다. 잘 포장해 왔다고 생각했다.

속에 들끓는 증오도, 죄책감도, 분노도, 슬픔도, 겉으로 드러나지 않도록 잘 갈무리해 왔다고 생각했다. 늘 무표정하게 상대를 대해서 냉혈인간이라는 소리까지 들었다.

하지만 그는 단번에 읽어냈다.

"괜찮아요, 여왕님."

그가 다시 손을 뻗었다. 이번에는 손목이 아닌, 재인의 손에 그의 손이 닿았다.

"제가 슬픔을 가시게 할 기가 막힌 방법을 알고 있거든요."

성현의 음성이 장난스러워졌다.

"그런 방법 같은 건 궁금하지 않아요."

정말로 궁금하지 않았다. 슬픔은 아무래도 좋다. 그저 이 자리를 벗어나고 싶을 뿐이었다.

하지만 이번엔 그의 손이 재인의 손을 너무 꽉 잡고 있어서 뿌리칠 수가 없었다.

그는 그대로 재인의 손을 자기 얼굴이 있는 곳까지 당겼다. 그리고 재인이 놀랄 틈도 없이 손등에 가볍게 입을 맞춘 후, 재인을 똑바로 응시하며 말했다.

"여왕님, 부디 저와……."

2장
귀엽단 말이야

"여왕님, 부디 저와……."

결혼이라도 해달라는 어조로, 성현이 말했다.

"영화 한 편 보러 가주시겠습니까?"

프러포즈를 기대한 것은 절대로 아니다. 다만 재인은 묻고 싶었다.

"그 말을 꼭 손등에 입 맞추면서 했어야 했나요?"

"훗."

성현이 뭘 모른다는 듯 작게 웃으며 몸을 일으켰다. 여전히 재인의 손을 잡은 채였다.

"영화를 함께 본다는 걸 가볍게 생각해선 안 됩니다, 여왕님. 영화관의 분위기를 생각해 보세요. 언제 어디서 살인이 일어나도 모를 만큼 어둡고, 영화 음량 때문에 시끄럽죠. 그런 곳에서 함께 영화를 본다는 건, 상대에게 오롯이 내 몸을 내어맡긴다는 의미가 되지 않겠습니까?"

그렇게 거창하게 생각해 본 적은 없었고, 앞으로도 하고 싶지 않았다.

"일단 이 손 좀 놔주시겠어요?"

"도망치지 않겠다고 약속하면."

도망칠 생각이었는데 딱 걸렸다.

재인은 아랫입술을 잘근 깨물었다.

성현이 싫다. 싫고 버거워서 어떻게 상대해야 좋을지 모르겠다.

성현을 알게 된 지 오늘로 3일. 그런데도 이 남자는 몇 분마다 한 번씩 재인의 마음을 들었다가 놨다가 했다. 작은 손짓 하나, 몇 마디의 말, 그것 때문에 기분이 흔들흔들 움직여서 멀미가 날 지경이었다.

"교수님, 수업 하셔야지요."

일단 성현을 벗어나서 생각을 정리하고 싶었다. 수업을 들먹이자 성현이 심각하게 고개를 끄덕였다.

"그래요, 수업. 수업이 있었죠."

"네. 돈 받고 하시는 거니까 저처럼 땡땡이치면 안 되는 거 아닌가요?"

"그렇죠, 돈. 이 물질만능주의 사회에서 돈이라는 게 참, 그렇죠."

물질만능주의까지 나올 만한 일은 아닌 것 같지만, 재인은 구태여 어깃장을 놓지 않고 성현의 다음 행동을 기다렸다. 어쨌든 교수라는 자각은 있을 테니, 재인을 놔주든 끌고 가든 강의실로 들어가긴 할 것이다. 성현이 수업을 시작했을 때, 조용히 빠져나오면 그만이었다.

집에 가면 일단 부동산을 찾아가보자. 돈이 좀 부족하긴 하지만 이사 준비를 하고, 당분간은 대학에도 안 나오는 게 좋겠다. 아니, 이참에 휴학을 할까.

재인은 다음의 계획을 세우다가 몸이 번쩍 들리는 것을 느끼고 가볍게 비명을 질렀다.

"꺅!"

성현이 작게 웃었다.

"좋은데요, 여성의 비명 소리."

이 변태 미친 인류!

재인은 더 크게 비명을 지르고 싶었다. 성현이 재인을 공주님처럼 안아 들었기 때문이었다.

"이봐, 당신……!"

이제는 교수라는 소리도 나오지 않았다.

"자, 그럼 갑시다."

성현이 복도를 걷기 시작했다.

"내려 줘."

강의실이 있는 복도였기 때문에 소란을 피울 수가 없었다. 목소리를 낮추는 대신 최대한 불쾌감을 드러내려 했다. 하지만 성현에게는 통하지 않았다.

"흐으흐흥."

성현은 콧노래까지 흥얼거리며 걷고 있었다. 콧구멍을 틀어막아버리고 싶었다.

"내려달라는 말 안 들려? 이 미친 인류야."

"후후후. 드디어 친근한 반말을 사용해 주시는군요."

"내려달라고 말했어."

"걱정 마세요. 안아드는 게 있으면 내려 주는 순간도 분명 존재하니까."

성현에게 내려 줄 생각이 없다는 것을 깨달은 재인은 발버둥을 치기 시작했다. 하지만 성현은 보기와 달리 힘이 세서 재인을 떨어뜨리지 않고, 오히려 더 꼭 보듬어 안았다. 재인은 올가미에 걸린 노루가 된 기분이었다.

"가만히 있는 게 좋겠습니다, 여왕님. 버둥거리는 짐승을 보면 확 키스해버리고 싶은 게 남자 마음이거든요."

"세상 남자들 모함하는 소리하지 마."

혹시라도 키스를 해올까 싶어, 그의 입술을 손바닥으로 철썩 막으며 말했다.

가늘게 접히는 그의 눈을 보고나서야, 손바닥에 그의 부드러운 입술이 닿았음을 깨닫고 황급히 손을 떼었다. 더러운 거라도 만진 것처럼 손바닥을 옷에 슥슥 닦는 재인을 보면서도, 그는 기분이 상한 기색이 없었다.

"여왕님은 남자가 아니니까 남자 마음 모르지 않습니까. 원래 남자란 말이죠, 버둥거리는 사람한테 키스를 하고 싶어지는 동물이지요."

"그런 건 아무래도 좋아. 대체 어딜 가는 거야?"

그가 강의실로 갈 거라고 생각했다. 아무리 정신 나가 있어도 교수는 교수니까.

하지만 그는 출구로 향하고 있었다.

그가 곤란하다는 듯 눈썹을 아래로 늘어뜨렸다.

"그러면 안 돼요, 여왕님. 몇 분 전의 일은 기억해야죠. 벌써 치매가 생기면 안 됩니다. 물론 전 여왕님이 치매에 걸려도 늘 여왕님 곁을 지킬 거지만."

"도대체 뭔 소리를 하는 거야?"

"영화, 보러 가기로 했잖습니까."

"당신이랑 영화 보겠다고 한 적 없어!"

"리플레…… 아, 그렇군요."

"치매는 내가 아니라 당신이 걸린 것 같은데?"

재인이 비아냥거렸더니 그가 싱긋 웃었다.

"그러게요. 그럼 여왕님, 제가 벽에 똥칠할 때까지 곁을 지켜 주시겠습니까?"

"대체 내가 왜!"

"후후후. 일단 가죠. 성스러운 배움의 전당에서 소란을 부릴 순 없으니까."

소란을 부리게 만든 본인이 그런 소리를 하니 황당해서 말문이
막혔다. 재인은 이를 악물고 눈을 부릅떴다. 하지만 그는 다시 콧
노래를 부르며 걷기 시작했고, 재인은 또 한 번 그의 콧구멍을 막
아버리고 싶은 충동을 억눌러야 했다.

적당히 걸어가다가 내려 줄 거라고 생각했다. 아무리 힘이 센
남자라도 45키로나 되는 여자를 안아 들고 한참을 걸을 수는 없으
니까. 하지만 그는 걷고, 또 걸었다. 지친 기색은 전혀 없었다.

"내려 줘."

"내려 주면 도망칠 거잖아요."

"사람들이 다 쳐다보잖아."

"그건 제 얼굴이 근사해서니까 걱정할 거 없습니다."

그런 걱정은 전혀 하지 않았다.

대학 교정에서부터 사람들의 주목을 받았다. 교문을 나와서는
더 많은 사람들이 성현과 그 품에 안긴 재인을 흘끗흘끗 쳐다보며
지나갔다.

"우리 이러고 있으니까 꼭 신혼부부 같지 않습니까? 그리고 보
니까 한국의 결혼식에선 신랑이 이렇게 신부를 들고 앉았다가 일
어섰다가를 한다면서요? 그건 왜 시키는 걸까요? 신랑의 하체 근
육 발달을 위해서일까요?"

알지도 못하는 신랑의 하체 근육 발달 따위, 아무래도 좋았다.

재인은 그저 그의 품에 깊이 안겨 있다는 현실이 싫었다. 아니, 그 품을 기분 좋다고 생각하는 자신이 싫어서 얼른 성현과 떨어지고 싶었다. 그의 코트 너머로 전해지는 체온에 익숙해지고 싶지 않았다.

"안 도망칠 테니까 내려 줘."

"괜찮아요, 여왕님. 여왕님은 가벼워서 몇 시간이라도 안고 있을 수 있거든요. 내 팔 근육 걱정은 안 해 줘도 됩니다."

"당신 팔 근육 사정은 신경 쓴 적도 없어. 그냥 좀 내려달라고. 내가 걸어갈 테니까."

"그냥 있어요, 여왕님. 이게 따뜻하잖습니까. 나 추워요."

"······."

재인은 하고 싶은 말이 많았다.

추우면 그렇게 멋 부리면서 얇은 코트 입지 말고 따뜻한 오리털 점퍼를 입어, 아니면 손난로라도 가지고 다녀라. 그것도 귀찮으면 그냥 근처 건물에라도 들어가서 몸을 녹여라. 난 네놈의 난로가 아니다.

하지만 말해 봐야 아무 소용도 없으리란 것을, 단 며칠의 경험을 통해 알게 되었다.

그래, 하고 싶은 대로 해라. 이젠 나도 모르겠다.

두 사람은 사람들의 시선을 받으며 30분 거리에 있는 영화관에 도착했다. 성현은 따뜻한 건물 안에 들어와서도 재인을 내려 주지 않았다.

무슨 말을 해도 황당한 대답이 돌아올 것이 분명하기에, 재인은 '실내에 들어왔으니 내려달라.'라는 정당한 요구를 하지 않았다. 성현이 질릴 때까지 내버려 두면 언젠가는 내려 줄 것이다.

영화관은 11층에 있었다.

성현에게 안긴 채로 엘리베이터를 탔다. 엘리베이터 안의 사람들이 신기하다는 듯 두 사람을 쳐다봤다.

"여왕님, 봤죠?"

문득 성현이 작은 목소리로 물었다.

"뭘?"

"제가 근사한 남자라고 하지 않았습니까. 사람들이 다 저만 보고 있습니다."

재인은 그냥 민성현이란 남자에 대해 생각하기를 포기했다. 성현은 사람들의 시선이 기분 좋은지 연신 싱글싱글 웃었다.

11층에서 내렸다. 낮인데도 영화를 보러 온 사람들이 상당히 많았다. 매표소로 가기 전, 성현이 걸음을 멈추더니 재인을 내려다봤다. 그의 눈썹이 축 늘어져 있었다.

'무슨 문제 생겼나?'

라고 생각하는데, 성현이 말했다.

"여왕님, 이제 그만 내려놓으면 안 되겠습니까? 저, 팔이 너무 아픕니다."

이 인간을 진짜!

"내려 줘."

재인은 울화통이 터지는 것을 참으며, 이를 악물고 중얼거렸다.
성현이 반색을 하며 재인을 조심스레 내려줬다.

"순순히 내려와 줘서 정말 감사합니다, 여왕님. 여왕님이 아무리 말랐다지만, 10분 이상 안고 있는 건 상당히 괴로운 일이거든요."

"……."

어떡하지?

이 인간이 정말 너무너무너무 싫다.

재인은 주먹을 꽉 쥐고 성현을 노려봤다. 성현은 그런 재인이 귀엽다는 듯 눈웃음을 지으며 그녀의 머리를 쓱쓱 쓰다듬었다.

"뭘 그렇게 바라보세요?"

"바라보는 게 아니라 노려보는 거겠지."

"팝콘?"

"……마음대로."

성현은 휙 돌아서서 매점을 향해 성큼성큼 걸어갔다. 그는 굳이 재인을 안고 있지 않아도 주목을 받았다. 자기 외모에 자신감이 있을 만도 했다.

'도망칠까?'

팝콘을 사는 그의 뒷모습을 보며 재인은 아까 했던 계획을 다시 세웠다.

'일단 부동산에 가서 저렴한 단기 월세를 알아보고, 방을 구할 때까지 모텔에 가서 지내자. 학교엔 휴학계를 내고…….'

그러다가 깨달았다.

성현이 재인에 대해 많은 것을 알고 있다는 사실을.

우편함을 뒤져서 알아낸 것은 아닐 것이다. 그는 재인의 이름과 능력을 알고 있었다. 재인이 다니는 대학의 강사로 온 것도 우연은 아닌 게 분명했다.

성현은 재인에 대한 정보를 어디선가 얻어내고 있었다.

성현이라면 지옥까지도 쫓아올지 모른단 생각에, 오싹, 소름이 돋았다. 운명의 그날, 치킨을 줄줄 흘리면서 집에 돌아온 자신을 저주했다. 재인은 시간을 되돌리고 싶다는, 간절한 소망을 품었다.

그날로만 돌아간다면. 아니, 아니. 아예 방을 구하러 다녔던 그때로 돌아간다면, 부산쯤에 집을 구할 것이다. 성현을 만날 가능성이 가장 낮은 곳으로.

그때, 성현이 커다란 팝콘 두 상자를 들고 돌아왔다.

"여왕님 취향을 몰라서 어니언 팝콘으로 샀는데, 아무래도 잘못 선택한 것 같습니다."

"팝콘 맛 따윈 아무래도 상관없잖아."

"입에서 양파 냄새를 풍기는 건 여왕님을 향한 매너가 아니죠."

"싫다는 사람 번쩍 안아드는 건 매너고?"

"어마어마하게 근사했죠?"

말을 말자.

성현은 재인의 품에 팝콘 상자 하나를 안겨 주더니 영화표를 사 왔다. 40분 후에 시작하는 서양 로맨스 영화였다.

"이게 평이 좋더군요. 과거와 현재를 오가는 애절한 사랑을 그린 로맨스인데……."

성현의 설명을 건성으로 들으며 벽에 붙은 영화광고판을 구경했다. 커다란 포스터 하나가 눈에 들어왔다. 좀비 영화였다.

얼굴이 허물어져 내려가는 좀비에게 둘러싸인 여자가 공포에 질린 표정을 짓고 있었다.

"이봐. 우리 딴 영화 보면 안 돼?"

이왕이면 보고 싶은 영화를 선택하고 싶었다.

와삭와삭—

성현이 뒤에서 팝콘을 먹으며 대답했다.

"뭐든 여왕님이 원하시는 대로. 뭘 보고 싶습니까?"

"이거."

포스터를 가리켰다.

내가 또 한 공포영화 한다든가, 좀비에 유래에 대해 아느냐든가, 따위의 쓸데없는 사족을 덧붙일 줄 알았는데, 아무 말도 들려오지 않았다. 재인은 성현이 화장실이라도 간 건가 싶어 돌아봤다.

성현은 그 자리에 그대로 서 있었다. 포스터에 나오는 여자와 똑같은 표정으로.

"저기, 민성현 씨."

성현이 이런 표정을 짓는 건 처음이기에 조금 걱정이 됐다.

톡톡—

그의 팔을 살짝 두드렸더니,

"우왓!"

성현이 펄쩍 뛰어올랐다. 덕분에 들고 있던 팝콘 상자에서 팝콘이 우수수 떨어져 내렸다.

"헉! 이거 실례. 제가 남들보다 점프력이 뛰어나서 이런 사태가!"

"아니, 점프력은 아무래도 상관없는데. 당신, 괜찮은 거야?"

"어? 아, 물론. 괜찮죠, 괜찮고말고요. 하하하하."

재인은 눈을 가늘게 뜨고 그의 얼굴을 살펴봤다. 하얗게 질린 그의 얼굴은, 누가 봐도 괜찮지 않아 보였다.

"좀비라는 건 말입니다. 부두교에서 주술사가 마약을 가지고……."

예상보다 늦긴 했지만, 성현은 좀비의 유래에 대해 떠들어대기 시작했다. 하지만 그의 얼굴에선 더 이상 여유를 찾아볼 수가 없었다. 그의 반듯한 이마에는 송골송골 식은땀이 맺혀 있었다.

재인은 가슴 앞에서 팔짱을 끼고 그를 물끄러미 응시하다가 물었다.

"당신, 공포영화 못 보지?"

"아니, 무슨 그런 말도 안 되는 소리를!"

성현이 크게 외쳤다. 안 그래도 깊게 울리는 목소리인데, 톤이 높아지자 시끄러운 영화관에 쩌렁쩌렁 울렸다.

"여왕님, 그런 지레짐작은 정말 서운합니다. 제가 못 하는 게 어디 있고, 못 보는 게 어디 있겠습니까? 척 보기에도 뭐든 다 할 수 있을 것 같은 남자가 바로 저, 민성현입니다. 아직도 모르겠습니까?"

평소와 달리 빨라진 그의 말투.

"아, 그래? 그럼 이걸로 봐도 되겠네."

싸아아악—

그의 얼굴에서 핏기 가시는 소리가 들렸다. 이 짧은 순간, 그의 눈 아래에 다크서클까지 생겼다.

"그럼 표 바꿔올게."

재인이 손을 내밀었다.

성현은 재인의 마르고 작은 손을 가만히 내려다보다가, 자기 손을 턱 얹었다. 마치 주인에게 손을 얹는 강아지처럼.

"손 말고 표."

"단점이 없는 게 단점인 남자였던 적이 있었습니다."

성현이 재인의 손바닥 위에 자기 손바닥을 겹친 채, 허공을 향해 아련한 시선을 던졌다.

또 시작인가?

이젠 말릴 생각도 안 든다.

"그런 제게 유일한 단점이 있다는 것을 깨달은 것은, 7살의 여름!"

"그건 너무 이르지 않아?"

도대체 이 남자가 7살 때 무슨 일이 있었던 걸까? 탐정도 7살 때 포기했다더니.

"제겐 알레르기가 있었던 겁니다. 공포영화 알레르기."

"……."

"하지만 여왕님, 그 단점 하나로 저란 인간의 전부를 판단하는 오류를 범해선 안 됩니다. 알다시피 인간이라면 누구나 단점을 수백 개씩 가지고 있어요."

"수백 개까지는 아닐 것 같은데."

"제게는 딱 하나. 공포영화 알레르기. 그 단점 하나인 거죠. 상대적으로 판단했을 때 완벽한 축에 속합니다. 아니, 완벽, 그 자체라고 할 수 있죠."

"겁 많다는 말을 그렇게 빙글빙글 돌려서 얘기할 필요 없잖아."

재인의 말에 성현이 무슨 소리냐는 듯 고개를 절레절레 저었다. '이 여자, 정말 어쩔 수 없군.'이란 표정이었다.

"겁이 많은 게 아닙니다, 여왕님. 알레르기죠. 제 힘으로는 어쩔 수 없는, 치료 불가능의 알레르기."

"아아, 그래서?"

"그래요, 여왕님. 그러니까 부디……."

성현이 재인의 손을 꼭 쥐었다. 그제야 재인은 성현과 손바닥을 맞대고 있었다는 것을 깨달았다. 어느새 그와의 스킨십이 자연스러워져서, 손바닥을 대고 있는데도 위화감을 느끼지 못했다.

성현은 재인의 손을 두 손으로 꼭 쥐고 간절하게 말했다.

"로맨스를 선택해 주면 안 되겠습니까?"

성현은 '겁 많아서 무서운 영화는 못 보니까 로맨스 영화나 보자.'라는 말을 참으로 길게도 했다. 게다가 그의 행동이나 말투는, 우습게 보일 만큼 과장된 연극 같았다.

그래서 도망치고 싶을 만큼 싫었는데, 왜일까?

지금은 그저 이 상황이 웃기는데다가, 이 터무니없는 남자가 귀여워 보이기까지 했다.

재인은 그에게 잡힌 손을 내려다보며, 그의 간절한 질문에 답했다.

"아니, 안 되겠는데."

한선은 불붙이지 않은 담배를 입에 물고 모니터를 노려봤다. 초조한 기분을 억누를 수가 없었다.

이 시간이면 한창 특강 중일 것이다. 재인이 그 예쁜 눈으로 성현을 주목하고 있을 걸 떠올리자 속이 부글부글 끓었다. 한선은 자신이 어디 내놔도 부끄럽지 않은 외모라고 생각하며 살아왔지만, 성현의 앞에서는 아니었다.

민성현이라는, 정신이 약간 이상한 것 같은 그 남자는, 얄미울 정도로 잘생겼다.

'아니, 이게 문제가 아냐. 아, 물론 문제지만 더 큰 문제가 있어.'

더 큰 문제란 바로 어젯밤 꾼 꿈이었다.

뒤숭숭한 꿈을 꿨다. 내용은 잘 기억나지 않지만 재인이 나왔던 것만큼은 분명했다. 깼을 때 꿈 때문에 기분이 안 좋다 싶으면, 꼭 안 좋은 일이 생기곤 했다.

"이름이."

재인을 처음 만난 그날을 또렷이 기억한다.

"사망자 이름이 뭐죠?"

시끄러운 오토바이 소리와 함께, 재인이 현장을 수사 중이던 한선의 앞에 나타났다. 한선의 앞에서 오토바이를 세운 재인은 헬멧을 벗자마자 달려들 듯 물었다.

"이름이, 사망자 이름이 뭐죠?"

햇빛을 받으면 금색으로 빛나는 연갈색 눈동자. 그 안엔 짧은 순간에도 간파할 수 있을 만큼 수많은 것이 담겨 있었다. 기대, 불안, 두려움, 그리고 증오.

형사 생활을 4년 하면서 별의별 사건을 다 겪었던 한선이었다. 비쩍 마른 여자에게 밀릴 만큼 약하지 않았다. 하지만 재인의 눈동자가 덥석 달려드는 순간, 한선은 저도 모르게 사망자의 이름을 알려 주고 말았다.

이름을 듣는 순간 재인은 눈에 보일 정도로 실망하며 다시 헬멧을 썼다. 그리고 한선이 붙잡을 새도 없이 오토바이를 타고 사라졌다.

그 일이 있고 나서 세 달 후, 한선은 서울지방경찰청 건물 안에서 참고인으로 불려온 재인과 또다시 마주치게 되었다. 그날 재인은 그녀가 가진 이상한 능력을 선보였고, 그 이후로 가끔 경찰의 업무를 도와주게 되었다.

한선은 재인을 졸졸 따라다니며, 첫 만남 때의 일에 대해서 캐묻고 또 캐물었다.

절대 대답해 주지 않을 것 같았던 재인에게서 두 개의 이름을 끄집어낸 것이 지난달의 일이다.

"최영주, 구형진."

재인은 무표정하게 아래를 내려다보며 말했다.

"이 두 개의 이름이 필요해요."

왜 필요하냐고 물어보려 했다. 하지만 재인의 얼굴에 고통스러운 표정이 떠올랐다.

"더는 묻지 말아 주세요."

그 이름 두 개를 현실에 내뱉은 것만으로도 괴로운 것처럼 보였다. 그래서 한선은 더 이상 물어볼 수가 없었다.

재인에게는 무언가 있는 게 분명했고, 그것이 좋은 일은 아닌 게 확실했다. 어쩌면 조금 위험한 일일지도 몰랐다. 그래서 어젯밤의 뒤숭숭한 꿈자리가 더 크게 다가왔다.

그런데 속도 모르는 동료 형사들은 한선이 또 도망을 칠까 봐 눈을 부라리고 있었다. 이럴 줄 알았으면 평소에 잘할걸 그랬다는 후회가 잠깐 들었다.

'하지만 보고 싶은데 어떻게 해!'

한선이 벌떡 일어나자 옆에 앉아 있던 주학이 몸을 날려 한선의 뒤통수를 후려쳤다.

"왜 일어서?"

"아, 선배! 화장실 좀 갑시다, 화장실!"

"물을 드럼통으로 마셨어? 왜 화장실을 들락날락해?"

"그러는 선배는 내 아랫도리에 지대한 관심이라도 있으십니까? 왜 자꾸 화장실까지 따라오고 그래요?"

"안 따라가게 생겼냐, 이 꼴통아? 너 또 재인이한테 가려고 그러지?"

"아니라고요!"

사실은 주학이 제대로 봤다.

기회를 봐서 도망치려고 했는데, 화장실까지 따라오니 도망칠 구멍이 안 보였다. 나오지도 않는 볼일을 보며 한선은 진지하게 고민했다.

'나도 교수나 할걸 그랬나?'

"지독하군요, 여왕님."

커피숍에 들어오고 30분이 지난 후에야 성현은 정신을 차렸다. 앞에 놓인 레몬에이드를 보고 깜짝 놀라더니, 손을 대지 않고 허리만 굽혀 쪽쪽 빨아먹었다. 긴 유리잔에 담겨 있던 레몬에이드의 반이 한 번에 사라졌다.

"정말 지독합니다."

달고 신 레몬에이드 덕분에 마음을 진정시킨 성현이 다시 입을 열었다.

'뭐든 여왕님 마음대로.'라는 그의 말은 진심이었는지, 그는 결국 거절하지 못하고 표를 바꿔왔다. 어두컴컴한 상영관 안에 들어갈 때부터 바짝 긴장해 있는 그를 보니, '진짜로 무서운 건가?'라는 의문이 생겼다. 반쯤은 장난일 거라고 생각했기 때문이었다.

성현은 영화 시작 전 광고가 흘러나올 때, 조금만 큰 소리가 나도 몸을 움츠렸다. 그러던 그는 영화가 시작되자 조용해졌다. 다들 깜짝깜짝 놀라는 장면에서도 조용하기에,

'역시 장난이었나 보네.'

라고 생각했다. 괘씸한 마음에 옆을 흘겨봤는데, 성현은 눈을 크게 뜬 채 얼어붙어 있었다.

'설마……'

그녀는 성현의 눈앞에서 손을 흔들어봤다. 성현은 미동조차 하

지 않았다. 눈을 크게 뜬 채로 기절한 것이다.

그는 영화가 끝날 때까지 그 자세 그대로였고, 영화가 끝난 후에도 움직이지 않았다. 불러도, 흔들어도 꼼짝을 안 하기에, 재인은 힘겹게 성현을 일으켜 낑낑거리며 영화관 아래층에 있는 커피숍까지 끌고 왔다.

마음 같아서는 그냥 놔두고 가고 싶었다.

하지만 어쨌든 그는 영화표와 팝콘을 샀고, 오늘 아침엔 샌드위치까지 잔뜩 사다 주었다. 고맙다기보다는 더 이상 신세지고 싶지 않았다. 그래서 그가 정신을 차릴 때까지 기다려 주었던 것이다.

"내 여왕님은 사디스트였군요. 앞으로 분발해야겠습니다."

뭘 분발하겠다는 걸까. 앞으로 공포영화를 안 보면 되는 건데.

그러다가 깨달았다.

'앞으로라니. 내가 이 인간과의 앞으로를 생각하고 있단 말이야?'

아직도 선명하게 기억나는 20여 년 전의 그날 이후, 재인은 어느 누구와도 '앞으로'를 생각하지 않았다. 친척도, 친구도, 그 어느 누구와도 미래를 꿈꾸지 않았다.

그런데 지금 성현과의 '앞으로'를 너무도 자연스럽게 생각하고 말았다.

당혹스러워서 무의식적으로 아랫입술을 잘근 깨물었다. 그의 손이 테이블 너머로 뻗어와, 재인의 입술에 닿았다. 깜짝 놀라 성현을 쳐다보자 그가 옅은 미소를 지었다.

"입술, 깨물지 말아요. 아프잖아요."

"말…….."

"음?"

"말 놔도 돼…….."

어째서 이런 말이 튀어나왔는지 모르겠다. 아마 입술에 닿은 온기가 달콤해서, 떼어 내야 하는데 움직일 수가 없어서, 그런 마음을 들키고 싶지 않아서, 무슨 말이든 내뱉고 싶었던 것일지도.

그의 얼굴에 해사한 미소가 번졌다.

"그거 참."

그의 붉은 입술이 느릿하게 움직였다.

"감개무량하군."

놀리는 듯한 어조는 아니었다. 그는 자신의 말을 증명이라도 하듯, 재인의 입술에 대고 있던 손을 천천히 움직였다. 크고 따뜻한 손이 재인의 볼을 부드럽게 감쌌다가 떨어져 나갔다.

원래의 자세로 돌아간 그는 눈을 반달 모양으로 접고 있었다. 기분이 좋은 듯한 그의 모습에 가슴이 괜히 두근거렸다. 재인은 한쪽 어금니를 꽉 깨물며 시선을 돌렸다.

짜증이 나는 것 같으면서도 그리 싫지는 않은 묘한 감각이 심장을 자근자근 건드렸다.

"그렇게 감개무량하면 앞으로는 내 몸에 손대지 마."

그의 손이 닿을 때마다 전기에 감전된 것처럼 퍼지는 느낌이 싫었다.

"미안하지만 그건 안 되겠어."

그가 단호하게 말했다.

"당신은 뭐든 내 뜻대로 하라고 하면서 결과적으로는 다 자기 뜻대로 하더라."

성현은 손바닥에 비스듬히 턱을 괴고 재인을 지그시 응시했다. 그의 입가에 머문 미소가 신경에 거슬렸다.

"왜 그렇게 웃어?"

"내 여왕님은 참…… 귀엽단 말이야."

화끈―

재인은 고개를 푹 숙였다.

'뭐지?'

귀엽다든가, 예쁘다는 말을 처음 듣는 건 아니었다. 하지만 예뻐 죽겠다는 듯 응시하는 그의 눈빛과 달콤함이 섞인 나직한 음성이 재인의 심장을 쥐고 흔들었다.

입안이 바싹 말랐다.

'관둬, 유재인. 습관적인 칭찬을 들었다고 일일이 반응할 때가 아냐.'

재인은 제멋대로 흐르는 마음을 가라앉히기 위해 노력했다.

'해야 할 일이 있잖아. 그걸 위해 살고 있는 거잖아. 그러니까 저 수상쩍은 남자가 하는 말과 행동에 일일이 흔들리지 마. 그럴 때가 아냐.'

재인은 벌떡 일어났다. 성현이 왜 그러냐는 듯 재인을 올려다봤다. 그와 눈을 마주칠 수가 없어서 시선을 옆으로 비낀 채 말했다.

"갈래."

"같이 가, 여왕님."

"아니, 나 혼자 갈 거야."

말을 마치자마자 가방을 집어 들고 황급히 걸음을 옮겼다. 성현이 긴 다리로 성큼성큼 재인을 뒤따라오는 게 느껴졌다.

"따라오지 마."

"기쁘게도, 여왕님. 우리 같은 아파트 살아."

"하나도 안 기뻐."

"아니, 기쁠 거야. 내가 사는 곳은 땅값이 오르거든."

"헛소리 좀 하지 마."

"헛소리라니. 언제나 진지하게 말을 고르고 골라 간신히 한 마디만 내뱉는 남자가, 나, 민성현인데."

그냥 상대하질 말자.

재인은 땅만 보며 걸었다. 성현은 옆에서 자신의 진솔함과 신중함에 대해 계속 떠들어 댔다. 대체 이 남자는 왜 이렇게 말이 많은 걸까? 그리고 왜……

'난 이 목소리를 듣기 좋다고 생각하는 거지?'

처음에는 그저 미친 인류일 뿐이었다. 짜증 나고 수상쩍고 귀찮았다. 또 만날 일이 없을 거라고 생각했기에, 그와의 사이에 벽을 치지 않았다.

그게 문제였을까? 20년 전 그날 이후, 모든 사람을 대상으로 쌓아올렸던 높은 벽을 쌓지 않아서, 그가 성큼 이 세계 안으로 들어온 걸까?

'그렇다면 밀어내야 돼.'

재인은 주먹을 꽉 쥐었다.

'내 세계 안에, 아무도 들일 수 없어.'

싫었다. 믿었던 사람에게 배신을 당하고, 믿어버리는 바람에 다른 사람에게 상처를 입히는, 그런 상황이 싫었다. 사람은 누구나 비밀을 가지고 있고 자기 입맛에 맞지 않으면 언제든 타인을 배신한다.

당장이라도 상대를 버릴 수 있는 관계에서 자신을 보호하기 위해, 재인은 애초에 관계를 시작하지 않는 방법을 택했다. 그것은 무척이나 고독한 길이지만, 재인은 그 고독감이 자신이 저지른 죄에 대한 형벌이라고 생각했다.

이 정도 고독감은 아무것도 아니다. 오래전, 그녀가 느꼈을 고독감에 비하면.

"무슨 생각을 하고 있는 거지?"

성현의 목소리에 퍼뜩 정신을 차렸다. 그를 돌아보자 가늘게 뜬 눈이 시야 안으로 들어왔다. 그의 눈동자는 방금 전까지의 다정함을 버리고 예리하게 빛을 내뿜었다.

깜빡 잊었다.

그가 재인이 저지른 범죄에 대해 무언가 알고 있다는 것을.

오싹—

소름이 돋았다. 조금 전까지 느낀 기이한 달콤함은 깨끗이 사라졌다.

성현은 바보처럼 행동하지만 진짜 바보는 아니었다. 어쩌면 그의 모든 행동—공포영화를 무서워하는 것도 포함하여—이 재인의 마음을 열기 위한 계획일지도 모른다는 생각이 들었다. 대부분의 사람들이 바보에게는 경계심을 품지 않으니까.

'그렇다면 이 남자의 정체는 대체 뭘까?'

다시 초반의 고민으로 돌아갔다.

'나한테 왜 이러는 거지? 내 능력 때문에? 하지만 이게 뭐라고? 대단할 것도 없는 능력이잖아. 게다가 이 남자도…….'

재인은 고개를 돌려 성현의 옆얼굴을 올려다봤다. 재인에게 무슨 생각을 하냐고 물었던 성현은, 뭔가 재미있는 걸 발견했는지 다른 곳을 응시하고 있었다.

'이 남자도 남의 마음을 간파하잖아. 굳이 나한테 이럴 이유가…….'

거기까지 생각했을 때, 성현이 갑자기 재인의 손목을 잡더니 어딘가로 성큼성큼 걸어가기 시작했다. 이제는 뿌리칠 기운도 없다. 그래, 번쩍 안아 들지 않은 것만으로도 어디냐.

언젠가 심리학 수업 시간에 들었던 이야기가 떠올랐다.

"인간은 고통을 마주했을 때 몇 가지의 변화를 거치지. 부정, 분노, 그리고 체념. 그 후에 고통을 진정으로 받아들이게 되는 거야."

지금은 민성현이라는 골칫거리에 대한 체념 단계인 모양이다.

'절대 받아들이고 싶진 않아.'

라고 생각하는데, 성현이 걸음을 멈췄다. 달콤한 단팥 냄새가 후각을 자극했다. 붕어빵을 파는 노점상 앞이었다.

성현은 심각한 표정으로 노릇노릇하게 구워진 붕어빵을 노려봤다.

붕어빵 가게 주인은 손님인 줄 알고 반가운 표정을 지었다. 하지만 성현이 일생일대의 원수라도 만난 듯 붕어빵을 노려보고만 있자, 붕어빵 가게 주인도 성현을 원수처럼 노려봤다.

"안 살 거면……."

'가!'라는 말은 성현의 진지한 질문에 묻혔다.

"붕어가 통째로 들어 있습니까?"

"……."

황당한 표정으로 바라보는 주인에게, 성현이 진지하게 말했다.

"전 오렌지 주스도 오렌지 100프로만 마시는 사람이거든요. 입이 고급이라서. 붕어 100프로라면 구입할 의사가 있습니다. 이 빵, 붕어 100프로 맞습니까?"

주인이 어쩌냐는 듯 재인을 돌아봤다. 재인이야말로 묻고 싶었다.

아저씨, 이 남자 어쩌죠?

하지만 붕어빵 가게 아저씨가 그런 것을 알 리 만무하기에, 재인은 작게 한숨을 뱉어내며 말했다.

"붕어빵, 2천원어치만 주세요."

성현이 얼른 덧붙였다.

"신선한 놈으로요."

"……."

"붕어빵은 말이야. 정말 놀라운 간식거리야. 난 붕어빵을 먹으면서 다시 한 번 한국의 음식문화에 놀랐어. 어떻게 빵을 붕어 모양으로 만들 생각을 했을까? 게다가 그 안에 들어간 단팥이라니. 그건 붕어의 내장을 의미하는 거겠지?"

갑자기 찾아와 붕어빵에 대해 진지하게 논하는 성현을, 한선은 황당하다는 표정으로 쳐다봤다.

강력팀 내에서 '꼴통'으로 통하는 한선이었다. 한선은 선배들에게 성현을 보여 주고 싶었다. 이 잘생긴 미친놈에 비하면 나는 정상이라고.

"이봐, 민성현 교수."

그냥 놔뒀다가는 붕어빵 이야기로 밤을 지새울 것 같기에, 그는 적당한 선에서 말을 끊었다.

"대체 내가 근무하는 곳은 어떻게 알고 찾아온 거냐?"

"후후후. 난 여기가 좋거든."

성현이 검지로 자기 관자놀이를 톡톡 치며 말했다.

"머리가 좋은 거랑 내가 근무하는 곳을 알아내는 건 아무 상관이 없잖아! 제대로 좀 대답해, 이 자식아!"

"왜 상관이 없다는 건지 모르겠네. 내가 이 좋은 머리로 특수한 정밀 기계를 만들어 자네의 뒤를 따라다니게 했을 수도 있고, 쥐 한 마리를 붙잡아 유전자 변형을 통해 인간의 말을 알아듣게 한 후……."

"헛소리 좀 작작해!"

한선은 예전에 사람 4명을 죽여 놓고 우주인의 명령을 들었다고 주절거렸던 정신이상자가 떠올랐다. 이놈도 그런 과가 아닐까.

눈을 가늘게 뜨고 노려봤더니 성현이 씩 웃었다.

"류 형사. 자넨 잘생겼지만 난 남자에게 관심이 없어. 우리 사이에 적당한 선을 유지하는 게 좋겠는데?"

"누구는 남자한테 관심이 있는 것 같냐? 난 여자를 좋아해, 여자! 가슴이 빵빵한 여자!"

"흐응, 그래? 내 여왕님은 가슴이 작던데."

"이 자식!"

한선이 한 손으로 성현의 멱살을 틀어쥐고 잡아먹을 듯 노려봤다.

"너…… 본 거냐?"

"후후후."

"설마…… 만진 거냐?"

"후후후후."

성현은 이렇다 할 대답 없이 의미심장한 웃음만 흘렸다. 한선은 주위를 둘러봤다. 늦은 밤, 서울지방경찰청 앞에는 오가는 사람이 별로 없었다.

그래, 기회는 지금뿐이다. 이놈을 한 대 치자.

주먹을 불끈 쥐고 때릴 준비를 하는데, 성현이 은근한 목소리로 물었다.

"자네, 내 여왕님이랑 제일 가까운 사이인 거 맞지?"

그 말에 주먹에서 스르륵 힘이 풀렸다.

재인과 '제일 가까운 사이'라는 걸 인정해 주다니. 어쩌면 생각보다 나쁜 놈이 아닐지도.

"하하하하. 사람 보는 눈이 있네. 맞아, 내가 우리 인느님이랑 제일 친하지. 나만큼 인느님에 대해 잘 아는 사람도 없을걸."

멱살을 놔주고 가슴을 팡팡 두드리며 자랑스럽게 말했다. 성현의 한쪽 입꼬리가 살짝 올라갔다.

"그래? 그거 잘 됐군. 여왕님에 대해 묻고 싶은 게 있어. 진지하게."

24시간 운영하는 커피숍으로 자리를 옮겼다. 밤 12시가 다 되어가는 시간인데도 커피숍에는 사람이 많았다.

성현과 한선이 가게 안에 들어서자 커피숍의 분위기가 확 바뀌었다. 왁자지껄 떠들던 손님들이 잠시 말을 멈추고 훤칠한 두 남자를 감상했다.

"오해하지 마, 류 형사."

사람들의 시선을 즐기며 성현이 말했다.

"이쪽으로 향한 시선은 내 잘생긴 얼굴 덕분이니까."

"닥치고 커피나 주문해. 아침은 내가 샀으니 커피 정도는 네놈이 사."

"생긴 것답지 않게 옹졸하군. 옹졸한 사람은 오래 못 살아."

"그런 규칙은 어디서 튀어나온 거냐? 아, 난 카페모카."

성현은 카운터에 가서 카페모카 두 잔과 초콜릿 케이크 두 개를 주문했다. 주문을 받는 내내 성현의 얼굴에서 눈을 떼지 못하던 직원이,

"진동벨이 울리면 가지러 와 주세요."

라며 떨리는 손으로 진동벨을 내밀었다. 성현은 그걸 받지 않고 물끄러미 내려다보다가 점원을 향해 싱긋 웃었다.

"미안하지만 전 시중 받는 걸 좋아해서 셀프는 거부하고 싶군요. 절 위해 자리로 좀 가져다주시겠습니까?"

좀처럼 보기 힘든 잘생긴 남자가 달콤한 미소를 지으며 부탁하는데 어느 누가 거부할 수 있을까. 점원은 홀린 듯 고개를 끄덕였고, 성현은 만족스러운 미소를 띠우며 구석의 자리로 향했다.

한선은 성현의 넓은 등을 보며 생각했다.

'저놈은 잠깐이라도 평범할 순 없는 건가? 머리에 문제가 있나?'

맞은편 자리에 앉자마자, 성현이 한선을 날카롭게 응시하며 느닷없이 질문을 꺼냈다.

"유재인 하면 떠오르는 이름은?"

최영주. 구형진.

하마터면 그 이름을 말할 뻔했다. 한선은 "최……."까지 꺼냈다가 퍼뜩 정신을 차리고 입을 다물었다. 성현의 입가에 미소가 번졌다.

"최. 그래, 최 씨인가 보군. 여왕님의 범죄와 관련된 사람 이름은."

"자, 잠깐. 야, 너 그게 뭔 말이야? 범죄라니."

"흐음. 자넨 뛰어난 형사는 아닌가 보네."

"그거랑 뭔 상관이야! 우리 인느님이 범죄를 저지를 리가 없잖아. 인느님은 속도위반 딱지 한 번 안 떼고 살아왔다고!"

"자동차가 없으면 당연히 속도위반 딱지를 안 떼겠지."

"오토바이가 있거든?"

"호오. 그래? 그건 그것대로 멋지네. 오토바이를 타는 여자라."

그때, 점원이 주문한 음식을 가지고 왔다. 점원은 발그레 붉어진 얼굴로 차와 케이크를 테이블에 내려놨다. 가슴 앞에서 팔짱을 끼고 건방진 자세로 앉아 있던 성현이 점원에게 말했다.

"고마워요."

"예? 아, 네. 아, 앞으로도 많은 이용 부탁드립니다."

점원의 순진한 반응을 보며 성현이 흡족한 듯 웃었다. 점원이 자리로 돌아가자마자 성현은 포크를 들어 케이크를 잘라 입에 넣었다.

척 보기에도 달아 보이는 케이크. 한선에게 한 번 권하지도 않고 열심히 먹기에, 그도 질 수 없다는 생각이 들어 포크를 들었다.

키가 185cm가 넘는 건장한 두 남자가 열심히 케이크를 퍼먹는 모습은 가관이었다.

케이크를 한 조각씩 다 먹은 후에야 성현이 입을 열었다.

"난 자네가 믿을 만한 인간이라고 판단했어."

"그거야 당연하지."

"그래서 하는 말인데. 유재인은 분명 과거에 범죄를 하나 저질렀을 거야. 아마도…… 상해치사, 혹은 그에 준하는 범죄겠지."

"야, 너……!"

한선은 말도 안 되는 소리를 늘어놓는 성현 때문에 울컥 화가 치밀었다. 더는 들어 주고 싶지 않았다. 하지만 성현은 검지를 올려 입 다물라는 표시를 하고는 계속해서 말했다.

"아마 고의는 아니었을 거라고 생각해. 그게 아니라면 그 정도의 죄책감을 품고 있지 않을 테니까."

"죄책감?"

"류 형사. 난 말이지, 수많은 범죄자들을 접해 왔어. 최근엔 말이야, 눈빛만 봐도 그 사람이 가진 죄책감의 원인을 조금은 파악할 수 있게 됐어. 유재인은 냉정함으로 자신의 감정을 숨기려 하지만 내 눈엔 보여. 그녀가 품고 있는 죄책감이."

한선은 인상을 찡그렸다.

죄책감이라니. 범죄라니.

그런 식으로 생각해 본 적은 한 번도 없었다. 재인은 늘 차가운 표정을 짓고 있어서, 그녀의 감정을 파악할 수 없었다. 그런데 맞은편에 앉은 잘생긴 미친놈은, 재인과 알게 된 지 며칠 되지도 않은 상황에서 그녀의 감정을 잡아냈다.

되는대로 지껄이는 말이 아니라는 것쯤은 한선도 알 수 있었다. 민성현은 확신하고 있었다.

"그리고 내가 또 하나 알게 된 게 뭔지 알아?"

"뭔데?"

"죽고 싶어 하는 사람의 눈빛."

"……."

"유재인은 그대로 놔두면 조만간 죽을 거야."

"말도 안 되는 소리. 재인이가 대체 왜……."

"자네도 느끼고 있었을 텐데. 그래서 매일 유재인을 졸졸 따라다니는 거 아닌가?"

성현은 한선의 속을 꿰뚫어 보는 듯했다.

"아니야, 난 그저 재인이가 위험할지도 모른다는 생각 때문에……."

"위험?"

성현이 한쪽 눈을 가늘게 떴다.

"27살의 평범한 대학원생이 형사의 보호를 받아야 할 정도로 위험한 일이 뭔데?"

걸려들었다.

한선은 이를 악물고 성현을 노려봤다. 성현은 느긋하게 등을 뒤로 기댔다.

"말해 봐, 류 형사. 자네가 아는 유재인에 대해서."

"아니, 난 말할 생각 없어. 네놈이 미국에서 프로파일러로 활동을 했고, 지금은 대학교수인 건 알겠는데, 그렇다고 믿을 만한 놈이라는 건 아니거든. 어떤 놈인지도 모르는 상황에서……."

거기까지 말했을 때 성현이 갑자기 벌떡 일어났다. 성현은 눈을 부릅뜨고 한선의 뒤쪽을 노려보고 있었다. 누가 들어온 건가 싶어 고개를 뒤로 돌렸다.

성현이 한선을 덮친 것은, 바로 그때였다.

"으…… 으아하하하하하하하하하!"

어느새 한선의 옆으로 건너온 성현이 한선을 간질이기 시작했다.

"그, 그마하하하하하하! 제기히히히하하하하하하!"

한선이 온몸을 뒤틀며 성현을 밀어내려 했지만 쉽지 않았다. 갑작스러운 간지럼에 한선은 힘이 빠진 상태였고, 성현은 힘이 너무 셌다.

잘생기고 건장한 두 남자가 갑자기 몸을 얼싸안고 뒹굴어대자, 커피숍 안의 사람들이 입을 쩍 벌리고 둘을 쳐다봤다. 하지만 성현은 사람들의 시선에 아랑곳하지 않고 한선을 간질이는 데 집중했다.

"말해, 류 형사."

성현은 무릎으로 한선의 허벅지 한쪽을 고정시키고 두 손으로 한선의 겨드랑이와 허리를 간질이며, 귓가에 은밀하게 속삭였다.

"유재인의 비밀을 말해 봐."

"크하…… 크하아아아하하하하하. 그마하하하!"

차라리 맞거나 꼬집는 거라면 참을 만하겠다. 하지만 간지럼은 인간이 절대 참을 수 없는 고문 방법이었다. 한선은 어떻게든 재인을 지켜 주고 싶었지만, 숨이 넘어갈 정도가 되자 입이 제멋대로 움직였다.

"최……하하하하하. 영주……하하하하. 구……후후후후후. 형진히히히히히히히. 이게 다야, 이게 다하하하하!"

그제야 성현이 한선을 풀어줬다. 한선은 벌떡 일어나 성현의 멱살을 잡았다. 성현의 시선이 옆으로 돌아갔다.

"류 형사, 보는 눈이 많아. 앉아."

"이 자식아! 보는 눈이 많은데 그런 짓을 하냐?"

"아, 수줍었던 거야?"

"수줍은 개뿔! 너, 인마. 단어 좀 제대로 선택해!"

수많은 범죄자들을 상대해 왔다. 하지만 그 어떤 범죄자도 성현만큼 한선을 울화통 터지게 만들지 못했다. 한선은 정말이지, 경찰 배지를 버리는 한이 있더라도 성현의 턱을 시원스럽게 한 방 갈겨 주고 싶었다.

민성현이라는 인간이 싫어서 속이 터질 것만 같다.

"최영주, 구형진이란 말이지."

"⋯⋯."

"좋아. 그럼 가 볼게."

성현이 미련 없이 커피숍 출입문으로 향했다. 한선은 엉망이 된 옷매무새를 정리할 시간도 갖지 못하고 성현의 뒤를 따랐다.

"너, 물어볼 것만 물어보더니 내빼는 거냐?"

성현에게 졌다는 생각이 들어 툽상스레 물었다. 성현이 걸음을 멈추더니 빙긋 웃었다.

"왜? 그럼 프러포즈라도 해 줄까?"

그 순간 한선은 처음으로 범죄자의 마음을 이해했다.

그래, 이런 놈을 상대하다 보면 주먹을 쓸 수밖에 없겠어.

한바탕 난리를 치는 한선을 상대해 준 후, 성현은 택시를 잡았다.

'최영주, 구형진이라.'

한선은 재인에 대한 충성심이 강해서 고문을 하지 않고는 중요한 정보를 빼내기 힘들 것 같았다. 간지럼이란 고문은 실행하는 쪽도 굉장히 지치는 방법이다. 게다가 한선은 힘이 너무 세서 두 명의 이름을 얻고 나니 성현도 힘이 쫙 빠지고 말았다.

택시에서 내린 후 휴대폰을 꺼냈다. 전화를 걸자 상대는 바로 전화를 받았다.

[야, 민성현! 오늘 아침부터 메리한테 전화가 열 통이 넘게 왔어! 내 업무도⋯⋯]

"최영주, 구형진."

[……뭐? 그게 누구야?]

"유재인이랑 관계된 인물들이야. 최영주, 구형진. 알아봐. 어떤 관계인지, 지금 살아 있는지 죽었는지, 죽었다면 왜 죽었는지. 유재인도 모를 정보까지 샅샅이."

[너 그게 부탁하는 사람 말투냐?]

"알아봐주십쇼."

[장난하냐? 난 바빠, 민성현. 너한테 유재인에 대해 알려 주는 게 아니었어. 대체 뭘 하려는 거야? 그냥 그 여자 능력만 확인하고 돌아오기로 했잖아.]

"그럴 계획이었지만 계획이라는 게 원래 그렇잖아."

[그렇긴 뭐가 그래? 넌 할 일이 있는 사람이야. 계속 거기에 있으면 네 아버지도……]

"예쁘더라."

[뭐?]

"유재인 말이야, 정말 예쁘더라."

[…….]

"그래서 그냥 그대로 놔둘 수가 없게 됐어."

[진심이야?]

"응."

[하아, 알겠어. 최영주, 구형진에 대한 정보 좀 줘봐.]

"줬잖아."

[설마…… 이름이 다가 아니겠지?]

"왜 아니겠어?"

[야, 말이 돼? 최영주, 구형진. 흔한 이름이잖아! 적어도 나이는 알려 줘야……]

띠롱.

친구의 우는 소리를 무시하고 성현은 전화를 끊었다.

텅 빈 집은 익숙하다.

오히려 사람의 온기로 가득 찬, 시끌벅적한 집안의 정경이 재인에게는 더 어색했다. 그럴 수밖에 없었다. 가족과 함께 하는 나날이, 혼자인 나날보다 훨씬 짧았으니까.

그러니까 아무도 없는 적막함이 재인에게 익숙한 것이 당연했다. 아니, 당연했었다.

'왜 이러지?'

어제까지만 해도 아무도 없는 집의 고요함이 이상하지 않았다. 하지만 오늘은 집에 들어오자마자 무서울 정도의 적요와 냉기가 재인을 덮쳐 왔다.

"왜 하필이면 붕어일까? 고래나 상어도 있는데, 왜 하필이면 이렇게 초라한 민물고기를 내세우게 된 걸까?"

붕어빵을 손에 들고 최대의 난제를 앞에 둔 수학자처럼 고뇌하던 성현은, 이런 결론을 내렸다.

"그거 알아? 민물고기엔 기생충이 많아!"

그 생각의 방향을 도통 따라잡을 수가 없었다.

두 사람은 붕어빵을 한 개씩 손에 들고 먹으며, 나란히 걸었다. 성현은 동래 아파트 입구까지 왔다가, 볼일이 있다며 어딘가로 가 버렸다.

집에 들어와 소파에 앉아 멍하니 앉아 있은 지 얼마나 지났을까. 붕어빵 단팥의 맛이 여전히 입안에 감돌고 있었다.

문득 한 가지 사실을 깨달았다.

'아, 그래. 나도 처음이구나.'

미국에서 살다가 온 성현은 붕어빵이 처음이라고 했다. 하지만 재인은 한국에서 쭉 살아왔는데도 붕어빵이 처음이었다.

'그래, 그렇구나. 나도 처음이었구나.'

길거리에서 파는 먹거리는 어릴 땐 부모님과 함께, 크면서는 친구와 함께 먹게 된다. 하지만 재인은 붕어빵이라는 것을 먹어보기 전에 부모님을 잃었고, 친구가 없었고, 그렇게 쭉 자라 27살이 되었다. 자신이 그 흔한 붕어빵 한 번 먹어본 적 없다는 것도 깨닫지 못한 채로.

그것을 성현이 일깨워 줬다.

너 혼자였잖아. 쭉 혼자였잖아. 흔한 붕어빵 한 번 먹어볼 기회도 없이, 계속 혼자였잖아.

더불어 알게 되었다.

불현듯 느껴진 적막함의 이유.

성현 때문이었다. 쉬지 않고 떠들어 대는, 쉬지 않고 스킨십을 해 대는 성현 때문에 이 집이 얼마나 황량한지 깨닫게 된 것이다.

재인은 두 손으로 얼굴을 감쌌다.

이래서 싫었다. 누군가 옆에 있어 주는 것이, 이래서 싫었다. 누군가의 온기, 목소리, 그런 것들에 익숙해지면 혼자라는 것을 더 크게 실감하게 되니까.

'안 돼, 유재인. 그 남자한테 익숙해지면 안 돼. 그 남자에 대해서 제대로 아는 것도 없잖아. 잘 아는 사람들도 널 떠났잖아. 그러니까 유재인, 정신 차려. 절대로 그 남자의 온기에 익숙해지지 마.'

그렇게 자신을 몰아붙일 때에, 초인종이 울렸다.

딩동—

누군가 방문하기엔 상당히 늦은 시간이라는 것도 확인하지 않고 현관문을 열었다. 열린 문 사이로 근사한 정장과 커다란 마트 봉투가 보였다. 그리고 벌써 익숙해진 달콤한 향기가 훅 밀려들어왔다.

천천히 고개를 들자 성현의 웃는 얼굴이 보였다. 아몬드 형의 눈이 반달 모양으로 접혀 있었다.

'밀어내야 돼. 이 사람에게 익숙해지면 안 돼.'

그가 무슨 말을 하든 쫓아내겠다고 결심하며 입을 열려는데, 성현이 먼저 고개를 옆으로 까딱 움직이며 말했다.

"야식 먹자. 붕어찜 해 줄게, 여왕님."

봉지 안에 가득 담긴 것은 커다란 검은 봉지와 채소, 양념이었다. 자연스럽게 부엌으로 향한 성현이 물었다.

"앞치마 있어?"

"그런 거 없어."

"그럴 줄 알고 준비했지."

라며, 성현은 봉지 안에서 앞치마를 하나 꺼냈다. 연분홍색에 레이스까지 달린, 공주풍 앞치마였다.

설마 저걸 두르려는 건 아니겠지?

늘 그랬듯 성현은 재인의 예상을 깨뜨렸다. 정장 재킷을 벗고 흰 셔츠 위에 분홍 앞치마를 두른 성현이 모델 같은 포즈를 취하며 물었다.

"어때? 다시 한 번 반하겠어?"

재인은 그냥 무시하기로 했다.

성현은 아쉽다는 듯 입맛을 다시더니 흰 셔츠의 소매를 척척 걷어 올렸다. 성현은 마트 봉지 안에서 꺼낸 검은 비닐봉지를 싱크대 위에 올려놨다. 그리고 가슴 앞에서 팔짱을 끼더니 크게 심호흡을 하고 재인을 불렀다.

"여왕님, 잠깐 이리 좀 와 줘."

"왜?"

재인은 성현이 요리를 하는 동안 신문이라도 읽으려고 안경을 착용한 상태였다. 재인이 안경 쓴 걸 처음 보는 성현은 깜짝 놀란 듯 눈을 크게 떴다가 곧 환하게 웃었다.

"이야. 안경 쓴 것도 예쁜데?"

두근—

그의 입에서 흘러나오는 자연스러운 칭찬이 부담스러웠다. 재인은 시선을 피하며 물었다.

"왜 불렀어?"

"아, 맞다. 여왕님, 내가 사실 어릴 때 낚시꾼이라는 큰 꿈을 꿨던 적이 있어. 하지만 내 나이 7살 때에 내겐 낚시꾼이 되기에 큰 장애가 있다는 걸 깨닫고, 꿈을 포기했지."

이쯤 되니 진짜로 궁금해졌다.

이 남자 7살 때, 대체 무슨 일이 있었던 걸까?

"여왕님, 난."

성현이 재인을 향해 돌아서서 그녀의 양쪽 어깨를 꽉 부여잡았다. 그리고 재인에게 괴로운 듯한 시선을 던지며 말했다.

"물고기를 못 만져."

"……."

"붕어 좀 손질해 줘."

"……민성현 씨."

"응?"

"나가."

"튕기긴."

"그 빌어먹을 붕어 가지고, 당장 내 집에서 나가."

"여왕님도 붕어에 약한 줄은 몰랐네. 붕어빵 되게 잘 먹더니, 붕어에 대한 배신이란 생각은 안 들어?"

"당신이 더 잘 먹었거든? 당신이야말로 붕어빵을 배신한 거야!"

재인은 울화통이 터졌다. 그래서 성현과 똑같은 수준의 소리를 지껄이고 있다는 걸 깨닫지 못했다. 성현의 입가에 빙그레 미소가 떠올랐을 때에야, 자기가 민성현 수준으로 떨어졌다는 것을 깨달았다.

통탄할 노릇이다. 민성현이 감염되고 있다.

"알겠어, 여왕님. 가서 앉아 있어. 나까지 붕어빵을 배신할 순 없지."

"그런 건 됐고, 그냥 나가라고."

"그럴 순 없어. 남자가 칼을 뽑았으면 채소라도 다듬어야지."

"당신 아직 칼 안 뽑았어."

"후후. 여왕님은 너무 예리해."

성현이 가볍게 웃으며 재인의 코끝을 톡톡 두드렸다.

"가서 앉아 있어, 여왕님. 멋진 붕어찜으로 여왕님의 밤을 행복하게 해 줄게."

그를 한 번 노려본 후 다시 소파에 가서 앉았다. 휴대폰으로 인터넷 뉴스를 읽는 동안,

"으읏!"

"헉!"

"우왓!"

"끄으……."

붕어를 손질하는 성현의 호들갑스러운 신음 소리가 들려왔다. 재인은 이어폰을 연결한 휴대폰으로 음악을 들으며, 성현의 신음 소리를 차단시켰다. 인터넷에는 눈에 띄는 기사가 없었다.

대학 등록금 인상, 강도 살인, 에드윈 컴버배치의 소설 판매량 100만부 돌파, 어느 연예인의 열애설, 만취한 승객이 택시기사 폭행.

항상 벌어지는 살인사건, 폭행사건.

'그래, 항상 벌어지는 일이지.'

20년 전 재인이 겪은 일도, 타인이 보기에는 '눈에 띄지 않는 기사' 중 하나일 뿐이리라. 언제 어디서든 일어날 수 있는 그렇고 그런 일 중 하나.

결국 고통과 슬픔은 그것을 느끼는 본인이 혼자서 극복하는 수밖에 없었다.

얼마나 그러고 있었을까.

슬슬 졸리기 시작했다.

휴대폰에서 눈을 뗀 후에야 집안에 맛있는 냄새가 가득하다는 것을 깨달았다. 이어폰을 빼자마자 성현의 콧노래가 들려왔다. 유쾌한 음률을 흥얼거리며, 성현은 식탁을 차리는 중이었다.

수저를 놓던 성현과 눈이 마주쳤다.

멋진 차림에 분홍색 레이스 앞치마를 두르고 흥얼거리는 그의 모습은 웃겼다. 그런데 웃음이 나오지 않았다. 오히려 가슴이 아파졌다.

지끈—

왼쪽 가슴에 일어나는 통증은 익숙하면서도 오래된 것이었다. 그리움으로부터 비롯된 아픔.

울 자격 같은 건 없었다. 그래서 지난 20년, 아무리 외롭고 힘들어도 울지 않았다.

울컥—

그런데 왜일까. 앞치마를 입고 흥얼거리는 그의 웃기는 모습에, 하마터면 울음을 터뜨릴 뻔했다.

꿀꺽—

소리가 날 정도로 세게 침을 삼키며 눈물을 참았다. 술렁거리는 마음을 진정시키려고 노력하며 주방 앞에 있는 식탁으로 걸어갔다.

식탁 위에는 붕어찜이 담긴 커다란 접시가 놓여 있었다. 적절하게 익은 채소와 냄새 좋은 양념, 그리고 형체를 알아볼 수 없는 붕어. 아마도 손질 단계에서 실패한 것이리라.

"붕어의 비늘이란 게 말이지. 생각보다 독해. 아주 지독하게 찰싹 달라붙어 있더라고."

성현이 변명하듯 말했다.

재인은 대답 없이 의자에 앉아 젓가락을 들었다. 생선 류는 좋아하지 않는다. 특히 민물에 사는 생선은 비려서 싫어했다.

하지만 재인은 묵묵히 형태를 알아볼 수 없는 붕어찜을 전부 먹어치웠다. 성현의 붕어찜은 생선살이 다 부스러져서 채소밖에 먹을 것이 없었지만, 무척이나 그리운 맛이었다.

* * *

재인이 붕어찜을 먹고 있던 그 시간.

번화가의 어느 오피스텔 건물 14층에서 만취한 한 남자가 추락했다.

퍼석—!

남자가 땅과 충돌하는 순간 주위에는 십수 명의 행인들이 있었다. 붉은 피가 번지기 시작하자 사람들의 비명 소리가 번화가에 울려 퍼졌다.

* * *

재인은 설거지를 도와주겠다고 했다.

"우리 이러고 있으니까 꼭 신혼부부 같지 않아?"

그렇게 말했더니 재인은,

"당신 혼자 해."

라고 말하곤 거실로 가버렸다. 성현이 예상한 대로였다.

달그락, 달그락.

설거지를 하며 아까 재인이 지었던 표정을 떠올렸다. 그녀는 성현이 함께 있다는 사실을 잊은 듯 붕어찜에 몰입하고 있었다. 처음엔,

'내 붕어찜이 그렇게 맛있나? 이럴 수가! 내겐 요리의 재능까지 있었어!'

라고 생각했다. 하지만 아니었다. 그녀의 표정은 맛있는 음식을 먹을 때 짓는 것과는 달랐다. 아련한 고통을 더듬는 표정. 그래, 그런 표정이었다.

'죄책감은 아니었어.'

그 순간만큼은 늘 재인을 잠식하고 있던 죄책감이 사라졌다. 대신 자리를 잡은 감정이 어떤 의미인지, 성현은 짐작조차 할 수 없었다. 마음에 걸렸다.

설거지를 끝내고 돌아서니 재인이 소파 구석에 웅크린 채 잠들어 있었다. 성현은 소파 옆에 서서 재인을 내려다봤다. 연갈색 머리카락이 우유처럼 하얀 얼굴 위에 아무렇게나 늘어져 있었다.

그는 옆에 쭈그리고 앉아 조심스레 머리카락을 뒤로 넘겨줬다. 재인은 눈썹을 움찔했지만 깨진 않았다.

"이거 참."

성현은 그녀의 오밀조밀한 이목구비를 살펴보다가 몸을 일으켰다. 그는 재인이 누운 반대쪽 구석에 앉아, 한 팔을 소파 등받이에 걸쳤다. 그리고 시선을 재인에게로 향했다.

"날 신뢰하는 건지, 아니면 날 아예 남자로 보질 않는 건지."

무방비하게 잠들어 있는 재인의 모습에 쓴웃음이 나왔다. 굉장히 경계심이 많은 여자라고 생각했는데, 누구냐고 묻지도 않고 현관문을 열어 주질 않나, 이런 상황에서 푹 잠이 들질 않나. 정말 안심이 안 된다.

"이러면 안 돼, 여왕님. 나야 신사적이니까 잠든 여자를 덮치진 않겠지만, 다른 놈들은 안 그러거든. 여왕님이 이렇게 무방비하면 내가 여왕님한테서 눈을 뗄 수가 없잖아. 게다가……."

성현은 크게 한숨을 내쉬었다. 재인에게 조금 더 가까이 다가가서 앉을까 하다가 관뒀다. 가까워지면 만지고 싶고, 만지다 보면 더 많은 걸 하고 싶어진다.

스킨십이 잦은 성현이지만, 건드리지 말아야 할 때를 알고 있었다.

멀찌감치 떨어져서 재인의 얼굴을 응시하며, 성현은 답이 돌아오지 않을 질문을 던졌다.

"게다가 넌 왜 잠든 순간에도 그렇게 고통스러운 표정을 짓고 있는 거지, 유재인?"

그 순간, 재인의 얼굴이 더 괴롭게 일그러졌다. 긴 속눈썹이 촉촉이 젖어드는가 싶더니 도톰한 입술이 달싹거리며, 쉰 음성이 흘러나왔다.

"미안해."

"……."

"정말 미안해…… 엄마."

                    *   *   *

　재인은 토요일과 일요일에 패밀리 레스토랑에서 서빙 아르바이트를 했다. 원래는 수험생들 과외도 병행하고 있었는데, 지난주에 수능이 끝나면서 과외도 정리했다. 잠시 시간을 두었다가 1월에 다시 구할 예정이었다.

　서빙 아르바이트는 오전부터였다.

　7시에 맞춰둔 알람 소리에 잠에서 깨어났다. 분명 새벽 3시가 넘어서 잠들었던 것 같은데 다른 때보다 개운했다.

　아무 생각 없이 침대에서 내려오다가, 어젯밤 소파에서 잠들었다는 것이 떠올랐다. 혹시나 싶은 마음에 거실에 나가봤다. 거실은 텅 비어 있었다.

　'날 침대에 옮겨 주고 돌아간 건가?'

　거실엔 어젯밤 먹은 붕어찜 냄새가 미미하게 남아 있었다. 설거지를 하는 그의 뒷모습을 보다가 잠들었던 기억이 났다.

　베란다 창문을 열자 찬바람이 훅 몰아쳐 들어왔다. 11월 중순을 지난 지금, 날씨가 많이 추워졌다. 이제 곧 '한겨울'이라고 할 만한 기온이 될 것이다.

　'벌써 11월도 끝나가는구나.'

　창문을 열어둔 채 현관문으로 향했다. 문을 열자마자 집사처럼 신문을 들고 서 있는 성현이 보였다. 늘 그렇듯 정장 차림이었다.

"당신은 대체 언제 일어나는 거야? 잠 안 자?"

"여왕님이 걱정을 해 주다니. 오늘은 행운 가득한 날이 되겠군."

손을 내밀자 성현이 자연스럽게 신문을 건넸다.

"어떤 기사를 찾는 건지 알려주면 나도 같이 찾아 줄 텐데."

그가 은근슬쩍 재인을 떠보듯 말했다. 재인은 신문을 챙겨 들고 그의 앞에서 문을 닫아버렸다.

역시 방심할 수 없는 남자다.

신문을 본다고 해서 '어떤 기사를 찾고 있다.'라는 것까지 추측하다니. 보통은 그냥 '사회에 관심이 많구나.' 정도로만 생각하는데.

신문을 읽으며 양치질을 한 후 샤워를 했다. 나갈 준비를 끝내고 현관문을 열었을 때 복도엔 아무도 없었다.

엘리베이터를 타러 복도를 걸어가다가 1102호의 닫힌 문을 흘끗 돌아봤다.

'이 남자는 주말엔 뭘 할까?'

그러고 보니 성현을 알게 된 후 며칠 동안 쭉 함께 있었다. 한국에 온 지 한 달쯤 되었다고 들었는데, 그동안 뭘 하면서 지냈는지 궁금했다.

'아니, 내가 왜 민성현이 뭘 하고 사는지를 궁금해 해야 하고 있지? 내 일만으로도 벅찬데.'

재인은 성현에 대한 생각을 털어 내려고 노력하며 엘리베이터에 탔다.

아파트 단지 구석에 있는 주차장 가장자리에 오토바이를 세워 뒀다.

구형진.

최영주.

이 두 개의 이름이 등장하면 언제든, 어디든 달려가기 위해 큰마음 먹고 구입한 오토바이였다.

오토바이를 타고 아르바이트를 하는 패밀리 레스토랑으로 향했다. 사람을 상대하는 것이 싫어서 주방 일을 하고 싶었는데, 돈을 더 챙겨 준다는 말에 서빙을 하게 되었다.

탈의실에서 옷을 갈아입고 나오다가 진혁과 마주쳤다. 진혁도 이 패밀리 레스토랑에서 함께 주말 아르바이트를 하고 있었고, 이곳을 소개시켜 준 것도 진혁이었다.

"누나, 왔어요?"

"응. 이제 오는 거야?"

"네. 아, 어제 특강 교수님 안 나오셨더라고요. 최 교수님이 엄청 초조해하시다가 대신 수업하셨어요."

"아, 그랬구나."

"다들 걱정하는데 최 교수님 말씀으론 원래 그런 사람이니까 그러려니 하라고 하시더라고요."

"아, 그래."

역시 그런 사람이라는 것을 최 교수도 알고 있었던 모양이다.

성현은 상대를 체념하게 만드는 재주가 있었다.

"그럼 전 옷 갈아입고 나갈게요. 이따 봬요."

"응."

진혁과 헤어져 홀로 나왔다. 같이 일하는 점원들에게 인사를 하고 오픈 준비를 하다 보니, 어느새 점심시간이 됐다. 주말이라 손님이 많았다.

"어서 오세요, 맘모스에 오신 것을 환영합니다."

기계적으로 인사를 하며 손님을 받았다.

"어머, 너 여기서 일하니?"

몇 팀인가를 자리로 안내한 후에, 재인은 익숙한 목소리를 들었다. 숙이고 있던 고개를 들자 보고 싶지 않은 얼굴이 보였다.

김수영.

재인은 싫은 티를 내지 않으려고 노력하며 물었다.

"몇 분이신가요?"

"얘, 오랜만에 보는데 아는 척이라도 하지?"

수영이 재인을 품평이라도 하듯 위아래로 훑어보며 말했다. 수영과 함께 온 그녀의 친구들이 수영의 옆구리를 쿡 찔렀다.

"아는 애야?"

"응, 얘가 걔야."

"아, 그……?"

"응."

그들 사이에 오가는 비밀스러운 대화의 내용을, 재인은 알 수 있었다. 수영과 만나지 않은 지 2년이 넘었다. 그런데도 수영은 아직까지 재인에게서 벗어나지 못한 모양이다.

재인은 알지도 못하는 수영의 친구들이 차가운 눈으로 재인을 쏘아봤다. 달싹거리는 입술에서 흘러나오는 저렴한 욕설을, 재인은 분명하게 들었다. 하지만 모르는 척하며 다시 물었다.

"몇 분이신가요?"

"보면 몰라? 세 명이잖아."

수영이 짜증스럽게 말했다.

근처에 있던 종업원이 이쪽을 향해 걱정스러운 시선을 던졌다. 재인은 무표정하게 메뉴판을 집어 들었다.

"자리로 안내해드리겠습니다."

수영은 어릴 때부터 재인이 편한 꼴을 가만히 두고 보질 못했다. 그래도 그때로부터 긴 시간이 흘렀으니까 달라졌을 거라 생각했다.

판단 오류였다.

파스타와 스테이크, 샐러드가 담긴 접시들을 수영의 테이블로 옮길 때였다.

탁—

수영의 손이 명백한 목적을 가지고 재인의 팔을 쳤다. 너무 세게 치는 바람에 들고 있던 파스타 접시를 놓치고 말았다.

크림소스가 듬뿍 들어간 파스타가 아래로 떨어졌다. 하얀 소스와 두꺼운 면이 근처에 놓여 있던 수영의 가방과 재킷을 엉망으로 만들었다.

수영과 눈이 마주쳤다.

그녀의 신경질적인 눈에 조롱이 담긴 것을, 재인은 똑똑히 목격했다. 옅은 미소가 아주 잠깐 수영의 얼굴을 물들였다가 사라졌다. 수영은 인상을 확 찌푸리고 새된 목소리로 외쳤다.

"야, 너! 이거 어쩔 거야?"

짜증 가득한 표정의 수영. 그리고 그녀를 옹호하는 수영의 친구들.

기시감을 느꼈다.

그러다가 문득 쓴웃음을 지었다. 기시감이랄 것도 없다. 수영과 함께 했던 어린 시절, 거의 매일 같이 이런 상황에 처했으니까.

"웃어?"

가방과 옷이 얼마나 새것인지, 고가인지에 대해 떠들어대던 수영이 기가 막힌다는 듯 외쳤다. 가게 안의 손님들이 인상을 찌푸리고 이쪽을 쳐다봤지만, 수영은 아랑곳하지 않았다.

늘 그랬다. 수영은 재인을 난처하게 만들기 위해서라면, 다른 사람들의 손가락질을 받는 걸 두려워하지 않았다.

"너 지금 내 옷 이따위로 만들어놓고 웃는 거야? 사과 한 마디 안 하고?"

"죄송합니다, 손님."

재인은 몇 번째인지 모를 사과를 중얼거렸다.

사과를 안 하다니.

파스타를 떨어뜨린 순간부터 지금까지 계속해서 사과를 했다. 수영이 못 들은 척했을 뿐이다.

"손님, 불쾌하게 해 드려서 죄송합니다."

안 되겠다 싶었는지, 매니저가 달려왔다.

"저희가 가방과 옷의 세탁비를……."

"저기요. 지금 세탁비가 문제가 아니고요. 이 점원 태도가 진짜 불쾌한 거거든요."

수영이 매니저의 말을 끊었다. 매니저가 재인에게 눈짓을 했고, 재인은 다시 한 번 허리를 깊이 숙였다.

"죄송합니다, 손님."

"이제 와서 뭐야? 아깐 비웃더니. 아, 그래. 유재인. 넌 원래 남자들 앞에서만 싹싹하게 굴지? 착한 척하고."

"……."

"그래, 어릴 때부터 그랬지. 여자 친구들 앞에서는 혼자 고상한 척하다가 남자애들만 오면 애교 부리고 착한 척하고 그랬잖아. 남자 없이는 하루도 못 살고. 아직도 그러고 사나 봐?"

수영의 얼굴에 비릿한 미소가 번졌다.

"그러고 살기엔 우리, 이제 좀 나이가 많지 않아? 얼굴 값 하는 것도 한 철이라더라."

그녀의 독설에는 익숙했다. 이보다 더한 소리도 매일 들었으니 특별히 가슴이 아프진 않았다. 다만 이 일을 그만 두면 어디서 조건 좋은 주말 아르바이트를 구하나, 라는 생각을 하고 있었을 뿐이다.

"그러고 살기에 나이가 좀 많은 건 그쪽도 마찬가지인 것 같은데요."

생각지도 못한 목소리가 재인을 옹호하며 끼어든 것은, 바로 그 순간이었다.

"진혁아, 넌 가만히 있어."

어느새 재인의 옆으로 다가온 진혁의 팔을, 매니저가 붙잡았다. 하지만 진혁은 재인을 보호하듯 그녀의 어깨에 팔을 둘렀다.

"아뇨, 매니저 형. 전 이 손님이 일부러 재인이 누나 손목을 치는 걸 분명히 봤거든요. 맞죠, 누나? 이 사람이 일부러 쳤죠?"

"누, 누가 일부러 쳤다는 거야?"

수영이 볼을 붉히고 외쳤다.

"그쪽이요."

"내가 왜 일부러 걔 팔을 치겠어? 말도 안 돼. 여긴 직원들끼리 실수를 해도 서로 감싸 주고 그러나 보지?"

"그렇진 않아요. 매장 방침이 블랙컨슈머도 손님이니 일단은 왕 대우를 해 주자는 거라서, 그쪽이 일부러 친 걸 알았어도 못 본 척 하려고 했거든요. 그런데 그쪽이 우리 직원 실수가 아닌 개인사에 대한 비난을 하면 얘기가 달라지죠."

진혁의 담담한 설명에 수영은 할 말을 잃은 듯했다. 입만 뻐끔 뻐끔하다가 다시 재인에게로 화살을 돌렸다.

"이것 봐, 또 남자 하나 잘 물었나 보네. 넌 늘 이런 식으로 남자들의 보호를 받았잖아. 이번엔 또 무슨 소릴 했어? 어릴 적에 부모를 잃고 성깔 더러운 사촌 때문에 힘든 인생을 살아왔다고? 그렇게 동정심 자극했니?"

"수영아."

재인은 수영과 눈을 맞췄다.

수영의 눈에 서린 독기를, 이해할 수 있으면서도 이해할 수가 없었다. 수영은 아직도 그때의 잘못이 누구에게 있는지 모르는 걸까? 아니면 알면서도 인정하고 싶지 않아 더 이러는 걸까?

"뭘 째려봐? 내가 틀린 말 했어?"

"네, 틀린 말 했습니다."

진혁이 다시 끼어들었다. 재인의 어깨를 감싼 그의 손에 힘이 들어갔다. 진혁은 이것 보라는 듯 재인을 확실하게 감싸고 말했다.

"재인이 누나는 나한테 그런 속사정을 이야기한 적 없어요. 재인이 누나가 눈부시게 예뻐서 그냥 제멋대로 좋아하고 있는 거거든요."

"뭐……!"

수영의 눈이 커졌다.

"매니저 형, 이 사람이 일부러 한 짓이고, 여기 재인이 누나 있어봤자 상황만 더 안 좋아질 것 같아요. 우린 나가보겠습니다."

매니저가 뭐라고 대답했는지 제대로 듣지 못했다. 말을 마치자마자 진혁이 재인을 잡아끌었기 때문이다. 수영이 뭐라고 외치는 소리가 들려왔다.

잊고 싶은 과거가 훅 몰려오는 바람에, 재인은 자신이 진혁에게 안기다시피 걷고 있다는 것을 자각하지 못했다.

쾅―

문이 거칠게 닫히는 소리가 들려온 후에야 정신을 차렸다. 직원 탈의실이었다.

"누나, 괜찮아요?"

진혁의 걱정스러운 얼굴이 눈앞에 있었다.

그의 도움을 받게 될 줄은 몰랐다.

"응, 괜찮아."

"안 괜찮아 보이는데."

"아니, 괜찮아. 별일 아니야."

"별일 아니지 않은데."

"정말 별일 아냐. 손님들 상대하다 보면 저것보다 이상한 손님 들도 많이 만나잖아."

진혁의 미간이 좁아졌다. 뭐가 마음에 안 드는지 부루퉁한 표정 으로 재인을 응시하던 그가 깊은 한숨을 내쉬었다.

"누나는 좀……."

거기까지 말한 진혁은 입을 굳게 다물고 고개를 절레절레 저었 다. 재인은 진혁이 왜 저런 표정을 짓고 있는 건지 이해할 수가 없 었지만, 일단 감사 인사를 했다.

"도와줘서 고마워."

"다른 부분에 대한 이야기는 안 해요?"

"응?"

"내가 누나 좋아한다고 했잖아요."

"아아. 그건 날 도와주려고 한 말이잖아."

그렇게밖에 생각할 수 없었다. 진혁과는 좋아하네, 마네라는 말이 나올 만한 사이가 아니니까. 게다가 진혁은 여자들에게 인기가 많았다. 굳이 표정도 없고 감정도 없는, 사교성 부족한 여자를 좋아할 이유가 없는 것이다.

재인의 대답이 정답은 아니었는지, 진혁의 표정이 살짝 굳었다. 하지만 그것은 아주 잠시일 뿐. 곧 미소를 지은 진혁이 말했다.

"누나는 가끔 우는 소리를 해야 될 필요가 있어요."

부모님이 돌아가시고 올해로 19년째가 되었다. 재인이 그동안 알게 된 것이 있다면, 우는 소리를 해봐야 변하는 것은 아무것도 없다는 점이었다.

"그럼 쉬고 계세요. 그 여자 가면 말해드릴게요."

진혁이 나간 후, 재인은 눈을 감았다.

유쾌하지 않은 기억들이 해일처럼 몰려와 재인을 휩쓸었다. 갑작스럽게 다가와 들러붙은 과거를 떼어 내기 위해 크게 심호흡을 했다. 그러자 웬일인지 성현의 목소리가 들려왔다.

"제 나이 7살 때 말입니다."

어째서 그의 음성이 떠오르는 걸까? 그리고 왜 그 음성을 떠올리자마자 기분이 나아지는 걸까? 한 번 들러붙으면 어떻게 해도 떨치기 힘든 과거의 잔상이, 그의 음성 하나에 깨끗이 사라지는 걸까?

'그리고 난 왜……'

말해 주고 싶은 걸까?

민성현 씨, 내 나이 8살 때 말이야. 무슨 일이 있었는지 알아?

아무에게도 말하지 못한 그 일을, 왜 민성현에게만은 말하고 싶다는 생각이 드는 걸까?

성현은 D대학교의 최 교수를 만나, 앞으로는 땡땡이치지 않겠다, 열심히 살 생각이다, 나도 생각이라는 게 있는 사람이다, 라는 말을 한참 떠들어댄 후에야 그를 안심시킬 수 있었다.

집에 돌아와 혹시나 하는 마음에 재인의 집 초인종을 눌러봤지만, 아무도 나오지 않았다. 아직 아르바이트를 하는 중인 모양이다.

재인은 모르겠지만 성현은 재인의 신상에 대해 대부분을 파악하고 있었다. 일을 하는 곳에 찾아가 깜짝 놀라게 해 줄까, 고민하고 있는데 휴대폰이 울렸다.

[야, 에디. 너, 미국으로 돌아와야겠다.]

은우에게서 온 전화였다.

"오, 팀. 너무 열렬한 거 아냐? 인사도 하기 전에 보고 싶다는 말을 먼저 하다니."

[농담하는 거 아냐.]

"리젤이랑 메리라면 너한테 맡겼잖아."

[그런 문제가 아냐. 구형진이랑 최영주에 대해 조사를 해봤어. 그리고……]

은우가 어떻게 말해야 좋을지 모르겠다는 듯 말끝을 흐렸다.

"왜? 위험한 놈들이야?"

[아니, 위험한 건 네놈 정신상태고. 문제는 유재인이야.]

"왜? 위험한 여자야?"

[위험한 건 네놈 존재 자체고. 유재인은 너랑 안 될 거야, 에디. 알지? 네가 지금은 자유롭게 설치고 다니지만, 실제로는 그렇게 자유롭지 않다는 거.]

"무슨 소리야, 티모시. 난 항상……."

[농담하는 거 아냐, 성현아.]

은우가 성현의 말을 끊으며 진지하게 말했다.

[구형진과 최영주를 조사했더니, 유재인의 과거가 나왔어. 더 깊이 조사를 했더니 답이 나왔고, 그 답을 알고 나니 유재인이 어떻게 살아왔을지 상상이 되더라.]

"어떻게 살았는데?"

한참 동안 답이 돌아오지 않았다. 성현은 거실 구석에 가서 앉으며 다시 한 번 물었다.

"어떻게 살았는데?"

[민성현. 난 네가 유재인의 인생에 끼어드는 게, 옳은 일이 아닌 것 같다.]

미국에 돌아오면 이야기해 주겠다는 은우를 어르고 달래, 간신히 정보를 얻었다. 전화를 끊고 성현은 눈을 감았다. 은우의 말대로였다. 최영주와 구형진은 대단할 게 없었다.

문제는 유재인이었다.

"이거 참."

성현은 흘러내린 앞머리를 뒤로 쓸어 넘겼다. 그의 반듯한 이마와 매서운 눈이 드러났다. 성현은 텅 빈 거실을 한 번 쭉 둘러봤다.

잠시 머물다가 갈 예정이었다. 그래서 아무것도 사두지 않았다. 한국에 올 때처럼 훌쩍, 미련 없이 떠나기 위해.

"큰일이군."

한국에는 오래 머물고 싶지 않았다. 한국에 발을 디디는 순간 반쯤 자유를 빼앗긴 상황에 처한 것이나 마찬가지니까.

재인에 대해 들으며 성현은 은우가 걱정하는 것이 무엇인지 알 수 있었다. 그리고 재인이 무심함을 가장하여 자신을 지키려 하는 이유도, 타인으로부터 한 발자국 뒤로 떨어져 있으려는 이유도 알 것 같았다.

하지만 그녀가 품은 죄책감의 이유는 여전히 알 수 없었다.

"즐겁지 않은 이야기를 들어버렸어."

성현은 다시 한 번 머리를 쓸어 넘겼다.

어린 나이에 부모를 잃은 후, 재인은 타인의 온기를 누리지 못하고 살아왔다. 아니, 오히려 재인에게 타인은 냉기 서린 가시를 지닌, 움직이는 생명체와도 같았을 것이다.

그 가시에 찔릴까 두려워서, 재인은 벽을 쌓았으리라. 무너지지 않을, 두껍고 견고한 벽을.

성현은 그 벽 안에 들어가고 싶었다. 하지만 언제까지고 그 벽 안에 머물 생각은 없었다. 때가 되면 그 벽을 무너뜨리고 나올 생각이었다.

하지만 그럴 수 없게 되었다.

그 벽이 유재인 그녀 자체라는 것을 알게 되었다. 그 벽을 무너뜨리면 재인 역시 함께 부서지리라.

재인을 부수지 않고 그녀의 성 안에 들어가기 위해선 각오가 필요했다. 그녀가 원치 않을 때까지 성 안에서 지낼 각오.

"결국은 내 선택이군."

성현은 빈 거실을 한 번 더 둘러본 후, 눈을 감았다.

일요일은 신문이 오지 않는 날이다.

재인은 양치질을 하며 휴대폰으로 인터넷 뉴스를 검색했다. 눈에 띄는 소식은 없었다. 그녀는 샤워를 하고 젖은 머리에 수건을 두른 채 거실로 나왔다.

물 한 잔 마실 생각에 냉장고를 열자, 편의점 샌드위치가 가득 들어 있는 것이 보였다.

성현이 샌드위치를 사다준 것이 오래전의 일처럼 느껴지는데, 생각해 보니 불과 이틀 전 아침의 일이었다. 왜 이렇게 먼 옛날의 일처럼 느껴지는 걸까?

샌드위치 하나를 꺼냈다. 날짜는 어제까지로 되어 있지만 먹어도 상관없겠지 싶었다. 포장지를 벗기고 있는데,

딩동—

초인종이 울렸다.

성현이겠거니 생각하며 문을 열었고, 재인의 예상이 맞았다.

성현은 늘 멋을 내지만, 오늘은 굉장히 신경을 쓴 듯 보였다. 다른 때보다 번쩍거리는 은회색 정장에 머리는 뒤로 넘겼다. 반듯한 이마가 드러나 그의 인상을 평소보다 날카로워 보이게 만들었다.

복도 창문으로 들어오는 햇빛이 그의 실루엣을 따라 오렌지 빛 테두리를 만들었다. 살면서 처음으로 사람을 보며 '눈부시다.'라는 생각을 했다. 아마도 저 뒤의 아침 햇살 때문이겠지만.

"아침 먹고 있었어?"

재인이 들고 있는 샌드위치에 눈길을 준 성현이 물었다.

"응, 당신의 고급 입맛에는 안 맞겠지만."

비아냥거리는 말이었는데, 성현은 이보다 더 유쾌한 유머도 없다는 듯 환하게 웃었다.

이 남자, 오늘따라 왜 이러지? 생일인가?

인상을 찌푸리고 성현의 얼굴을 살펴보노라니, 그가 재인이 들고 있던 샌드위치를 빼앗았다.

"이런 건 됐고. 나갈 준비해, 여왕님."

"나갈 준비? 어디 가게?"

들어오라는 말도 하지 않았는데, 그가 자연스럽게 현관문 안쪽으로 발을 디뎠다.

"쇼핑하러."

"쇼핑?"

"응, 가구를 좀 사야겠어."

3장
내 품에서 마음껏

가구를 사는 게 이렇게 멋을 부리고 와야 할 만큼 대단한 일인 걸까?

그는 마치 인생에서 가장 멋진 일을 앞에 둔 사람처럼 보였다. 그의 입가에서는 미소가 떠나질 않았고 콧노래를 흥얼거리기까지 했다.

이 인간이 왜 이러나 싶어 멍하니 보고 있자, 그가 주머니에서 초콜릿 하나를 꺼내 부스럭거리며 포장을 벗겼다. 거부할 새도 없이 재인의 입술 사이로 초콜릿을 넣어 준 그가 씩 웃었다.

"단 걸 먹으면 기분이 좋아진대, 여왕님."

"그 전에 당뇨병 걸려서 죽을지도."

"단 걸 많이 먹으면 당뇨병에 걸린다는 건 오해야. 당뇨병이란 말이지. 아, 이리 와. 머리 말려 줄게."

갑자기 성현이 손을 뻗어 재인의 머리를 감고 있던 수건을 낚아챘다.

차락—

수건이 벗겨지면서 젖은 머리가 아래로 흘러내렸다. 머리카락 끝이 곧게 뻗은 쇄골 근처를 사락사락 스쳤다.

"수건, 내놔."

재인은 참을성 있게 말하며 손을 내밀었다.

"내가 말려 줄게."

"대체 왜 그런 번거로운 짓을 하려는 거야?"

"왜라니. 그렇게 말하면 서운해, 여왕님. 난 여왕님의 유일한 노예라고!"

"……도대체 언제부터?"

"여왕님이 이름을 부르지 말고 여왕이라 부르라고 강요했을 때부터."

"그런 강요는 한 적 없어!"

"하아. 그럼 대체 이름을 안 부르면 뭐라고 부르라는 거야? 마땅한 호칭이 여왕님밖에 더 있어?"

성현은 남의 속을 뒤집는 주제에 도리어 한숨을 내쉬었다. 재인은 주먹을 꽉 쥐고 성현을 노려봤다. 그는 재인을 놀리듯, 한 손에 든 수건을 살랑살랑 흔들었다.

'저 인간을 진짜!'

이번만큼은 성현이 하자는 대로 할 수 없었다.

수건으로 머리를 말려주겠다니.

그런 걸 누군가에게 맡기는 일은 생각해 본 적도 없고, 어떤 기분일지 상상조차 되지 않았다.

그래서 재인은 눈을 가늘게 뜨고 기회를 노리다가, 성현을 향해 몸을 날렸다.

무슨 일이 벌어진 건지 알 수 없었다. 분명 수건을 향해 몸을 날렸는데, 정신을 차리니 성현의 품에 안겨 있었다.

성현은 품에 쏙 들어온 재인의 허리를 한 팔로 감고 씩 웃었다.

"잡았다."

그의 얼굴에 장난스러운 미소가 감돌았다. 그의 달콤한 향기와 체온이 순식간에 재인을 잠식했다.

그의 품은 적당히 단단하고 적당히 따스했다. 벗어나고 싶지 않을 만큼 아늑해서, 재인은 더욱 벗어나야만 한다고 생각했다.

두 손으로 그의 가슴을 밀어내려 했다. 그는 한 팔로 재인의 허리를 감싸고 있었다. 그런데도 그의 힘을 이길 수가 없었다.

"버둥거리지 마, 여왕님. 잊었어?"

"뭘?"

"리플레이 해봐. 버둥거리는 짐승을 보면 확 덮쳐버리고 싶어지는 게……."

"헛소리 하지 말고 놔줘!"

집요하게 파고드는 그의 체온 때문에 정신을 똑바로 차릴 수가 없었다. 심장이 쿵, 쿵, 쿵, 제멋대로 날뛰기 시작했다. 이 소리가 그의 귀에까지 들릴까 봐 두려웠다.

"머리."

그가 고개를 숙여 재인의 젖은 머리카락에 얼굴을 묻었다.

"말려 줄게."

입김이 머리카락 사이로 파고들어왔다.

오싹—

입김이 닿은 것은 정수리 부근인데, 전기에 감전된 듯한 느낌이 전신으로 퍼졌다. 재인이 품안에서 움찔하는 것을 느꼈는지 성현이 가볍게 웃었다.

"간지러워?"

간지러운 건 아니지만 그렇게 오해하도록 내버려 뒀다.

"놔줘."

"머리 말려 줄게."

재인의 머리를 말려주는 것이 인생 최대의 목표라는 듯 행동하는 그에게, 재인은 묻고 싶었다.

'건조기가 되는 게 꿈이었어? 그 꿈도 7살 때 접은 거야?'

하지만 아무리 비아냥거려도 통할 상대가 아니라는 것을, 그녀는 알고 있었다. 결국 체념한 목소리로 말했다.

"알겠어. 머리든, 오징어든 다 말려도 좋으니까 놔줘."

그제야 그의 팔에서 힘이 빠졌다.

재인은 황급히 그에게서 한 발 떨어졌다. 재인의 심장은 여전히 거세게 뛰고 있는데, 성현은 아무 일도 없었다는 듯 수건을 한 손에 들고 서 있었다. 시중을 들어주기 위해 기다리는 집사처럼.

성현의 행동에 일일이 반응하는 자신의 육체가 원망스러웠다. 하지만 가장 원망스러운 건 성현이었다.

"당신은 자길 노예라고 하면서 결국은 꼭 자기 멋대로 해. 그게 뭐가 노예야?"

재인이 투덜거리자 그가 싱긋 웃었다.

"그거 영광이군. 내가 노예라는 걸 인정해 주다니."

"하? 노예라고 하는데 그게 그렇게 좋아? 당신, 변태야?"

그가 손을 뻗었다. 그의 손등이 재인의 볼을 살며시 스치고 내려 갔다.

"이렇게 아름다운 여왕님의 노예가 되는 거라면 당연히 영광이지."

"징그러운 소리 좀 하지 마."

"징그럽다니. 그거 충격인 걸?"

성현이 전혀 충격 받지 않은 표정으로 중얼거리며 재인에게 다가 왔다. 또 만지려는 건가 싶어 긴장했는데, 그는 수건을 재인의 머리 위에 덮었다. 수건을 사이에 두고, 그의 손이 부드럽게 움직이기 시 작했다.

손가락의 움직임이 또렷하게 느껴졌다. 그가 머리를 말리기 쉽 도록 고개를 숙인 재인의 눈에 그의 발이 보였다. 검은색 정장 양말 을 신은 그의 발은, 큰 키에 걸맞게 컸다.

'발이 크네.'

라고 생각하다가, 이렇게 남자의 발을 보는 게 참 오랜만이라는 것을 깨달았다. 마지막으로 본 것은 아마도……

불쾌한 기억이 떠오르고 말았다.

방문을 열고 소리 없이 들어오는, 양말 신은 남자의 발. 어떻게든 자는 척하려고 노력했던 그 처참하고도 숨 막혔던 시간.

"우리 여왕님은 머리가 참 작네."

그의 목소리에 상념에서 벗어났다.

"아, 오해하지 마. 머리가 나빠 보인다는 말이 아니니까. 물론 조류가 머리 나쁘다는 말은 그 작은 머리통에서 비롯된 말이지만."

나쁘다는 거야, 좋다는 거야?

"그래도 조류는 방향 감각이 기가 막히게 좋아."

이 남자는 정말.

주제를 알 수 없는 성현의 대화법에 익숙해지고 말았다. 처음에는 무슨 말을 하고 싶은 건지 알 수 없어서 짜증이 났었는데, 이제는 성현이 왜 이런 이야기를 두서없이 해 대는지 알 것 같았다.

성현은, 아직 확실히는 모르겠지만, 남의 기분을 읽는 데 탁월한 능력이 있는 것 같았다. 아마도 성현은 재인의 기분이 가라앉았다는 것을 느끼고, 무슨 말이든 꺼낸 것이리라. 재인의 기분을 나아지게 해 주기 위해.

믿어지지 않게도, 그것이 통했다. 정말 믿어지지 않게도.

무서웠다. 가능하면 도망치고 싶었다. 누군가의 손길에, 말투에, 행동에 익숙해지고 싶지 않았다.

"머리, 다 말리지 않았어?"

무뚝뚝하게 물었다. 머리를 덮고 있던 수건이 떨어져 나갔다. 그것에 대해 아쉬움을 느낄 새도 없이, 그의 긴 손가락이 재인의 흐트러진 머리를 살며시 쓸어 넘겼다.

"이제 드라이를 해볼까?"

"난 드라이 안 해."

아직 머리에 닿아 있는 그의 손을 옆으로 치워내며 말했다.

"안 돼, 여왕님. 밖은 추워. 제대로 안 말리고 나가면 감기……
아, 그렇구나!"

성현이 뭔가 깨달은 듯 주먹으로 자기 손바닥을 탁 내리쳤다.

보나 마나 말도 안 되는 소리를 하려고 저러는 거겠지.

이젠 무슨 말을 할지 궁금하지도 않다.

"그래, 그거였구나. 감기에 걸려서 내 병간호를 받고 싶었던 거였어."

그래, 이럴 줄 알았다.

"미안해, 여왕님. 내가 센스가 없었네. 그럼 오늘 코디는 감기 걸리기 딱 좋은 반팔 티셔츠에 핫팬츠 어때?"

성현은 정말이지 기가 막히는 제안이 아니냐는 표정으로 엄지를 척 들어보였다. 재인은 그 손을 살며시 돌려, 엄지를 아래로 내려가게 한 후 돌아섰다.

그녀는 거의 마른 머리를 손가락으로 대충 쓸어 넘기며 방으로 들어갔다. 문을 단단히 걸어 잠그고 옷장 문을 열었다. 비슷비슷한 캐주얼 스타일의 옷만 가득했다. 재인은 청바지와 회색 니트 티셔츠를 꺼내서 입고 거실로 나왔다. 성현은 소파 앞에 쭈그리고 앉아 소파 바닥을 툭툭 쳐보고 있었다.

또 뭘 하고 있는 걸까? 저 남자는 잠깐이라도 평범하게 있으면 죽는 병에 걸린 걸까?

"이 소파는 천이군."

한참 소파를 만져보던 성현이 결론을 내렸다.

"그런 건 눈으로만 봐도 알잖아."

"성급한 결론은 피하고 싶었어."

"……."

"난 천보다는 가죽을 선호해. 하지만 여왕님과 같은 모양의 소파를 쓰는, 그 커플스러운 행위를 포기하기도 힘들어."

성현의 생각을 따라잡으려고 하지 말자. 정신이상자의 생각을 이해하려고 하다 보면, 똑같이 그 생각에 물들게 되니까.

"가구 사러 간다고 했지?"

"응."

"이사 온 지 꽤 되지 않았어? 이제야 가구를 사는 거야?"

컵에 물을 따르며 물었다.

"응. 선택의 문제였어."

성현이 신중한 눈으로 소파를 응시하며 답했다.

"선택?"

"인생을 건 선택을 해야만 했고, 오늘 새벽에 선택을 했지."

무슨 소리를 하는 건지 모르겠다. 사는 집에 가구를 사 넣는 것이, 인생까지 걸고 선택해야 하는 문제가 되는 줄은 몰랐다. 저 남자에게 인생이란 대체 무엇인지 궁금할 지경이었다.

"난 오늘 새벽, 내 집에 가구를 채워 넣기로 결심했어."

"응, 잘했어."

전에 없이 열의로 불타는 그를 보니, 건성으로라도 칭찬을 해줘야 할 것 같았다. 되는 대로 내뱉은 말인데 그의 표정이 밝아졌다.

"그래? 정말 잘했다고 생각해?"

"어? 으응. 가구는 있는 편이 편하니까. 잘했어."

그의 얼굴에 해사한 미소가 번졌다. 이번에는 뒤에 태양도 없는데 눈이 부셨다. 성현은 웃을 때면 눈이 가늘게 접혀서 나이보다 어려 보였다.

재인은 그의 눈웃음을 예쁘다고 생각하는 자신을 깨달았다. 서둘러 눈을 떼고 돌아섰다. 배도 고프지 않은데 식탁 위에 놓여 있는 샌드위치를 집어 들었다. 아까 먹으려다가 성현에게 빼앗긴 샌드위치였다.

포장을 벗기려 했지만 어느새 뒤로 다가온 성현이 어깨 위로 쓱 넘어왔다.

"이런 건 나중에 먹어, 여왕님. 오늘은 기념할 만한 날이라고. 근사한 식사를 하고 가구를 사러 갈 거야."

"근사한 식사까지 해야 하는 거야?"

"응. 인생을 건 선택이었으니까."

"당신이 알아둬야 할 게 하나 있어."

재인이 성현의 은밀한 목소리를 흉내내며 말했다. 성현은 늘 이런 목소리로 재인의 궁금증을 유발해냈다. 이번엔 재인이 그렇게 해 줄 생각이었는데, 성현은 들을 것도 없다는 듯 말했다.

"아르바이트 말이지? 그거라면 대타를 구해 뒀어."

"뭐? 대타라니?"

이번에도 성현에게 말려들었다. 재인의 눈이 커진 것을 보며 성현이 흡족한 미소를 지었다.

"격렬한 사회생활을 몸소 경험해 보고 싶어 하는 호기심 많은 소년이 있어서, 그 소년에게 맡겨 뒀지."

"이봐, 소년이라니. 그게 무슨 말이야? 누군데?"

"그런 게 있어. 매니저에게도 허락을 구해 뒀으니 여왕님은 아무 걱정 말고 나랑 같이 나가면 되는 거야."

재인은 황당한 표정을 감출 수가 없었다.

이 남자는 대체 무슨 짓을 하고 다니는 걸까? 아니, 잠을 자긴 하는 걸까?

새벽까지 고민하다가 잠들었다고 하더니, 알바 대타를 구하고 매니저와 협상까지 끝냈단다.

재인은 모르겠지만, 바로 그 시간 '격렬한 사회생활을 몸소 경험해 보고 싶어 하는 호기심 많은 소년' 1110호의 불량학생 영민은, 울먹거리며 맘모스 패밀리 레스토랑으로 걸어가고 있었다. 새벽부터 PC방에 가서 게임이나 하려고 나왔다가, 딱 마주친 성현의 무시무시한 미소를 기억에서 지우기 위해 애쓰면서.

영민이 '이럴 줄 알았으면 집에서 공부나 할걸.'이라는, 전국의 불량학생을 배신하는 생각을 하는 줄 꿈에도 모르고, 재인은 성현에게 이끌려 밖으로 나왔다. 차가운 바람이 볼과 목을 스치고 지나갔다.

얼마나 근사한 아침식사를 대접해 주려는지 궁금했는데, 성현이 걸음을 멈춘 곳은 선지해장국 가게 앞이었다.

"여긴 말이야, 단돈 3,000원에 에피타이저가 세 개나 나와."

어린애처럼 신나서 말하는 성현을 똑바로 보기 힘들었다. 이 남자는 왜 이렇게 반짝반짝 빛이 나는 걸까?

'사랑을 받고 자랐겠지.'

성현과 함께 하는 시간이 길어질수록 그가 어떤 어린 시절을 보내왔을지 예상이 되었다. 그는 어린 시절 사랑을 받고 자란 사람이 갖는 특성을 전부 갖추고 있었다.

선지해장국으로 아침을 먹고 전철을 탔다. 번화가에 있는 백화점, 6층의 가구 매장이 목적지였다.

세일 기간인데다가 주말이라 백화점에는 사람이 많았다. 하지만 1층이 유독 붐비는 이유가 단지 그것만은 아닌 것 같았다. 입구를 들어서자마자 무언가를 구경하는 듯 사람들이 모여 있는 게 보였다.

처음에는 1층에서 무슨 행사라도 하는 줄 알았다.

"사장 나오라고 해!"

곧이어 들려오는 날카로운 외침에, 그것이 아니라는 걸 알게 되었다.

"사람 도둑년으로 몰아 놓고, 뭐? 죄송하다니까 이만 가달라고? 쫓아내는 거야, 지금?"

재인은 타인의 일에 관계되고 싶지 않았다. 무시하려고 했지만 성현이 재인의 팔에 팔짱을 끼고 끌어당겼다.

"무슨 일인지 보러 가자, 여왕님. 남의 싸움 구경만큼 재미있는 게 없잖아."

소리를 지르고 있는 사람은 30대 중반으로 보이는 여자였다. 여자의 맞은편에는 50대인 백화점 직원이 고개를 푹 숙이고 서 있었다. 아마도 그 직원이 30대 여자를 도둑으로 오인한 모양이다.

"내가 진짜 살면서 도둑 취급 받은 건 또 처음이네. 어떻게 보상할 거야? 어? 어떻게 보상할 거냐고?"

재인은 성현의 옆에 서서 그녀의 얼굴을 물끄러미 응시했다. 30대 여자가 거짓말을 하고 있다는 것은, 얼굴을 보자마자 알 수 있었다. 그녀의 눈동자, 입술, 얼굴의 근육과 행동. 모든 것이 그녀가 거짓말을 하고 있다는 것을 알려 주었다.

그와 동시에 그녀가 서 있는 위치가 재인의 시야 안으로 들어왔다. 고가의 화장품 매장 앞이었다.

그 다음에 눈에 들어온 것은 주위에 서 있는 사람들이었다. 구경을 하고 있는 사람들, 그리고 다른 것을 생각하고 있는 어떤 사람.

그러자 머릿속에서 이곳에서 있었던 상황이 착착착 재구성되기 시작했다.

30대 여자가 매장 안으로 들어갔다. 매장 안에는 이미 들어와 있던 다른 손님이 있었다. 여자는 여기저기 둘러보는 척하며 몇 개의 화장품을 훔쳐, 다른 손님의 가방에 넣었다. 그 다른 손님은 여자와 따로 들어가긴 했지만 사실은 공범이었다.

다른 손님이 먼저 매장에서 나왔고, 백화점 직원은 화장품이 사라진 것을 발견했다. 그 무렵 30대 여자는 일부러 수상쩍게 행동하고 있었다. 백화점 직원으로선 당연히 30대 여자를 도둑이라고 생각하는 수밖에 없었다.

하지만 몸수색을 했을 때, 30대 여자에게선 아무것도 나오지 않았다. 30대 여자가 훔친 것은 이미 공범이 빼돌렸으니까.

재인의 시선이 공범으로 보이는 20대의 여자에게 머물렀다가 옆으로 흘러갔다.

상대의 거짓말을 확인하고 주위 상황을 받아들이고 나면, 마치 영화처럼 모든 상황이 착착 그려졌다.

언제부터였을까. 이런 능력이 생긴 것이.

어릴 때부터 상대의 거짓말을 잘 간파했다. 하지만 이런 식으로 상황이 그려지기 시작한 것은, 아마도 그날 밤 이후였을 것이다. 19년 전의 그날 밤 이후.

"가자, 민성현 씨. 인생을 걸고 가구를 살 거라면서?"

상황은 알게 되었지만 끼어들긴 싫었다. 남의 일에 끼어들었다가 좋은 꼴을 본 적이 없다. 경찰의 일을 도와주는 것은 타인과의 사이에 '공권력'이라는 벽이 존재하기 때문이었다. 직접적으로 타인과 얽히고 싶진 않았다.

하지만 재인에게 팔짱을 낀 성현은 꼼짝도 하지 않았다. 고개를 돌려 그를 올려다봤다. 성현의 신중한 눈동자가 고래고래 소리를 치는 30대 여자를 향해 있었다.

"안 갈 거야?"

"여왕님. 저 여자는 거짓말을 하고 있는 걸까?"

"그걸 내가 어떻게 알아?"

"알잖아. 말해 줘, 여왕님."

"싫어."

"말해 줘, 여왕님. 그럼 내가 알려 줄게."

"뭘?"

성현의 눈동자가 재인에게로 향했다. 그는 흔들림 없는 곧은 시선을 보내며 말했다.

"타인과 관계되고도 좋은 결과를 내는 방법."

말문이 막혔다.

이번엔 또 어떻게 알았을까? 좋은 꼴을 본 적이 없어서 관계되고 싶지 않아 한다는 걸.

재인의 연갈색 눈동자가 흔들렸다.

"당신."

재인의 도톰한 입술이 벌어지며 쉰 목소리가 흘러나왔다.

"남의 마음을 읽는 능력을 가졌어?"

성현이 싱긋 웃으며 검지로 재인의 입술을 가볍게 눌렀다.

"그런 편리한 능력이 있으면 지금 상황에 대해 묻지 않았겠지."

"그건 내 능력을 떠보려고 그런 거 아냐?"

"아니야, 그런 거."

"그런데 어떻게 자꾸……."

"여왕님의 생각을 아는 것처럼 행동하느냐고?"

"그래. 어떻게 아는 거야?"

"내가 모시는 여왕님의 생각을 알아내는 건 어렵지 않아. 주시하고 있으니까."

"주시하고 있다고?"

"그래, 여왕님. 내 눈은 여왕님만 보고 있어. 한 사람을 계속 보고 있으면 알 수밖에 없지. 작은……."

그의 손가락이 재인의 눈가와 입가를 한 번씩 만지고 지나갔다.

"변화만 가지고도."

그의 접촉보다 '내 눈은 여왕님만 보고 있어.'라는 문장이 더 강렬하게 가슴에 새겨졌다. 칭찬하는 것이 익숙한 성현이니까 이번에도 그냥 되는 대로 던진 말일 것이다. 그렇다는 걸 아주 잘 아는데.

두근. 두근.

심장이 반응했다.

홱.

시선을 돌렸다. 그의 맑은 눈동자를 똑바로 응시하기 힘들었다. 성현도 다시 시끄러운 거짓말의 현장으로 시선을 옮겼다.

"자, 이제 말해 줘. 여기서 무슨 일이 벌어진 건지."

이번에는 거절할 수가 없었다. 재인은 이곳에서 벌어진 일에 대해 소곤소곤 속삭였다. 재인의 이야기가 끝났을 땐, 백화점 매니저까지 달려와 고개를 숙이는 상황이 되어 있었다.

30대 여자는 기세등등했다. 백화점 매니저는,

"고객님께서 원하시는 대로 처리해드리겠습니다."

라는 말을 하고 있었다.

"뭐야, 끝난 거야?"

"결국 백화점 쪽에서 잘못한 거였네."

"저 여자도 짜증 나긴 했겠다. 나 같아도 저럴 거야."

구경꾼들이 그렇게 중얼거리며 자리를 뜨려고 할 때. 성현이 그 현장으로 뛰어들었다.

"웨이러미닛!"

이라고 외치면서.

갑자기 등장한 훤칠한 키의 잘생긴 남자를, 다들 어리둥절한 표정으로 쳐다봤다. 인파 속에 섞여, 재인은 한숨을 내쉬었다.

'그냥 조용히 해결하고 나오면 안 되는 거야?'

재인의 심정이야 어떠하든, 성현을 막을 수 있는 건 아무것도 없었다.

성현은 자신에게 쏠린 사람들의 시선이 마음에 드는 듯 흡족한 미소를 지으며, 인파를 쭉 둘러봤다. 그리고 매니저에게 말했다.

"제 눈에는 보입니다. 이 사건의 전체적인 상황이."

"저, 손님. 일은 잘 마무리 됐으니까 잠시⋯⋯."

"쉿. 해결, 해드리죠."

"저기요, 손님."

"제가 이 사건을 아름답게 마무리 짓는다면 말입니다."

성현의 음성이 은밀해졌다.

때 아닌 명탐정(?)의 등장으로 황당해하던 사람들이, 모두 성현의 목소리를 제대로 듣기 위해 숨을 죽였다. 진상을 부리고 있던 30대 여자도 마찬가지였다. 저 수법에 여러 번 당한 재인만이 '또 시작이군.'이란 표정으로 담담히 서 있었다.

"약속해 주셔야겠습니다. 저와 제 일행이 이 백화점에서 남의 눈치 보지 않고 여유롭고 평화롭게 쇼핑할 수 있을 권리를."

"⋯⋯저기, 이 일은 이미⋯⋯."

"범인은 이 안에 있습니다!"

만화에나 나올 법한 대사를, 성현이 멋지게 읊었다. 그 자태가 어찌나 위용이 넘치는지, 다들 이 사건이 마무리된 일이라는 것도 잊고 성현을 바라봤다.

"평화로운 쇼핑의 권리를 약조해 주시겠습니까, 매니저님?"

성현에게 면역이 없는 매니저는, 그의 당당함에 낚이고 말았다. 매니저는 어안이 벙벙한 표정으로 고개를 끄덕였다.

약속을 받아낸 성현은 씩 웃으며 공범인 여성 앞으로 성큼성큼 다가갔다. 공범은 갑자기 등장한 잘생긴 남자와 그의 연극 같은 행동 때문에 반쯤 정신이 나간 상태였다.

그녀의 앞에서 걸음을 멈춘 성현이 매니저에게 말했다.

"이 여성분의 가방을 조사해 보면 원하는 물건을 찾으실 수 있을 겁니다."

그제야 공범이 정신을 차렸다. 도망치려 했지만 성현이 더 빨랐다. 성현은 공범이 어깨에 메고 있는 커다란 가방 끈을 낚아챘다. 그리고 근처에 대기 중이었던 백화점 경비원들이 공범을 가로막았다.

공범의 가방 안에는 화장품 매장에서 사라진 화장품뿐만 아니라, 다른 매장에서 판매하는 향수와 손수건도 들어 있었다.

집요한 추궁으로 두 사람이 짜고서 벌인 일이라는 것까지 확인한 매니저는 성현에게 감사 인사를 했고, 편안한 쇼핑을 즐기라는 말뿐 아니라 백화점 상품권까지 제공했다.

재인은 이 모든 상황이 놀랍기만 했다.

사람들은 재인이 타인의 거짓말을 알아내면 '어떻게 알았어?', '네가 봤어?'라는 말을 하곤 했다. 하지만 성현에게는 누구도 '어떻게 알았어?'라는 질문을 던지지 않았다.

그의 행동이 거침없고 당당했기 때문이다. 그 연극 같은 행동과 과장된 말투 때문에, 사람들은 '어떻게?'라는 의문을 품지 않았다. 성현이 그 모든 것을 알고 있는 것이 당연하다는 듯이.

"문제는, 여왕님."

에스컬레이터를 타고 6층 가구 매장으로 향하며, 성현이 말했다.

"이유야."

"이유?"

"응. 그 능력을 보이는 이유. 타인의 일에 개입하는 이유."

"……무슨 말을 하는 건지 모르겠어."

"백화점 점원을 위해 끼어들어야지, 라고 생각하고 끼어들면, 그들의 반응이 예상 밖일 때 상처를 받게 돼."

"……."

"하지만 저들을 도와준 후 뭔가를 받아내겠어, 라는 목적으로 끼어들면 타인과 우리의 사이에 있는 것은 '거래'가 되는 거지. 인간과 인간 사이의 소통이 아니라 거래를 위한 사업적 관계가 된다는 거야."

"아……."

"일이 끝나고 약속한 것을 받아내면 기분이 좋고, 약속한 것을 받아내지 못하면 '이런 썩을 놈들! 거짓말쟁이들!'하고 분통 터뜨리면 그만이야. 그리고 보통은 거래가 무산되는 일은 벌어지지 않아."

성현이 하고자 하는 말을 알 것 같았다.

"정당한 대가를 요구하고 타인을 도와주면, 타인은 그대로 타인으로 남게 돼. 상처를 받을 일도, 상처를 줄 일도 없지."

6층에 도착했다.

매니저의 연락을 받은 건지, 가구 매장 사람들은 성현을 터치하지 않았다. 성현은 재인과 함께 자유롭게 쇼핑을 즐겼다.

냉장고, TV, 세탁기, 소파…… 기본적인 것들이 하나도 없었던 모양이다. 성현은 제대로 살펴보지도 않고, 가장 고가의 물건들로만 선택했다.

"카드, 막힌 거 아냐?"

계산대에서 카드를 내미는 성현에게 물었다. 성현이 씩 웃었다.

"친구 카드야."

"부자 친구가 있나 보지?"

성현은 어깨를 으쓱했다.

"이제 침대 고르러 갈까?"

싫다는 재인을 억지로 침대에 눕혔다. 재인은 인상을 찌푸리고 성현을 노려봤다. 곤란함과 짜증이 반씩 섞인 그녀의 표정을 보는 것이, 성현은 좋았다.

그는 재인의 연갈색 머리카락을 살며시 쓰다듬었다. 성현의 손이 닿을 때마다 재인은 움찔, 몸을 떨었다. 미세한 반응이었지만 성현의 눈에는 똑똑히 보였다. 그게 귀여워서, 재인을 만지는 걸 그만둘 수가 없었다.

이 여자는 정말이지, 사랑스럽다.

성현도 재인의 옆에 벌러덩 드러누웠다.

"오, 이 침대 괜찮은데?"

"그럼 이걸로 사."

재인이 일어나려 하기에, 성현은 재인의 허리를 감아 도로 눕혔다. 반쯤 끌어안는 듯한 자세로, 성현은 재인을 지그시 응시했다.

"왜 이래?"

"둘이 누웠을 때 어떤 느낌인지도 봐야지. 여왕님이 왕림할지도 모를 일이잖아. 아, 준비성이 뛰어난 남자라고 새삼스럽게 놀라도 괜찮아."

"아니, 전혀 놀랍지 않아. 그리고 바로 옆집에 사는데 그 집에서 자고 올 일이 있을 것 같아? 설령 잘 일이 생긴다고 해도 한 침대에서 자진 않을 거니까 안심해."

"침대, 편하지?"

"응."

"여왕님도 이 침대로 바꿔 줄까?"

"돈 없어."

"내가 사 줄게."

재인의 얼굴에서 감정이 사라졌다. 재인은 서늘한 눈으로 성현을 노려봤다.

"당신한테 이런 걸 받을 이유 없어."

"샌드위치는 받았잖아."

"그건 당신이 억지로 떠넘기고 간 거잖아."

"그럼 침대도 억지로 떠넘기면 되지."

"민성현 씨, 나는."

거기까지 말하고 재인은 입을 다물었다. 고민하는 듯 미간을 좁힌 재인이 다시 입을 열었다.

"동정 받는 거 안 좋아해."

"응, 알아."

"알긴 뭘 알아?"

"내가 여왕님한테 해 주는 건 동정심에서 비롯된 게 아니야."

"그럼 뭔데?"

"그러게, 뭘까?"

가구 매장을 찾은 손님들과 점원들이, 자기 집 침대처럼 편하게 누워 대화하는 두 사람을 흘끗흘끗 쳐다보면서 지나갔다.

"팔 치워. 일어날래."

"좀 더 누워 있어. 피곤하잖아."

"피곤한 건 당신이겠지. 잠은 자고 있는 거야?"

무심한 듯 하지만 걱정이 담긴 목소리였다. 성현은 눈을 가늘게 접고, 재인의 이마 위에 흐트러진 머리카락을 뒤로 쓸어 넘겼다.

"여왕님이 내 수면 상황을 걱정해 주다니. 영광인걸."

그때 성현의 휴대폰이 울렸다. 휴대폰을 꺼내 발신자를 확인한 성현은,

"웨이러미닛."

이라고 말하고 침대에서 일어났다. 재인이 뒤따라 일어나는 것이 느껴졌지만 성현을 따라오진 않았다. 따라오지 말아야 할 때를 아는 영리한 여자라고 생각하며, 멀찌감치 떨어진 곳에서 전화를 받았다.

"응."

[웬일이냐, 이렇게 빨리 전화를 받고.]

"나 지금 여왕님을 영접하는 중이야. 바쁘니까 쓸데없는 소리할 거면 끊어."

[구형진이 사망했다.]

"뭐?"

성현의 표정이 바뀌었다.

[거기 일 빨리 해결하고 돌아오게 하는 게 나을 것 같아서, 더 조사를 해봤거든. 그런데 구형진이 죽었어.]

"언제?"

[한국 날짜로 11월 20일 토요일 새벽 3시 경. 홍대에서 추락사했어.]

"어제 새벽이군. 살인?"

[그건 네가 알아봐야겠지.]

"오케이. 좋은 정보 고마워, 팀."

[고마우면 내 카드 좀 작작 긁어! 대체 뭘 사고 있는 거야? 그리고 네 작업은……]

뚝―

잔소리가 시작될 것 같아서, 성현은 서둘러 전화를 끊고 뒤를 돌아봤다. 재인이 침대에 오도카니 앉아 있었다.

자그마한 체구의 재인은 마치 그 공간에 혼자만 남겨진 사람처럼 외로워 보였다. 그녀 주위의 공기만 다른 온도를 지니고 있는 것 같았다.

'구형진이 사망했다라.'

아마도 재인은 구형진이나 최영주와 얽힌 사건을 찾아 매일 신문을 읽어왔을 것이다. 그리고 어제 새벽, 재인이 기다리고 있던 사건이 벌어졌다. 문제는 그것이 살인이냐, 사고냐였다. 만약 사고라면 구형진이 죽은 것은 재인에게 아무 도움이 되지 않는다.

성현은 휴대폰으로 입술을 톡톡 두드리며 생각에 잠겼다.

'자, 이제 어떻게 할까?'

잠이 오질 않았다. 밤새도록 토요일에 느낀 모멸감에 몸을 떨었다. 수영을 응시하던 재인의 공허한 눈동자가 떠올랐다. 속쌍꺼풀이 있는 커다랗고 동그란 눈, 그 안에 담긴 보석 같은 연갈색 눈동자.

속을 꿰뚫어 보는 듯한 그 눈동자가, 수영은 끔찍하게도 싫었다.

"유재인."

재인은 어릴 때부터 사람들의 시선을 끌었다. 특별히 애교가 많은 것도 아닌데, 단지 예쁘게 생겼다는 이유만으로 모두에게 관심을 받았다. 게다가 머리도 좋아서 시험만 보면 항상 만점을 놓치지 않았다.

그런 재인과 비교를 당하며 사춘기 시절을 보냈다. 반에서 중위권을 간신히 유지하는 수영에게, 선생님들은 늘 같은 말을 했다.

"수영이 너, 재인이랑 같은 핏줄인 거 맞아?"

'누군 뭐 그런 애랑 같은 핏줄이고 싶었는지 알아?'

수영은 이를 악물었다.

어제 재인을 감싸줬던 점원을 떠올렸다. 이름이 진혁이라고 했던가? 곱상하고 단정한 외모가 딱 수영의 취향이었다.

'걔가 우리 집에 무슨 짓을 했는지 알아도 걜 좋아할 수 있을까?'

재인은 고등학교를 졸업하기도 전에 집을 나갔다. 더는 마주칠 일 없을 거라고 생각했고, 실제로 요 몇 년간은 재인에 대해 생각하지 않고 지냈다. 그런데 이런 식으로 마주치게 될 줄이야.

재인의 얼굴을 보는 순간, 그녀 때문에 당해야 했던 수많은 상처들이 떠올라 용서할 수가 없어졌다. 우리 집에 그런 짓을 한 주제에, 내 인생을 엉망으로 만든 주제에, 잘생긴 남자와 뻔뻔하게 연애질이나 하는 재인을 용서할 수가 없었다.

"수영아, 아직 자니?"

엄마가 방문을 두드렸다. 엄마와 얘기할 기분이 아니라서 대답하지 않았는데, 엄마는 멋대로 방문을 열고 들어왔다.

"애, 좀 일어나 봐. 아무리 쉬는 날이라도 그렇지, 지금이 몇 신데 아직까지 자?"

"아, 왜?"

짜증스럽게 이불을 들추며 엄마를 노려봤다. 엄마가 침대 가장자리에 걸터앉으며 말했다.

"최영주 씨 남편이 죽었다더라."

"응? 그 아줌마한테 남편이 있었나?"

"뭐, 그랬던 것 같던데. 어쨌든 돈을 보내주고 있으니까 장례식장에 얼굴이라도 비추고 와야 되지 않겠니?"

최영주는 재인의 양육비 명목으로 한 달에 한 번, 얼마씩 돈을 보내주고 있었다. 재인이 성인이 되고 나면 끊길 줄 알았는데, 돈은 계속해서 전용계좌로 입금되었다. 아마 재인이 집을 나간 줄 모르는 모양이다.

"괜히 모르는 척했다가 그 돈마저 끊기면 어쩌니. 유재인, 고은혜도 모르는 계집애 키우느라 든 돈이 얼만데. 너도 얼른 준비해."

"나도 가야 돼?"

"성의는 보여 줘야지."

"재인이 안 온 걸 이상하게 생각하지 않겠어?"

"애 일하느라 바쁘다고 해두면 되겠지. 가서 괜히 말실수하지 말고."

일요일에는 좀 쉬려고 했는데 귀찮게 됐다. 그래도 엄마말대로 성의를 보여 두는 게 낫겠지 싶었다. 최영주는 돈 많은 여자고, 이쪽에 돈을 지급하고 있으니까.

장례식장은 조문객들로 붐볐다. 똑같이 검은 옷을 차려입은 사람들. 그 중에는 유독 험악해 보이고 덩치가 좋은 남자들도 많이 있었다.

'뭐지? 백화점 사람들은 아닌 것 같은데.'

수영은 바짝 긴장한 채 엄마를 따라 안으로 들어갔다. 엄마도 많이 긴장한 듯 보였다.

최영주는 한 번에 찾을 수 있었다.

그녀는 40대 후반의 나이인데도 30대 중반 정도로만 보였다. 늘

씬한 몸매에 주름 없는 피부, 묘하게 섹시한 눈매. 큰 백화점의 매니저로 근무하는 그녀는, 어디에 있어도 눈에 띄는 외모의 소유자였다.

두 사람을 알아보고 최영주가 다가왔다. 빠르지도, 느리지도 않은 우아한 걸음걸이였다. 최영주는 앞으로 가지런히 손을 모으고 허리를 굽혔다.

"와주셔서 감사합니다."

약간 허스키하고 차분한 목소리였다.

"얼마나 상심이 크십니까."

엄마가 기계적으로 말했다. 최영주는 슬픔에 젖은 눈으로 애써 미소를 지었다.

"이렇게 갑자기 갈 줄 알았으면 평소에 더 잘할걸 그랬다는 후회만 생기네요."

"병, 이었나요?"

"아니요. 사고였어요. 술에 취해서."

"아아."

"그래서 평소에 술 좀 자제하라고 그렇게 얘기했는데."

최영주는 남편의 사진을 향해 원망스러운 시선을 던졌다.

수영은 홀린 듯 최영주의 행동을 꼼꼼히 지켜봤다. 같은 여자가 봐도 반할 만큼 아름다운 여자였다. 최영주를 볼 때마다 느끼는 거지만, 이 여자처럼 살고 싶다.

재인은 최영주를 싫어했다. 얼마나 싫어하는지, 최영주가 방문

한다고 하면 어딘가로 사라지곤 했다.

'이모부가 바람이 나서 이 아줌마랑 결혼한 거니까 싫기도 하겠지. 하지만 이모부 마음도 이해가 돼. 나 같아도 이런 여자가 옆에 있으면 바람을 피울 수밖에 없겠어.'

그런 생각을 하고 있는데, 최영주가 수영을 돌아봤다.

"오랜만이구나. 작년에 백화점에서 마주친 이후로 처음이지?"

"네, 안녕하세요."

"많이 예뻐졌네. 20대의 여자아이들은 정말 볼 때마다 예뻐진다니까."

최영주의 칭찬에 수영은 얼굴을 붉혔다.

"재인이는, 잘 지내니?"

"아, 네에."

"그 애는 요새 뭘 하고 지내니?"

"아…… 일도 하고 바쁘게 지내고 있어요."

"그래. 수영아, 조만간 시간 좀 내줄래?"

"시간을요?"

"응. 이런저런 이야기를 좀 나누고 싶어서. 남편을 둘이나 떠나보내고 나니까 참…… 쓸쓸해."

언제 봐도 당당하고 아름다운 최영주가 수영에게는 약한 소리를 하고 있었다. 수영은 괜히 우쭐해졌다.

"네, 언제든 연락 주세요."

침대까지 다 고르고 나니 오후 1시를 넘긴 시간이 되었다. 가구가 배달될 예정이라 곧바로 집으로 돌아왔다.

"여왕님, 배고파?"

엘리베이터를 타고 올라가는 중에 성현이 물었다.

"아니, 별로."

"그래. 가구 배달이 끝나면 같이 점심 먹자. 한국은 이사를 끝낸 후에 자장면을 먹어야 하는 법이 있다면서?"

"법으로 정해진 건 아냐."

"그래? 아무튼 끝나면 찾아갈게. 집에 가서 쉬고 있어."

"도와줄게. 근사한 아침도 사 줬는데."

재인의 말에 성현이 눈을 가늘게 떴다.

"그게 근사하다니. 우리 여왕님은 소박하기도 하지."

"……당신이 근사하다면서 사준 거잖아."

"그 말에 속아 넘어갔다면 여왕님은 너무 순진한 거야. 앞으로 정신을 바짝 차리고 있도록 해."

재인은 대꾸할 의욕을 잃었다.

11층에 도착해 각자의 집으로 들어갔다. 아무도 없는 집에 들어가는 건 어제와 똑같은데, 어제처럼 황량한 느낌이 들지는 않았다. 몇 시간 뒤에 성현이 찾아올 거란 생각 때문이었다.

재인은 머리를 뒤로 쓸어 넘기며 깊은 한숨을 내쉬었다.

"내가 왜 그 남자가 찾아온다는 걸로 안심을 해야 하는 거지?"

요 며칠 간 자신의 행동을 생각해 보면, 이상하기 짝이 없었다.

필요 이상으로 접근해오는 남자 따위, 차갑게 물리치면 그만인데. 아무리 성현이 막무가내로 밀어붙인다고 해도, 그걸 다 받아 주는 자신의 행동을 이해할 수가 없었다.

소파에 앉아 책을 읽는 동안 복도에서 가구를 옮기는 시끄러운 소리가 들려왔다. 그 소리가 어느 순간 잦아들었고 고요가 찾아왔다.

조용해지고 얼마나 지났을까.

딩동―

초인종이 울렸다.

현관문을 열자마자 붉은색의 무언가가 불쑥 안으로 들어왔다.

"우왓!"

집게발이 달린 붉은 덩어리 같은 것이 얼굴 앞에 등장하는 바람에, 재인은 깜짝 놀랐다. 뒤늦게 그것이 바닷가재라는 것을 깨닫고 인상을 찌푸렸다.

"이봐, 민성현 씨."

"하하하하하. 놀랐어?"

성현이 양손에 커다란 바닷가재를 한 마리씩 들고 서 있었다. 살아 있는 바닷가재였다.

재인은 정말이지 민성현의 생각을 이해할 수가 없었다.

"그건 또 뭐야?"

"뇌물."

"뇌물?"

"응, 뇌물."

들어오라는 소리도 안 했는데 성현이 안으로 불쑥 들어왔다. 바닷가재가 집게를 척척 움직이고 있었다.

"요샌 뇌물로 바닷가재를 줘?"

"멋지지? 바다의 제왕이 되기에 부족함이 없어."

"……대체 뭘 위한 뇌물인데?"

"난 이제부터 여왕님에게 질문을 할 거고, 여왕님은 내 질문에 솔직하게 대답을 해 줘야 돼."

"그럼 나가. 난 질문에 대답해 줄 생각 없고, 뇌물을 받지도 않을 거야."

"내가 엄청 맛있는 바닷가재 요리를 해 줘도?"

"난 해산물 별로 안 좋아해."

"이럴 수가!"

성현은 진짜로 충격을 받은 것 같았다. 오른손에 든 바닷가재를 이마에 대고 고개를 절레절레 젓는 성현을 보자 걱정스러워졌다. 저 집게에 머리카락이 잘리면 어쩌지?

"여왕님이 해산물을 안 좋아하는 줄은 꿈에도 몰랐어. 정보부족이야."

"그런 거, 내가 말하지 않는 이상 모르는 게 당연하잖아. 새삼 충격 받을 거 없어."

"하지만 말이야, 난 여왕님에 대해……."

"쓸데없는 소리는 나중에 하고 이마에서 그 바닷가재나 떼어 내. 신경에 거슬려."

"아, 그건 질투?"

"내가 왜 바닷가재를 질투해야 하는데?"

"알았어, 여왕님. 바다의 제왕은 여왕님이 하도록 해."

"그런 거 하고 싶다고 한 적 없어. 당장 나가."

하지만 성현은 나가지 않았고, 재인은 그가 그러리라는 것을 예상했다. 성현은 자연스럽게 주방으로 향했다.

재인은 소파에 앉아 아까 읽다 만 책을 집어 들었다. 싱크대에 바닷가재를 내려둔 성현이 재인에게 다가왔다.

"뭐 읽어?"

"소설."

"흐응. 에드윈 컴버배치인가?"

"응."

"재밌어?"

"이번 신작은 별로야."

"왜?"

"말이 안 되거든."

"어느 부분이?"

꼬치꼬치 캐묻는 그를 빤히 응시하다가 현관문을 가리켰다. 당장 나가라는 표현이었지만, 성현은 나가는 대신 그 손가락을 꼭 잡았다.

"바닷가재는 여왕님의 싱크대를 점령했어."

"그거 참 무섭네."

"그러니까 대답해 줘야겠어."

"뭘?"

"아니다, 말해 주는 게 우선이겠네."

"뭘?"

"구형진이 죽었어."

가벼운 어조였고, 그가 재인이 아는 '구형진'을 알고 있을 리 없었다. 그래서 잘못 들은 줄 알았다.

"뭐?"

"구형진이 죽었어, 여왕님."

그가 다시 한 번 말했다. 이번에는 좀 더 분명하게 들려왔다.

쿵—

심장이 내려앉았다.

재인은 주먹을 꽉 쥐고 성현의 얼굴을 샅샅이 뜯어봤다. 거짓말을 하는 기색은 없었다.

'진정해.'

손이 바들바들 떨렸다.

'진정해, 유재인.'

하지만 진정할 수가 없었다.

구형진이 죽었다. 그리고 민성현이라는 남자가 구형진에 대해 알고 있다.

'어떻게? 어떻게 아는 거지?'

아무리 생각해도 알 수 없었다.

재인이 사는 집, 학교, 일하는 곳은 어떻게든 알아낼 수 있다. 하지만 구형진은 달랐다. 구형진과의 관계에 대해 이 남자가 알아낼 수 있는 방법은.

'아, 류한선 형사. 그 남자에게 들었나?'

구형진이라는 이름을 아는 사람은 한선뿐이었다. 그러니까 아마도 한선에게 들었을 것이다.

이럴 줄 알았다. 사람은 남의 이야기를 쉽게 퍼뜨린다. 한선을 믿고 말한 게 잘못이었다.

재인은 벌떡 일어났다. 하지만 성현에게 가로막혔다.

재인은 참을성 있게 말했다.

"비켜."

"아니, 못 비켜. 여왕님은 이미 내 뇌물을 받았잖아."

"장난칠 기분 아냐. 비켜."

"비키면 어딜 가게?"

"그건 당신이 알 거 없어. 비켜."

"아니, 못 비켜."

성현의 두 손이 재인의 양쪽 어깨 위에 내려앉았다. 성현은 그 상태로 재인을 지그시 응시했지만, 재인은 그를 보지 않았다. 그에게 마음을 읽히고 싶지 않았기 때문이다. 얼마나 동요하고 있는지, 얼마나 무서운지, 그가 알게 되는 게 싫었다.

"앉아, 여왕님."

"싫어."

"구형진은 죽었어. 여기서 몇 시간쯤 더 앉아 있는다고 죽은 놈이 살아나는 일은 없어. 아, 물론 좀비는……."

"당신, 도대체 나한테 왜 이래?"

구형진의 죽음이 억누르고 있던 감정을 뒤흔들었다. 재인은 더이상 참지 못하고 성현의 팔을 세게 치며 외쳤다.

"정말 나한테 왜 이러는 거야? 뭐 때문이야? 왜 나한테 접근한 거야? 구형진은 어떻게 아는 거야?!"

얼굴을 일그러뜨리고 온힘을 다해 소리를 지르는 것은, 정말이지 오랜만에 있는 일이었다. 하지만 그것을 깨닫지도 못하고 재인은 계속해서 외쳤다.

"나에 대해 또 뭘 알고 있는 거야? 왜 자꾸 우리 집에 와서 흔적을 남기는 거야? 대체…… 대체 나한테 원하는 게 뭐냐고!"

"여왕님."

"여왕님이라고 부르지 마! 내 집에 오지도 마! 내 옆에 머물지도 말고 내 몸을 만지지도 마! 제발 나 좀 가만 놔둬! 가만 좀……."

성현이 재인을 끌어안았다. 온힘을 다해 안아버리는 바람에, 얼굴이 그의 가슴에 폭 파묻혀 더 이상 소리를 지를 수가 없었다. 그의 가슴은 단단하고 뜨겁고 달콤한 냄새가 났다.

그의 손이 재인의 머리를 쓰다듬었다. 금방이라도 깨질 유리를 다루듯 조심스럽고 다정하게.

이런 손길을, 재인은 기억하고 있었다. 두 번 다시 느끼지 못할 거라고 생각해 억지로 구겨서 던져버린 기억. 아빠의 따뜻한 손길.

눈물이.

날 것 같았다.

재인은 이를 악물고 눈물을 삼켰다.

"가만 놔둘 수가 없어, 재인아."

그의 목소리가 이름을 부르자, 온몸에서 힘이 쭉 빠졌다.

"내가 너에게 원하는 게 뭐냐고 묻는다면, 글쎄."

그는 계속 재인의 머리를 쓰다듬으며 말했다.

"나는 네가 웃는 걸 보고 싶어. 하지만 이대로라면 넌 웃지 않겠
지."

그런 건 당신이 상관할 일 아니라고 말하고 싶은데, 그가 너무 꽉
끌어안고 있어서 말을 할 수가 없었다.

"구형진이 있고, 최영주가 있지. 네 인생을 산산조각으로 부순
두 사람을, 나는 알고 있어."

힘겹게 얼굴을 들어 올렸다.

성현의 목울대와 턱만 눈에 들어왔다.

이 남자는 알까? 방금 자기가 무슨 소리를 했는지?

"알고 있다고? 그 두 사람이 내 인생을 망가뜨린 걸, 당신이 알고
있다고?"

제 것 같지 않은 음성이 흘러나왔다. 성현이 고개를 숙여 재인을
내려다봤다. 그의 검은 눈동자가 흔들림 없이 재인을 한가득 담았
다. 신중하고 따뜻한 눈빛이었다.

"그래, 알아."

"거짓말."

"아니야, 알아. 알고 있어. 믿고 있고."

"거짓말. 아무도…… 아무도 모르는데. 아무도 몰라, 그런 거. 아무도 내 말을 믿어 주지 않았어. 그런데 당신이 어떻게 알아? 우리 알게 된 지 일주일도 안 됐어. 그런데 당신이 믿는다고? 그걸?"

"한 사람이 한 사람을 오롯이 믿는 데엔, 알고 지낸 기간이 중요하지 않아. 그건 너도 알 텐데."

재인은 아랫입술을 잘근 깨물었다. 그 모습을 본 그가 눈썹을 늘어뜨리고 엄지로 그녀의 입술을 가볍게 눌렀다.

"깨물지 마."

"나는…… 이런 거 싫어, 민성현 씨. 나는 이렇게 따뜻한 거, 이렇게 만져 주는 거, 정말 싫어."

"그래?"

"그래. 믿어 주는 척하는 것도 싫고, 매번 찾아오는 것도 싫어. 이런 것에 익숙해지고 싶지 않아. 나는…… 나는 모르겠어, 정말."

"뭘?"

"당신이 나한테 이러는 이유."

"정말 모르겠어?"

"알 리 없잖아. 당신 바쁜 사람 아냐? 교수잖아. 미국에선 프로파일러라며? 한가해서 이러는 게 아니라는 건 알겠어. 대체 왜 이러는 거야? 내가 가진 이 능력 때문에?"

"네가 가진 능력이 멋지긴 해. 하지만 재인아."

또 심장이 쿵 내려앉았다.

그가 이름을 불러줄 때마다 기분이 이상해진다.

"그것 때문이 아냐. 나는 예쁜 사람을 좋아하고, 널 처음 봤을 때 네가 굉장히 예쁘다고 생각했어."

"……하? 단지 그 이유야? 예쁘다는 거?"

"그래. 아름다운 여성을 위해 인생을 거는 것만큼 근사한 일도 없지."

"왜 인생을 그런 식으로 낭비해?"

"낭비라니. 예쁜 여자의 미소는."

그가 두 손으로 재인의 볼을 감쌌다.

"돈 주고도 살 수 없는 거잖아."

볼에 닿은 손길이 따스했다.

그와 함께 있으면 코끝을 간질이는 달콤한 향기. 방심하면 어느새 닿아 있는 따스한 체온. 굵은 저음의 목소리. 그런 것들에 어느새 익숙해지고 말았다는 것을, 재인은 인정할 수밖에 없었다.

알게 된 지 얼마 되지도 않았는데, 라는 말은 무의미했다. 몇 년을 알고 지내도 익숙해지지 않는 사람이 있는 것처럼, 단 한 시간만 같이 있어도 익숙해지는 사람이 있는 것이다.

아무리 발버둥 쳐도, 이제는 돌이킬 수 없다는 것을 재인은 깨달았다.

언젠가는 끝나겠지만, 아주 잠시 이 따스함에 기대도 되지 않을까? 어차피 떼어낼 수 없다면, 잠깐이라도 타인의 온기를 느끼는 건 괜찮지 않을까?

답을 내릴 수가 없었다.

한 가지 분명한 사실은, 그와 대화를 하는 동안 '구형진'에 대해 새까맣게 잊고 있었다는 점이었다.

"정말이야? 정말 구형진이 죽었어?"

그는 재인의 볼을 감싸고 있던 손을 내렸다. 따스함이 떨어져 나가 아쉬워할 틈도 없이, 그가 재인의 손을 꼭 잡았다. 그리고 소파에 앉아 재인에게도 앉으라고 눈짓을 했다.

그의 대답을 듣기 위해선 그가 원하는 대로 해 줄 수밖에 없을 것 같았다. 재인은 그의 옆에 앉았다. 그는 재인을 잡은 손을 자기 허벅지 위에 올려놨다.

"죽었어. 토요일 새벽에."

"그래, 죽었구나. 그걸 어떻게 알았어?"

"난 여기가 좋거든."

성현이 자기 관자놀이를 톡톡 두드렸다. 그런 건 답이 되지 않았지만, 굳이 다시 묻지 않았다. 그는 대답하고 싶지 않을 땐 저런 식으로 빠져나갔다.

"어떻게 죽었어? 살인이야?"

"살인이었으면 좋겠어?"

재인의 눈동자가 흔들린 것은 아주 잠깐이었다. 재인은 곧 표정을 굳히고 고개를 끄덕였다.

"응."

"그리고 범인은 최영주였으면 좋겠고?"

"당신…… 정말로 아는구나?"

"그래. 난 여왕님한텐 거짓말 안 해."

"……당신 생각을 읽을 수가 없어."

"네 능력은 아무나 가질 수 있는 게 아니야. 그건 뛰어난 통찰력과 추리력, 관찰력이 있는 사람들이 인생을 바쳐 갈고 닦아야 간신히 한 조각 정도 얻을 수 있는 능력이지. 넌 그 능력이 남들보다 어마어마하게 뛰어나."

"……."

"하지만 그렇다고 해서 무적이 되는 건 아냐. 어떤 사람들은 자기 생각을 지키는 방법을 알고 있거든. 네 능력으로도 간파해내기 힘들지."

"당신이 그런 방법을 알고 있는 거고?"

"내 자랑 같아서 이런 말을 하고 싶진 않았는데, 난 뭐 하나 못 하는 게 없어."

"자랑하고 싶으면 그냥 해. 그리고 당신, 공포영화 못 보잖아."

"그러게 그건 알레르기라니까."

투덜거리는 그의 얼굴을 보다가, 꼭 잡고 있는 손으로 시선을 옮겼다. 절대 놔주지 않겠다는 듯, 그의 커다란 손은 재인의 손을 단단히 잡고 있었다.

"아빠가 돌아가신 건, 내가 7살 때, 8월 9일이었어. 그날, 아빠는 교통사고로 돌아가셨어. 만취한 상태였고 차도로 뛰어들었대. 트

럭에 치여서 즉사. 그렇게 아빠가 내 인생에서 사라졌어."

그리고 최영주가 재인의 인생에 들어왔다.

"뭐가 어떻게 된 건지, 아직도 잘은 모르겠어. 엄마는 아빠랑 이혼한 적 없어. 그런데 어느새 이혼이 진행되어 있었고, 최영주와 아빠가 혼인 관계였어. 심지어 1년이나 된 부부였지."

"장례식은 제가 진행하고 싶어요. 제가 부인이니까요."

느닷없이 찾아온 최영주는 까만 원피스를 입고 있었다. 어린 마음에도 정말 예쁜 사람이라고 생각했다.

"정말 예뻤어. 얼마나 예쁜지, 난 나도 모르게 엄마랑 최영주를 비교하고 있었어. 아빠가 죽어서 반쯤 넋이 나간 엄마는 형편없는 옷차림에 눈은 퉁퉁 부어 있었거든."

최영주는 혼인신고서까지 들고 와서, 두 사람이 혼인관계라는 것을 확인시켜 주었다. 엄마인 정희숙은 울고 악을 쓰고 최영주를 때리기까지 했다. 최영주는 슬픈 표정으로 고개를 푹 숙이고 정희숙의 악다구니를 모두 받아 주었다.

"그래서 나는 최영주가 불쌍하다고 생각했어. 부모님들의 사정을 이해하기에 난 너무 어렸어. 아니, 이건 변명이야. 난 그냥……
그 여자가 예쁘고, 우리 엄마는 예쁘지 않아서, 그 여자에게 마음이 기운 것뿐이야. 못된 계집애였지."

최영주는 아빠인 유진석의 회사에서 비서로 일을 하고 있었다.

유진석은 최영주에게 전재산을 남겼고, 유진석의 사망보험금까지 최영주가 받게 되었다.

"원래대로라면 우리가 살던 집도 최영주의 소유여야 했어. 하지만 최영주는 우리에게 그대로 살아도 된다고 했지. 그리고 매달 내 양육비로 돈을 보내 주겠다고 했어. 하지만 엄마는 화를 냈고 욕을 했고, 또 최영주를 때렸어. 나는…… 엄마를 이해할 수가 없었어. 일부러 집까지 찾아와서 이야기를 해 주는 최영주가 불쌍하기까지 했지. 난 정말……."

재인은 거기서 말을 멈췄다.

불현듯 그날의 기억이 재인을 덮쳐 왔다. 질식할 것 같아서 크게 심호흡을 했다. 그리고 덧붙였다.

"난 정말이지, 못된 계집애였어."

재인의 손이 가늘게 떨리고 있었다.

재인은 눈을 감았다.

"최영주는 내게 친절했어. 엄마 때문에 집으로 찾아오진 못했지만 가끔 날 만나러 왔어. 우리는 집 근처에서 만났고, 최영주는 날 딸처럼 예뻐했지. 늘 맛있는 걸 사주고 예쁜 옷을 사줬어."

"우리 예쁜 재인이."

"최영주는 날 그렇게 불렀어. 그렇게 난 8살이 됐고, 엄마는 점점 망가져갔어. 아빠의 배신과 아빠의 죽음으로 인한 충격. 그것 때문에 엄마는 정신적으로도 육체적으로도 약해졌어. 엄마의 병원비, 우리 집 생활비, 전부 최영주가 주는 돈으로 해결하고 있다는 걸, 난 알고 있었어. 그런데도 최영주를 미워하는 엄마를, 난 이해할 수 없었어."

불현듯 혼자가 된 기분이 들어 눈을 번쩍 떴다. 성현의 손은 여전히 재인의 손을 감싸고 있었다. 그의 체온과 같은 온도가 되어, 그 손길을 느끼지 못했을 뿐이었다.

"엄마는 늘 말했어."

"네 아빠가 날 버렸을 리 없어. 네 아빠가 날 배신했을 리 없어."

"난 엄마가 한심했어. 딸을 버려두고, 최영주한테 도움을 받으면서도 최영주를 미워하고. 그래서 방에 누워 있는 엄마가 날 불러도 못 들은 척하는 일이 많아졌어. 그와 비례하게 최영주를 만나는 날들이 많아졌지."

12월 25일.

모두가 행복한 듯 하지만, 소외된 자들은 더욱 외로워지는 크리스마스가 되었다. 그날, 재인은 들떠 있었다. 최영주에게 크리스마스 파티 초대를 받았기 때문이었다. 부모님과 함께 하는 크리스마스는 보내봤지만, 파티에 초대를 받은 건 처음이었다.

"엄마한테는 비밀로 했어. 저녁에 최영주가 데리러 오기로 했거

든. 나갈 준비를 하는데 엄마가 날 부르는 거야. 그래도 엄마 혼자
놔두고 나가는 게 마음에 걸려서, 방에 들어갔어. 그랬더니 엄마
가."

울컥—

목에 뭔가 걸렸다.

재인은 그것을 꿀걱 삼키고 말을 이었다.

"우리 딸, 예쁘기도 하지. 엄마가 널 사랑하는 거 알지? 그렇게
말하면서 내 볼을 쓰다듬었어."

"나갔다가 올게, 엄마."

"그래, 조심해서 다녀와."

"엄마는 어딜 가느냐고 묻지도 않았어. 아마 알고 있었을 거야.
내가 최영주를 만나러 간다는 걸. 그리고 난…… 정말 못된 계집애
라서…… 집을 나서는 순간 엄마에 대해 잊었어."

깨끗하게 잊었다.

최영주는 재인이 한 번도 가보지 못한 근사한 레스토랑에 재인
을 데리고 갔다. 마술사가 쇼를 보여 주는 레스토랑이었다.

크리스마스 분위기로 행복한 가게에서, 재인은 웃고 떠들고 선
물도 받았다. 그리고 몇 시간 후, 그 자리에 한 남자가 합석했다. 그
게 구형진이었다.

"나랑 친한 친구야. 삼촌이라고 불러."

그 남자의 얼굴을 보는 순간, 재인은 무언가 잘못 됐다는 것을 깨달았다. 그때는 그게 뭔지 잘 알 수 없었다. 그저 심장이 쿵쾅거려서 그 남자를 똑바로 보기 힘들었다. 집에 가야한다는 생각으로 가득 찼다.

"그런데 있지. 집에 갈 수 있다는 말을 할 수가 없었어. 그 말을 하면 무시무시한 일이 벌어질 것 같았거든. 그래서 난 그들과 더 머무르다가, 최영주의 차를 타고 집 앞에 도착했어. 최영주의 차가 멀어지는 것을 확인한 후에야, 집으로 뛰어들어 갔어."

아무리 노력해도 지워지지 않는 순간이 있다.

주위를 떠돌던 냄새와 에워싼 공기의 온도, 창문을 타고 들어오는 소음과 미미하게 감도는 불길한 기운.

발을 들여놓는 순간 오감을 자극했던 그 모든 것을, 여전히 또렷하게 기억한다.

"서늘했어. 보일러는 돌아가고 있는데 공기가 얼마나 차가운지. 얼어 죽을 것 같다고 생각하면서 안방 문을 열었고, 엄마의 시신을 발견했어."

울지 않았다. 비명을 지르지도 않았다.

차분하게 112에 신고하고 경찰들이 오기를 기다렸다. 그리고 찾아온 경찰들에게 말했다.

"삼촌이 죽였어요. 최영주 아줌마랑 친한 아저씨."

구형진이 조사를 받았는지 받지 않았는지는 모르겠다. 아마도 경찰들은 어린애의 투정으로만 생각했을 것이다. 정희숙의 죽음은 자살로 결론이 났다.

"많은 것들이 영화를 보는 것처럼 그려지기 시작한 건, 엄마의 시신을 발견했을 때였어. 최영주의 표정, 구형진의 표정, 아빠의 표정, 엄마의 표정. 많은 것들이 떠올랐고 그림이 그려졌어. 그래서 난 엄마의 장례식장에 온 최영주에게 말했어."

"아줌마가 우리 아빠랑 엄마를 죽였죠?"

"그랬더니 최영주가 웃더라."

아주 부드럽고 달착지근한 미소를 지으며, 최영주는 재인의 볼을 쓰다듬었다. 어쩌나 다정한 손길인지, 재인은 순간 자신의 생각이 잘못 되었다고 생각했다. 하지만 최영주의 붉은 입술이 움직이며, 믿을 수 없는 말을 뱉어냈다.

"내가 죽인 것 같니? 아니야, 재인아. 네 부모는 말이야. 멍청해서 죽은 거야."

최영주는 그렇게 어린 재인의 심장에 얼음송곳을 박아 넣고 장례식장을 떠났다.

재인이 할 수 있는 것은 아무것도 없었다.

"뭐, 그 다음에는 부모를 잃은 애들이 겪는, 그런 과정을 겪었어. 아무도 내 말을 믿어 주지 않았고, 이모네 집에 맡겨졌고. 이모는 아마 우리가 사는 집을 탐내고 날 맡은 것 같은데, 최영주는 본색을 드러냈어. 나랑 엄마가 살던 집도 사실은 최영주 소유였거든. 그걸 가져갔고, 난 이모네 집에서 천덕꾸러기로 지냈지. 구박 받고 미움 받고."

재인은 어깨를 으쓱했다.

"이모 마음도 이해해. 먹고 살기 힘든 세상인데 입 하나가 늘었으니 귀찮기도 했을 거야. 그리고 그런 취급을 받을 만도 해. 정말…… 난 정말 말도 못하게 못된……."

말을 이을 수 없었다.

성현의 커다란 손이 재인의 입을 틀어막았기 때문이다. 눈을 들자 바로 앞에 성현의 얼굴이 보였다. 성현은 울 것 같은 표정으로 재인을 응시하고 있었다.

왜? 왜 이 남자가 이런 표정을 짓는 거지?

"재인아, 그만해."

그의 눈동자는 늘 흔들림이 없었다. 하지만 지금 눈앞에 있는 새까만 눈동자는 일렁, 일렁, 아프게도 흔들리고 있었다.

"못된 계집애 아니었어. 그냥 어린아이였던 거지."

그가 낮은 목소리로 어르듯이 말했다.

"그러니까 그런 이야기를, 그렇게 아무렇지도 않은 척, 별일 아닌 척 하지 마. 넌 그냥 너무 어린아이였을 뿐이니까."

눈물이 흐르는 것을 자각했다.

엄마가 죽었을 때도 흘리지 않았던 눈물이, 이제야 흐르기 시작했다. 뜨거운 눈물은 이 순간을 기다렸다는 듯, 막을 새도 없이 흐르고 흘러 재인의 볼과 성현의 손을 적셨다.

성현은 조심스레 재인을 보듬어 안았다. 그의 가슴에 얼굴을 묻은 재인의 마른 어깨가 떨렸다.

소리 없이 우는 재인이 안쓰러웠다. 이 작고 가냘픈 여자는 우는 것조차 마음껏 하질 못했다.

그래, 그 죄책감인 모양이다. 엄마를 오해하고 죽게 내버려둔 것에 대한 죄책감. 엄마의 죽음이 자신 때문이라고, 재인은 쭉 그렇게 생각하며 지내온 것이다. 그저 어린아이가 할 법한 생각과 행동을 했을 뿐인데, 재인은 자신을 용서할 수 없었던 것이다.

그 모든 것을 가슴속에 그러안고, 속죄라도 하듯 외롭게 살아온 재인이 안타까웠다.

어린아이가, 10대의 소녀가, 20대의 여성이 누려야 할 수많은 즐거움을 단 하나도 누리지 못했을 것이다. 최영주나 구형진의 범죄를 잡아낸다고 무언가 할 수 있는 것도 아니면서, 과거에 사로잡혀 그들의 뒤를 캐는 데 모든 시간을 투자하며 살아왔겠지.

매일 집에서 신문 기사를 읽으며 홀로 시간을 보냈을 재인을 떠올리자, 가슴이 미어졌다.

그 냉정한 강은우가 무거운 목소리로 재인의 과거에 대해 얘기하던 것이 이해가 됐다.

"난 울 자격 없어."

성현의 품에서 재인이 중얼거렸다.

"나는……."

"쉿, 여왕님. 그냥 울어. 울 자격이 없는 사람은 세상에 없어. 웃을 자격도 누구에게나 있어. 심지어 살인범들에게조차. 그러니까 마음껏 울어. 내 품에서 마음껏 울고 나면, 그 다음엔."

성현은 재인의 작은 몸을 조금 더 세게 끌어안았다.

"내가 여왕님의 성 안에 웃음을 가져다줄게."

얼마나 울었는지 눈이 팅팅 부었다. 욕실에서 세수를 하고 나오니, 성현이 앞치마를 두르고 주방에 서 있었다.

"찜, 아니면 탕?"

"아무 거나."

소파에 가서 앉을까 하다가 그의 옆으로 향했다. 성현은 아무 일도 없었다는 듯 콧노래를 흥얼거리고 있었다. 그래서 고마웠다. 그가 평범하게 행동해 줘서 재인도 빨리 이성을 되찾을 수 있었다.

"요리, 잘하네."

능숙하게 바닷가재를 손질하는 성현에게 말했다.

"응, 못 하는 게 없다고 했잖아. 난 뭐든 할 수 있지. 아, 공포영화는 알레르기니까 언급하지 말아 줘."

"언급할 생각도 없었어."

"자, 그럼 이쯤에서 질문. 내 여왕님은 뭘 하고 싶은 거지?"

"딱히 하고 싶은 거 없는데."

"아니. 지금 말고. 최영주랑 구형진 얘기를 하는 거야."

"아…… 그 얘기라면 끝난 거 아니었어?"

"끝나다니. 이제부터 시작인데. 여왕님은 그 두 사람이 언급되는 기사를 찾아왔던 거지? 그렇다면 뭔가 목적이 있었을 거야. 그게 뭔지 알고 싶어."

"알아서 뭐 하게?"

"1분 전으로 리플레이 해볼까?"

"……."

"난 뭐든 할 수 있어, 여왕님."

성현이 바닷가재를 내려놓고 재인을 마주 봤다.

"여왕님이 하고 싶은 걸 말해 봐. 내가 그걸 해 줄 테니까."

그의 강렬한 눈빛을 똑바로 응시할 수가 없었다.

"최영주를 죽여 달라고 하면?"

"죽여 주지."

"멍청한 소리."

"여왕님이 말해놓고 나한테 멍청하다고 하면…… 흠, 그래. 나쁘지 않은데?"

"……."

"자, 말해 봐. 여왕님이 하고 싶은 거. 그게 뭐든, 내가 할 수 있어."

"됐어. 난 남의 도움 안 받아."

"배신당할까 봐?"

"응."

"여왕님은 구더기 무서워서 장 못 담그나?"

그가 다시 바닷가재를 손질하기 시작했다.

"응, 난 구더기 무서워서 장 못 담가."

"하지만 나한테는 그 일에 대해 털어놨잖아."

"달라. 당신은 구더기가 아니라 거머리 쪽이잖아."

"이런, 이런. 여왕님한테 거머리라는 소리를 듣다니…… 흠, 뭐, 나쁘지 않네."

"당신한테 나쁜 게 있긴 해?"

"응."

"뭐? 공포영화?"

"아니. 그것도 여왕님이 원한다면 볼 수 있어. 나한테 나쁜 건…… 나중에 말해 줄게."

"그래."

"뭐야, 그렇게 빨리 포기하기야?"

"대체 뭘 어쩌라는 건지."

재인은 성현과 노닥거리는 걸 관두고 소파로 향했다. 소파에 앉아 생각에 잠겼다.

뭘 하고 싶으냐는 말에 대답할 수가 없었다. 뭘 하고 싶은 건지, 사실은 생각해 보지 않았다. 그저 부모님의 죽음이 최영주 때문이

라는 것을 증명하고 싶었을 뿐이다. 그 후에 최영주가 어떻게 될지
는 생각해 본 적 없다.

고민을 하는 동안 요리가 완성되었다. 치즈를 잔뜩 올린 바닷가
재 찜이었다.

식탁에 마주앉아 음식을 먹으며, 성현이 말했다.

"구더기가 무섭다면, 구더기는 내가 만질게."

"밥 먹으면서 꼭 구더기 얘기를 해야 돼?"

"걱정 마, 여왕님. 여왕님은 생각만 해. 뭘 하고 싶은지, 뭘 해야
여왕님 가슴을 가득 채운 죄책감을 덜어낼 수 있을지. 어떻게 하면
웃을 수 있을지 고민해."

젓가락을 멈추고 성현을 쳐다봤다.

형광등 불빛보다 밝게 빛나는 성현은 해사한 미소를 지으며 말
했다.

"남을 믿는 것도, 배신을 당하는 것도 내가 여왕님 대신 해 줄 테
니까."

4장
너의 영혼까지도

일가족이 살해를 당했다.

끔찍한 사건 현장을 조사하고 있는데 휴대폰이 끊임없이 울렸다. 울리고, 울리고 또 울려서 한선은 짜증스럽게 전화를 받았다.

"누구야!"

[나야, 류 형사.]

목소리를 듣자마자 전화를 끊어버렸다. 하지만 곧바로 전화가 걸려왔다.

"나 일하는 중이야, 이 자식아! 끊어!"

[일이라면 사건인가?]

"그래!"

[그런 거라면 내가 도울 수 있을 것 같은데.]

"필요…….."

없다고 하려다가 사건 현장을 둘러봤다.

이런 사건은 금방 이슈가 된다. 그리고 바로 범인을 잡지 못하면 경찰을 향한 비난이 쏟아진다. 도움을 받을 수 있다면 뭐든 받아서 사건을 빨리 해결하는 것이 유족들에게도 좋을 것이다.

'뭐, 프로파일러라니까 괜찮겠지.'

라고 생각하며 말했다.

"신분 증명할 거 들고 여기로 와."

잠시 현장을 벗어나 담배를 피우는데, 파트너인 주학이 전화를 끊으며 다가왔다.

"야, 꼴통. 너, 민성현이라는 놈 알지? 그 대학교수라는 놈."

"네, 여기로 온다던데. 설마…… 그놈이 선배한테까지 전화했습니까?"

"아니, 아니. 방금…… 청장님한테 전화 받았는데. 곧 민성현이 갈 테니까 도움 받으라고."

"네?"

"뭐 하는 놈이야, 그거? 미국에서 온 프로파일러라던데, 그게 그렇게 대단한 거야?"

"그, 그러게요."

청장까지 편을 들어주는 인물인 줄은 몰랐다. 한선이 성현에 대해 아는 것이라고는, 3,000원에 에피타이저가 나오는 국밥집에 찬사를 보내는 남자라는 것뿐이었다.

"귀찮게 됐네. 뭐, 도움이 된다면야 다행이겠지만. 네가 그놈 좀 맡아."

"귀찮은 일은 저한테 떠넘기는……."

빠악—

주학이 한선의 뒤통수를 사정없이 후려쳤다.

"이 자식아! 네가 재인이 뒤를 졸졸 따라다닐 때, 네 업무 대신 해 준 게 나야! 귀찮은 일? 엉? 귀찮은 일?"

"할게요, 할게! 할 테니까 그만 좀 때려요, 좀! 아, 진짜. 선배는 경찰 안 됐으면 분명 조폭이 됐을…… 아악! 그만 때리라고요!"

주학에게 얻어맞다가 골목 끝에서 휘적휘적 걸어오는 훤칠한 남자를 발견했다. 성현이었다.

주학은 귀찮은 일을 피하기 위해, 성현을 발견하자마자 자리를 떠났다. 한선의 앞에서 걸음을 멈춘 성현이 싱긋 웃었다.

"방금 모델 같았지?"

"너 말이야. 도움 안 되면 바로 내보낼 거야. 사건 현장 엉망으로 만들지 말고."

"내가 도와주면 류 형사는 나에게 뭘 해 줄 거지?"

"이 자식! 너 인마, 네가 네 입으로 도와주겠다면서 기어코 찾아 온 거잖아! 내가 도와 달라고 한 적 없어!"

"열정적이군, 류 형사. 나한테 너무 열렬해."

"징그러운 소리 좀 하지 마!"

"그 열렬함에 감사하는 마음으로, 이 사건을 해결하고 나면 내가 뭔가를 하나 알려 주지."

"그 뭔가가 뭔지 알고 싶지도 않다."

"흐응. 여왕님의 과거랑 관계된 일인데도?"

한선은 눈을 부릅뜨고 밉살맞은 성현을 노려봤다. 성현은 한 손을 바지 주머니에 찔러 넣고 삐딱하게 서 있었다. 그 건방진 모습조차도 짜증 나게 잘생겼다고 생각하며 물었다.

"정말이야?"

"응."

"지금 말해."

"일단 사건현장으로 안내해줘. 기가 막히게 해결해 주지."

한 시간 후, 성현은 기가 막히게 사건을 해결했다. 그리고 한선은 여자들이나 갈 법한 예쁜 인테리어의 초콜릿 전문점으로, 성현에게 끌려갔다.

한선은 코코아에 꽂힌 빨대를 쪽쪽 빠는 성현을 물끄러미 응시했다.

방금 전 현장에서 벌어진 일이 믿어지지 않았다.

성현은 현장을 쭉 둘러보고 여기저기 샅샅이 뒤져보고 상황에 대해 이야기를 듣더니, 팔짱을 끼고 눈을 감았다. 한참 그러고 있기에 잠이 들었는지 알았는데, 20분쯤 지나 눈을 뜬 성현이 당당하게 말했다.

"경찰에 신고한 사람을 붙잡아. 안타깝게 됐어. 한국의 법
률은 미성년자를 보호해 주지? 범인은 10대, 두 명일 거야."

신고자는 휴대폰으로 신고를 해서 쉽게 붙잡을 수 있었다. 성현
의 말대로 10대였고, 추궁하자마자 펑펑 울면서 전부 털어놨다. 집
에 아무도 없는 줄 알고 들어갔는데 다들 있어서 당황했고, 그래서
모조리 죽였다는 것이었다.

신고를 한 이유는, 옆집에 사는 자신이 혹시라도 의심을 받게 될
까 봐. 휴대폰으로 신고한 이유는, 기록이 남는 줄 몰랐단다.

성현이 아니었더라도 수사를 진행하다 보면 범인을 잡았겠지
만, 이렇게 빨리 해결하지는 못했을 것이다. 성현은 마치 마법처럼
사건을 해결했고, 그에 대해 특별히 잘난 척을 해대지도 않았다.
사건을 빨리 해결하는 게 너무나 당연한 일이라는 듯이.

얼굴 잘생긴 미친놈인 줄만 알았는데, 번듯한 프로파일러였단
사실이 놀라웠다. 아마 모든 프로파일러가 성현 같진 않을 것이다.
그 중에도 특별하게 잘하는 축에 속하겠지. 경찰청장이 편의를 봐
줄 정도로.

"뜨거워, 류 형사."

문득 성현이 말했다.

"그거 아이스코코아잖아."

"아니, 자네 시선 말이야. 너무 뜨거워. 난 여성의 뜨거운 시선은

유쾌하지만 남성의 것은 별로 원하지 않아.”

“나도 원하지 않아!”

“목소리 좀 낮춰, 류 형사.”

“제길.”

“하아. 이런 데 남자랑 오고 싶지 않았는데.”

“그건 나도 마찬가지고, 이런 데로 끌고 온 건 바로 네놈이야!”

“류 형사는 칼슘이 부족한가 봐. 짜증을 쉽게 내는 걸 보면.”

“헛소리 말고 재인이 과거나 말해 봐.”

“아니야, 류 형사. 그런 식으로 말하면 안 되지.”

“뭐?”

“애걸해 봐.”

저걸 그냥 확!

한선은 주먹을 불끈 쥐었다가 보는 눈이 많다는 것을 깨닫고 심호흡을 했다.

하아. 하아. 진정하자. 저놈에게 말려들면 안 돼.

“민성현 교수. 난 한가한 사람이 아냐. 사건이 해결되긴 했지만 들어가서 보고서도…….”

“류 형사. 구형진이 죽었어.”

“뭐?”

“여왕님이 말한 구형진이 죽었다고, 류 형사.”

“자, 잠깐만.”

한선은 케이크를 먹기 위해 들었던 포크를 멈추고 성현을 노려봤다. 성현이 놀리고 있다고 생각했기 때문이다.

구형진, 그리고 최영주.

한선이 아는 것은 그 두 개의 이름뿐이었다. 이 세상에 구형진과 최영주라는 이름은 넘치고 넘쳤다. 그런데 성현은 그 이름을 알게 된 지 얼마 되지도 않아서 '구형진의 죽음'을 이야기하고 있었다.

아무리 범죄심리분석관이라도 그런 걸 알아낼 수는 없다.

알아낼 방법은 하나. 재인이 직접 그 두 사람과의 관계를 말해 주는 것뿐.

거기까지 생각이 닿자, 울컥 화가 치밀었다. 재인과 성현은 애초에 가까운 사이가 아니었다. 그런데 성현에게는 말을 해 주다니. 역시 세상은 잘생기면 다 되는 거란 말인가!

"재인이가 말해 준 거냐? 그 두 사람과의 관계를?"

"앞서나가지 마, 류 형사. 삐치지도 말고."

"삐치긴 누가!"

"그 두 사람과 유재인의 관계를 알아낸 건 나야. 그 와중에 구형진의 죽음을 알게 됐고, 재인이한테 얘기를 해 줬지."

성현이 거짓말을 하는 것 같진 않았다.

"대체 구형진이랑 최영주는 뭐야? 재인이랑 어떤 관계인데? 그리고 구형진은 왜 죽은 거야? 언제 죽은 거고? 재인이는 뭐래?"

"진정해, 류 형사."

"야, 지금 진정하게 생겼어?"

"그래도 진정해야 될 거야. 꽤 긴 이야기라서 계속 그렇게 흥분해 있으면 고혈압으로 쓰러질걸?"

궁금해죽겠는데 느긋하게 구는 성현이 얄밉지만 어쩔 수 없었다. 지금 주도권을 쥔 것은 성현이었다.

"그리고 이 이야기를 다 듣고 나면 그 대가로 류 형사가 나에게 해 줘야 될 게 몇 가지 있어. 해 주겠다고 약속하면 말해 주지."

"범죄를 저지르진 않을 거야."

"만약 여왕님이 원한다면?"

"재인이는 나한테 그런 걸 시키지 않아. 그리고…… 만약에라도 원한다면, 그땐 고민 좀 해봐야겠지."

한선의 신중한 반응에 성현이 미소를 지었다.

"그래, 그거면 됐어."

성현의 이야기를 끝까지 다 듣고 나서, 한선은 깊은 한숨을 내쉬었다. 담배 생각이 간절했지만 금연 커피숍이었다. 담배를 한 개비 꺼내 테이블 위에 올려놓고 손가락으로 이리저리 굴렸다.

"그런 식의 죽음은 사건으로 특정 짓기 힘들어."

이윽고 한선이 간신히 한 마디 내뱉었다.

무슨 말이든 해야 할 것 같은데 적당한 말을 찾을 수 없었다. 바보 같은 소리라는 것을 알면서도, 둘 사이에 내려앉은 침묵을 깨뜨리고 싶었다.

"최영주가 의심을 받을 만한 상황도 아냐. 어쨌든 재인이 아버지는 이혼을 한 후에 최영주와 혼인을 하고 1년 동안 그 생활을 지속했으니까. 최영주에게 모든 것을 남기는 게 수상할 건 없는 상황이지."

"그렇다면 자넨 이 모든 것이 재인이의 망상일 거라고 생각해?"

아니나 다를까. 성현이 차가운 목소리로 물었다.

한선은 서둘러 고개를 저었다.

"아니, 재인이 말은 믿어. 그런 일이 있었겠지. 하지만 당시 경찰들도 사건 관계를 파악하지 못했어. 그렇다는 건 최영주가 제대로 일처리를 했다는 거야. 19년이나 지난 지금, 그 사건을 최영주와 연결시킬 수 있을 리가 없어."

"그렇지, 그때 그 사건은 어떻게 해 보기 힘들겠지."

성현이 순순히 수긍해서 당황스러웠다. 이유는 모르겠지만, 한선은 성현에게 뭔가 좋은 방법이 있을 거란 생각을 하고 있었다. 아까 보여 준 뛰어난 실력도 그렇고, 성현에게는 남들과 다른 '무언가'가 있을 것 같았다.

"그러니까 류 형사. 우리는 현재에 집중해야 돼."

"현재에?"

"구형진이 죽은 지 얼마 안 지났어."

"아……!"

재인의 과거에 대해 듣느라 구형진의 죽음에 대한 일을 새까맣게 잊고 있었다.

"내가 알 수 있는 건 그의 죽음까지야. 그 죽음이 어떻게 진행됐는지는 자네가 좀 알아봐야겠어."

"어디서 죽었는지는 알아?"

"홍대."

"홍대라. 마포구로군."

한선은 턱을 문지르며 그쪽에 아는 사람이 있는지 떠올려다봤다. 생각나는 이름이 있어서 전화를 걸었다.

[아아. 그거? 술 취해서 오피스텔에 올라갔다가 떨어진 거야. 그 오피스텔이 층마다 흡연구역이 있는데, 거기가 뚫려 있거든. 오피스텔 쪽만 난리 났지, 뭐. 그런데 그건 갑자기 왜? 아는 사람이야?]

대충 얼버무리고 전화를 끊었다.

"일단 사고사로 결론이 내려진 것 같은데. 재인이 부친도 사고사였지. 취해서 도로로 나갔다가 트럭에 치여 사망."

성현은 대답 없이 빨대만 쪽쪽 빨았다.

"일단 최영주와 구형진의 관계랑 구형진의 죽음으로 최영주가 이득이 있었는지 알아봐야겠네."

"구형진 시신은 부검 안 했으려나?"

"사고사면 부검까진 안 갔을 것 같은데."

"그래도 한 번 알아봐."

"이 자식아, 넌 손가락 하나 까딱 안 하면서 사람 부려먹기만 할 거냐?"

"그렇게 말하면 서운해, 류 형사."

성현의 표정이 진지하게 변해서 아차 싶었다. 그러고 보니 구형진과 유재인의 관계를 밝힌 것도, 구형진의 죽음을 알아온 것도 성현이었다.

금방 반성을 하는데 성현이 덧붙였다.

"난 이제부터 내 길고 섬세한 손을 움직여 케이크를 먹을 예정이었다고!"

저걸 그냥!

한선은 짜증을 억누르고 다시 전화를 걸었다.

"구형진 말인데. 부검했어?"

[사고사인데 부검까지 갈 필요가 있나? 검안만 했어.]

"어느 병원 의사야?"

[아아. 마침 정 박사가 와 있어서 정 박사가 해 줬어.]

"정, 정 박사가?"

[응. 그런데 대체 뭐야? 정말 아는 사람인 거야? 아니면……]

이번엔 얼버무리지도 않고 전화를 끊었다.

전화를 끊은 한선의 표정은 밝지 않았다. 누구라도 눈치 챌 만큼 하얗게 질린 얼굴로, 한선은 어색하게 웃었다.

"어, 검안만 했대. 수상한 건 없나 봐. 아무튼 사고사로 결론짓고……."

"왜 이래, 류 형사. 알만 한 사람이. 검안한 의사 만나서 얘기 좀 해 봐야지. 얘기를 하다 보면 의사 본인도 몰랐던 것이 나올 수도 있단 말이야."

"어…… 그렇겠지. 그럼 의사 연락처를 알려 줄게. 만나는 건 네가 해. 정보 빼내는 건 네가 더 잘하는 것 같으니까."

성현이 반대할까 봐 두려운 듯, 한선은 서둘러 휴대폰의 전화번호부를 뒤졌다. 그러다가 성현의 번호를 모른다는 것에 생각이 미쳤다.

고개를 들자 가늘게 눈을 뜨고 있는 성현이 보였다. 재미있는 것을 발견한 듯한 눈빛이었다.

"야, 네 폰 번호 불러 봐."

시선을 피하며 말했다.

"내 번호를 따기 위해서는 자격을 갖춰야 돼, 류 형사."

"헛소리 말고……."

"일어나."

성현이 먼저 일어나며 말했다.

"왜? 그 자격이라는 게 네놈을 때려눕히는 거냐?"

"난 남자 아래에 깔리는 취미 없어."

"나도 없어, 이 자식아!"

"그래, 통했네. 그럼 일어나. 이런 데에 남자랑 단둘이 앉아 있기 싫으니까."

실컷 앉아 있었던 데다가 코코아를 맛있게 음미한 주제에, 성현은 1초라도 더 있고 싶지 않다는 듯 훌쩍 가게 밖으로 나갔다. 한선은 저런 놈에게 휘둘리는 자신을 욕하면서도 성현의 뒤를 따라갈 수밖에 없었다.

"자, 안내해."

가게 밖에서 기다리던 성현이 말했다.

"어딜?"

이런 날씨에 입기엔 조금 얇은 야구점퍼를 여미며 묻는 한선의 귀에, 청천벽력 같은 대답이 떨어졌다.

"정 박사에게."

"남을 믿는 것도, 배신을 당하는 것도 내가 여왕님 대신 해
줄 테니까."

성현의 굵고 낮은 음성이 귓가에서 떠나질 않았다.

매일 들려오는 음성이 있었다. 엄마를 버려둔 재인의 죄를 질책하듯, 매일 같이 들려오던 음성이 하나 있었다.

"네 부모는 말이야. 멍청해서 죽은 거야."

그 음성을 떨쳐낼 수 있는 것은 아무것도 없을 줄 알았다. 평생 그 저주스러운 음성이 따라다닐 줄로만 알았다.

하지만 성현의 음성이 그것을 밀어냈다.

"남을 믿는 것도, 배신을 당하는 것도 내가 여왕님 대신 해
줄 테니까."

그 말을 할 때의 성현은 웃고 있었지만 눈빛은 진지했다. 새까만 눈동자는 조금도 흔들리지 않고 재인에게 고정되어 있었다.

이 세상에 재인밖에 없다는 듯 응시하던 그 눈빛을 떠올리자 심장이 거세게 뛰기 시작했다.

성현이 이 집에서 나간 지 한참 지났다. 그런데도 그의 달콤한 향기가 여전히 집안에 남아 있었다. 그와 함께 있는 기분이라서 안심이 되는 한편 두려웠다.

아무리 생각해도 이해할 수가 없었다. 성현이 왜 그렇게까지 해주는 건지.

성현은 '예뻐서.'라고 말했지만, 그건 이유가 되지 않았다. 세상 어느 누가 단지 '예쁘다.'는 이유만으로 남을 위해 대신 상처를 받아 준단 말인가.

'아니, 그 남자는 상식이 안 통하는 남자지.'

소파에 누워 이마에 한 팔을 올리고 있던 재인은, 그가 나간 후 계속 그를 생각하고 있다는 것을 깨달았다.

'내가 왜 그 남자를 생각하고 있는 거야? 다른 생각할 것들도 많은데.'

구형진이 죽었다.

"어떻게 하면 웃을 수 있을지 고민해."

다시 그의 음성이 재인의 생각을 방해했다. 재인은 두 손을 들어 허공을 휘휘 저었다. 이렇게 하면 잠깐이라도 성현을 털어낼 수 있을까 싶어서.

하지만 구더기보다는 거머리에 가까운 그 남자는 도통 떨어져 나갈 생각을 하지 않았다.

"걱정 마, 여왕님."

'어떻게 걱정을 안 해?'라고 생각하지만, 그가 걱정하지 말라고 하면 그래도 될 것 같았다. 실제로 구형진의 죽음에 대해 생각해야 하는 이때에, 성현의 목소리나 떠올리고 있지 않은가. 마치 사랑에 빠진 소녀처럼.

'사랑'이란 단어가 떠오르자 재인은 쓴웃음을 지었다.

'난 진짜 못된 계집애야.'

성현은 멋진 외모에 능력도 있고 다정하기까지 했다. 다른 여자들이라면 그런 성현에게 사랑을 느꼈을지도 모르겠다.

하지만 재인은 아니었다.

엄마를 버렸다. 부모를 죽인 여자를 믿고, 믿어야만 하는 부모를 믿지 않았다.

사랑이란 신뢰에서 시작되는 것이다. 부모조차 믿지 못한 자신이 타인을 신뢰하고 사랑할 수 있을 리 없었다.

'가게에나 가 봐야겠다.'

집에 있으니 쓸데없는 생각만 자꾸 떠올랐다. 게다가 성현이 재인의 대타로 보내놓은 '격렬한 사회생활을 몸소 경험해 보고 싶어 하는 호기심 많은 소년'이 누군지 궁금하기도 했다. 어느 불쌍한 소년이 성현에게 걸려든 걸까?

두툼한 점퍼를 꺼내 입고 집에서 나왔다. 주차장 구석에 세워놓은 오토바이를 보자, 이 오토바이를 타고 달렸던 날들이 떠올랐다. 사회면 기사에 중년의 '구 모 씨'나 '최 모 씨'라고만 뜨면, 이 오토바이를 타고 어디든 달려갔다.

그런데 성현은 재인의 삶에 불쑥 들어온 지 얼마 되지도 않아, 구형진의 죽음을 알아냈다. 매일 신문을 읽지도, 오토바이를 타고 여기저기 헛걸음을 하지도 않고.

'대체 그 남자의 정보원은 누구지? 류 형사는 아닌 것 같은데.'

그런 생각을 하다 보니 어느새 가게 앞에 도착했다. 가게 주차장에 오토바이를 세워놓고 올라온 재인은, 가게 입구에 서 있는 여자를 발견하고 걸음을 멈췄다.

수영이었다.

검은색 투피스를 입은 수영은 가게 안에 들어갈까 말까 망설이고 있었다. 재인을 찾아온 듯했다.

수영을 상대할 기분이 아니었다. 아니, 언제라도 수영과는 마주치고 싶지 않았다.

조용히 돌아서려던 그때 마침 뒤로 돌아선 수영과 눈이 딱 마주쳤다. 수영의 얼굴에 언뜻 미소가 스치고 지나갔다.

살짝 옆으로 돌아갔다가 다시 제자리로 돌아오는 눈동자, 입가의 미세한 떨림, 코트 자락을 꽉 잡았다가 놓는 손, 잠깐 숙였다가 드는 얼굴.

찰나의 순간 미세한 표정의 변화와 행동을, 재인은 모조리 간파해냈다.

'뭘 꾸미고 있는 거지, 김수영?'

"관두는 게 좋아."

한선이 경고했다.

"정 박사랑 만나는 건 관두는 게 좋을 거야. 이건 네놈을 생각해서 하는 말이야."

"흐응."

국과수로 향하는 택시 안. 성현과 한선은 뒷좌석에 나란히 앉아 있었다. 성현은 그 좁은 좌석에서도 멋지게 다리를 꼬고 여유로운 자세를 유지했다.

"걘 뱀 같은 여자야. 아니, 그냥 뱀이야, 뱀."

"뱀이라는 생물은 말이지. 정면에서 자세히 들여다보면 상당히 귀여운 부분이 있어."

"뭐야, 너 뱀 좋아하냐?"

"난 동물을 좋아해. 박애주의자지."

"박애주의랑은 상관없는 것 같고. 아니, 이런 소리를 할 때가 아니지. 그냥 전화를 걸라니까. 번호 알려 줄게."

한선은 초조함을 감출 수가 없었다.

정혜란이라는 이름을 가진 국과수의 부검의는, 대하기 어려운 상대였다. 동갑이기는 한데 너무 어른스럽고, 남들은 못하는 지적을 마구잡이로 해대기도 했다. 혜란이 진짜로 무서워진 건, 그녀가 시체를 해부하다가 햄버거를 꺼내먹는 모습을 봤을 때였다.

도대체 어떤 여자가 속을 드러낸 시신 옆에서 햄버거를 우걱우걱 먹어치운단 말인가!

"난 말이야, 류 형사. 대화를 할 땐 얼굴을 보고 해야 한다고 생각해. 그래야 표정의 변화를 관찰할 수 있거든."

"그래, 그렇겠지. 그런데 정 박사는 표정에 감정이 안 드러나. 화가 나도 짜증이 나도 늘 생글생글 웃고 있다니까? 나이 서른 되더니 더 뱀 같아졌어!"

"뱀이 생글생글 웃진 않지. 뭐, 가끔 웃는 상인 뱀도 있긴 하지만."

"아니, 뱀 관상이 중요한 게 아니잖아!"

"자네가 먼저 뱀 얘기를 꺼냈잖아."

"아, 네놈이랑은 말이 안 통해. 독니에 콱 물려도 안 도와줄 거다, 이 자식아."

"안내나 해 줘. 자네한테 대단한 걸 기대하진 않으니까."

국과수에 도착할 때까지, 한선은 한쪽 다리를 달달 떨었다. 성현은 혜란에게 던질 질문이라도 생각하는지, 팔짱을 끼고 묵묵히 정면을 노려보고 있었다.

침묵 속에서 어느덧 택시가 국립과학수사연구원 앞에 도착했다. 택시비는 성현이 카드로 지불했다.

유독 황량해 보이는 건물 입구 앞에서, 문득 성현이 입을 열었다.

"이쯤에서 우리 잠깐 리플레이를 해봐야 할 것 같아."

한선은 성현이 생각을 바꿨나 싶어, 반색을 하고 그를 돌아봤다. 성현은 진지한 표정으로 정면을 응시하다가 한선에게로 시선을 옮겼다.

"정 박사가 서른 살이라고?"

"어? 아, 어. 그래. 올해 서른이지."

"류 형사, 자넨 왜 정 박사를 '걔'라고 부르지?"

"그거야 동갑이니까?"

"……서른 살이었어?"

"어? 아, 응. 서른 살인데?"

한선은 성현이 갑자기 나이를 따지는 이유를 알 수가 없었다. 서른 살이라는 나이에 대단한 비밀이라도 숨겨져 있는 걸까?

아니나 다를까.

성현은 고통스러운 표정을 지으며, 한 손으로 이마를 짚었다.

걱정스러운 마음이 절로 생길 정도로 한참 동안 심각하게 고개를 숙이고 있던 성현은, 큰 결심을 한 듯 이마에 대고 있던 손을 떼어 냈다. 그리고 진지한 눈으로 한선을 응시하며 말했다.

"형아."

"……."

얼어붙었다.

느닷없는 '형아.'라는 호칭에 얼어붙는 것은 한심한 일이 아니라고 생각한다.

한선은 뻣뻣하게 굳어 갑자기 '형아.'라고 불러대는 잘생긴 미친 교수를 멍하니 응시했다.

"이런, 이런. 오류였어. 내가 이런 판단 오류를 범하다니. 형아가 당연히 나랑 같은 나이일 거라고 생각했거든. 한국은 나이 서열을 중요하게 여기잖아. 먼저 나이를 물었어야 했는데 내가 큰 실례를 범했어."

잘생긴 미친 교수는 고개를 절레절레 저으며 제멋대로 떠들었다. 그러더니 덧붙였다.

"미안해, 형아."

"다……."

"다?"

"닥쳐, 이 자식아!"

저도 모르게 주먹을 날리고 말았다. 단단한 주먹이 성현의 턱을 후려치기 전에, 성현이 손바닥으로 가볍게 주먹을 막아 냈다.

"왜 그래, 형아? 그동안 내가 자네라고 부른 게 화가 나서 그래?"

"그, 그…… 그거 관두라고!"

온몸에 소름이 돋는 건, 한선의 30년 평생에서 처음 있는 일이었다.

"왜 그렇게 화를 내는 거야, 형아?"

"그, 그 망할 소리 집어치우라고! 그게 뭐야! 그게 뭐냐고!"

"뭐긴? 형아가 왜 그러는지 모르겠는데?"

"이, 이익!"

성현과 손이 맞닿아 있는 것도 끔찍해서, 한선은 혼신의 힘을 다해 그를 떨쳐냈다. 팔을 벅벅 문지르며 뒷걸음질을 쳤지만, 성현이 졸졸 따라왔다.

"형아, 대체 왜 그러는 거야? 어디 아파? 감기야?"

"으으으윽! 그거, 그거 하지 말라고! 제발!"

한선은 도저히 '형아'라는 호칭을 입에 담을 수가 없었다. 도대체 어느 누가 서른 살이 다 되어 가는 나이에 '형아'라는 호칭을 쓴단 말인가!

"그러니까 뭘? 그만 잘생기라고? 형아가 아무리 부탁해도 그건 못 들어줘. 이 잘생김은 내가 아무리 노력해도 사라지질 않아."

"아니, 이 자식아! 그거 말이야! 그거! 그, 빌어먹을, 그……."

한선은 울고 싶었다.

한선의 속을 아는지 모르는지 성현이 고개를 옆으로 갸우뚱했다. 한선은 다시 주먹을 날렸고, 또 아까 같은 상황이 벌어졌다.

이번에도 한선의 주먹을 받아낸 성현이 빙그레 웃었다.

"왜 그래, 형아? 이러면 형사 생활에 문제 생기는 거 아냐?"

"너, 이 자식. 알면서 그러는 거지?"

"응? 나야, 뭐. 내가 잘생겼다는 건 늘 숙지하고 있어."

"그거 말고!"

"그럼? 뭘 말하는 거야, 형아?"

이쯤 되면 성현이 놀리고 있다는 생각밖에 안 들었다. 무시하면 그만이겠지만, 그래도 '형아'라는 소리는 듣고 싶지 않았다.

얼마나 싫은가 하면, 성현에게 '형아'라는 소리를 듣느니 혜란과 시체 옆에서 햄버거를 먹는 게 더 나을 것 같다는 생각이 들 정도였다.

한선의 벌게진 눈가에 눈물까지 맺혔다.

"제발, 이 잘생긴 미친놈아. 그거 하지 마. 부탁이다."

한선은 애원했다.

"왜 그래, 형아? 우는 거야?"

"울긴 누가 울어?"

"울지 마, 형아. 난 남자 눈물 닦아 주는 취미 없어. 형아⋯⋯."

한선은 참지 못하고 성현의 입을 틀어막았다. 마침 근처를 지나가던 커플이 두 사람을 향해 수상쩍다는 시선을 보냈다. 하지만 한선은 남들의 시선 따위 아무래도 좋았다. 변태라고 신고를 당해도 좋았다. '형아'라는 말을 안 들을 수만 있다면.

"지금까지처럼 불러, 민성현 교수. 그게 싫으면 꼴통이라고 불러도 되고, 또라이라고 불러도 되니까, 제발 그 빌어먹을⋯⋯ 그, 그건 쓰지 마. 제발."

성현의 눈이 가늘어졌다.

"얼른 대답해!"

성현이 고개를 끄덕였다.

그제야 한선은 성현을 놔주고 그의 입술에 닿아 있던 손바닥을 바지에 슥슥 문질러 닦았다.

한선은 태어나서 처음으로 완전범죄에 대해 고민하기 시작했다.

저놈을 묻어버리고도 안 들킬 방법을 찾아야 돼. 안 그러면 내가 먼저 미쳐 죽을 거야.

"아무튼 형."

"그거 하지 말라고!"

"왜? 나보다 한 살 많잖아. 난 예의가 있는 남자라고. 아무리 형 부탁이라도 내 예의는 포기 못해."

"나한텐 포기해도 돼! 그러니까 그 형 소리 집어치워! 이 잘생긴 미친놈아!"

"다시 형아라고 불러 줘?"

"그래, 형이라고 불러. 잘 부탁해, 동생."

한선은 '형'이라고 불리는 걸로 만족하기로 했다. '형아' 소리를 안 들을 수만 있다면 지옥 불구덩이에 들어갈 생각도 했는데, '형' 쯤이야.

"그럼 형, 가자. 뱀 만나러."

"유재인. 너 한 번 만나기 정말 힘들다."

수영은 인사도 없이 비아냥거리며 재인에게로 다가왔다. 재인은 점퍼 주머니에 두 손을 찔러 넣은 자세로 수영을 응시했다.

"여긴 왜 왔어?"

"사촌 찾아오는 것도 안 돼? 게다가 넌 우리 집에 신세도 졌잖아."

"그런 얘기하고 싶어서 온 거야?"

"그냥, 오랫동안 못 만났으니까. 어떻게 지냈는지도 궁금하고, 뭐 하고 사는지도 궁금하고."

"누가 시켰어?"

"뭐?"

"내가 뭐 하고 사는지 알아오라고, 누가 시켰느냐고."

"시키긴 누가 시켜? 그냥 궁금해서 온 거라니까? 어제 너랑 만났다고 엄마한테 얘기했더니 엄마가 궁금해 하더라."

"거짓말."

수영의 눈동자가 살짝 흔들렸다.

"이모가 궁금해 해서 온 건 아니네. 그럼 이모부? 아니, 이모부도 아니구나. 누구야? 네 주위의 누가 날 궁금해 하는 거지?"

"뭐, 뭘 그렇게 확신하고 있는 거야? 엄마가 궁금해 했다니까!"

수영은 거짓말을 하고 있었다. 수영이나 그녀의 가족이 재인을 궁금해 하는 건 아니었다. 다른 누군가가 있는데, 그게 누군지 알 수 없었다.

재인은 수영의 부모가 최영주로부터 양육비를 받는다는 것을 전혀 모르고 있었다. 그래서 최영주에게까지 생각이 닿지 않은 것이다.

'민성현이었더라면 알아냈을까?'

성현은 재인이 가진 능력을 아무나 가질 수 없다고 했지만, 재인이 보기엔 성현의 통찰력이 더 뛰어났다. 성현이라면 수영의 의도가 뭔지 이 자리에서 간파했을지도 모르겠다.

"아무튼 자리 옮기자. 여기서 계속 얘기할 순 없잖아."

재인의 시선이 불편했는지, 수영이 시선을 옆으로 피하며 말했다.

"난 너랑 할 얘기 없어. 가 봐."

재인이 싸늘하게 답했다. 수영의 입가에 비릿한 미소가 떠올랐다.

"너, 많이 컸다?"

"……."

"옛날에 우리 집에 있을 때는 찍소리도 못 하더니. 기억 안 나? 너, 내 발도 핥았잖아. 지금도 핥을 수 있으려나?"

이래서 수영을 상대하고 싶지 않았다.

수영을 마주하고 있는 지금, 그녀의 입에서 과거의 어둠이 흘러나오는 지금 이 순간만큼은, 성현의 음성도 들려오지 않았다. 재인은 주머니 안의 주먹을 꽉 쥐고 뒤로 돌아섰다.

몇 걸음 걷지도 않았을 때, 재인의 고개가 뒤로 확 젖혀졌다. 수영이 재인의 머리채를 거세게 잡아당긴 것이다.

"유재인, 네가 뭔데 날 무시해?"

머리채가 잡혔을 땐 빠져나오기가 쉽지 않다는 것을, 재인은 알고 있었다. 어릴 때 머리카락이 우수수 떨어질 정도로 머리채를 자주 뜯겨봤다.

"내가 몸소 여기까지 찾아왔잖아. 네가 그 더러운 짓을 해서 우리 가족 다 망쳐놨는데도, 어떻게 사는지 궁금해서 와 줬잖아. 그러면 옛날처럼 엎드려서 내 발이라도 핥아야 되는 거 아냐?!"

"수영아."

"내 이름 부르지 마, 이 더러운 계집애야. 네가 한 짓 잊었어? 우리 가족을 그렇게 망쳐 놓고, 너 혼자 잘 살겠다고 집 나가더니. 이제 우리한테 한 짓 새까맣게 잊고 날 무시하는 거야? 응?!"

"나는 네 가족에게 아무 짓도 하지 않았어. 너도 알잖아."

"아, 그래? 네가 한 짓은 다 잊었겠지. 원래 가해자는 잊는다잖아. 아무 짓도 하지 않긴 무슨…… 악! 뭐야?!"

수영의 손이 떨어져 나갔다. 재인은 자세를 바로하고 뒤를 돌아봤다. 진혁이 수영의 손목을 거칠게 움켜쥐고 있었다.

늘 반듯했던 진혁의 얼굴이 무시무시하게 일그러져 있었다. 진혁은 금방이라도 수영을 죽일 듯 노려보며, 그녀의 손목을 내던지듯 놔주었다.

"누나, 괜찮으세요?"

진혁의 옆에 서 있던 소년이 걱정스러운 듯 다가왔다. 1110호의 불량소년 영민이었다.

"아. 네가 내 알바 대타였어?"

"네, 그런 것보단 누나……."

"지금 그게 문제가 아니잖아요!"

진혁이 거칠게 외쳤다. 재인은 눈을 크게 뜨고 진혁을 쳐다봤다.

이제까지 재인은 귀여운 얼굴에 단정하고 차분한 진혁의 모습만을 봐 왔다. 그래서 잔뜩 찌푸리고 다가오는 진혁이 낯설게 느껴졌다. 재인의 앞에 멈춘 진혁은 그녀의 어깨를 잡으려다가 멈칫 하고 도로 그 손을 내렸다.

"누나는 좀 자기감정을 드러내야 될 필요가 있어요."

진혁이 어제 탈의실에서 했던 것과 비슷한 말을 했다.

"누나, 난……."

"잠깐만, 진혁아."

진혁의 뒤쪽에 있던 수영이 돌아서는 것이 보였다. 아마 이대로 갈 생각이리라.

수영은 예전부터 잘생긴 남자에겐 약해졌다.

"수영아."

그녀의 이름을 불렀지만 돌아보지 않았다. 그래도 상관없었다.

"네 말대로 난 잘 살고 있어. 그러니까 찾아오지 마. 너랑 할 얘기 없어."

수영은 대답하지 않고 그대로 가버렸다.

"응, 진혁아. 무슨 얘기하려고 했어?"

다시 진혁에게로 시선을 돌렸다. 진혁은 한풀 꺾인 듯 평소대로 돌아와 있었다.

"난 이제 퇴근한다고요. 이 녀석이 누나 대타로 왔다고 해서 아픈 줄 알고 걱정했는데, 괜찮은 거죠?"

"응, 괜찮아. 오늘 일이 생겨서."

"그래요. 그럼 난 가 볼게요. 내일 학교에서 봐요."

진혁이 담백하게 인사를 하고 자리를 떠났다. 진혁이 멀어진 후, 영민이 주춤주춤 다가왔다.

"저기, 집에 가시는 거죠?"

"응. 집에 가야지."

"저도 집에 가는데 같이 가요."

"응, 그래."

영민과 같은 층에 살아서 얼굴은 알지만, 따로 대화를 나눠 본 적은 없었다. 주차장으로 향하는 재인의 뒤를, 영민이 졸졸 따라왔다. 어딜 가느냐고 묻지도 않았다.

"오토바이 있는 거 알고 있었어?"

"네, 가끔 타고 다니는 거 봤거든요. 죽여주더라고요. 오토바이 타는 여자는 처음 봤어요."

성현과 알게 된 후, 다른 사람들과 엮일 일이 많아지는 것 같다. 재인은 타인과 대화를 하는 상황이 달갑지 않았다. 대화를 하다 보면 그들이 하는 수많은 거짓말을 발견하게 되고, 불편해진다.

"뒤에 타."

"우와, 타도 돼요?"

"응. 나 때문에 괜히 일하게 됐으니까."

"와, 쩐다. 대박."

영민은 신나서 재인의 뒤에 탔다. 허리를 감아올 줄 알았는데, 영민은 오토바이 뒤에 타본 경험이 많은지 안장 뒷부분을 잡았다. 덕분에 불편하지 않게 동래 아파트에 도착했다.

"그런데 누나. 그 형은 뭐 하는 사람이에요?"

엘리베이터를 타고 올라가며, 영민이 물었다.

"대학교수."

프로파일러라는 얘기까지는 할 필요가 없을 것 같아서 짧게 대답했다.

"대학교수들은 원래 다 그래요? 엄청 무섭던데."

"무서워? 그 사람이?"

"네. 장난 아니던데. 제가 봤을 때 그 형, 사람 몇 번 죽여본 적 있을 거예요."

성현이 그런 이미지인가?

성현의 모습을 떠올려다봤다. 늘 유쾌하게, 간혹 다정하게 웃고 있는 모습만 그려졌다.

하지만 굳이 성현을 위해 변명해 줄 생각은 안 들었다. 그 남자라면 남들에게 무섭게 보이는 것마저 즐길지도 모른다.

11층에 도착해 복도를 걸어가며 말했다.

"오늘 아르바이트 대신 해 줘서 고마워."

영민이 쑥스러운 듯 손등으로 코를 문질렀다. 살짝 고개를 숙여

인사하고 1111호로 걸어가는데, 영민이 불러 세웠다.

"누나."

돌아보자, 영민이 허리를 깊게 숙이며 말했다.

"저, 며칠 전에 믿어 줘서 감사합니다."

"아, 그건……."

"아까 그 이상한 여자, 또 찾아오면 말해 주세요. 제가 그냥 콱 잡아다가 패대기를…… 아무튼 그래 줄게요."

타인과 대화를 하는 상황이 달갑지 않았다. 대화를 하다 보면 그들이 하는 수많은 거짓말을 발견하게 되고, 불편해진다. 하지만 간혹 사람들은 예기치 못한 진정성을 내보이곤 했다.

생각지 못한 상황에서 보게 된 1110호 불량소년의 순수한 의리. 거짓말 섞이지 않은 그 말에 재인은 하마터면 미소를 지을 뻔했다.

혜란은 뱀 같다기보다는 강아지 같은 여자였다.

키는 165cm로 재인과 비슷했다. 30살이라는 나이가 안 믿어질 정도로 앳되고 귀여운 외모에, 긴 머리를 양 갈래로 땋고 있었다. 한선이 성현의 귀에 대고 속삭였다.

"저걸 봐. 나이 서른에 삐삐 머리라니."

한선의 목소리가 들렸을 게 분명한데도, 혜란은 불쾌한 기색 없이 생글생글 웃고만 있었다.

혜란은 흰색 연구복 주머니에 양손을 넣고 한선과 성현을 한 번씩 돌아봤다.

"류 형사, 왜 불렀어? 내 헤어스타일 지적하려고 부른 거야?"

"아니, 이 사람이 널 소개받고 싶대서."

한선이 성현의 등을 떠밀었다. 성현은 한 발 앞으로 나와 살짝 고개를 숙였다.

"안녕하십니까, 정 박사님. 전 이런 사람입니다."

명함을 꺼내려는 듯 지갑을 뒤지던 성현이 씩 웃었다.

"방금 보셨죠? 전 명함도 없는 사람입니다."

강아지처럼 동그란 눈으로 성현을 빤히 올려다보던 혜란이 한선을 돌아보며 물었다.

"뭐야, 이 미친놈은?"

"형, 이 여자가 나한테 미친놈이래!"

성현이 휙 돌아서서 한선에게 일러바쳤다.

양갈래 머리를 한 혜란과 형이라고 부르며 칭얼거리는 성현. 두 사람을 앞에 둔 한선은, 이민을 가고 싶어졌다. 어디라도 좋으니 이 사람들이 없는 곳으로.

"일단…… 민성현, 넌 미친놈 맞아. 그리고 정 박사, 진짜 빨리 간파해냈네. 얘 미친놈 맞아."

한선은 서둘러 상황을 정리해 주고 이 자리를 뜰 생각이었다.

"그래, 이 놀랍게 잘생긴 미친놈을 나한테 데리고 온 이유가 뭐야? 심리감정 맡기려고 데리고 온 거면 다른 사람을 불렀어야지."

"물론 이놈 정신 상태를 규명하는 것도 시급한 일이기는 한데, 그보다 먼저 이놈이랑 인사 좀 해."

"안녕."

혜란이 한 손을 들어 성현에게 가볍게 인사했다. 성현도 빙그레 웃으며 살짝 고개를 숙였다.

"안녕하십니까, 정 박사님. 민성현이라고 합니다."

"자, 인사했어. 이제 뭐하면 돼?"

혜란은 성현과 직접 대화를 하고 싶지 않은 듯, 다시 한선에게 물었다.

"형, 정 박사님한테 차 한 잔 하실 시간 있냐고 물어봐 줘."

성현도 한선에게 말했다.

한선은 자신이 아무리 발버둥 쳐도, 이 두 사람에게서 빠져나갈 수 없다는 것을 깨달았다. 한선은 체념한 목소리로 말했다.

"커피나 마시러 가자. 아주 배 터져 죽을 때까지."

연구소 근처에 있는 아파트 단지를 지나가면 근린공원이 있었다. 세 사람은 캔커피를 하나씩 뽑아 공원 벤치에 나란히 앉았다. 성현, 한선, 혜란의 순서였다.

한선은 자리 선정이 마음에 안 들었지만, 굳이 바꿔달라고 말할 기운도 없었다. 그저 이렇게 얼굴을 보지 않고 얘기할 거라면, 전화통화로도 충분하지 않았을까 라는 생각을 했을 뿐이었다.

"그래서 왜 왔어? 류 형사가 일부러 여기까지 와서 날 찾을 정도면, 보통 일은 아닌 것 같은데. 난 규칙을 어기진 않을 거야. 그런 걸 요구할 거라면 그냥 돌아가."

혜란이 깐깐하게 말했다. 캔커피를 양손으로 쥐고 그 이야기를 듣던 성현이 갑자기 벌떡 일어나 혜란의 앞으로 걸어갔다. 혜란과 한선은 이 인간이 왜 이러나 싶어 성현을 올려다봤다.

성현은 혜란을 가만히 내려다봤다.

꿀꺽—

성현의 신중한 시선을 받은 혜란은 자신이 긴장했다는 것을 깨달았다.

남자 같은 건 아무래도 좋다고 생각하면서 살아왔다. 남녀평등의 시대라지만, 직업의 세계에서 남성이 우위에 있는 것은 어쩔 수 없었다.

혜란은 자신과 라이벌 관계에 있던 동료들이 자신에 대해 뭐라고 숙덕거리는지 알고 있었다. 실력으로 졌으면서 인정하지 못하고, 혜란을 성적인 농담의 대상으로 삼는 남성들을 경멸했다.

혜란에게 있어서 한선을 제외한 남자들은 정복의 대상이었다. 밟고 올라가야만 하는 사람들.

아무리 잘생긴 남자가 접근을 해와도 코웃음을 치며 무시해 왔는데, 성현에게는 그럴 수가 없었다. 예술 작품 같은 그의 근사한 외모 때문이 아니었다.

혜란을 응시하는 그의 눈빛 때문이었다.

그의 새까만 눈동자는 맑고 강렬했다. 너무 맑고 투명해서 무슨 생각을 하는지 짐작조차 할 수 없을 정도였다. 대신 그 서늘할 정도의 투명함으로 혜란의 속을 읽어내려는 듯 보였다.

한참 동안 혜란을 응시하던 성현이 문득 입을 열었다.

"옛날, 옛날, 한 소녀가 살았답니다."

뭔가 있는 것처럼 굴다가 갑자기 옛날이야기를 시작하는 성현 때문에 황당했다. 하지만 화를 낼 수가 없는 이유는, 그의 진지한 표정 때문이었다.

성현은 한 손에 캔커피를 들고 느릿하게 이야기를 해나갔다. 어떤 여자와 남자 때문에 부모를 잃고, 그들의 꼬리를 잡기 위해 외로이 살아온 한 소녀의 이야기를.

"그리고 19년이 지난 지금. 그 남자가 죽었습니다. 경찰은 사고라고 결론을 내린 것 같지만, 글쎄요. 만취해서 사고로 죽었다. 소녀의 아버지가 죽은 이유와 너무 비슷하지 않은가요?"

"살인이라고 생각하는 거구나?"

혜란은 간신히 입을 열었다. 성현이 시선을 옆으로 돌렸기 때문이다. 주박에서 벗어난 기분이었다.

"확신은 아닙니다. 그저 추측일 뿐이지."

"그래서? 나한테 뭘 원하는 건데?"

"그 남자의 검안을, 정 박사님이 하셨다고 들었습니다."

"아…… 혹시 홍대?"

"네."

"그걸 듣고 싶은 거라면 그냥 물어보지 그랬어? 그런 긴 이야기 하지 않아도 그 정도는 말해 줄 수 있어."

"그렇겠죠. 하지만…… 좋은 분인 것 같아서요."

누구나 할 수 있는 가벼운 칭찬인데, 성현의 칭찬은 의미가 달랐다. 혜란은 큰 시험을 통과한 기분을 느꼈다.

"뱀 좋아한다더니, 역시……."

한선이 옆에서 중얼거리는 소리가 들려왔지만 무시했다.

"수상한 건 없었어. 뭐, 누가 등을 툭 쳐서 떠밀었을 수도 있겠지만 거기까지는 내가 알 방도가 없고. 혈중알코올농도가 어마어마했어. 0.3프로가 넘을 정도였으니까. 약물 가능성도 없고. 목 졸린 자국도 없고. 싸운 흔적도 없고. 떨어져서 생긴 타박상뿐이었고, 머리가 깨졌어. 떨어진 후에도 5분 정도는 살아 있었던 것 같아."

"흐음."

"추락사 같은 경우엔 사건인지, 사고인지 확정하기 힘들어. 등만 밀어버리면 그만이니까. 이게 내가 말해 줄 수 있는 전부야."

"시신은 어떻게 됐습니까?"

"유족이 인수해갔겠지."

"그럼 벌써 화장을 했겠군요. 단서가 남아 있었더라도 사라졌겠네요."

"그런 건 없었을 거야. 꼼꼼히 검사했으니까."

"정 박사님이 그렇다면 그런 거겠죠."

놀리는 기색은 없었다. 혜란은 크게 한숨을 내쉬었다. 한선을 놀려 주며 기분 전환이라도 하려고 나온 건데, 유쾌하지 않은 이야기를 들어버렸다.

"그 소녀는 지금 어떻게 살고 있어?"

성현에게 물어본 건데, 옆에 앉아 있던 한선이 움찔했다. 한선도 아는 사람인 걸까?

고개를 획 돌려 한선을 노려봤다. 한선은 모르는 척 정면을 보고 있었다. 그의 옆구리를 쿡 찔렀다.

"누구야? 그 소녀? 류 형사도 아는 사람이야?"

"아, 그걸 내가 어떻게……."

"유재인입니다."

말하지 않으려는 한선의 말을 끊고 성현이 담백하게 대답했다. 혜란은 눈을 크게 뜨고 성현을 올려다봤다.

"뭐?"

"그 소녀가 유재인이라고요."

재인이라면 혜란도 알고 있었다. 지난번에 서울지방경찰청에 놀러 갔다가, 용의자의 거짓말을 간파하는 그녀의 놀라운 능력도 직접 보고 온 터였다.

혜란은 부서질 것처럼 위태로워 보였던 재인을 떠올렸다. 그 위태로움의 이유를 이제야 알게 됐다. 동시에 성현에게 화가 났다.

혜란은 벌떡 일어나 벤치 위로 올라가 성현을 내려다봤다. 성현이 재미있다는 듯, 가슴 앞에서 팔짱을 끼고 싱긋 웃었다.

"내려다보는 걸 좋아하시는군요."

"네가 그런 이야기를 안다는 건, 재인이가 말해 줬다는 거겠지. 재인이는 여기, 이 멍청한 류 형사한테도 말하지 않은 걸 너한테 말해 줬어. 아마 널 믿었기 때문이겠지. 그런데 넌 그걸 내 앞에서 나불나불 떠들어대? 재인이의 과거가 처음 보는 여자한테 다 떠들 어댈 정도로, 너한텐 가벼워?"

비난을 퍼붓는데도 성현의 입가에 번진 미소는 사라지지 않았 다. 생글생글 웃는 얼굴로 노려보는 혜란에게, 성현이 말했다.

"역시 좋은 사람이군요."

"나에 대해 평가해달라고 한 적 없어. 넌……."

"쉿, 정 박사님. 들어보세요."

성현의 음성이 은밀해졌다. 저도 모르게 숨을 죽이고 귀를 기울 이게 하는 목소리였다.

혜란이 입을 다물자, 성현이 말했다.

"이 일에 있어서 사람을 믿는 것도 사람에게 배신을 당하는 것 도, 제가 재인이 대신 해 주기로 했습니다."

느리고 부드럽고 놀랍도록 달콤한 음성이었다. 그 의미를 깨달 은 한선이 벌떡 일어났지만, 혜란이 한선의 팔을 붙잡아 말렸다.

가로등 불빛이 오롯이 성현만을 비추는 것 같았다.

그의 주위로 은은하게 번지는 빛은, 유재인을 향한 그의 마음인 걸까?

어울리지 않게도 시적인 생각을 하며, 혜란은 마른침을 삼켰다.

"그래서요, 정 박사님. 전 박사님을 믿기로 결정하고 말한 겁니 다. 배신을 하고 싶으면 하세요."

그가 감미로운 음성으로 말했다.

"배신에 대한 상처는, 제가 달게 받을 테니까요."

한선은 묵묵히 걸었다. 한선의 옆에서 걷던 성현이 물었다.

"형, 화났어?"

대답할 기분이 아니었다.

처음 이야기를 들었을 땐, 구형진의 죽음과 재인의 과거 때문에 다른 생각을 할 겨를이 없어서 몰랐다. 그런데 아까 성현이 혜란에게 그 이야기를 했을 때, 한선은 자신이 상처받았다는 것을 깨달았다.

재인은 한선이 아무리 따라다녀도 말해 주지 않던 과거를, 성현에게는 말했다. 게다가 성현이 이 일을 대신 해 주기로 했단다. 믿는 것도 배신을 당하는 것도, 재인 대신 해 주기로 했단다.

그걸 맡기는 것이 무엇을 의미하는지, 재인은 알고 있는 걸까?

지끈. 지끈.

그 얘기를 들었을 때부터 심장에서 불쾌한 통증이 사라지지 않았다.

"나는."

동래 아파트 입구에 들어섰다.

"재인이랑 얘기를 할 거야."

들러붙을 줄 알았다. 하지만 성현은 한선의 마음을 짐작한 듯 가볍게 고개를 끄덕였다. 그래서 더 짜증이 치밀어 올랐다.

차라리 이럴 때까지 들러붙어서, 구제불능의 미친놈처럼 굴어 주는 게 나을 것 같다. 그러면 유재인도 보는 눈 없다고 자위라도 할 수 있을 텐데.

"형, 하나만 알아 둬."

1102호 앞에서 멈춘 성현이 입을 열었다.

"재인이는 형을 믿지 않은 게 아니야. 나를 믿는 것도 아니고."

"그럼 뭔데? 왜 너한테는 말하고 나한테는 말 못 하는데?"

성현의 입가에 쓴웃음이 걸렸다.

"내가 구형진의 죽음을 알아냈으니까."

"⋯⋯."

"내가 믿는다고 말해 줬으니까."

"⋯⋯."

"재인이는 누군가가 먼저 자기를 믿어 주길 바랐고, 그게 나였을 뿐이야. 형이 먼저 알아냈다면 형에게 말해 줬겠지."

그렇지는 않을 거라고 생각했다.

성현은 미친놈이고 짜증 나고 울화통 터지게 하지만, 매력이 있었다. 무언가 딱 잘라 말할 수 없는, 사람을 홀리는 매력. 함께 대화를 하다 보면 저절로 마음을 열게 만드는, 뱀 같은 혜란까지도 긴장하게 하는, 그런 매력을 가지고 있었다.

"알았어."

"그럼 얘기 잘해."

성현은 빙그레 미소를 지어주고는 집으로 들어갔다. 한선은 1111호의 현관문 앞에 멈췄다. 초인종을 누르려던 손을 멈추고 크게 심호흡을 했다.

인상을 찌푸리고 왼쪽 가슴 위에 손을 얹었다.

지끈. 지끈. 지끈.

심장이 여전히 아프다. 아니, 점점 더 아파진다. 성현이 좋은 놈이라는 것을 알면 알수록 더 많이.

'내가 생각했던 것보다 더 많이 널 좋아했었나 보다.'

한선은 굳게 닫힌 현관문을 응시하며 쓰게 웃었다.

'이런 어린애 같은 짓을 하려고 하다니.'

재인이 구형진의 죽음을 알게 된 지 24시간도 지나지 않았다. 성현에게 다 맡겼다고 해도, 그녀의 마음이 편치는 않을 것이다.

부모를 잃은 후 19년 동안 재인의 심장을 갉아먹던 것들이, 이번에 수면 위로 드러났다. 그녀의 마음이 어떨지 짐작도 되지 않았다.

'그런데 난 사랑 타령이나 하고 있고. 한심하다, 진짜.'

비참하단 생각이 들만큼 창피했다. 한선은 주먹을 꽉 쥐고 돌아섰다.

일단은 돌아가자. 구형진과 최영주의 신상에 대해 약간은 알게 되었으니, 좀 더 파헤쳐 보자. 재인에게 도움이 될 수 있을 정도로 뭔가를 할 때까진, 잠깐 멈춰 두자. 이 마음도, 이 아픔도.

그렇게 생각하며 복도를 걸어갈 때였다.

달칵—

문 열리는 소리가 들렸다.

'기대하지 마. 다른 집 문이겠지.'

기대감을 억지로 밟아버리는데, 듣고 싶었던 목소리가 들려왔다.

"류 형사님?"

동래 아파트 놀이터는 관리를 하지 않아 폐허처럼 보였다. 녹슨 그네와 올라타면 부서질 것 같은 미끄럼틀, 여기저기 널려 있는 쓰레기와 담배꽁초. 깜빡깜빡 금방이라도 꺼질 것 같은 가로등.

한선이 먼저 벤치에 앉아, 옆자리를 손바닥으로 쓱 쓸었다.

"앉아."

재인이 옆에 앉자 한선이 주머니에서 담뱃갑을 꺼냈다. 거기서 담배를 한 개비 꺼내 입에 물긴 했지만 불을 붙이지는 않았다.

재인은 불붙이지 않은 담배를 입에 물고, 조용히 정면을 응시하는 한선을 흘긋 쳐다봤다. 아무렇게나 흐트러뜨린 짧은 머리, 반듯한 이마와 짙은 눈썹. 용의자의 간담을 서늘케 하기 충분한 강한 눈매는, 재인의 앞에서만큼은 순하게 누그러지곤 했다.

"민성현한테 얘기 들었어."

한선이 먼저 말문을 열었다.

그 일 때문에 찾아왔을 거라고 예상했다.

"구형진이랑 최영주. 그 두 사람이 너랑 어떤 관계였는지 말해 주더라."

뭐라고 대답해야 좋을지 알 수 없었다.

"진작 나한테 말해 줬으면 내가 어떻게든 알아봐 줬을 텐데. 그

놈들이 뭘 하고 사는지, 어떻게 사는지, 뭘 하려고 하는지."

낮게 가라앉은 그의 음성이 신경 쓰였다. 항상 힘이 넘치는 한선이었다. 재인이 아무리 차갑게 대해도 한선은 아랑곳하지 않았다.

하지만 지금 그는 잔뜩 풀이 죽어 있었다. 그의 넓은 어깨가 유독 좁게 느껴질 정도로.

무시하려고 노력해 왔다. 모르는 척하려고 했다.

온몸을 다해 부딪쳐 오는 그의 마음을 받아 줄 여력이 없었다. 받아 줄 수 없다면 아예 모르는 척하는 것이 낫다.

그렇게 처음부터 끝까지 모르쇠로 일관하면 그의 마음도 식겠거니, 그렇게 생각했다. 남녀 간의 사랑만큼 변하기 쉬운 것도 없으니까. 타인의 마음만큼 백일몽 같은 것이 없으니까.

그런데 왜일까.

한선이 온몸으로 부딪치지 않는 지금, 체념한 듯 한걸음 물러선 지금, 왜 그의 마음이 이토록 강렬하게 다가오는 걸까?

처음 만난 순간부터 오롯이 재인만을 향해 달려들던 그 마음이, 해일처럼 재인을 덮쳤다. 그래서 재인은 그동안 무시하고 부정해 온 그의 마음을, 비로소 인정할 수밖에 없었다.

'류 형사님이…… 날 사랑하는구나.'

한선은 손가락 사이에 끼운 담배를 물끄러미 응시하며 물었다.

"내가 믿어 주지 않을 거라고 생각했어? 아니면 나를 못 믿은 건가?"

그의 마음을 알아버린 이상, 솔직하게 대답해야만 했다. 이래서 타인의 감정을 거두고 싶지 않았다. 재인은 타인을 알고 싶지 않은 만큼, 자신 역시 타인에게 알리고 싶지 않았다.

허벅지 위에 가지런히 놓인 손에 힘이 들어가 있었다. 재인은 자신의 손을 물끄러미 응시하며 말했다.

"그런 게 아니에요, 류 형사님. 누구를 믿고, 믿지 못하고…… 그런 문제가 아니에요."

"그럼 뭐가 문제지?"

"마음이라는 건 말이죠. 타인의 마음은 물론이거니와, 내 마음 조차 원하는 대로 움직일 수가 없어요. 마음은 이성에 지배당하지 않고 멋대로 흘러가죠."

"……."

"류 형사님. 제가 가진 이 능력은 초능력 같은 게 아니에요. 그저 타인의 마음을 민감하게 알아챌 수 있는 것뿐이죠. 그 사람이 거짓말을 하고 있는지, 숨기는 건 없는지."

쓸쓸한 바람이 불어왔다.

"류 형사님은 믿어 주셨겠죠. 아마 절 위해 힘써 주시기도 했을 거예요. 하지만 언젠가는 처음의 그 마음이 변할 수도 있어요. 일이 많고 힘든데 제 일까지 알아보느라 짜증이 날 수도 있고, 다 관두고 싶을 수도 있고, 유재인이라는 여자랑 아예 모르는 사이가 되고 싶을 수도 있겠죠."

"난……."

"아니요, 류 형사님. 말씀드렸잖아요. 사람의 마음이라는 건 본인조차 어떻게 할 수가 없는 거라고. 변함없을 수도 있어요. 하지만 변할 가능성이 더 큰 게 사람 마음이죠. 저는 그 변화를 보는 것이 싫고 무서워요."

재인은 고개를 돌려 한선을 응시했다. 한선도 천천히 재인에게로 시선을 돌렸다. 그의 눈을 마주하고 재인은 말했다.

"류 형사님의 문제가 아니었어요. 그저 제가 겁이 많아서 그런 거예요."

"민성현의 마음은 변하지 않을 거라고 생각해?"

이런 질문도 예상했다.

"류 형사님은 아시겠어요? 민성현이란 사람에 대해?"

재인은 대답 대신 질문을 던졌다. 한선의 미간에 깊은 주름이 생겼다.

"네 대학원 특강의 강사고, 미국에서……."

"아뇨, 그런 것들 말고요. 그 사람이 무슨 생각을 하는지, 어떤 기분인지, 류 형사님은 아시겠어요?"

"……."

"저는 모르겠더라고요. 그 사람, 도저히 읽어낼 수가 없어요. 정말로 즐거워서 웃는 건지, 나한테 하는 말들이 진짜인지 가짜인지. 정말 아무것도 읽어낼 수가 없어요. 그래서 민성현 씨에게는 말할 수 있었어요. 그 사람이 내 이야기를 진심으로 믿든, 믿지 않든. 그 사람이 날 귀찮아하든, 귀찮아하지 않든. 난 알 수 없을 테니까요."

한선의 대답은 돌아오지 않았다. 재인은 한선이 상처 받지 않을 만큼 느리게 몸을 일으켰다. 한선이 고개를 들어 재인을 물끄러미 응시했다.

깜빡이는 가로등 불빛이 선이 강한 그의 얼굴을 더욱 도드라지게 비추었다.

"그만 들어가 볼게요."

"재인아."

그의 묵직한 음성이 재인의 발목을 붙들었다.

"그걸로 된 거냐?"

"네?"

"아니, 아무것도 아냐. 들어가 봐."

"네. 류 형사님도 조심해서 들어가세요."

인사를 하고 돌아서는 재인의 뒷모습은 허무에 감싸여 있었다. 천천히 걸어가는 그녀가 어둠 속에서 산산이 흩어져버릴 것만 같아, 한선은 불안했다.

'그걸로 된 거니, 넌? 단지 속을 읽을 수 없어서, 아무 기대도 없이 일을 맡기는 거. 그것만으로도 괜찮은 거야?'

한선은 이제야 헤어지기 전 성현이 지은 쓴웃음의 이유를 알 수 있었다. 성현도 알고 있었던 것이다. 재인이 그에게 모든 것을 털어놓은 이유를.

성현에게 마음을 열어서 털어놓은 게 아니라, 속을 읽을 수 없는 성현과는 적당한 거리를 유지할 수 있을 것 같아서. 그래서 재인은 성현에게 모든 것을 털어놓을 수 있었던 것이리라.

그래서 한선은 하마터면 말할 뻔했다.

'민성현이 네가 받을 상처를 대신 받아 주겠다더라. 너는 모르겠
다고 했지만, 나는 알겠더라. 그 녀석이 그 말을 할 때 진심을 말하
고 있다는 걸.'

*　　　*　　　*

구형진의 죽음을 알게 된 후 닷새가 지났다.

궁금해서 견딜 수가 없었다. 왜 죽은 건지, 최영주는 뭘 하고 있
는지. 하지만 가장 궁금한 것은 민성현이다. 저 남자는 대체 뭘 하
고 있는 걸까?

특강 시간.

멋진 감색 스프라이트 정장을 입은 성현은, 어쩐 일인지 머리에
도 왁스를 발라 힘을 줬다. 성현이 '정신 이상한 교수'라는 것을 아
는 학생들까지도 마른침을 삼킬 정도로 매력적인 모습이었다.

싱글싱글 웃으며 강의실에 들어온 성현은 날카로운 시선으로
학생들을 한번 쭉 둘러봤다. 그러더니 갑자기 바닥에 털썩 엎드려
개처럼 기어 다니기 시작한 것이다!

"저분은 뭘 하고 있는 거죠?"

언제 왔는지 재인의 옆에 앉아 있던 진혁이 어리둥절한 표정으
로 물었다.

"나야말로 알고 싶어."

"이것은 말입니다."

두 사람의 궁금증에 화답하듯 성현이 엎드린 상태로 입을 열었다. 그의 기이한 행각 때문에 강의실 안은 고요했다. 그래서 그의 낮고 굵은 음성이 평소보다 강하게 울렸다.

"탐정이 하는 일이죠. 멋지지 않습니까?"

"저 미……."

예의 바른 진혁은 거기서 말을 아꼈다. 대신 재인이 끝맺음을 해 주기로 했다.

"친 인류."

워낙 조용해서 분명 성현의 귀에까지 들렸을 테지만, 그는 여전히 당당했다. 몸을 일으킨 그는 슈트의 구겨진 부위를 탁탁 털어 내며 말했다.

"아쉽게도 우리 범죄심리분석관, 그러니까 프로파일러는 이런 행동을 자주 하진 않습니다."

정말 다행이라고, 재인을 비롯한 강의실의 모든 학생들은 생각했다.

"범죄 현장이 있습니다. 한 남자가 욕조 앞에 쓰러져 죽었고, 사후 7시간 만에 발견되었습니다."

성현은 강단 위를 느릿하게 오가며 한 가지 사례를 이야기해 주었다. 어떤 식으로 현장을 수사했고, 어떤 식으로 범인을 알아냈는지. 그 와중에 얼마나 많은 용의자의 거짓말이 존재했는지.

"사람은 무의식적으로 거짓말을 합니다. 자신을 포장하기 위해, 감싸기 위해, 숨기기 위해. 많은 사람들이 거짓말을 할 때 자기도 모르는 새에 '거짓말을 하고 있다!'는 표현을 하죠."

2시간의 수업이 빠르게 흘러갔다. 재인은 수업이 끝나자마자 가방을 챙겨 들고 강의실에서 나왔다. 서두르는 이유는 경찰청에서 도와 달라는 요청을 받았기 때문이었다.

"누나."

진혁의 목소리가 들려와서 걸음을 멈췄다.

"응?"

"바쁜 일 있으세요?"

"응, 약속이 있어서."

"영화나 한 편 같이 보고 싶었는데. 이번에 그, 에드윈 컴버배치인가? 그 작가 소설 원작으로 한 영화가 개봉됐더라고요. 누나가 그 작가 좋아하셨다는 게 기억나서요."

"아, 맞아. 그럼 내일……."

보자고 하려는데, 진혁의 어깨 위로 스르륵 팔 하나가 걸쳐졌다. 성현이었다.

진혁이 소스라치게 놀라 뒤를 돌아보려 했지만, 성현이 팔에 단단히 힘을 주고 진혁을 고정시켰다. 허리를 굽힌 성현이 진혁의 귀에 속삭였다.

"여왕님의 영화 파트너 자리는 양보할 수 없어, 귀염둥이."

귓가에 성현의 입김이 닿는 통에, 진혁의 얼굴이 사색이 됐다.

재인은 성현에게 붙들린 진혁이 안쓰러웠다. 하지만 저 사이에 끼고 싶진 않아서 휙 돌아섰다.

"그러니까 귀염둥이, 내 여왕님에게 수작부리지 마. 눈도 마주치지 말고, 말도 섞지 마."

그제야 진혁이 정신을 차렸다. 진혁은 힘겹게 성현의 팔을 떼어내고 돌아서서 그를 노려봤다.

"교수님한테 그런 명령을 받을 이유 없는데요."

성현의 얼굴에 서늘한 미소가 번졌다. 잘못한 것도 없는데 등골이 오싹해지는 미소였다.

"없다니. 그런 말은…… 흠. 생각해 보니, 이유가 없는 것 같기도 하군."

뭘 하자는 걸까, 이 사람은.

진혁은 이 잘생긴 특강 교수의 생각을 도저히 읽어낼 수가 없었다.

"사실 이유 같은 건 없어도 돼."

성현의 시선이 진혁을 지나쳐, 서둘러 걷고 있는 재인의 등에 고정되었다.

"나는 상당히 소유욕이 강한 남자라서 말이야."

"소유욕이라니……."

성현의 눈동자가 다시 진혁에게로 향했다. 깊이를 가늠할 수 없는 그의 새까만 눈동자는, 마주하기 힘들 정도로 어둡게 빛나고 있었다.

"수업 중에 잡담을 하는 건, 짜증 나지만 참을 수 있어. 주말에 같은 곳에서 알바를 하는 것도, 거슬리지만 견딜 수 있지. 하지만 말이야, 귀염둥이."

성현의 손바닥이 진혁의 볼에 닿았다. 남자의 손 같은 건 거칠게 쳐내면 그만인데, 진혁은 꼼짝도 할 수가 없었다. 배고픈 맹수에게 걸린 초식동물처럼, 온몸이 굳어서 움직이질 않았다.

"나의 여왕과 사적인 시간을 공유하는 건 안 돼. 질투에 미친 노예는 무슨 짓을 할지 모르거든."

뻣뻣하게 얼어붙은 진혁을 놔두고 성현은 재인을 향해 걸음을 옮겼다. 재인은 서둘러서 걷고 있었지만, 성큼성큼 걸어오는 성현의 속도를 이길 수는 없었다.

"네, 류 형사님."

[오는 중이야?]

마침 한선에게서 전화가 걸려왔다. 받는 순간, 귀에 대고 있던 휴대폰이 쏙 빠져나갔다. 돌아보지 않고도 누가 한 짓인지 알 수 있었다. 희미하게 풍겨오는 달콤한 냄새 때문이었다.

"어, 형. 난데."

재인은 인상을 찌푸리고 휴대폰을 향해 손을 뻗었다. 하지만 성현은 살짝 다리를 올리고 몸을 틀어 재인의 손을 피했다. 재인은 아랫입술을 잘근 깨물고 다시 시도했다.

"미안, 미안. 그런데 안 돼."

성현은 한선과 통화를 하며, 한 손을 코트 주머니에 넣었다. 주머니 안에서 능숙하게 초콜릿 껍데기를 벗긴 성현이, 자꾸만 달려 드는 재인의 입술 사이로 초콜릿을 쏙 밀어 넣고 씩 웃었다.

"자꾸만 여왕님 능력에 기대려고 하면 경찰들에게 발전이 없지. 알아서 신문하도록 해. 언제까지 여왕님한테 기댈 거야?"

재인은 초콜릿을 우물거리며 또 손을 뻗었다. 재인이 자꾸 달려 들자 성현이 어쩔 수 없다는 듯 가볍게 한숨을 내쉬었다. 그러더니 한 팔로 재인의 잘록한 허리를 낚아채 돌려세웠다.

"앗!"

"가만히 좀 있어, 여왕님. 마음 싱숭생숭해지게 만들지 말고."

싱숭생숭한 건 이쪽이야!

재인은 비명을 지르고 싶었지만 간신히 참았다. 복도 끝에 아직 도 뻣뻣하게 굳어서 이쪽을 향해 서 있는 진혁이 보였다. 이런 모 습을 들키고 싶지 않았는데.

"무슨 짓을 했냐니. 난 여왕님한테 아무 짓도 안 해. 아무튼 오늘 은 여왕님이 바쁘니까 그쪽 일은 알아서 처리해. 돈 한 푼 안 주면 서 부려먹으려고 하지 말고."

전화를 끊은 성현은 휴대폰을 돌려주지 않고 자기 코트 주머니 에 넣었다.

"난 도와주러 갈 예정이었어."

재인이 이를 악물고 중얼거리듯 말했다.

"응, 그 예정은 변경됐어."

"누구 마음대로?"

"내 마음대로."

"내가 하자는 대로 하겠다며?"

"난 알아. 여왕님이 거기 가고 싶지 않았다는 거."

"알긴 뭘 알아? 가고 싶었으니까 이 팔 치워. 보는 눈 많아."

"왜? 사람들이 보는 게 싫어?"

성현이 고개를 숙여 재인의 귓가에 속삭였다. 성현의 눈동자가 차갑게 가라앉아 진혁을 노려보고 있다는 것을 모르는 재인은, 보란 듯이 크게 한숨을 내쉬었다.

"싫어."

"그렇다면 아쉽지만 공주님 안기로 바꿀까?"

"……그냥 이걸로 해."

한다면 진짜로 하는 남자라는 것을 알기에, 재인은 그나마 나은 쪽을 선택할 수밖에 없었다.

어쩌다 이렇게 되어 버린 걸까? 어쩌다 공주님 안기와 뒤에서 끌어안기 중 하나를 택해야 하는 인생을 살게 된 걸까?

아무리 질문을 던진들 답이 돌아올 리 없었다.

성현은 뒤에서 재인의 허리를 감싼 자세로 걸음을 옮겼다.

"안 불편해?"

"여왕님이랑 찰싹 붙어 있는 게 불편할 리가 없잖아. 그런 서운한 소리 좀 그만해!"

화낼 사람은 이쪽인데 도리어 화를 내고 있다. 이 남자를 대체 어째야 할까.

"어디 가게?"

재인은 그냥 포기하기로 했다. 포기하면 편하니까.

"가고 싶은 데 없어?"

"지방경찰청."

"에이, 그런 무시무시한 곳은 빼고."

"딱히 가고 싶은 데 없어. 구형진이 어떻게 죽었는지 알고 싶어."

"여왕님 입술이 다른 남자의 이름을 담아내는 건, 유쾌하지 않은데."

"당신 정말!"

걸음을 멈추고 휙 돌아섰다. 성현은 여전히 재인의 허리를 감싼 채였기 때문에, 그에게 폭 안긴 자세가 되어 버렸다. 재인은 곧바로 자신의 섣부른 행동을 후회했다. 그래서 다시 돌아서려 하는데, 성현이 팔에 힘을 주고 움직이지 못하게 만들었다.

"이봐······."

"걱정 마, 여왕님. 나한테 맡기기로 했으면 걱정하지 않아도 돼. 구형진이 죽은 이유도, 최영주의 미래도, 여왕님이 원하는 쪽으로 바꿔 줄 수 있으니까."

장난기가 가신 그의 음성이 들려왔다. 재인은 고개를 들었다. 처음에는 그의 날카로운 턱선만 보였다. 곧 성현이 고개를 숙였고, 그의 새까만 눈동자와 마주쳤다. 여전히 무엇을 생각하는지 알 수 없는 그의 눈동자 안에 재인이 한가득 담겨 있었다.

"정말이야, 여왕님. 뭐든 여왕님 뜻대로 움직이게 해 줄게."

헛된 망상 같은 말이었다. 원하는 대로 해 주겠다니. 그런 게 가능할 리 없다.

하지만 그의 말에 반박할 수가 없었다. 그의 흑진주 같은 눈동자에는 마력이 있었다. 무슨 말을 해도 믿어지게 만드는 마력.

그래서 입술조차 달싹거리지 못하고 그를 응시하는데, 그가 엄지를 재인의 턱에 살짝 얹고 물었다.

"지금 여왕님이 원하는 건 뭐지?"

한선은 들고 있던 휴대폰을 세차게 집어던졌다.

퍽—

그리고 옆에 있던 주학에게 한 대 맞았다.

"이 자식아, 뭘 하는 거야?"

"에잇! 심기가 불편하니까 그만 좀 때리십쇼, 자꾸 이렇게 때리면 아무리 선배라도……!"

퍽—

"선배라도 뭐? 엉? 아주 사람 죽이겠다?"

"에이씨! 재인이 못 온대요."

"어, 그래? 그럼 어쩔 수 없지."

"뭡니까, 선배? 재인이가 못 온다는데 서운하지도 않습니까?"

"서운할 게 뭐가 있어? 재인이가 돈 받고 일하는 것도 아닌데 못 오면 우리끼리 해야지."

주학의 말이 맞긴 했지만 그래도 부글부글 끓는 속을 가라앉히기 힘들었다.

재인과 노닥거리고 있을 성현을 떠올리면 짜증이 확 치밀었다. 그 반들반들 잘생긴 얼굴에 달콤한 미소라도 띠우면, 얼음여왕이라도 홀딱 넘어가고 말 것이다.

"담배 한 대 피우고 오겠습니다."

한선은 주학에게 잡히기 전에 얼른 밖으로 나왔다.

1층으로 내려와 흡연구역으로 향하는데, 주머니 속의 휴대폰이 울렸다. 재인일지도 모른다는 생각에 얼른 휴대폰을 꺼냈다. 액정에 뜨는 이름을 확인한 한선의 얼굴이 구겨졌다.

[뱀여인]

혜란이었다.

"어."

한선은 퉁명스럽게 전화를 받았다.

[오늘 만나는 거 맞지?]

"어."

[드레스코드는?]

"백화점 가는 건데 드레스코드까지 필요하냐?"

[연인처럼 보이려면 비슷하게는 보여야 할 것 아냐.]

"그럼 그 삐삐 머리나 어떻게 해."

[그건 싫어. 그럼 이따 봐.]

혜란과 사적인 시간을 공유하고 싶은 마음은 전혀 없었다. 하지만 이번엔 어쩔 수 없이 약속을 잡았다. 최영주가 근무하는 백화점에 가보기로 한 것이다.

사실은 성현과 함께 가려고 했다. 그저께 밤에 성현에게 함께 최영주가 일하는 백화점에 가보자고 했더니 성현이 말했다.

"그럼 누가 여자 역할을 할까? 내가 할까?"

사람이 지나치게 황당하면 분노를 느끼게 된다는 걸 처음 알았다. 혀끝에 맴도는 욕설을 간신히 삼키며,

"우리 중 한 명이 여자 역할을 해야 하는 이유가 뭐지?"

라고, 좋은 말로 물었다. 그랬더니 성현은 도리어 어이 없어하며 대답했다.

"백화점은 연인의 공간이잖아."

'꼭 그렇지만은 않아.'라고 말해 줄 기운도 없었다. 한선은 성현과 함께할 것을 깨끗하게 포기했다. 성현은 아마 애인 역할을 제대로 해낼 것이다. 그래서 끔찍하게 싫었다. 그럴 바엔 차라리 혜란이 낫겠다 싶었다.

불현듯 '형아'의 악몽이 떠올라 온몸에 소름이 돋았다.

한선은 흡연구역에서 담배를 입에 물고 고개를 뒤로 젖혔다. 11월 말의 늦은 오후. 하늘은 쾌청한 푸른색. 하지만 그의 마음은 '형

아'의 악몽에 물들어 잿빛이었다.

재인은 고개를 들어 구름 한 점 없는 파란 하늘을 올려다봤다. 부쩍 짧아진 해가 서쪽으로 기울어가고 있었다.

고개를 한껏 뒤로 젖혔더니 머리에 낀 토끼 귀 머리띠가 무게를 못 이기고 뒤로 넘어가려 했다. 그게 벗겨지기 전, 성현이 얼른 잡아서 원위치로 되돌려 났다.

그걸 벗어던지고 싶었던 재인이었지만, 성현의 쓸데없는 행동을 지적하지도 않았다. 이제 이 남자가 하는 일을 일일이 지적할 기운도 없다.

하지만 꼭 한 가지는 말하고 싶었다.

"난 분명 집에 가고 싶다고 했어."

재인의 옆에 나란히 앉아 있던 성현이 솜사탕을 뜯으며 고개를 끄덕였다.

"그랬지."

"그런데 내가 왜……."

재인은 고개를 내려 주위를 둘러봤다.

쌀쌀한 날씨인데도 북적거리는 사람들. 대부분이 팔짱을 끼고 행복한 표정으로 돌아다니는 연인들이었다. 재인처럼 토끼 귀 머리띠를 한 여자들도 간간히 눈에 띄었고, 마녀 복장을 한 꼬마들도 있었다.

유쾌한 음악이 흘러나왔고, 과격한 놀이기구를 타는 사람들이 내지르는 비명 소리도 들려왔다. 까르르, 웃으며 뛰어가는 여고생 무리가 보였다.

재인은 움직이던 시선을 옆에 앉은 성현에게 고정시켰다.

"놀이공원에 와 있는 거야?"

"하아."

한숨을 쉬어야 하는 쪽은 재인인데, 오히려 성현이 세상을 잃은 듯한 한숨을 내쉬었다. 그러고 나서 재인을 향해 한심하다는 시선을 보냈다. 재인은 그의 부리부리한 눈을 쿡 찔러 주고 싶은 충동을 억누르기 위해 애써야 했다.

"여왕님. 세상에는 말이지, 소망이라는 게 존재해. 특히 남자들은 비슷한 로망을 가지고 있지."

"……."

"바로 내 여자의 바니걸 코스프레!"

"……."

"그래, 알아. 지금 여왕님의 토끼 귀만으로는 한참 부족하다는 걸. 뭔가 더 필요하긴 하지만 나도 경우를 아는 사람이야. 한 번에 완벽하기를 바라지는 않아. 일단 귀부터 시작하자."

"갈래."

더는 들어주고 싶지도 않았다. 재인은 머리띠를 벗어 성현의 허벅지 위에 올려두고 벤치에서 일어났다.

덥썩—

성현이 재인의 가느다란 손목을 붙잡았다. 그가 그냥 보내 줄

리는 없다는 걸 예상하고 있었기에, 재인은 돌아보지도 않고 말했다.

"놔. 갈 거야."

"알겠어, 여왕님. 그럼 이렇게 하자."

그의 음성이 은밀해졌다. 하지만 재인은 낚이지 않았다.

"그게 뭔진 모르겠지만, 그렇게 할 생각 없어. 놔줘."

"여왕님이 뭘 생각하는지 모르겠지만 달라. 나는 여왕님에게 진지하게 제안하는 거야."

그의 음성이 더욱 낮고 은밀해졌다. 몇 번이나 그 음성에 속아 넘어갔다는 걸 자각하면서도, 재인은 그의 제안이 무엇인지 궁금해졌다.

'이번에도 분명 날 낚으려는 거겠지.'

그녀는 그렇게 생각했지만 결국은 뒤를 돌아보고 말았다. 그리고 재인은 늘 그랬듯 할 말을 잃었다.

고급스러운 코트와 정장, 왁스로 슥슥 넘긴 머리, 예리한 느낌을 주는 잘생긴 얼굴, 그리고……

"내가 할게."

그의 머리를 장식한 토끼 귀 머리 띠.

"바니걸."

재인은 입술을 굳게 다물고 그를 노려보다가 고개를 돌렸다. 하마터면 웃음을 터뜨릴 뻔했다.

"갈래."

간신히 웃음을 삼키고 중얼거렸다.

"집에 가고 싶어."

"거짓말."

그가 재인의 손목을 잡은 채 일어났다.

"진짜야."

"자신을 속이려고 하지 마, 여왕님. 방금 여왕님은 날 보면서 이해하게 됐을 거야. 바니걸을 원하는 남자의 마음을."

"아니, 전혀. 오히려 더 알 수 없어졌어."

재인은 그에게 잡힌 손목을 빼내려고 노력했다. 하지만 성현의 힘을 이길 수가 없었다. 성현은 남자답다기보다는 곱상한 외모라서 힘이 셀 것 같지 않은데, 의외로 힘이 셌다.

어떻게 해야 이 손을 빼낼 수 있을까 고민하다가, 혹시나 싶은 마음에 중얼거렸다.

"손목, 아파."

그와 동시에 성현의 손에서 힘이 빠졌고, 민망할 정도로 쉽게 손목을 빼낼 수 있었다.

두근—

어째서일까.

아프다는 중얼거림에 곧바로 힘을 빼는 그의 행동이, 재인의 가슴에 강하게 새겨졌다.

이런 건 뭔가 이상하다. 이건 마치……

'사랑 받고 있는 것 같아.'

하지만 곧 그 생각을 지웠다.

사랑이라니. 이 남자가 나에 대해 뭘 얼마나 안다고.

재인은 쓴웃음을 지으며 걸음을 옮겼다. 성현이 재인을 따라왔다. 그는 재인보다 반 발자국 뒤에서 걷고 있었다. 그의 구둣발 소리가 유쾌하게 울렸다.

저 남자는 어쩌면 저렇게 발걸음 소리마저도 유쾌할까.

"난 당신이랑 이런 식으로 노닥거리고 싶지 않아."

그의 티 없는 밝음을 질투하는 자신이 경멸스러웠다.

그는 자신의 생각을 읽을 수 없음이, 생각을 잘 감추도록 훈련을 받았기 때문이라고 말했다. 그러나 재인의 생각은 달랐다. 아무리 훈련을 받았다고 해도 매순간 그 실력을 발휘할 수는 없는 법이다.

그의 생각을 읽을 수 없는 이유는, 아마도 그의 모든 행동이 '진심'이기 때문일 것이다.

그가 베푸는 친절은 오롯이 그의 깊은 마음씀씀이로 인한 것. 그 어떤 사심도, 꿍꿍이도 없는, 그의 몸에 밴 친절일 것이 분명했다.

"난 해야 할 일이 있어. 당신은 날 도와주겠다고 했으면서 정작 중요한 건 하나도 안 가르쳐 줘. 당신은 벌써 알아냈을 거야. 나에 대해서도 단번에 알아냈으니까 구형진이 왜 죽었는지 알아내는 것 정도는 쉬웠겠지."

그의 친절을 순수한 마음으로 받아들일 수 없는 자신이 싫었다. 성현은 재인과 반대편에 서 있었다. 그가 빛이라면 재인은 어둠.

그래서 성현과 함께 있으면 자신의 어둠과 초라함이 여느 때보다도 진하게 느껴졌다.

자신이 얼마나 비뚤어져 있는지 새삼 깨닫게 되는 것이다.

"오지 마, 민성현 교수님."

성현이 재인의 앞을 막으려 하기에 단호하게 거절했다. 그에게 보이고 싶지 않았다. 그의 밝음을 질투하는 자신의 모습을.

"나는 지금 당신 얼굴을 보고 싶지 않아."

바로 뒤에서 들려오던 그의 걸음 소리가 멀어졌다. 재인은 그가 '뭐든 여왕님이 원하는 대로.'를 실행에 옮기고 있음을 깨달았다.

그런 남자였다, 민성현은.

평소엔 재인의 말을 들어주지 않지만, 재인이 진짜로 원하는 순간에는 그녀의 바람을 들어주는 남자.

차라리 언제나 제멋대로 구는 사람이었더라면 더 편했을 것이다. 이렇게 때때로 재인의 속마음을 읽은 듯 행동하는 그가, 재인은 불편하고 무서웠다.

아랫입술을 잘근 깨물고 걸어가는데 휴대폰이 울렸다. 누군지 확인하지도 않고 받았다. 아마도 한선일 거라고 생각했다.

[입술 깨물지 마.]

하지만 휴대폰에서 들려오는 음성은, 성현의 것이었다. 휙 뒤를 돌아봤다. 10미터쯤 떨어진 거리에서, 성현이 휴대폰을 귀에 대고 걸어오고 있었다.

[돌아보지 않아도 돼. 얼굴 보고 싶지 않다면서.]

"민성현 씨, 나는……."

[이해해, 여왕님. 때로 얼굴을 보이고 싶지 않을 때가 있다는 거.]

"……."

[그러니까 그대로 앞을 보면서 걸어가. 가면서 얘기해. 들어줄게.]

"할 말 없어."

[남의 거짓말 듣는 거 싫어하지? 나는 여왕님한테 거짓말 안 해. 그러니까 여왕님도 나한테 거짓말하지 마. 눈에 빤히 보이는 거짓말은 재미없어.]

휴대폰으로 들어서일까.

그의 음성이 다른 때보다 강압적으로 느껴졌다. 불쾌할 정도의 강제성을 띤 것은 아니었다. 오히려 아버지가 딸을 꾸짖는 듯한, 다정한 질책.

"나는 창피해, 민성현 교수님."

그래서인지 솔직한 말이 흘러나왔다.

"나는 당신이 불편하고, 부럽고, 무서워. 당신이 내 앞에 나타나기 전까지는, 내 삶에 불만 없었어. 나는 엄마를 버린 계집애니까 외로워도, 고통스러워도 당연하게 견뎌야 한다고 생각해 왔어. 그런데 당신이 나타난 후에, 나는 가끔 당신을 보면서 생각해."

재인은 거기서 말을 멈췄다.

내가 무슨 소리를 하고 있는 거지?

성현이 솔직하게 말하라 했다고 해서, 이런 말까지 할 필요는 없었다.

[듣고 있어.]

그가 재인을 어르듯 말했다. 재인은 아프도록 깨물고 있던 아랫입술을 한 번 핥은 후, 다시 말을 시작했다.

"민성현이란 사람은 얼마나 많은 사랑을 받으며 살아왔기에, 저토록 밝을까."

[……]

"당신은 미친 인류인데, 이상한 사람인데, 짜증 나는 스토커인데, 그런데…… 나는 당신을 질투해. 누군가를 질투하고 부러워한다는 건, 바라는 게 있다는 거야. 나는 민성현 씨. 아무것도 바라고 싶지 않아. 내 삶에 갖고 싶은 게 생기는 게 싫어."

[왜?]

그의 음성이 바로 뒤에서 들려왔다.

재인은 걸음을 멈추고 뒤를 돌아봤다. 성현은 여전히 휴대폰을 귀에 대고 있었다. 가까이에서 본 그의 얼굴은 서글프게 일그러져 있었다. 늘 그의 입가에 머물던 미소는 깨끗하게 사라지고, 원인 모를 슬픔이 그의 눈가를 채우고 있었다.

"왜, 여왕님? 왜 갖고 싶은 게 생기는 게 싫은 거지?"

그의 검은 눈동자가 재인을 삼킬 듯 달려들었다. 그러나 재인은 그의 시선을 피하지 않았다. 오히려 옅은 갈색 눈동자를 그에게 똑바로 고정시키고 분명하게 말했다.

"사실은. 최영주를 죽이고. 나도. 죽을 생각이었으니까."

꾸짖거나, 설득하거나, 혹은 평소처럼 미친 짓을 할 줄 알았다. 하지만 성현은 재인이 예상한 행동 중 그 어떤 것도 선택하지 않았다.

휴대폰을 툭 끊은 성현은 갑자기 재인의 손목을 낚아채더니 걷기 시작했다.

언뜻언뜻 보이는 그의 얼굴에 미소는 없었다. 그는 진지한 눈으로 정면을 응시하며 걷고 있었다. 그래서 재인은 놔달라는 말조차 하지 못하고 그에게 끌려갔다.

그가 멈춘 곳은 대관람차 앞이었다. 대기 줄이 없어서 바로 관람차에 탑승할 수 있었다.

관람차에 마주앉았고 직원이 문을 닫았다. 성현은 무표정하게 재인을 응시했다.

지는 해가 엷은 주홍빛을 창문 안으로 쏟아 부었다. 관람차는 눈부신 주홍빛과 달콤한 향기로 가득 차 있었다. 마법으로 만들어 낸 것 같은 그 공간에서, 성현이 말했다.

"진심을 말해 줘서 고마워."

"……."

"그래, 유재인. 그게 네 소망이라면 최영주를 죽여줄게. 그 시체를 확인하고 죽는 게 네 소원이라면, 그래. 그것도 좋겠지. 그 여자 옆에서든, 어디서든, 너도 죽어. 말리지 않을 테니."

농담도, 허세도 아니라는 것을, 재인은 알 수 있었다. 그의 검은 눈동자는 섬뜩할 정도로 차갑게 빛나고 있었다.

"영혼의 존재를 믿어?"

그가 갑자기 엉뚱한 질문을 던졌다. 하지만 그의 표정은 여전히 진지했다.

"나는 믿어."

성현은 재인의 대답을 기다리지 않고 말을 이었다.

"그래도 걱정하지 마, 재인아."

그의 얼굴에 다시 미소가 돌아왔다. 하지만 전처럼 다정하거나 달콤한 미소가 아니었다. 그의 미소엔 서늘한 각오가 묻어 있었다.

"네가 죽으면 나도 죽을 테니, 네 영혼은 혼자가 아닐 거야."

재인의 눈동자가 흔들렸다.

"대체 왜……."

'나한테 이러는 거야?'라는 질문은, 그의 손가락에 막혔다. 검지로 재인의 도톰한 입술을 꾹 누르고, 성현이 말했다.

"내가 널 나의 여왕으로 선택한 순간, 나는 여왕님의 사후 관리까지 책임질 각오가 되어 있었거든."

맥이 빠져버렸다.

사후 관리까지 책임지겠다는 성현의 말이, 최영주의 죽음도, 자신의 죽음도 아무것도 아닌 일처럼 만들어 버렸다.

"민성현 씨. 당신은 정말 이상한 사람이야."

재인이 한 풀 꺾인 목소리로 말하자, 성현이 빙그레 미소를 지었다. 조금 전까지 그가 흘리던 섬뜩한 단호함은 깨끗이 사라지고 없었다.

"영광이군. 여왕님이 나란 존재를 평가해 주다니."

재인은 깊은 한숨을 내쉬며 창밖을 내다봤다. 관람차는 4분의 1쯤 올라와 있었다.

"경찰은."

성현이 느닷없이 이야기를 시작했다.

"구형진의 죽음을 사고사로 처리했어."

성현은 재인에게 알아낸 것을 이야기해 주었다.

"구형진의 사망 당시, 최영주는 강남의 바에서 바텐더와 대화를 하는 중이었고."

"최영주가 죽인 게 아니라는 거네."

"겉으로 드러난 사실에 의하면 그렇지."

"죽였을 가능성도 있을까?"

재인은 저도 모르게 초조한 기색을 드러내고 말았다.

"흐음. 글쎄."

성현이 긴 다리를 꼬며 창밖을 응시했다. 그의 얼굴이 노을빛에 물들었다.

재인은 그의 얇은 입술이 다시 벌어지길 기다렸다. 하지만 굳게 다문 입술은 벌어질 생각을 하지 않았다.

"앞으로 어떻게 해야 되지?"

그제야 성현이 창밖을 향하던 시선을 거둬 재인을 응시했다. 그의 입가에 엷은 미소가 번졌다.

재인은 성현이 자신의 질문을 기다리고 있었음을 깨달았다. 그는 재인이 먼저 물어봐 주기를 바랐던 것이다. 하여간 방심할 수 없는 사람이다.

"일단 찔러봐야겠지. 어떤 반응을 보여줄지."

로다 백화점 근처의 커피숍.

야구 점퍼 주머니에 두 손을 찔러 넣고 앉아 있는 한선의 얼굴은 퉁퉁 부어 있었다. 재인을 위한 일이 아니라면 혜란과 단둘이 만나는 일은 절대로 없었을 것이다.

안 그래도 피하고 싶은 자리라 심기가 불편한데 혜란이 20분이나 늦었다.

"표정 좀 풀어, 류 형사."

혜란은 오늘도 양 갈래로 머리를 땋았다. 앳된 외모의 혜란과 잘 어울리는 헤어스타일이지만, 한선은 양쪽으로 총총 땋은 머리카락이 팔락거리는 게 무척 거슬렸다.

"오늘 우리가 해야 되는 게 정확하게 뭐야?"

혜란이 물었다.

"최영주를 만나서 그 여자를 확인하는 거지. 어떤 표정을 짓고 있는지. 구형진을 죽인 것 같은지, 아닌지."

"류 형사는 그런 거 둔감하잖아."

"살인범은 척 보면 알 수 있어."

"놀고 있네."

한선은 혜란의 저 비아냥거리는 말투도 싫었다.

"경찰이 간단하게 조사한 바에 의하면, 최영주는 구형진 사망 당시에 강남에 있었잖아. 시간적으로 안 맞지 않아? 최영주가 구형진을 죽였을 가능성은 거의 제로야."

혜란이 냉정하게 말했다.

"그거야 그렇지. 그러니까 확인하러 가는 거 아냐."

"난 이게 꼭 필요한 일인지는 모르겠지만…… 모처럼 류 형사가 나한테 빚을 지겠다고 하니, 가 주긴 할게."

"빚이라니! 자발적으로 도와주는 거 아니었냐?"

"자발적인 도움 같은 건 바라지 마. 난 쓸데없는 데 시간 투자하기 싫으니까. 나 바쁜 사람인 거 몰라?"

"나도 바빠!"

"하지만 류 형사는 유재인을 뜨겁게 사랑하고 계시잖아. 류 형사가 사랑을 위해서 이 일을 한다면, 난 뭘 위해서 해야 하는데?"

"그, 그거야……."

말문이 막혔다.

생각해 보면 혜란이 재인을 도와줘야 할 이유가 없었다. 안타까운 사연을 가진 사람들을 다 도울 수는 없는 일이니까.

"이건 빚으로 달아 둘 거야. 자, 가자. 후딱 끝내고 돌아가 봐야 돼."

혜란은 한선이 뭐라 말할 틈도 주지 않고 자리에서 일어났다.

한선은 그녀의 뒤를 따라가며 이를 악물었다.

이럴 줄 알았으면 그냥 민성현에게 여자 역할을 맡겼을 텐데.

관람차에서 내려 근처에 있는 벤치에 앉았다. 해는 완전히 저물었지만 놀이공원은 여전히 밝았다. 재인의 옆에 앉은 성현이 조심스럽게 그녀의 머리에 토끼 귀 머리띠를 씌워줬다. 재인은 벗을 의욕도 안 생겨서 가만히 있었다.

늦은 시간인데 사람들이 더 많아진 이유는 아마도 야간개장 때문이리라. 회사가 끝나고 데이트를 즐기러 온 사람들, 가족들로 놀이공원은 여전히 복작거렸다.

초겨울의 밤은 유독 춥지만, 그들은 따뜻해 보였다. 재인과 다른 공간에 있는 듯 훈훈한 공기가 그들을 에워싸고 있었다.

그제야 재인은 자신이 놀이공원에 온 것이 처음이라는 사실을 떠올렸다. 사업을 하는 아빠는 늘 바빠서 가족들과 함께 할 시간이 많지 않았다.

"우리 딸, 이번 주말엔 꼭 놀이공원에 가자. 아빠가 이번만큼은 반드시! 우리 딸을 위해 시간을 낼게! 시간 못 내면 회사 때려치우지, 뭐!"

잊고 있던 기억이 불쑥 떠오르는 통에 가슴이 욱신 쑤셨다. 재인은 내뱉을 뻔한 한숨을 삼켰다. 성현에게 이런 생각을 들키고 싶지 않았다.

부스럭─ 부스럭─

재인이 온기로 가득한 사람들을 구경하는 동안, 성현은 옆에서 초콜릿 포장지를 벗기고 있었다. 문득 그의 코트 안에 얼마나 많은 초콜릿이 존재하는지 궁금해졌다.

물어보려고 고개를 돌렸는데, 쏙, 초콜릿 한 조각이 재인의 입안으로 들어왔다.

"난 단 거 싫어."

"편하게 말해도 돼."

"그래서 편하게 말하고 있잖아."

"또 오고 싶어지면 언제든 말해."

성현의 시선이 지금껏 재인이 보고 있던 광경을 향해 움직였다.

"여왕님이 원할 때마다 같이 와 줄 테니까."

"……."

"언제든, 어디든 같이 가 줄 테니까."

"……그러다 강사 자리 위험해져."

"여왕님과 함께 할 수 없다면 학교 따위 때려치우지, 뭐."

엷은 미소를 띠고 말하는 성현을 똑바로 보기 힘들었다.

"늘 하는 말이지만…… 난 정말 당신이 나한테 왜 이렇게까지 해 주는지 모르겠어."

"늘 하는 대답이지만, 남자는 예쁜 여자를 위해 뭐든 해 줄 수 있는 거야. 예쁜 여자가 원하면 심장도 내어줄 수 있는 게, 남자라는 동물이지."

"모든 남자가 그렇진 않을걸."

"그렇다면 민성현 한 사람으로 해 두지, 뭐. 내 여왕님을 위해 뭐든 해 줄 수 있는 한 남자."

"그러다가 언젠가는 날 떠나겠지?"

"그렇겠지, 언젠가는."

쿵—

당연하다는 듯 돌아온 대답에 심장이 내려앉았다.

사실은 그런 대답을 예상하지 못했다. 징그러울 정도로 따라다니는 민성현이라면,

'걱정 마. 절대 그럴 일 없어. 영원히 따라다닐 거야.'

따위의 대답을 할 줄 알았다.

예상 못한 그의 답변보다, 그것 때문에 찾아온 통증이 재인을 당혹스럽게 만들었다.

지끈. 지끈. 지끈.

잊고 있던 추억이 새록새록 떠오를 때와는 다른 아픔이 심장을 쥐어짰다. 몇 개의 날카로운 단도가 가슴에 박힌 것 같은 격통. 하마터면 성현의 앞이라는 것도 잊고 신음을 흘릴 뻔했다.

'왜?'

고통을 이해할 수 없었다.

그가 재인에게 친절하기는 하지만 평생 그녀의 곁에 남아 있어야 할 의무는 없었다. 그는 명백한 타인이었다. 그저 잠시 재인의

상황에 흥미를 느껴 도와주기로 결정한 타인.

'명심해, 유재인. 이 남자는 내 가족이 아니야. 이 남자의 친절을 오해하지 마.'

단호하게 자신을 질책하자 아픔이 조금 가셨다.

'그냥 순수하게 받아들여. 아무도 도와줄 사람이 없었잖아. 그런데 이 남자가 도와주겠다잖아. 그러니까 그냥 이 남자의 호의를 순수하게 받아들이면 되는 거야.'

주위가 시끄러워졌다. 직원들의 안내에 따라 사람들이 길 가장자리로 이동하기 시작했다. 퍼레이드를 시작하는 모양이다. 놀이공원 주제가가 울려 퍼졌다.

"퍼레이드를 하나 보군."

일어서려는 성현의 손목을 덥석 잡았다. 성현이 놀란 표정으로 재인을 돌아봤다. 재인은 성현을 빤히 올려다보며 단호하게 말했다.

"제발 이상한 짓 하지 마."

성현이 씩 웃었다.

"이상한 짓이라니. 여왕님을 안아 들고 저 사이를 걷는 게 이상한 짓일 리가 없잖아."

"제발 좀!"

재인이 인상을 찌푸렸다. 성현의 짙은 눈썹 꼬리가 아래로 내려갔다.

"그럼 여왕님은 대체 뭘 하고 싶은 건데?"

"당신은 대체 왜 그렇게 눈에 띄는 걸 좋아해?"

"그 말은 잘못 됐어, 여왕님. 난 너무 잘 생겨서 가만히 있어도 저절로 눈에 띄는 거거든."

"하아."

보란 듯이 깊은 한숨을 내쉬며 일어났다. 성현은 가만히 서서 재인이 원하는 걸 말하기를 기다렸다. 재인은 그의 손목을 계속 잡고 있다는 자각도 못 하고 주위를 쭉 둘러봤다.

"나는."

생전 처음 온 놀이공원. 일이 바쁜 아빠가 꼭 데리고 와주려고 했던 장소. 아빠의 죽음과 함께 절대 올 일 없을 줄로만 알았던 환상의 공간.

"그냥 여기에 있는 것만으로도 좋아, 민성현 씨. 데리고 와줘서 고마워."

"으응, 이거 예쁘다. 이거 예쁘지, 자기?"

한선은 하얗게 질린 얼굴로 혜란을 노려봤다. 한선의 팔짱을 낀 혜란은 명품 시계를 가리키며 생글생글 웃었다.

"이걸로 사줘."

한선은 인상을 찌푸리고 명품 시계에 달린 가격표를 대충 확인했다.

"10만 원?"

"에이, 무슨 소리야, 자기! 농담도."

혜란이 한선의 옆구리를 쿡 찔렀다. 진짜 아팠다.

"1,000만 원이지."

"대체 누가 1,000만 원을 손목에 차고 돌아다녀? 미친 거 아냐?"

"뭐, 민 교수도 여기 제품이던데? 어떤 거더라? 아, 저거다."

혜란이 가장자리에 있는 시계 하나를 가리켰다. 분명 성현이 차고 다니는 것을 봤던 기억이 있다.

"와, 이건 3,000만 원짜리네."

"……."

할 말을 잃었다. 3,000만 원짜리 시계라니.

평생을 평범하게 살아온 한선이었다. 부유하지도 가난하지도 않은 경찰 집안에 태어나, 평범하게 사고 치면서 살다 보니 경찰이 되어 있었다.

경찰을 하면서 부자라고 하는 사람들도 많이 만나 봤지만, 그들이 손목에 차고 다니는 시계가 3천만 원이나 할 줄은 꿈에도 생각 못 했다. 끽해야 100만 원 정도일 거라고 생각해 왔다.

"대체…… 3,000만 원짜리 시계를 차는 놈은 뭘 하는 놈인 거지?"

"그러게. 민 교수, 프로파일러라고 하지 않았어? 미국 프로파일러가 돈을 많이 버나?"

"어릴 적에 미국으로 갔다고 하니까 집이 부자일 수도 있지."

"아, 조기유학. 그런 건가?"

"유학을 간 것 치고는 정신만 이상해져서 돌아온 것 같지만."

그런 이야기를 하고 있을 때였다. 백화점 직원들이 긴장하기 시작한 것은.

"안녕하세요, 지배인님."

뒤에 있던 직원의 목소리에 혜란의 손에 힘이 들어갔다.

지배인.

드디어 등장했다. 로다 백화점의 총매니저, 최영주가.

한선과 혜란은 자연스럽게 쇼핑을 즐기는 척하며 곁눈질로 최영주를 살폈다. 최영주는 검은색 원피스 정장을 입고 있었다. 아마 백화점 유니폼일 것이다.

원피스에 감싸인 그녀는 40대라는 것을 믿을 수 없을 만큼 늘씬한 몸매를 지니고 있었다. 풍만한 가슴과 잘록한 허리, 부드럽게 이어지는 둔덕.

매력적인 것은 몸매만이 아니었다.

긴 웨이브 머리 안에 자리 잡은 얼굴은 희고, 눈매는 요염했다. 오뚝한 코와 도톰한 입술, 입가에 띤 잔잔한 미소.

'술집 여자 같군.'

다른 사람들은 아름답고 매혹적이며 지적으로 보인다고 평가할 최영주를, 한선은 그렇게 평가했다.

직원들과 여유롭게 인사를 하며, 최영주는 한선과 혜란에게로 다가왔다.

"손님, 저희 직원들 태도는 만족스러우신가요?"

"네, 아주 좋아요."

날카롭게 최영주의 얼굴을 살펴보는 한선을 대신 해서, 혜란이 싹싹하게 대답했다.

"그래요."

최영주가 미소를 지었다. 어쩐지 슬퍼 보이는 미소였다.

'하긴. 남편을 잃은 지 얼마 안 됐으니까.'

한선은 생각했다.

"뭐 찾으시는 물건이라도 있으신가요?"

"시계를 좀 보러 왔어요."

"그래요. 여기, 형사 애인 분?"

최영주의 말에 한선은 저도 모르게 표정을 굳혔다. 다행히 혜란이 생글생글 웃으며 물었다.

"와아, 어떻게 아셨어요? 우리 자기, 형사인 거."

"이런 곳에서 손님들을 다양하게 만나다 보면 가끔 알게 되더라고요. 애인 분 눈초리가 굉장히 날카로우세요. 멋지신데요?"

"그렇죠? 제가 이 눈빛에 반했다니까요."

"그러시구나. 정말 예쁜 커플이시네요. 그럼 천천히 즐기세요. 이만 실례할게요."

최영주가 다른 곳으로 간 후에, 혜란이 한선의 팔뚝을 세게 꼬집었다.

"아앗! 아프잖아, 이……!"

"그렇게 티내기야?"

혜란이 차갑게 물었다. 한선은 자신의 실수를 깨닫고는 입을 다

물었다.

"경찰 1, 2년 했어? 방금 류 형사, 진짜 수상쩍었던 거 알아?"

"알아."

"일단 나가자. 나가서 얘기해."

혜란에게 이끌려 밖으로 나왔다. 혜란은 백화점에서 벗어나고도 한참이 지날 때까지 연인 역할을 완벽하게 해냈다. 한선은 혜란에게 고마웠다.

재인의 인생을 엉망으로 만든 여자를 앞에 두자, 여러 가지 생각들로 어수선해서 제대로 행동할 수가 없었다. 혜란이 아니었더라면 그 자리에서 최영주의 멱살을 잡았을지도 모르겠다.

"그 여자는 재인이랑 지금 연락 안 하지?"

전철역을 향해 걸어가며, 혜란이 물었다.

"응, 그럴 거야."

"그럼 류 형사를 수상하게 여기긴 해도 재인이랑 연결시키진 못하겠네. 구형진 죽음 때문에 찾아왔다고 생각할지는 몰라도."

"그 여자가 구형진을 죽이진 않은 것 같아. 아까 보니까 되게 슬퍼 보이던데."

한선의 말에 혜란이 피식 웃었다. 그러더니 갑자기 걸음을 멈추고 한선을 올려다봤다.

왜 안 가냐고 짜증을 내려 했지만, 그는 혜란의 얼굴을 보는 순간 얼어붙었다. 혜란은 서글픈 표정으로 한선을 올려다보고 있었다. 그녀의 눈동자가 촉촉하게 젖어 들어가는가 싶더니, 맺힌 눈물이 주르륵 흘러내렸다.

"왜, 왜 울어? 뭐야, 갑자기?"

한선이라도 당황할 수밖에 없었다. 어쩔 줄 몰라 하며 주위를 둘러보는데, 혜란이 손등으로 눈물을 슥 닦아냈다. 그리고 평소처럼 생글생글 웃으며 말했다.

"여자의 눈물을 믿지 마, 류한선 형사. 여자는 언제든 세상에서 가장 아픈 사람처럼 울 수 있어."

"야, 너!"

"최영주가 정말로 구형진을 사랑했고 남편이라고 생각했다면, 사망 일주일도 안 된 시점에서 저렇게 일할 순 없어. 난 확신해. 최영주가 구형진을 죽였어."

혜란이 다시 걸음을 옮기며 단호하게 덧붙였다.

"그리고 최영주는, 누구라도 죽일 수 있는 여자야."

툭.

성현의 어깨에 재인의 머리가 떨어졌다. 성현은 가만히 재인의 머리를 쓰다듬었다. 그녀의 긴 속눈썹이 눈가에 그늘을 드리우고 있었다. 보면 볼수록 아름다운 얼굴이었다.

"기사님. 라디오 볼륨을 좀 낮춰 주시겠습니까?"

작은 목소리로 택시 기사에게 말했다. 택시 안에 울리던 노랫소리가 작아졌다.

성현은 어깨를 누르는 재인의 무게를 느끼며 눈을 감았다.

"그냥 여기에 있는 것만으로도 좋아, 민성현 씨. 데리고 와 줘서 고마워."

재인은 알지 모르겠지만, 그 말을 할 때 재인의 얼굴엔 옅은 미소가 묻어 있었다. 행복한 미소가 아니라 고통과 아픔을 안으로 밀어 넣기 위한 미소였다.

'여왕님은 날 속일 수 없어. 그런 미소는 정말 유쾌하지 않아.'

성현이 다가가면 다가갈수록 재인을 가둔 벽이 점점 차갑게 얼어붙는 것이 느껴졌다.

'내 방법이 잘못 됐나?'

인생 최대의 난관에 부딪쳤다.

수많은 사건을 해결해 왔다. 어린 나이에 박사 학위 세 개를 받을 만큼 머리가 좋았다. 그 어떤 난제도 성현의 앞에서는 아무것도 아니었다.

하지만 재인의 문제는 달랐다.

재인은 '지나가는 사람 1'이나 '피해자 1'이 아니었다. 그냥 유재인이었다.

'내가 객관적으로 생각을 못 하고 있는 것 같아.'

재인을 향한 마음이 커져가는 것을, 그는 매일 같이 느끼고 있다. 그 마음이 성현을 조심스럽게 해, 오히려 문제 해결을 어렵게 만드는 것 같았다.

'모르겠지, 유재인. 내가 네 앞에 서면 얼마나 긴장하는지.'

고요 속에 달리던 택시가 동래 아파트 앞에서 멈췄다. 성현은 카드로 결제를 하고 조심스럽게 재인을 안아 들었다. 재인은 평소 예민한 편이지만 성현의 곁에서는 푹 잔다는 점이, 그에게는 유일한 위안이었다.

그녀를 품에 안고 천천히 걸었다. 살랑살랑. 결 좋은 그녀의 머리카락이 바람에 흔들렸다.

"아빠……."

불현듯 재인의 입술 사이로 아픈 호칭 하나가 흘러나왔다. 성현은 깊은 한숨을 뱉어내며 엘리베이터에 올랐다. 그녀의 집 앞에 멈춰 불편한 자세로 비밀번호를 누르고 안으로 들어갔다.

재인의 집에 들어올 때마다, 성현은 생각했다. 정말이지 황량한 집이라고. 딱 잠잘 수 있는 공간. 재인의 집은 그 이상도, 이하도 아니었다.

가구가 하나도 없던 성현의 집보다 재인의 집이 더 텅 빈 느낌을 주었다.

재인을 침대에 눕혔다. 침대 옆에 서서 그녀를 내려다보다가 침대 가장자리에 엉덩이를 걸쳤다. 부드러운 머리카락을 아주 잠깐만 쓰다듬어 주다가 갈 생각이었다. 하지만 쓰다듬다 보니, 점점 더 귀엽고 사랑스러워서 멈출 수가 없었다.

하얀 얼굴, 예쁜 눈썹, 기름한 눈과 긴 속눈썹, 오똑한 코와 촉촉하고 도톰한 입술.

입술에서 성현의 시선이 멈췄다.

천천히 허리를 굽혔다. 성현의 얼굴이 재인의 얼굴과 가까워졌다. 그녀의 고른 숨이 성현의 숨과 섞였다. 그녀의 향기가 성현을 오롯이 지배했다.

입술의 온도가 느껴질 만큼 가까워졌을 때, 성현은 정신을 차렸다. 성현은 황급히 허리를 펴고 침대에서 일어났다.

"이거 참."

그는 엄지에 입을 맞추고 그것으로 재인의 입술을 살며시 눌렀다. 그녀의 입술은 놀랍도록 부드러웠다.

"키스를 할 수밖에 없는 입술이잖아. 위험할 뻔했네."

마음 같아서는 밤새도록 그녀의 곁에 있어 주고 싶었다. 하지만 지켜 준다기보다는 오히려 그녀를 덮치게 될 것만 같았다. 성현은 휙 돌아섰다.

"잘 자, 여왕님."

탁—

문이 닫히자마자 재인은 번쩍 눈을 떴다.

코끝을 스치는 그의 숨결과 그 입술의 온도가 생생했다.

두근— 두근— 두근—

심장이 터질 것처럼 뛰었다.

재인은 한 손으로 입을 막았다. 심장이 입 밖으로 튀어나올 것 같았기 때문이다.

'뭐야, 민성현 씨.'

이 집에 들어온 후 그의 행동은 단순한 '친절'이 아니었다. 그렇다고 '여자의 몸'을 바라는 행동도 아니었다.

재인은 무방비했고, 성현은 재인을 제압하기에 충분한 힘을 가지고 있었다. 성현의 입술이 가까이 다가올 때, 사실 재인은 생각하고 있었다. 도와주는 대가로 이 몸을 원하는 거라면, 얼마든지 주겠다고.

하지만 성현은 짧은 입맞춤조차 하지 않고 돌아갔다.

'왜 그런 식으로 행동해? 왜 나를…… 소중히 여기는 것처럼 행동하는 거야?'

5장

마주잡은 손

집에 들어가자마자 성현은 은우에게 전화를 걸었다.

[마침 잘 걸었어. 오늘 메리한테 전화가 몇 통이 왔는지⋯⋯]

"비결이 뭘까?"

[또 뭐!]

"여왕님의 귀여움. 그 비결이 뭘까?"

[⋯⋯끊어.]

"들어봐, 팀. 이건 심해. 그냥 쉽게 넘길 수 있는 문제가 아냐. 너도 들어야 돼."

[아니, 들을 생각 없어. 끊어.]

"얼마나 귀여운지 알아? 그냥 확 잡아다가 작게 만들어서 주머니에 넣어 다니고 싶어. 그래서 생각 중이야. 연구실에 들어가서 약을 만들어볼까 하고."

[관둬. 끊어.]

"팀, 난 말이지. 여왕님이랑 있을 때마다 무슨 생각을 하는지 알아?"

[알고 싶지 않아. 끊어.]

"키스하고 싶어! 키스하고 싶어 죽겠어!"

[이 발정난 놈아. 끊어.]

"하지만 난 매너가 있는 놈이니까 간신히 참는 중이야. 하지만 오늘은 정말 위험했어. 하마터면 여왕님의 허락도 없이 그 예쁜 입술을 훔칠 뻔했다니까."

[……그런 건 그냥 네 다이어리에 쓰면 안 되냐?]

"너도 알아야 한다니까. 세상에 내 이성을 앗아갈 뻔한 사랑스러운 생물이 있다는 걸. 이건 세계 7대 불가사의에 들어도 이상하지 않을 일이야. 여왕님은 정말 미스터리해. 미스터리하게 사랑스러워."

[에디. 그 일은 어떻게 되어 가고 있어?]

"아아. 쉽지 않아."

[뭐가 쉽지 않다는 거야, 대체?]

"최영주는 아무래도 좋아. 난 일단 여왕님의 마음을 열어야겠어. 여왕님한테 세상 사는 게 얼마나 즐거운 일인지 알려 주고 싶어."

[너, 그건 정말 오만한 생각이야. 네가 머리 좋고 능력 많은 놈인 건 알아. 하지만 사람 상처 치유하는 건 그렇게 쉬운 일 아냐.]

"알아. 그래서 쉽지 않다고 말하잖아. 정말 살면서 이렇게 어려운 문제를 접한 건 처음이야."

[그래서…… 언제 돌아올 건데? 돌아오긴 할 거지?]

은우의 음성에 불안함이 담겼다.

"은우야, 나는 여왕님이 날 필요로 하지 않을 때까지 곁에 있어 줄 거야."

[너…… 만약 유재인이 널 평생 필요로 하면 어쩔래? 널 사랑하게 된다거나, 아니면 널 가족 같은 사람으로 생각하게 되면 어쩌려고?]

안 그래도 그 부분에 대해 생각하고 있던 터였다. 성현은 쓴웃음을 지으며 중얼거렸다.

"글쎄. 그때가 되면 나는 또 한 번 선택을 해야겠지."

뜬눈으로 밤을 지새웠다.

재인의 손은 여전히 입술을 꾹 누르고 있었다. 몇 시간이나 이러고 있었는지. 입술에 피가 안 통하는 것 같은 느낌까지 들었다.

창문으로 들어오는 어스름한 새벽빛. 기상 시간보다는 조금 이르지만, 재인은 벌떡 상체를 일으켰다. 누워 있었더니 자꾸만 이상한 기분이 들었다.

성현의 얼굴이 가까워질 때의 그 긴장감.

자는 척하느라 아무 반응도 할 수 없어서 더 견디기 힘들었다. 코끝에 그의 숨결이 닿아서 간지럽기도 하고, 전기가 통한 듯 찌릿찌릿하기도 한데, 참아야만 했다. 그리고 그가 이 방을 떠난 지 한

참 지난 지금까지, 그 기분이 사라지질 않아서 곤욕스러웠다.

한편으로는 궁금하기도 했다. 그렇게 가까이 다가오며, 그는 어떤 표정을 짓고 있었을까. 평소처럼 희미한 미소를 짓고 있었을까, 아니면 진지한 표정을 짓고 있었을까.

'그런 게 중요한 게 아니잖아.'

재인은 고개를 옆으로 휘휘 저었다. 하지만 헝클어진 생각은 머릿속에 콱 틀어박혀 나갈 생각을 하지 않았다.

어쩔 수 없이 혼란스러운 채로 침대에서 내려왔다. 서둘러 샤워를 하고, 평소보다 조금 차가운 물에 머리를 감았다. 그래도 얼굴에 띤 열기는 가시지 않았다.

습기로 뿌연 거울을 손바닥으로 쓱 쓸어냈다. 발갛게 상기된 작은 얼굴이 보였다. 그것은 마치 사랑에 달뜬 소녀 같아서, 재인은 기분이 나빠졌다.

'뭘 생각하고 있는 거야?'

이건 다 민성현 때문이다. 도무지 이유를 알아낼 수 없는 행동을 하는 바람에 혼란스러워지고 말았다. 일부러 그러는 걸까? 재인이 하루 종일 민성현이란 남자만 생각하라고?

'그래, 그 남자라면 충분히 그럴 생각을 할 법도 해.'

재인은 젖은 머리를 대충 빗어 넘기고 옷을 갈아입었다. 4년 전 지하상가에서 구입한 점퍼는 매일 입고 다녔더니 올이 나갔다. 슬슬 겨울 점퍼를 한 벌 장만해야겠다.

'일단 나가자.'

재인은 결심했다.

이렇게 달뜬 얼굴로 성현을 마주하고 싶지 않았다. 예리한 성현은 재인이 무슨 생각을 하고 있는지 단번에 눈치 챌 것이다. 어젯밤 깨어 있었다는 것을 들키고 싶지 않았다. 그리고 밤새도록 그의 행동에 대해 생각했다는 것도.

당분간은 성현을 피해야겠다.

그렇게 생각하며 현관문을 열었을 때, 문 앞 복도에는 성현이 한 손에 신문을 들고 서 있었다. 늘 그렇듯이.

엘리베이터 안에 나란히 섰다. 오늘도 여전히 성현에게서는 달콤한 향기가 풍겼다. 그는 와인색 캐시미어 코트를 입고 있었다. 약간은 화려한 듯한 코트가 그와 잘 어울렸다.

"당신은 대체 몇 시에 일어나는 거야?"

내려가는 층수를 확인하며 물었다.

"몇 시가 됐든, 여왕님이 일어나기 전에."

"내 방에 몰래카메라라도 설치해 뒀어?"

"글쎄, 어떨까?"

오싹—

재인은 눈을 가늘게 뜨고 성현을 올려다봤다.

"설치해 뒀구나? 맞지?"

성현이 싱긋 웃으며 손가락으로 재인의 눈가를 톡톡 쳤다.

"그런 표정 지으면 곤란해, 여왕님. 덮치고 싶어지거든."

"······당신 머릿속엔 그런 생각밖에 없어?"

"당연하잖아. 남자란 생물은 자고로 예쁜 여자를 앞에 두면 '그런 생각'만 하는 법이야."

"제발 세상 모든 남자를 짐승으로 만드는 소리하지 말라니까."

엘리베이터가 1층에서 멈췄다. 문이 열렸을 때에야 재인은 두 사람의 목적지가 정해져 있지 않다는 것을 깨달았다. 오늘은 토요일이고, 재인은 몇 시간 후에 아르바이트를 가야만 했다.

"우리 어디 가는 거야?"

"아침 먹으러."

"이 시간에?"

"어쩔 수 없잖아. 난 브런치를 즐기고 싶었는데, 여왕님이 너무 일찍 나왔다고."

그가 볼멘소리를 냈다.

"그럼 나 좀 내버려 두고 혼자 먹으러 가든가!"

"그럴 순 없지. 내 생활은 오롯이 여왕님의 생활에 맞춰져 있거든. 여왕님이 이 새벽부터 아침밥을 찾아 헤매는 하이에나라면, 나도 그게 되어 주겠어. 하이에나."

왜 하필이면 하이에나일까.

아니, 그런 건 아무래도 좋다.

"어디로 가게? 국밥?"

"아아, 그 국밥은 무척 매력적이긴 하지만, 난 같은 음식을 반복해서 먹는 걸 좋아하지 않아. 내 나이 7살 때 말이야."

"아니, 당신 과거는 아무래도 좋아. 뭘 먹을지나 말해."

"우리 여왕님은 성격도 급하지."

성현이 눈을 가늘게 접고 웃으며 재인의 머리를 쓰다듬었다. 그의 접촉이 너무 잦은 게 아닌가 싶었다. 하지만 재인이 뭐라 말하기도 전에 그의 손이 떨어져 나갔다.

"얼마 전에 동네를 탐험하다가 멋진 이태리 음식점을 찾아냈어. 테라스가 근사한 곳이었지. 난 정말이지, 맛집을 잘도 찾아낸다니까."

잘난 체를 하는 성현과 20분쯤 걸어간 곳에서 이태리 음식점을 발견했다.

"맛집은 잘 찾아내지만 시간 개념은 없는 것 같네."

성현이 말한 대로 근사한 외관을 지니고 있기는 했다. 화분이 놓인 영국식 테라스도 멋졌다.

하지만 문은 잠겨 있었다.

[CLOSE. 영업시간 AM11:00 ~ PM10:30]

문에 걸린 팻말을 본 성현이 세상을 잃은 표정으로 굳어버렸다.

"그렇게까지 충격 받을 일은 아니잖아."

"아니, 여왕님이 힘든 발걸음을 해 주셨는데, 그 발걸음을 헛되이 하고 말았잖아. 이건 죽어 마땅한 죄야. 여왕님은 한 마디만 해, 죽으라고. 그럼 죽을게!"

"응, 그럼 죽어."

"……여왕님, 그건 너무 매몰차지 않아? 음식점 하나 문 닫았다고 멀쩡한 사람한테 죽으라고 하다니."

말해 주고 싶었다. 너란 남자, 멀쩡하진 않다고.

"난 당신이 정말 뭘 어쩌고 싶은 건지 모르겠어. 죽고 싶은 거야,
살고 싶은 거야?"

"이왕이면 사는 게 좋지."

"그래, 그럼 살도록 해."

성현의 얼굴에 봄 햇살 같은 미소가 번졌다. 쌀쌀한 11월 말의
새벽인데, 두 사람의 주위는 봄이 온 듯 따스한 기운이 가득했다.

재인은 미소만으로도 분위기를 바꾸는 성현이, 어쩌면 마법을
부릴지도 모른다는 바보 같은 생각을 했다. 곧 자신의 생각이 얼마
나 메르헨적인 사고인지 깨닫고 얼굴을 붉히는데, 성현이 재인의
손목을 살짝 잡아들어 올렸다.

그리고 허리를 깊이 굽혀 그녀의 손등에 입을 맞췄다.

"살려 줘서 고마워, 여왕님."

"거기."

황급히 손을 빼냈다.

"거기 앉아 있어."

재인이 가게 계단을 가리키며 말했다. 성현이 눈을 크게 떴다가
곧 미소를 지었다.

"분부대로."

성현은 말 잘 듣는 충견처럼 정확히 재인이 가리킨 곳에 가서 앉
았다. 재인은 휙 돌아섰다.

"잠깐 편의점 다녀올게."

그녀는 성현의 대답을 듣지도 않고 서둘러 걸음을 옮겼다.

성현이 손등에 입맞춤을 하는 게 처음 있는 일은 아니었다. 그는 수시로 스킨십을 해 대는 남자였다. 끌어안고 가볍게 입을 맞추고 쓰다듬고.

하지만 방금 전의 그 입맞춤은 어젯밤의 일을 떠오르게 만들었다. 입술로 전해지던 그의 온기와 숨결. 온몸에 퍼지던 야릇한 감각.

단지 손등에 입술이 닿았을 뿐인데, 어제의 그 감각이 순식간에 재인을 지배했다. 발갛게 달아오른 곳이 얼굴 뿐 아니라 귓불, 목덜미까지일 것 같아서 걱정됐다. 성현이 눈치채지 못했으면 좋겠다고 생각하며, 재인은 편의점으로 향했다.

성현은 다리를 꼬고 팔짱을 꼈다. 재인이 멀어지는 뒷모습을 바라보며 미소를 지었다. 재인은 서두르는 기색이 역력했다. 언뜻언뜻 보이는 그녀의 목덜미가 붉었다.

입을 맞추고 싶은 가느다란 목덜미에서 눈을 뗄 수가 없었다.

'이런, 이런.'

성현은 한 손으로 입가를 꾹 눌렀다. 바보처럼 해실해실 튀어나오는 미소를 가라앉히기 위해서였다.

'내 여왕님은 참 귀엽기도 하지.'

편의점에서 간단하게 먹을 만한 것을 고르는 동안 마음이 가라앉았다. 샌드위치를 집어 들었다가 '입맛에 안 맞는다.'던 성현의 말을 떠올렸다. 쭉 둘러봤더니 호빵이 있었다.

피자 호빵과 야채 호빵을 두 개씩 사고, 따뜻한 캔 홍차도 두 개 샀다.

성현은 아까 그 자리에 착하게 앉아 기다리고 있었다. 머리라도 쓰다듬어 줘야 할 것 같았다.

'이래서 민성현 씨가 자꾸 내 머리를 쓰다듬는 건가? 하지만 난 고분고분하게 굴지 않는데.'

그런 생각을 하며 봉지 안에서 호빵을 꺼내 성현에게 건네고 그의 옆에 앉았다.

"이건 호빵이라고 하는 음식이로군. 속에 팥이 가득 들어 있는!"

성현이 자기 지식을 뽐냈다. 재인은 말없이 호빵을 반으로 잘랐다. 따뜻한 호빵에서 모락모락 김이 올라왔다.

"호빵은 이렇게 반으로 딱 잘라 먹어야 맛있어."

"흐음. 그 안에 든 건 단팥으로 보이지 않는데."

"피자야."

"피자?"

"응. 요샌 단팥 호빵 말고도 많아. 야채 호빵도 있고."

"역시 한국인의 지혜는 놀라워. 세상에서 가장 머리가 좋은 민족이 아닐까 싶은데."

피자 호빵 하나로 한국인의 격이 높아졌다.

"맛있네."

재인처럼 호빵을 반으로 잘라 한 입 베어 문 성현이 우물거리며 말했다.

"이런 건 입에 안 맞는 거 아니었어?"

"여왕님이 준 건 뭐든 입에 맞아. 돌을 씹어 먹으라면 먹을 수도 있어."

"그래?"

재인이 돌을 찾아 두리번거렸다. 성현이 얼른 재인의 무릎 위에 손을 올렸다.

"참아, 여왕님. 제발 내가 말하자마자 실행에 옮기려고 하지 마. 성격 급하단 소리 듣게 돼."

"그럼 당신도 헛소리 좀 줄여."

"헛소리라니. 말하는 순간에는 진심이라고!"

"그 진심, 참 얄팍하네."

"하지만 가슴은 두텁고 단단하지."

"잠깐이라도 자기 자랑을 멈출 순 없는 거야?"

"자랑이라기보다는 민성현이란 인간에 대한 객관적인 사실을 알려 주는 거야."

"별로 알고 싶지 않아. 그냥 묻는 말에만 대답해 줘."

"여왕님은 나에 대해 궁금해 하지 않잖아. 그러니까 내 스스로 말해 주는 수밖에 없지. 요샌 자기 PR 시대니까. 내가 유행에 민감하거든."

이번에도 역시나 대화의 주제가 이리저리로 튀었다. 호빵으로 시작한 이야기가 최신 유행까지 오게 되다니.

말을 할 때마다 입김이 호호 나오는 추운 날씨. 문 닫은 가게 앞 계단에 나란히 앉아 호빵을 먹으며, 영양가 없는 대화를 나누는 시간이 싫지 않았다.

아니, 오히려 좋았다. 그래서 재인은 계속 이렇게 이야기할 수 있었으면 좋겠다는 생각까지 했다.

"좋다, 여왕님이랑 이러고 노닥거리는 거."

그가 하늘을 올려다보며 중얼거렸다. 속마음을 읽힌 것 같아서 얼굴이 붉어졌다.

"머리 젖었는데 안 추워?"

성현이 재인의 젖은 머리카락 끝을 가볍게 붙잡았다. 머리카락 끝에 신경이 있을 리 없는데도, 재인은 그의 손길이 느껴졌다. 그 긴 손가락 끝의 따스한 체온.

"응, 괜찮아. 안 추워."

그를 돌아보지 않으려고 애쓰며 말했다. 그와 눈이 마주치면 아까처럼 야릇한 기분을 느끼게 될 것 같아서 두려웠다.

"옷 벗어줄까?"

"아니, 됐어."

벗어달라고 하면 모조리 벗을 것 같아서 단호하게 사양했다.

"아쉽네. 팬티까지 벗어줄 수 있었는데."

"응, 그럴까 봐 사양한 거야."

"후후후. 내 여왕님은 쑥스러움이 많다니까."

그는 바람이 부는 것처럼 웃었고, 재인은 그 웃음소리가 듣기 좋았다. 왜 듣기 좋은 걸까? 낮고 달콤해서? 아니면 그가 재인의 말을 믿어주고 도와줘서?

재인은 고개를 슬며시 돌려 그의 얼굴을 응시했다. 여전히 하늘을 올려다보고 있는 그의 옆얼굴은, 섬세하게 깎은 조각처럼 보였다. 반듯한 이마에서부터 느긋한 곡선을 그리며 올라가는 코와 그 아래에 자리 잡은 입술, 그리고 날카로운 턱과 목울대.

그것을 보자 그가 남자라는 것이 실감됐다. 어젯밤 입술에 닿았던 손가락도 다시 떠올랐다.

꿀꺽—

마른침을 삼키며 얼른 시선을 돌렸다.

'침 삼키는 소리를 듣진 않았겠지?'

모순되는 감정이 가슴 안에 자리 잡았다. 그가 무서워서 도망치고 싶은 기분. 계속 그의 곁에 앉아 도란도란 이야기를 나누고 싶은 기분.

그 두 개의 크기는 비슷했지만, 재인은 그대로 남아 있는 걸 택했다. 사락사락 스며드는 그의 온기. 언젠가는 사라질 이 온기를, 누릴 수 있을 때만이라도 느끼고 싶었다.

"그러고 보니까 말이야."

밥을 먹던 정희라가 갑자기 입을 열었다. 수영은 숟가락을 입에 물고 엄마인 정희라를 쳐다봤다.

"어릴 적에 재인이가 그런 얘기를 한 적이 있어."

"뭐라고?"

"최영주 씨가 자기 부모를 죽였다고."

"뭐어?"

"뭐, 걔 딴에는 그렇게라도 생각하고 싶었겠지. 걔 눈에 보기엔 최영주 씨가 자기 아빠도 뺏어가고, 그래서 엄마를 죽게 만든 걸로 보였을 거야."

"하여간 걘 애가 못된 쪽으로만 생각한다니까."

재인만 생각하면 속이 부글부글 끓었다. 방금 전까지만 해도 맛있게 먹던 미역국인데, 재인의 이름이 나오는 순간 형체 모를 쓰레기 범벅으로 보였다.

"언니 살아 있을 때는, 그래도 밝은 애였는데."

정희라가 안쓰럽다는 듯 중얼거렸다.

"엄마는 걔한테 그렇게 당하고도 걔를 두둔하고 싶어? 걔 때문에 엄마도 앓아눕고 그랬던 거 잊었어?"

"그거야 그렇지만…… 아, 넌 아직 애인 없고?"

"나 좋다는 사람은 많아. 눈에 안 차서 그렇지."

"적당히 한 명 골라잡아. 여자들 나이 들면 아무리 능력 있어도 결혼하기 힘들어져."

"내 결혼은 내가 알아서 할 테니까 신경 꺼."

수영은 신경질적으로 말하며 식탁에서 일어났다.

"얘, 밥 더 안 먹어?"

"안 먹어!"

방에 들어와 쾅 소리가 나게 문을 닫았다. 엄마에게 화난 것이 아니었다. 유재인 때문이었다.

재인의 주위에는 늘 재인과 함께 있고 싶어 하는 남자들이 넘쳐났다. 중학교 때 수영이 좋아했던 남학생도 재인을 좋아했다.

'아, 진짜. 아침부터 짜증 나게.'

재인이 일하는 패밀리 레스토랑에서 그녀를 두둔하던 진혁을 떠올렸다. 작지 않은 키, 약간 마른 듯 보이지만 넓은 어깨, 아이돌처럼 화려하고 곱상한 얼굴, 잘 어울리는 곱슬머리.

수영은 이왕이면 그런 남자를 만나고 싶었다. 하지만 수영의 주위에는 눈을 씻고 찾아봐도 그런 남자가 없었다.

'걘 진짜 어디서 그런 남자들을 구하는 거야? 호스트바에라도 다니는 거 아냐?'

옷을 갈아입었다. 큰마음 먹고 산 연회색 원피스는 수영의 굴곡 없는 몸을 더 초라해 보이게 했다. 수영은 다른 옷으로 갈아입을까 하다가 관뒀다.

오늘은 로다 백화점에서 최영주를 만나기로 했다. 어젯밤 전화를 걸었더니, 최영주는 흔쾌히 놀러오라고 했다.

'어쩌면 명품 가방이라도 하나 선물해 줄지도 몰라.'

기대감에 부풀었다.

'유재인에 대해서 말할 게 있으면 더 좋을 텐데.'

지난번에는 상황이 좋지 않았다. 그녀가 일하는 곳 근처에서 만나는 건 자제해야겠다.

　'다음엔 어디 사는지 알아봐야겠어.'

　호빵을 다 먹은 후에 성현이 벌떡 일어났다.

　"자, 그럼 좀 걸을까?"

　"난 일하러 갈 준비해야 돼."

　"여왕님의 대타는 이미 구해 뒀어."

　"옆집 고등학생?"

　"참 성실한 소년이야. 요새 아이들이 그렇게 열렬하게 무료봉사를 하고 싶어 할 줄은 몰랐어."

　"모르는 게 당연하지. 그런 일은 없으니까."

　"난 거짓말 안 해, 여왕님. 웨이러미닛."

　성현이 멋지게 검지를 들어 보이더니 휴대폰을 꺼내 어딘가로 전화를 걸었다. 그리고 상대에게 이곳의 위치를 알려준 후, 1분 내로 뛰어오라는 말도 안 되는 명령을 내렸다.

　전화 상대가 아무래도 영민인 것 같아서, 재인은 성현의 옷자락을 붙잡았다.

　"민성현 씨. 설마 그 학생 여기로 부른 건 아니지?"

　"왜 아니겠어?"

　성현이 도리어 어리둥절한 표정을 지었다. 재인은 그가 저런 표정을 지을 때마다 한 대 때려주고 싶어졌다.

어리둥절해하고, 황당해 할 사람은 늘 당신이 아니라 이쪽이라고!

3분 후. 영민이 헉헉거리며 등장했다.

"며, 며, 몇 분……?"

숨을 제대로 쉬지 못하는 와중에도 영민은 물었다. 성현이 손가락 세 개를 들었다.

"닭발."

"헉!"

영민은 그게 3분을 의미한다는 걸 기가 막히게 알아들었다. 이 둘 사이에 알지 못할 교류라도 있었던 걸까?

재인은 영민이 안쓰러웠다. 잠옷으로 보이는 목 늘어난 티셔츠와 후줄근한 추리닝 바지, 부스스한 머리와 부은 얼굴. 자다가 성현의 전화를 받고 뛰어나온 게 분명했다.

'이 두 사람, 대체 무슨 사이야?'

궁금했지만 구태여 묻고 싶진 않았다. 뭘 물어본다고 해도 유쾌하지 못한 대답을 듣게 될 것만 같았다.

"늦었어, 소년. 너무 늦었어. 자네 때문에 내 주옥같은 2분이 길바닥에 떨어졌어."

'주옥같긴 개뿔. 허구한 날 쓸데없는 짓만 하는 주제에.'

라고 재인은 생각했지만, 애써 말하진 않았다.

"죄송합니다, 형님."

영민이 순진하게 사과했다.

"그래, 아주 죄송할 거야. 그래서 말인데, 내 2분을 낭비하게 한 죄로 오늘 우리 여왕님의 아르바이트를 대신 해 줘야겠어."

"아니, 안 그래도……."

"하게 해 주세요!"

재인의 말을 끊으며 영민이 다급하게 외쳤다.

"할게요. 하게 해 주세요, 누나. 제발."

영민의 간절한 외침에 재인은 당황했다.

"민성현 씨. 대체 얘한테 무슨 짓을 한 거야?"

"무슨 짓? 소년, 내가 무슨 짓을 했던가?"

성현이 느긋하게 질문을 던졌다. 영민은 고개를 절레절레 저었다.

"아니요. 전혀요. 아, 오히려 제게 삶을 알려 주셨죠. 윤택하고 밀도 높은 삶을 살기 위한 올바른 자세!"

재인은 영민이 무슨 소리를 해 대는 건지 알 수 없었다. 그저 이 두 사람 사이에 끼어들고 싶지 않았을 뿐이었다.

"아무튼 누나. 제가 할게요. 저는요, 병에 걸렸어요. 아르바이트를 대신하지 않으면 죽는 병."

영민이 덧붙인 말에, 재인은 깨달았다. 민성현의 '미침'이 영민에게 전염되었다는 것을.

두 사람이 눈치채지 못하도록 슬쩍 한 걸음 떨어졌다. 재인은 절대 민성현에게 물들고 싶지 않았다.

"그래, 그럼. 원하는 대로 해."

어색하게 대답했더니 영민이 꾸벅 허리를 굽혔다.

"감사합니다, 누나! 제가 제 몸과 영혼을 다해, 목숨을 바쳐 열심히 하겠습니다."

그래 봐야 식당 아르바이트인데 목숨을 바칠 일이 생길까 싶었지만, 지적하지 않았다. 영민은 민성현 바이러스에 꼼짝 없이 걸려들었고, 재인은 그것을 치료할 방법을 알지 못했다.

"그래, 그럼 가봐. 늦지 말고."

흐뭇하게 두 사람을 지켜보던 성현이 말했다. 영민은 성현에게도 꾸벅 인사를 하고는 휙 돌아서서 달려가기 시작했다.

"애 좀 괴롭히지 마."

재인의 말에 성현이 싱긋 웃었다.

"난 남자를 괴롭히는 취미 없으니까 안심해, 여왕님."

"여자를 괴롭히는 취미는 있나 보지?"

성현은 질문에 대답하지 않고 걷기 시작했다. 재인은 그의 옆을 따라 걸었다. 그러다가 문득 자신이 자발적으로 그를 따라 걸은 것이 처음이라는 걸 깨달았다.

이른 시간에 동네 골목은 고즈넉했다. 자동차도 다니지 않아서 고요한 것이, 다른 곳에 와 있는 듯한 느낌을 자아냈다. 슬금슬금 떠올라 강해지기 시작한 아침 햇살과 아직 꺼지지 않은 가로등 불빛이 섞였다.

그 사이를 걸어가며 성현이 손을 쓰윽 내밀었다. 별 생각 없이, 참으로 자연스럽게 그의 손을 잡았다. 따뜻하고 부드러운 손이 재인의 손을 가만히 거머쥐었다. 그제야 재인은 자신이 괜한 행동을 했다는 것을 깨달았다.

'손을 잡다니!'

나란히 서서 손을 잡고 걸어가는 건 연인들이나 하는 짓이다. 그의 손을 처음 잡는 건 아니지만, 어젯밤의 그 일 때문에 자꾸만 그런 쪽으로 생각이 흘러갔다.

누구나 따뜻한 손을 가지고 있을 텐데, 그의 커다란 손이 유독 따뜻하게 느껴졌다. 그래서 찌릿찌릿하기도 하고, 간질간질하기도 한, 이상한 기분이 들었다.

아랫입술을 잘근 깨물자마자 성현이 나무라듯 말했다.

"여왕님, 입술."

얼른 뱉어냈다.

"잘했어."

성현이 다른 쪽 손으로 재인의 머리를 토닥토닥 두드렸다.

손을 꼭 잡고 골목골목을 느릿하게 걷는 동안, 두 개로 갈라져 있던 발걸음 소리가 하나로 겹쳐졌다.

발자국 소리만 들리는 고요한 공간이 숨 막혔다. 하지만 불쾌한 느낌은 아니었다. 오히려 이 골목길이 영원히 끝나지 않았으면 좋겠다는……

'이게 무슨 바보 같은 생각이야.'

재인은 서둘러 그런 생각을 지워 버렸다.

성현이 무슨 말이든 꺼냈으면 좋겠다고 생각했다. 늘 말이 많던 그가 침묵을 지키니, 쓸데없는 생각만 하게 된다.

"이제부터 진지하게 할 말이 있어."

그가 갑자기 목소리를 내는 통에 화들짝 놀랐다. 이 남자, 진짜로 남의 마음을 읽는 능력이 있는 거 아냐?

아무튼 재인은 큰 기대를 하지 않았다. 성현은 늘 진지한 척하면서 바보 같은 소리를 해댔으니까. 이번에도 자기 지식 자랑 같은 이야기를 할 줄로만 알았다.

하지만 성현은 재인의 예상에서 한참 빗나간 이야기를 했다.

"오늘 우린 같이 최영주를 만나러 갈 거야."

우뚝—

걸음을 멈췄다.

잡은 손에 저절로 힘이 들어갔다. 재인이 힘을 주자 성현도 그만큼 꽉 재인의 손을 잡아 주었다. 하지만 손은 순식간에 차게 식어, 그의 따스함조차 받아들이지 못했다.

북풍과도 같은 서늘함이 재인을 덮쳐 왔다. 성현의 손을 잡고 있는 게 분명한데, 아무도 없는 얼음의 땅에 혼자 던져진 기분이었다.

피가 얼어붙고 있었다. 바스스, 바스스, 들려오는 소리는 아마도 얼어붙은 혈관이 부스러지면서 내는 소리이리라.

덜덜 떨리는 재인의 턱에 성현의 손가락이 닿았다. 성현은 씁쓸한 표정으로 재인의 공허한 눈동자를 내려다봤다.

"여왕님."

성현은 허리를 굽혀 재인의 귓가에 입술을 가져갔다.

"괜찮아."

부드럽게 그녀의 머리를 쓰다듬었다.

"내가 같이 있을 거야. 언제든. 어디든. 알잖아."

그의 낮은 음성이 재인의 귓바퀴를 맴돌다가 안으로 미끄러져 들어왔다. 음성에 실린 따스함이 얼어붙은 혈관을 조금씩 녹이기 시작했다.

"전에는 혼자였지? 그래서 더 무서웠을 거야. 하지만 이젠 아냐. 여왕님 옆엔 내가 있어. 계속 이렇게 손을 잡고 있을 테니까, 걱정하지 않아도 돼."

"무섭지…… 않아…….."

재인이 고집스럽게 중얼거렸다.

"그래, 알아."

성현이 어르듯 대꾸했다.

"나는…… 혼자서도 최영주를 마주할 수 있어."

"응, 알아. 그럼 여왕님이 내 옆에 있어 주는 걸로 하자. 난 혼자서 최영주 만나기 싫거든."

왜일까?

눈물이 날 것 같았다.

성현은 정말이지, 무척이나 다정했다. 그런 다정함을 경험해본 것이 너무도 오래 되어서, 재인은 울고 싶었다.

"왜 최영주를 만나려는 건데?"

간신히 감정을 갈무리했다. 재인이 평상시대로 돌아온 것을 확인한 성현이 다시 걸음을 옮겼다.

"자, 리플레이를 해 보자. 어제 관람차로."

"찔러보려고?"

"어이구. 우리 여왕님은 똑똑하기도 하지. 초콜릿이라도 하나 줄까?"

"그런 건 됐어. 찔러본다는 게 이렇게 갑자기 그 여자를 만나러 가자는 뜻인 줄은 몰랐어."

"그럼 나 혼자 은밀하게 만나러 가서 내 포로로 만들어 버릴 줄 알았어?"

"……그런 생각을 할 리가 없잖아."

"물론 그런 방법도 좋긴 해. 그 방법이 편하기도 하고. 하지만 이제 슬슬 부딪칠 때가 됐어. 같이 가서 최영주를 만날 거고, 최영주가 내 여왕님의 존재를 똑똑히 각인하게 만들 거야."

"각인? 날 보면 최영주는 더 몸을 사릴지도 몰라."

"몸을 사려?"

성현의 얼굴에 서늘한 미소가 떠올랐다.

"최영주 같은 범죄자는 말이지, 대부분 자기 두뇌를 맹신해. 자기보다 똑똑한 사람이 없다고 생각하지. 게다가 한 번 범죄를 저지른 사람에게 두 번째 범죄는 쉽고, 세 번째 범죄는 더 쉬워. 그러니까 찌를 거야. 찌르고, 초조하게 만들어서 끌어내 줘야지."

"끌어내고 나면?"

성현이 그것도 모르냐는 듯 재인을 내려다봤다.

"그때부턴 여왕님이 원하는 대로, 최영주를 요리해 줘야지. 내 요리 실력 알잖아."

그게 과연 요리 실력과 상관이 있을까 싶었다. 하지만 이 와중에도 잘난 척을 하는 성현의 모습을 보니 어쩐지 이 모든 상황이 가볍게만 느껴졌다. 그래서 재인은 그만 피식 웃고 말았다.

이왕 최영주를 만나는 거라면 초라한 모습을 보이고 싶지 않았다. 잘 살고 있다고, 당신이 생각하는 것보다 멋지게 살고 있다고 보여 주고 싶었다.

하지만 적당한 옷이 없었다. 낡은 점퍼 하나, 비슷한 소재의 니트와 청바지.

"여왕님, 아직 멀었어?"

거실에서 기다리던 성현이 물었다. 재인은 크게 한숨을 내뱉고 거실로 나갔다.

"다음 주 토요일에 만나러 가면 안 돼?"

"왜?"

"그냥, 난……."

망설이다가 솔직하게 말했다. 성현에게는 무슨 말을 해도 부끄럽지 않았다. 그를 질투한다는, 가장 부끄러운 이야기를 해버렸으니까.

"그 여자가 지금 내 모습을 초라하게 느끼지 않았으면 좋겠어. 그 여자 이상으로 잘 살고 있는 것처럼 보이고 싶어."

재인의 말에 성현이 충격 받은 표정을 지었다. 그는 한 손으로 이마를 짚고 고개를 절레절레 저었다.

"이럴 수가, 여왕님. 그건 심해. 아, 정말 너무 심해. 나 상처 받았어."

"또 왜?"

그의 연극적인 반응이 이제는 걱정스럽지도 않아서 덤덤하게 물었다. 아니나 다를까, 그는 손을 휙 내리더니 재인의 어깨를 세게 부여잡고 말했다.

"여왕님. 나랑 같이 가잖아. 민성현이라는 액세서리를 옆에 달고 가는 거라고."

"……."

"모르겠어? 1억 짜리 가방을 든 여자도 날 옆에 세운 여왕님을 이기진 못해."

"……됐어. 이대로 가자."

"그래. 생각해 보니까 그렇지?"

반박할 기운도 없었다.

재인은 성현의 잘난 척이 시작되기 전에 얼른 이 집에서 벗어나고 싶었다. 서둘러 운동화를 신고 밖으로 나왔다. 성현이 얼른 재인을 따라왔다.

"여왕님. 오늘 최영주를 만나면 뭘 해도 괜찮아."

"죽여도 돼?"

"여왕님의 뜻이라면 그것도 좋겠지."

"욕하면?"

"같이 해 줄게. 영어로 된 욕이라도 알려 줘?"

"때리면?"

"같이 때리지, 뭐."

"울면?"

"그건 안 돼."

성현이 단호하게 말했다.

"남들 앞에선 안 돼. 여왕님 눈물은 내 거야."

"그런 게 어디 있어?"

"그게 나, 민성현이란 노예의 규칙이야!"

"참 대단한 규칙이네."

비아냥거렸지만 성현은 그저 웃기만 했다. 동래 아파트를 벗어나 전철역을 향해 걸어갔다.

"그 여자는 어떻게 살고 있어? 아직도 사업해?"

"아니. 지금은 로다 백화점 총 매니저. 지배인이라고 불리는 것 같더라."

"여전히 화려하게 사나 보네. 우리 아빠 회사는, 어떻게 됐어?"

"몇 년쯤 있다가 정리했을 거야. 그런데 이것도 웃긴 게, 정리했다기보다는 맡겨 뒀다고 해야 하나? 아니면 자기 몸을 의탁하는 비용을 치렀다고 해야 하나?"

"무슨 소리야?"

"그 회사를 인수한 건 구형진의 형이야. 그리고 구형진의 형은,

한국에서 손가락 세 개 안에 들어가는 조직의 부두목이고."

전혀 몰랐던 사실이었다. 최영주의 뒤에 그렇게 크고 위험한 것이 버티고 있을 줄은 몰랐다.

재인은 걸음을 멈췄다.

"그럼 함부로 찌르면 안 되는 거 아냐?"

성현이 빙글 몸을 돌려 재인을 내려다봤다.

"돼."

"안 돼. 당신은 분명…… 최영주 앞에서도 그 미친 짓을 하겠지. 위험해질지도 몰라. 당신 때문에 나도 위험해질 거고."

"걱정 마. 내가 여왕님을 지킬 테니까."

"아니, 당신 미친 짓 때문에 나까지 위험해질 것 같아서 걱정이라니까?"

"죽이고 죽을 거라며?"

성현의 말에 재인의 얼굴이 붉어졌다.

"이 세상에 미련 없는 거 아니었어?"

"……."

"난 여왕님한테 바친 목숨이라서 이 뒤가 어떻게 흘러가든 상관없어. 여왕님은 어때?"

"나도…… 상관없어."

창피했다.

성현의 밝음을 질투한다는 말을 했을 때보다 더 부끄러웠다. 죽이고 죽겠다는 말까지 한 주제에, 이제 와서 몸을 사리다니.

하지만 재인도 변명할 말이 있었다.

'저 남자를 만나기 전이라면, 몸을 사리지 않았을 거야.'

분명 그랬을 것이다. 최영주를 보자마자 칼을 쥐고 달려들 수도 있었다.

재인의 안에서 뭔가 변하고 있었다. 그런데 그게 너무나 미세해서 그녀조차도 눈치채기 힘들었다.

"그럼 다시 갈까?"

성현이 손을 내밀었고, 재인은 고개를 숙인 채 그 손을 잡았다.

"가서 최영주를 똑바로 봐. 그녀의 표정 하나, 눈빛 하나 놓치지마. 여왕님이 어릴 적에 발견하지 못했던 것을, 이번에는 발견할 수 있을지도 몰라."

"응."

"다시 한 번 말하지만, 그렇게 한 뒤에는 여왕님이 하고 싶은 대로 하면 돼. 농담 아니고, 허세도 아냐. 죽이고 싶으면 죽여. 수습은 내가 해 줄 테니까."

허세라고 생각하고 싶었다. 그러면 하릴 없이 끌려가는 이 마음을 멈출 수 있을 테니까. 언젠가는 떠날지도 모르는 이 남자를 주저 없이 믿게 되는, 그런 상황을 막을 수 있을 테니까.

"걱정 마, 여왕님."

그가 재인의 손을 꽉 잡았다.

"여왕님 옆엔 언제든 내가 있을 거야."

전철엔 사람이 많았다. 수영은 사람들에게 밀리며 안으로 들어가 간신히 손잡이를 잡았다. 내리고 타는 사람들이 왔다 갔다 하면서 툭툭 치는 바람에 짜증이 났다.

툭. 툭.

그런데 아까부터 거슬리는 손길이 있었다.

옆구리 부근에서 툭툭 치던 손이 슬금슬금 내려가기 시작했다.

"이봐요!"

그 손이 엉덩이에 닿았을 때, 수영은 한 톤 높은 목소리로 외쳤다.

"왜 남의 엉덩이를 만지고 그래요?"

바로 뒤에 서 있는 남자가 범인인 게 확실했다. 얼굴에 자글자글 주름이 생기기 시작한, 50대 초반의 아저씨였다.

전철 안을 가득 채우고 있던 사람들의 시선이 순식간에 이쪽으로 모였다. 수영은 누구에게도 쉬운 여자로 보이고 싶지 않았다. 야무진 것이, 평범한 수영이 가진 유일한 장점이었다.

"난 안 만졌는데."

50대 아저씨가 웅얼거리듯 말했다. 이마에 송골송골 맺히는 땀과 벌게진 얼굴. 누가 봐도 범인이었다.

"안 만지긴 뭘 안 만져요? 옆에 딱 달라붙어서는. 그렇게 성욕이 넘치면 여자라도 사든가 할 것이지, 왜 알지도 못하는 여자 엉덩이를 만지고 난리예요?"

"아니, 나는……."

"됐어요. 경찰 부를 거예요. 꼼짝 말고 있어요."

사람들이 웅성거렸다. 정의감이 넘치는 젊은 남자가 50대 아저씨의 팔을 꽉 붙들었다. 수영은 사람들이 자기편이라는 데 희열을 느끼며, 보란 듯이 휴대폰을 꺼내 들었다.

"시끄러운데."

성현이 중얼거렸다. 출입문에 기대어 성현의 품에 안기듯이 서 있던 재인은 주위의 상황을 알 수 없었다. 한 손으로 가만히 성현의 허리를 밀어냈다. 성현은 순순히 옆으로 비켜주었다.

사람들의 시선이 향한 곳에, 보고 싶지 않은 얼굴이 있었다. 평범한 얼굴인데도 한 번에 찾아낼 수 있는 이유는, 재인의 과거 일부분을 지독하게 만든 인물이기 때문일 것이다.

'김수영이 왜 여기에 있는 거지?'

이상할 것은 없었다. 누구라도 전철을 이용할 수 있는 거니까.

"무슨 일이래?"

"저 아저씨가 저 여자 엉덩이 만졌나 봐."

"헐. 진짜로 그런 변태가 있나 보네. 난 처음 봐."

"나도 한 번도 안 당해봤는데."

"근데 저 여자, 진짜 기 세다. 다른 여자들은 아무 말도 못하고 당하기만 한다면서."

사람들 말을 들어보니, 아무래도 저기 잡혀 있는 아저씨가 수영을 성추행한 것 같았다.

"어때, 여왕님?"

성현이 허리를 굽혀 재인의 귓가에 속삭였다.

"저 남자가 저 여자의 엉덩이를 만졌어?"

재인은 대답하지 않고 고개를 숙였다. 수영의 일에는 개입하고 싶지 않았다.

"말해 봐, 여왕님. 안 그러면 누워서 떼 쓸 거야."

"민성현 씨, 제발 좀."

"부당한 일을 당한 사람이 있으면 도와줘야지."

"그러라는 규칙도 없잖아. 결국은 그 사람의 도덕심에 달린 문제고, 난 도덕심 없어."

"도와주고 나면 기분이 좋아질 거야."

"아니, 저 애는…… 안 그래. 피하고 싶어."

"아는 여자야?"

"내 사촌이야."

"흐응."

성현의 눈이 가늘어졌다. 성현은 허리를 쭉 펴고 수영의 얼굴을 뜯어봤다. 올라간 눈초리, 신경질적인 입매.

"그럼 내가 도와주러 가 볼까?"

사람들을 헤치고 나가려는 성현의 손목을, 재인이 덥석 붙잡았다. 재인은 간절한 눈으로 성현을 올려다봤다.

"민성현 씨, 제발. 저 일엔 끼어들지 마. 부탁이야."

성현의 입가에 쓸쓸한 미소가 묻어나왔다.

"평소라면 여왕님 뜻대로 하겠지만, 이 문제는 아냐."

"평소에도 당신은 내 뜻대로 한 적 없어."

"재인아."

그가 진지한 이야기를 할 때는 늘 그래왔듯, 그녀의 이름을 불렀다.

두근—

그리고 그에게 이름을 불리면 늘 그렇듯 심장이 묘하게 뛰었다.

"저 아가씨가 너에게 나쁜 짓을 했어?"

"……그런 문제가 아냐."

"최영주를 마주하고 나면 앞으로 더 많은 사람들을 상대하게 될 거야. 최영주 뒤에 버티고 서 있는 조직일 수도 있고, 어쩌면 네 상처를 만들어 낸 과거의 사람들일 수도 있어."

재인은 습관처럼 아랫입술을 깨물었다. 성현의 엄지가 그런 재인의 아랫입술을 살짝 눌러 빼냈다.

"잘 들어, 유재인. 과거의 넌 혼자였지만 지금은 내가 있어. 저 아가씨는 더 이상 네게 상처를 줄 수 없을 거야. 그러니까."

성현이 단단한 팔을 재인의 허리를 둘렀다. 그리고 조심스레 그녀를 돌려세웠다.

"이젠 네게 상처를 준 사람을 똑바로 상대해. 네 옆에도, 뒤에도 내가 있을 테니까."

전철이 정차했다.

수영이 먼저 내렸고, 그 다음에 몇몇 사람들이 수영을 따라 내렸다. 50대 아저씨와 그 아저씨를 잡은 청년, 그리고 원래 내리려던 사람들과 구경꾼들. 구경꾼들 사이에 재인과 성현이 섞여 있다는 것을, 수영은 눈치채지 못했다.

수영의 머릿속은 앞으로 어떻게 이 아저씨에게 모멸감을 줄지에 대해 시뮬레이션을 하고 있었다. 이렇게 말해야 더 상처를 받을까, 저렇게 말해야 더 창피할까.

남의 엉덩이를 만지는 변태니까, 그 대가를 톡톡히 치르게 할 생각이었다.

'경찰이 올 때까지 이 아저씨에게서 힘을 쫙 빼놔야지. 하지만 욕하고 소리를 지르면 안 돼. 격 떨어져 보이니까. 최대한 차분하게, 냉정하게, 하지만 확실하게. 똑똑한 여자로 보일 거야.'

그렇게 생각하며 입을 열었다.

"이봐요, 아저씨. 아저씨 결혼하셨죠? 아저씨가 그러고 다니는 거, 아저씨 부인이랑 자식들도 알아요? 자식들은 아빠가 일 열심히 하고 다닐 거라고 생각할 텐데, 이러고 다니는 거 알게 되면 얼마나 창피하겠어요?"

조목조목 따질수록 아저씨의 얼굴은 형편없이 일그러졌다. 아까는 이래저래 반박하려고 했지만, 이제는 입술만 달싹거릴 뿐 소리를 내지 못하고 있었다.

그래, 사람이 죄 짓고는 못 살지.

기세등등해진 수영이 마지막으로 멋있게 한 마디를 날리려 할 때였다.

"그 아저씨는 네 엉덩이 안 만졌어."

낮고 조금은 허스키하지만 매혹적인 목소리가 수영을 얼어붙게 만들었다. 수영은 총에 맞은 사람 같은 표정으로 눈을 부릅뜨고 소리가 들린 곳을 향해 고개를 돌렸다.

사람들 사이에 눈에 띄는 한 여자가 서 있었다.

비쩍 마른 몸, 허름한 옷차림. 하지만 그 옷조차도 고급스럽게 만드는 예쁘고 작은 얼굴. 남의 마음을 읽는 것 같은 맑고 투명한 연갈색 눈동자.

"유재인?"

재인이었다.

'유재인이 왜 여기에 있는 거지?'

수영의 표정이 무시무시하게 일그러졌다. 재인은 조용히 수영을 응시했다.

"그 아저씨는 네 엉덩이를 만지지 않았어."

재인이 다시 한 번 말했다.

구경을 하던 사람들은 새로운 인물의 등장에 놀라 그쪽으로 시선을 옮겼다. 그리고 새로운 인물의 미모에 다시 한 번 놀라며,

"우와."

라는 작은 감탄사를 토해 냈다.

으득—

수영은 이를 악물었다.

항상 이랬다. 재인은 어디를 가든 주목을 받았다. 옅은 색채를 지녔으면서도 존재감이 뚜렷한 유재인에게 모두가 열광했다.

"내가 지금 꽃뱀 짓이라도 하고 있다는 말이야?"

수영은 정신을 차리고 앙칼지게 물었다.

"그런 말이 아니야. 누군가 네 엉덩이를 만졌겠지. 하지만 그 아저씨가 범인은 아니라는 소리야."

"마, 맞아. 난 엉덩이를 만지지 않았어!"

지금껏 누구도 편들어주지 않았던 아저씨가 자기편을 만나자 정신을 차렸다.

"난 그냥 이 아가씨 뒤에 서 있었을 뿐이야! 휴대폰을 보고 있었다고!"

"휴대폰은 한 손으로도 볼 수 있잖아요! 나머지 손으로 내 엉덩이를 만졌겠죠!"

수영은 자기가 거짓말쟁이가 되는 이 순간을 견딜 수가 없었다. 분명 누군가 엉덩이를 만졌고, 바로 뒤에 서 있던 이 아저씨가 범인일 것이다.

"아니라니까. 내가 한 짓이 아니야."

"그럼 왜 지금까지 아무 소리도 안 한 건데요?"

"그거야 아가씨도 그렇고, 주위에서도…… 다들 몰아붙이니까 당황스러워서."

"거짓말 말아요!"

"거짓말 아니야."

재인이 다시 말했다. 구경꾼들의 시선이 수영에게서 아저씨에게로, 아저씨에게서 재인에게로 바삐 움직였다.

"아니긴 뭐가 아니야. 넌 또 이런 식으로 나한테 창피를 주려는 거야?"

"수영아."

"웃기지 말라고 해. 난 분명 누군가가 내 엉덩이를 만지는 걸 느꼈어. 그리고 내 바로 뒤에, 이 아저씨가 바짝 붙어서 서 있었고!"

"그래. 하지만 다른 사람일 수도 있잖아."

"난 거짓말하는 거 아니야!"

수영은 눈물이 날 것 같았다. 진짜로 누군가 엉덩이를 만졌는데, 사람들은 재인의 말을 더 믿는 눈치였다. 그렇겠지. 유재인은 예쁘니까, 다들 저렇게 예쁜 여자가 거짓말을 할 리 없다고 생각하는 거겠지.

늘 수영을 따라다녔던 자격지심이 불쑥 고개를 쳐들었다.

"웨이러미닛."

유쾌한 음성이 끼어들었다.

"엉덩이. 그래요, 좋지요."

상황과 어울리지 않게 중얼거리는 남자를 보고, 수영은 숨을 삼켰다. 아마 다른 사람들도 마찬가지이리라.

불쑥 등장한 남자는 재인의 옆에 딱 붙어 서 있었다. 그녀의 보호자라도 된다는 듯이.

고급스러운 와인색 캐시미어 코트를 입었고, 남들보다 머리 하나는 더 컸다. 짙은 눈썹 아래에는 아몬드 형의 눈매가 자리 잡고 있었다. 섹시한 느낌을 풍기는 남자였다.

"하지만 엉덩이보다 중요한 건, 누가 이 아가씨의 엉덩이를 만졌냐는 겁니다."

남자는 느릿하게 말하며 재인에게로 시선을 옮겼다. 재인이 고개를 들어 남자를 쳐다봤다.

"민성현 씨가 해."

"아니, 여왕님."

민성현이라 불린 남자가 허리를 굽혔다. 그의 얼굴이 재인의 귓가에 가까워졌다.

"이건 여왕님이 해결해야 하는 일이야."

작은 목소리라서 수영에게까지는 들리지 않았다.

하지만 수영은 그것만으로도 성현과 재인이 아는 사이라는 것을 알 수 있었다. 그와 동시에 성추행을 당한 일은 머릿속에서 깨끗하게 지워졌다. 그 자리를 열등감과 질투심이 채웠다.

'또야. 또 저런 잘생긴 남자랑.'

수영은 주먹을 꽉 쥐었다.

유재인은 어릴 때부터 그녀에게 모멸감을 주기 위해 존재하는 것 같았다. 수영이 무엇을 해내든, 재인을 이길 수는 없었다. 공부도, 인기도.

수영이 재인을 이기기 위해 할 수 있는 것이라고는, 그녀를 깎아내리는 것뿐이었다. 어릴 때는 그런 자신이 한심하다고 생각하기도 했다. 하지만 그런 일들이 반복되자, 어느새 그것이 당연한 일이 되었다.

게다가 재인은 행복했던 수영의 가족들을 엉망으로 만들었다. 그러니까 재인은 좀 더 불행하고 외로워야 하는데.

'그런데 저런 남자들을 데리고 다니잖아! 아직까지도!'

수영이 부글부글 끓는 속을 억누르는 동안, 재인은 사람들을 천천히 둘러보고 있었다. 재인의 시선이 아저씨를 끌고 온 청년에게 멈췄다. 대학생으로 보이는 남자였다.

재인의 눈동자가 한동안 그를 똑바로 향하고 있었다. 그녀의 연갈색 눈동자를 마주한 청년은 처음에는 얼굴을 붉혔다가 시선을 피하더니, 안절부절못하기 시작했다. 뭔가 감춘 것이 있는 사람처럼.

"신고 받고 왔습니다."

그러고 있을 때 경찰이 도착했다.

"성추행을 당했다고 들었는데. 신고하신 분이 누구신가요?"

수영이 떨리는 손을 들었다. 하지만 아무도 수영을 돌아보지 않았다. 사람들은 재인만을 보고 있었다. 재인은 평소와 달리 기묘한 분위기를 흘리고 있었다. 그녀의 몸 주위에 연주홍색 오라가 일렁거리는 듯한 착각이 들 정도였다.

"저, 성추행범은 같이 내렸습니까?"

경찰이 작은 목소리로 물었다. 수영은 그것이 자신을 배려해서가 아니라, 재인을 방해하지 않기 위해서라고 생각했다.

재인은 가만히 서 있을 뿐인데도 무언가를 하고 있는 것처럼 보였다. 굉장히 중대한 일이라서, 방해하면 큰일 날 것 같은 분위기.

"이 남잡니다."

그 분위기를 깨며, 성현이 청년의 어깨에 손을 얹었다.

"이 남자가 그 아가씨의 엉덩이를 더듬더듬 조물조물 가지고 놀았습니다."

모두들 청년이 반박할 거라고 생각했다. 하지만 청년은 빨개진 얼굴로 눈을 내리깔고 있었다.

"어찌나 성욕이 폭발하셨는지, 고 사이를 못 참고 그런 만행을 저질렀네요. 잡아가세요, 경찰 아저씨!"

성현이 말이 끝나기가 무섭게, 청년이 재인의 앞에 엎드렸다.

"죄, 죄송합니다! 제가…… 제가 미쳐서는. 제발 용서해 주세요."

'네가 용서를 빌어야 할 건 나야!'

수영은 속으로 외쳤다.

"용서는."

사과를 받은 재인은 손을 들어 올려 수영을 가리키며 덤덤하게 말했다.

"저쪽에 빌어야죠."

"아……!"

청년은 그제야 수영의 존재를 깨달은 사람처럼 벌떡 일어나더니, 수영의 앞으로 와서 무릎을 꿇었다.

"죄송해요. 한 번만 용서해 주세요. 저, 공무원 준비 중인데 경찰에 걸린 기록이 남으면……."

수영은 참을 수가 없어졌다. 피해자는 수영이었고, 범인을 잡은 사람도 수영이었다. 그런데 재인이 나타나 모든 것을 망쳐버렸다. 모두의 시선을 빼앗아 갔다.

그 분노에 저도 모르게 발을 들어 올렸다. 무릎 꿇은 남자를 걷어차지 않으면, 속이 풀릴 것 같지 않았다.

"스톱."

뒤로 올라간 수영의 발목을, 성현이 가볍게 낚아챘다. 수영이 기우뚱하자, 성현이 얼른 발을 놔주고 뒤로 물러섰다. 수영을 지탱해 줄 생각은 없는 것 같았다.

수영은 간신히 자세를 바로하고 성현을 노려봤다. 하지만 곧 그 시선을 거둘 수밖에 없었다. 성현이 똑바로 보기 힘들 만큼 잘생겼기 때문이었다.

"왜 이러세요?"

한 풀 죽은 목소리로 물었다.

"여기서 아가씨가 저 청년을 걷어차면, 속이야 시원해지겠지만 쌍방과실이 될 가능성이 농후합니다. 맞죠?"

성현이 경찰에게 물었다. 경찰이 고개를 끄덕거렸다.

"여성의 엉덩이를 허락도 없이 만지는 놈은 공무원이 될 자격이 없지요. 경찰에 넘기고 법대로 처벌하세요. 며칠 지나고 보면 그게 더 속 시원할 겁니다."

"……알겠어요."

"좋습니다. 그럼 이걸로 이 일은 해결됐군요. 자, 자. 구경하시던 분들은 동전 하나씩 던지고 돌아 가주시고요. 경찰 아저씨는 이놈 멱살 잡고 끌고 가주시고요. 아가씨는 경찰서에 가서 진술을 하면 모든 상황이 아름다워질 겁니다."

성현이 손바닥을 짝짝 쳐서 구경꾼들이 돌아가게 만들었다. 구경꾼들은 구시렁거리면서도 여기저기로 흩어졌다.

경찰이 성추행범을 연행하기 위해 일으키는 동안, 수영은 주먹을 꽉 쥐고 있었다.

'유재인이 싫어. 유재인이 싫어.'

같이 살 때도 싫었는데, 다시 만난 지금, 더 싫어졌다. 너무 싫어서 그녀의 등을 전철 쪽으로 떠밀어버리고 싶을 정도였다.

"가자."

재인이 자연스럽게 성현의 손목을 잡으며 말했다.

"응."

재인의 말이 떨어지기가 무섭게 성현은 더 이상 이곳에 볼일이 없다는 듯 돌아섰다.

"아가씨, 우리도 파출소로 갑시다."

경찰이 수영에게 말했다. 하지만 수영의 귀에는 들리지 않았다.

수영은 저 멀리 서 있는 재인과 성현을 노려봤다. 두 사람은 절대로 떨어지지 않을 연인처럼, 서로의 손을 꼭 잡고 있었다.

"어때, 내가 옆에 있으니까 든든했지?"

성현이 물었다.

"응, 든든하더라."

재인은 솔직하게 대답했다. 성현의 눈이 반달 모양으로 접혔다.

"왜 그런 표정을 지어?"

"난 여왕님이 솔직하게 말해 주면 감개무량해지거든."

"남들이 들으면 내가 허구한 날 거짓말만 하는 줄 알겠다."

"거짓말은 안 하지만 솔직하진 못하잖아. 물론 그게 여왕님의 매력이기는 해. 하지만 솔직해도 매력이 있어. 매력이 없을 때가 없지, 내 여왕님은."

"……무슨 소리를 하고 싶은 건지."

전철이 덜컹덜컹 흔들렸다.

"사촌이 여왕님을 많이 괴롭혔어? 여왕님이 얹혀산다고?"

성현이 콕 집어 물었다. 재인의 한쪽 입꼬리가 올라갔다.

"그런 문제는 아니었어. 그리고 그 애 입장에서는 그럴 수밖에 없었다고 생각해."

"어떤 입장인데?"

"부모님을, 특히 아빠를 뺏긴 입장?"

"내 여왕님은 팜므파탈이로군."

누구에게도 말할 수 없었던 일인데, 성현의 앞에서는 술술 흘러나왔다. 그건 아마도 성현이 재인의 모든 문제를 가볍게 만들어 버리기 때문이었다.

그럼에도 기분이 상하지 않는 이유는, 그가 진지하게 들어주기 때문일 것이다. 그는 재인이 말하기 쉽게 유도하면서도 그녀의 말에 누구보다도 진지하게 귀를 기울였고, 신중하게 반응했다.

그가 얼마나 재인에게 집중하고 있는지 알기에, 재인은 말할 수 있었다.

"어렸지만 이해할 수 있었어. 돈 한 푼 없이 굴러들어 온 애물단지를 귀찮아하는 이모의 마음. 자기보다 공부 잘하는 같은 나이의 사촌을 미워하는 수영이의 마음. 게다가 말했잖아. 나는 나쁜 계집애라서 좀 힘들고 외로워도 된다고."

배고파도 괜찮았다.

이모네 가족이 음식 하나 놔두지 않고 8박 9일의 해외여행을 떠났을 때. 추운 집에 혼자 방치되어 쫄쫄 굶다가 기절했지만, 그래도 괜찮았다.

간혹 이모가 주는 음식에 상한 것이 섞여 있어도, 수영이 재인의 머리채를 휘어잡고 변기에 얼굴을 집어넣었어도, 다 괜찮았다.

엄마를 배신한 나쁜 계집애는 당연히 벌을 받아야만 한다고 생각했다.

"이모는 스트레스를 받으면 나를 때렸어. 수영이는, 음…… 그냥 나를 때렸어. 그래도 정말 괜찮았어, 나는. 그런 건 아무것도 아니었어. 그저…… 나는 딱 하나 이해할 수 없었어."

그거 딱 한 가지.

"이모부가 날 만지는 이유."

성현의 표정이 무섭게 굳었지만 재인은 눈치채지 못했다.

"이제는 알아. 그게 뭔지. 하지만 그때는 몰랐어. 난 어렸으니까. 14살이었나. 아마 그쯤이었을 거야. 이모부가 밤마다 내 방에 몰래 들어오기 시작했어."

문이 열리는 소리. 어둠 속을 걸어오는 발소리. 두 눈을 질끈 감기 전에 보이는 커다란 발. 희미한 술 냄새와 남자 스킨 향기. 그리고 몸을 더듬던 손길.

"벌레가 기어가는 것 같았지만 참았어. 참고, 또 참았어. 그렇게 며칠을 참았지만, 더는 참을 수가 없었어. 아무리 생각해도 이해할 수가 없었거든. 그 행동만큼은."

그래서 이모에게 말했다.

"많이 맞았어. 정말 그날은 이렇게 죽는구나, 싶었다니까. 맞고, 또 맞고, 그리고 또 맞고. 그렇게 쓰러진 나에게 이모는 말했어."

"이 더러운 년이 어디서 거짓말을 해?"

"이모는 내 말을 믿고 있었어. 하지만 부정하고 싶었던 거지. 자기 남편이 어린 조카에게 그런 짓을 한다는 걸. 나는 그때 날 도와줄 사람이 아무도 없다는 걸, 다시 한 번 깨달았어."

이모에게 진실을 말한 후, 구타를 당하는 일이 더 많아졌다. 그리고 이모와 이모부의 싸움이 시작되었다. 이혼을 하네, 마네. 그런 이야기가 나오는데도, 이모부는 가족들의 눈을 피해 가끔씩 재인을 더듬었다.

"이모랑 이모부가 엄청 싸웠으니까 수영이도 알게 됐지. 걔가 원래 눈치도 빠른 애인데다가, 이모는 그 일을 숨길 생각이 없는 것 같았거든. 적어도 수영이한테는."

이모부는 이해할 수 없었다. 하지만 이모와 수영은 이해할 수 있었다.

"나는 나쁜 계집애니까, 엄마를 버린 애니까, 그러니까 그런 일을 당한 거야. 그래서 두 사람에게 미움을 받은 거고. 그렇게 생각하면 마음이 편했어. 당해야 할 일을 당한다고 생각했지."

하지만 이모부로부터는 벗어나고 싶었다.

"나 때문에 이모와 수영이가 망가지는 걸 보기 힘들었어. 우리 부모님이 살아계실 때 이모는 나쁜 사람이 아니었어. 수영이랑도 같은 나이라서 친하게 지냈었고. 걔네 집에 놀러 가면 자기 인형을 나한테 주기도 했거든. 그런데 내가 그 집에 들어가면서, 그 두 사람의 마음이 병들기 시작한 거야."

어려운 과거였다.

어둡고 아파서 잊고 싶은 과거.

하지만 성현에게 이야기하는 동안에는 그다지 아프지 않았다. 그저 그런 일이 있었지, 라고 타인이 겪은 일을 이야기하듯 말할 수 있었다.

"18살 때 그 집을 나왔어. 수영이는 똑똑한 애니까, 시간이 지나면 언젠가는 그때의 상황을 다시 한 번 생각해 주게 될 줄 알았어. 아주 조금은 나를 이해해 줬으면 좋겠다, 라는 욕심도 생겼었는데.

내가 너무 큰 걸……."

말을 끝낼 수가 없었다.

성현이 갑자기 끌어안았기 때문이다. 그의 가슴에 얼굴이 묻혔
다. 숨을 쉴 수 없는데, 그는 더 세게 재인을 안았다. 그의 단단한
팔이 재인을 으스러뜨릴 듯 휘어 감고 있었다.

달콤한 향기가 났다.

성현은 이모부처럼 커다란 발을 가졌지만, 술 냄새도, 스킨 향기
도 풍기지 않았다. 그에게서 나는 향기는 언제나 그리운, 달콤한 향
기. 아무리 맡아도 질리지 않는 향기였다.

"여왕님, 나는."

성현의 음성이 유독 낮게 들려왔다. 조금 화가 난 것 같기도 했
다.

"집에 가고 싶어졌어."

그의 가슴에 얼굴이 짓눌려 있어서 무슨 말이냐고 물어볼 수가
없었다.

"집에 가자. 그리고 여왕님."

잠깐 시간을 둔 후, 성현이 덧붙였다.

"나랑 같이 자자. 여왕님이랑 같이 자고 싶어."

성현은 말을 마치자마자 재인을 안아 들고 그 다음 역에서 내렸
다. 역에서 나온 성현이 택시를 잡아타고 집으로 가는 동안, 재인은
뻣뻣하게 얼어붙어 있었다.

같이 자자. 같이 자자.

성현의 느닷없이 선언이 머릿속을 엉망진창으로 헝클어뜨렸다. 재인은 정상적인 사고를 할 수가 없었다.

얼마 후, 두 사람은 동래 아파트 앞에서 내렸다. 성현은 또 재인을 안아 들고 저벅저벅 걸어갔다. 그제야 정신을 차렸다.

"내려 줘."

"가만있어."

"이봐, 민성현 씨. 나는……."

"가만있어, 재인아. 알잖아. 나는 네가 싫어하는 짓 안 해."

"늘 해! 그리고 지금도 하잖아."

성현은 더 이상 대답하지 않았다. 그는 정면만 응시하고 있었다. 그의 입가에는 미소가 없었다. 입가의 근육이 잔뜩 긴장해 있어서, 보는 것만으로도 숨이 막혔다.

언젠가 영민이 성현을 '무섭다'고 표현했던 말이 떠올랐다.

그랬다.

지금 재인은 성현이 무서웠다.

'나한테 무슨 짓을 할까 봐 무서운 게 아냐.'

성현이 재인에게 나쁜 짓을 하지 않으리라는 것은 알고 있었다. 이유는 모르겠지만, 그런 부분에서만큼은 그를 신뢰했다. 다만……

'이 남자는 분명 이모부를 죽일 거야.'

그게 무서웠다.

성현은 재인이 원한다면 누구라도 죽일 수 있을 것 같았다. 그리고 지금의 성현은 재인이 원하지 않아도 이모부를 죽이러 갈 것만 같았다.

오래전의 이야기를 털어놓았을 뿐인데, 성현이 이렇게까지 반응할 줄은 몰랐다. 재인이 무슨 짓을 당했든, 성현에게는 타인의 문제일 뿐이다. 프로파일러로 활동했으니 이정도의 사정은 많이 들어왔을 텐데, 왜 이렇게까지 반응하는 걸까?

'설마 이 남자, 여자 성추행하는 놈들은 다 죽이고 다닌 거 아냐?'

라는 극단적인 생각마저 들었다.

재인의 집 문을 연 성현은 주저하지 않고 방으로 향했다. 그리고 재인을 풀썩, 침대에 눕혔다.

같이 자자고 했으니 옆에 누울 줄 알았다. 하지만 성현은 침대 옆에 떡 버티고 서서 재인을 응시했다.

웃음기 없는 그의 얼굴은 조금 차갑고, 많이 슬펐다. 금방이라도 눈물을 흘릴 거 같은 그의 검은 눈동자가 마음에 걸렸다.

"저기. 민성현 씨. 괜찮은 거야?"

조심스레 물었다.

성현의 표정이 조금 누그러졌다.

"그 질문은 내가 해야지."

그의 음성에는 한숨이 섞여 있었다.

"하지만 안 할게. 괜찮지 않은 게 당연하니까."

"난 괜찮은데."

"아니, 여왕님. 여왕님은 괜찮지 않아."

"괜찮다니까."

"안 괜찮아."

"괜찮아. 오래전의 일이잖아."

"안 괜찮아. 이보다 더 안 괜찮을 수가 없어."

"정말 괜찮아. 같은 소리 반복하게 하지 마."

"하아."

성현이 어깨가 들썩일 정도로 깊은 한숨을 내쉬었다. 그는 어쩔 수 없다는 표정으로 침대 끝에 엉덩이를 걸치고 앉았다. 그리고 재인을 향해 손을 뻗었다.

그의 커다란 손이 재인의 머리 위에 살포시 얹어졌다. 따스한 손이 다정하게 그녀의 머리를 쓰다듬었다.

"재인아. 네가 겪은 일은 당해 마땅한 일이 아니야. 너는 당하지 말아야 할 짓을 당했고, 어느 누구도 네 편을 들어주지 않았어. 그러니까 괜찮지 않아."

"지금, 당신이 내 편을 들어주고 있잖아."

재인의 말에 성현의 눈썹이 아래로 내려갔다. 그는 당혹스러운 듯 시선을 옆으로 피했다가 다시 재인과 눈을 맞췄다. 그의 눈가가 촉촉하게 젖어 있었다.

"그래, 내가 네 편이지."

"그러니까 됐어."

"이거 참."

그가 다시 시선을 옆으로 피했다. 굳어 있던 그의 입가 근육이 부드럽게 풀어졌다.

"너무나 감개무량해서 뭐라고 대답해야 할지 모르겠군."

"당신도 모르는 게 있어?"

"응. 나도 모르는 게 많아."

대화를 하면서도 그는 끊임없이 재인의 머리를 쓰다듬었다. 그렇게 하는 것이 그의 일생 과제라도 된다는 듯이.

"이런 사건이 하나 있었어. 한 여자아이가 태어났어. 그런데 그 아이를 낳으면서 아이의 엄마가 죽었어. 아이 아빠는 아이가 엄마를 죽였다고 평생 미워했지. 아빠는 아이를 때리면서 말했어. 넌 엄마를 죽인 계집애니까 맞아야 한다고. 살 자격 없다고."

"말도 안 돼."

"그래, 말도 안 되지. 또 이런 사건이 있어. 한 20대 초반의 남자가 운전을 하는데 강아지 한 마리가 도로에 뛰어든 거야."

"……."

"그 강아지를 피하려다가 다른 차를 박았고, 그 차를 운전하던 여자가 죽었어. 사고를 낸 남자는 괴로워했고 고통스러워했지. 그러고 일주일 후에, 죽은 여자의 연인이 남자를 죽였어. 너 같은 놈은 살 자격 없다고."

"그건 실수였잖아."

"그래, 실수였지."

"……당신이 무슨 소리를 하려는지 알겠어. 하지만 난……."

"8살이었어, 재인아. 넌 고작 8살이었어. 미국 나이로는 6살이었겠지."

"……."

"8살의 어린아이가 도대체 얼마나 더 깊은 생각을 해야 하지? 나는 모르겠어. 내 나이 8살 때, 나는 미토콘드리아를 공부하고 있었어."

"아하하하."

재인은 느닷없이 튀어나온 생물학 단어에 웃음이 터졌다. 하지만 성현은 서글픈 눈으로 그녀를 응시하며 말했다.

"네 눈물은 내 거야, 재인아."

머리를 쓰다듬던 손이 재인의 볼로 향했다. 그의 뜨거운 손이 재인의 뺨을 어루만졌다.

"그러니까 재인아. 웃지 않아도 돼."

그가 천천히 침대 위에 올라와 재인의 옆에 누웠다. 비스듬히 누워 재인을 바라보며, 성현이 말했다.

"울어, 유재인. 지금 내 앞에서."

눈물이 흐르는 이유를, 재인은 알 수 없었다.

성현에게 '괜찮다.'고 말한 것은 거짓이 아니었다. 괜찮았다. 정말로 다 괜찮았다.

그런데 왜 눈물이 흐르는 걸까? 왜 괜찮았던 가슴에 설움이 차올라 답답해지는 걸까?

"으윽……."

왜 소리가 날 정도로 이렇게 괴로운 걸까?

"으흐윽……."

괜찮은데. 정말로 괜찮은데.

"으흐흐윽…… 윽…… 윽……."

그런 일들은 정말 아무것도 아닌데. 누구든 겪을 수 있는 일인데.

"윽…… 으윽……."

혼자서도 버틸 만 해서 지금껏 버텨왔는데.

"으흑."

울음소리조차 마음껏 내지 못하고 신음만 흘리는 재인을, 성현은 가만히 보듬어 안았다. 부서질 것 같은 그녀의 작은 몸이 떨리는 것을 느끼며, 성현은 작지만 긴 한숨을 내쉬었다.

재인의 울음소리는 한참이 지난 후에야 잦아들었다. 흐느낌으로 변한 소리가 어느새 고른 숨소리로 바뀌었다. 성현은 재인의 머리를 쓰다듬으며 눈을 감았다.

'그런 일이 있었군.'

은우도 그런 사정까지는 알아내지 못했다.

'그래, 그럴 법도 했겠어.'

재인은 예뻤다. 일부 남자들은 때때로 어리고 예쁜 소녀에게 성적인 욕망을 느끼곤 한다.

'그래서였군. 여왕님의 마음이 이렇게까지 얼어붙은 이유가. 아무리 친척이라도 피가 통한 존재들인데, 그런 식으로 행동했으니.'

재인의 어둠은 단지 엄마의 죽음 때문만은 아니었다. 그로 인해 파생된 다른 일들이 겹치고 겹쳐, 재인이 쌓은 얼음 성을 더욱 견고하게 만들었던 것이다.

'최영주.'

이 모든 일이 그 여자로부터 비롯되었다.

최영주가 아니었더라면 재인의 가족도, 수영의 가족도 평범했을 것이다. 명절에 만나 노닥거리고, 지금쯤이면 결혼은 언제 하느니, 사는 거 힘들다느니, 영양가 없는 대화를 나누며 지냈을 것이다.

최영주의 등장으로 모든 것이 헝클어졌다.

'최영주. 당신은 그냥 죽는 건 안 되겠어. 그건 고통스럽지가 않아.'

성현의 입가에 싸늘한 미소가 떠올랐다.

'내 여왕님이 살아온 이 지옥을, 이제 당신이 대신 걸어 줘야겠어.'

꿈을 꾸지 않고 잔 것은 오랜만이었다.

뻑뻑한 눈꺼풀을 들어 올렸다.

뿌연 시야 사이로 그림 같은 얼굴이 보였다. 하얀 피부, 선이 고운 눈썹, 기름한 눈과 긴 속눈썹, 오뚝한 코 아래에 자리 잡은 얇고 붉은 입술.

'예쁘다.'

잠에서 덜 깬 상태로 멍하니 생각했다.

'와, 정말 예쁘다.'

그러다가 퍼뜩 그것의 정체를 눈치챘다.

번쩍—

눈을 크게 떴다. 이번에는 좀 더 또렷한 상이 맺혔다.

성현이었다.

성현이 그녀를 향해 비스듬히 누운 자세로 자고 있었다!

'왜? 왜 이 남자가 내 옆에서 자고 있는 거지?'

당황스러웠다. 심장이 펄떡펄떡 뛰었다. 한 손을 가만히 들어 가슴 위에 얹고 그를 노려보다가, 잠들기 전의 상황을 기억해냈다.

그의 품에서 넋을 놓고 울었던 자신의 모습이 떠오르자, 얼굴이 화끈 달아올랐다. 그의 고급 정장이 눈물과 콧물에 더럽혀질 거란 생각도 못 한 채 꺼이꺼이 울었었다. 마치 어린아이처럼.

'어떡……하지……?'

남자의 품에, 아니, 타인의 품에 안겨서 울어본 것은 처음이다. 게다가 남자 옆에서 무방비하게 잠까지 자버렸다.

'나, 진짜 왜 이래.'

성현이 남다른 정신세계를 가지고 있기는 했다. 그렇다고 해서 그를 너무 편하게만 생각해선 안 됐다. 그에게 도움을 받고 있지만 적당한 거리를 유지해야만 했다.

"그러다가 언젠가는 날 떠나겠지?"

"그렇겠지, 언젠가는."

그와 나누었던 대화를 떠올렸다. 그랬다. 성현은 언젠가 떠날 사람이었다.

'근데 이 남자, 진짜로 자는 거 맞나?'

남의 집인데 너무 편하게 자는 것 같다. 눈을 가늘게 뜨고 그의 얼굴을 살펴봤지만, 자는 척을 하는 것 같지는 않았다.

새액— 새액—

규칙적이고 고른 숨소리가 들려왔다.

'정말 자는구나.'

성현이 푹 자는 것이 이해가 되기도 했다. 그는 재인보다 늦게 자고 일찍 일어났다. 하루에 3시간 이상은 자는 걸까?

'이제 그만 일어나야겠다.'

고 생각하면서도 그의 얼굴에서 눈을 뗄 수가 없었다. 성현이 얼굴을 들이민 적은 자주 있지만, 이렇게 자세히 살펴보는 것은 처음이었다.

가까이에서 보는데도 잡티 하나 없는 피부와 긴 눈매가 무척이나 보기 좋았다. 예술 작품을 감상하는 기분이었다.

매끄러운 피부를 한 번 만져보고 싶었다. 코끝을 자극하는 달콤한 향기만큼이나 부드러울 것 같았다. 조심스럽게 손을 들어 올렸다. 재인은 자신이 무엇을 하는지 자각하지도 못한 채, 그의 뺨에 살며시 손가락을 댔다.

손가락 끝이 살짝 닿았을 뿐인데도 부드러움이 느껴졌다. 손가락 끝에서부터 시작된 그의 체온이 느릿하게 혈관을 타고 퍼져갔다.

아주 살짝만 만져볼 생각이었는데 한 번 만지기 시작하자 멈출 수가 없었다. 그의 볼에서 콧등으로, 입가로, 다시 볼로. 재인의 손가락이 생명을 가진 것처럼 제멋대로 움직였다. 그렇게 머뭇거리던 손가락이 그의 붉은 입술 위에 닿았다.

부드럽고 촉촉하고 따뜻했다.

손끝에 전해지는 은밀한 감각에 심취해, 그의 숨소리가 변했다는 것을 깨닫지 못했다.

덥썩—

그의 손이 재인의 손을 움켜쥐었다.

"으앗!"

깜짝 놀라 비명을 지르며 손을 빼내려 했다. 하지만 그의 힘을 이길 수가 없었다.

그의 눈꺼풀이 천천히 위로 올라갔다. 가려져 있던 흑진주 같은 눈동자가 드러났다. 새까맣고 맑은 눈동자 안에 재인의 놀란 얼굴이 비쳤다.

성현의 입가에 희미한 미소가 번졌다.

"잘 잤어?"

자다 깬 그의 목소리는 조금 쉬어 있었다. 그 나른한 음성이 듣기 좋았다.

"어……."

"눈을 뜨자마자 보이는 것이 여왕님의 얼굴이라니."

그의 눈이 예쁜 반달 모양으로 접혔다.

"이거 참. 가슴이 벅차도록 행복하군."

"어……."

무슨 말이든 해야 하는데 목이 콱 막혀 목소리가 나오질 않았다. 그의 얼굴을 쓰다듬었던 거, 그의 입술을 만지작거린 거, 눈치챘을까?

"게다가."

그가 여전히 잡고 있던 재인의 손가락 끝에 입을 맞췄다. 입술이 벌어지며 붉은 혀가 재인의 손가락을 핥았다. 생각지도 못한 상황에 재인은 비명조차 지르지 못했다.

"여왕님이 손가락을 하사해 주시다니."

그는 재인의 손가락을 자신의 입술에 지그시 누른 채, 재인을 똑바로 응시했다. 기분 탓일까? 그의 눈빛이 유독 뜨겁게 느껴졌다.

"너무도 감개무량하여."

획—

갑자기 상체를 일으킨 그가 재인을 똑바로 눕히며, 그녀의 위로 올라왔다. 그의 한 손이 재인의 손목을 잡고, 그의 허벅지가 재인의 허벅지를 눌러 움직이지 못하도록 만들었다.

"하마터면."

그의 얼굴이 가까워졌다. 그의 코끝이 재인의 코와 부딪쳤다.

"덮칠 뻔했어."

숨결이 섞였다.

재인은 아찔한 기분에 눈을 질끈 감았다.

이런 일이 벌어진 것이 어제였다면 매몰차게 그의 가슴을 밀어냈을 것이다. 아니면 그를 똑바로 응시하며 비키라고 말할 수 있었을 것이다.

하지만 지금 이 순간, 재인은 꼼짝도 할 수 없었다. 그를 밀어낼 수도, 거부할 수도 없었다. 아니, 그러고 싶지 않았다.

그의 숨결이, 목소리가, 체온이, 향기가. 그 모든 것이 싫지 않아서. 아니, 좋아서.

그래서 그를 떼어낼 수가 없었다.

왜 이러는 걸까? 어제와 뭐가 달라진 걸까? 그의 품에 안겨 울어서? 그와 같은 침대에서 잠들어서? 깨어나자마자 보인 것이 그의 얼굴이라서?

답을 알 수가 없었다.

그때, 그의 숨결이 재인의 귓가를 간질였다.

"난 남자야, 여왕님."

그가 결박하고 있던 재인의 손목을 풀어 줬다. 그의 손이 재인의 옆머리를 쓸어 넘겼다.

"단둘이 있을 때 함부로 만지면 안 돼. 위험하니까."

그제야 정신이 들었다. 재인은 두 손으로 성현의 가슴을 밀어냈다. 성현은 평소대로 돌아가 싱긋 웃으며 재인에게서 떨어졌다.

"당신은 날 함부로 만져대잖아."

"상황이 달라, 여왕님. 나는 여왕님을 만지기 전에 열 번쯤 생각해. 그리고 열 번쯤 고민하지. 그 다음에 열 번쯤 시뮬레이션을 하고, 열 번쯤 각오를 다져. 짐승으로 변하지 않을 수 있다는 확신이 생긴 후에야 여왕님을 만지는 거야."

"거짓말쟁이."

뭐가 그리도 좋은지, 그가 환하게 웃으며 일어났다. 침대 옆에 선 성현이 재인을 향해 정중하게 한 손을 내밀었다.

"이제 일어나시죠, 여왕님."

재인은 그의 커다란 손을 보며 망설였다. 그의 손을 잡는 것이 너무 익숙해져 버렸다. 그런데 정말 익숙해져도 괜찮은 걸까? 그는 언젠가 떠날 사람인데.

고개를 들자 그의 웃는 얼굴이 보였다. 그는 재인이 망설이는데도 참을성 있게 정중한 자세를 유지하고 있었다. 그 모습이 마치 주인의 명령만 기다리는 충견 같아서, 도무지 모르는 척 할 수가 없었다.

재인은 그의 손바닥 위에 자신의 손바닥을 겹쳤다. 그가 살며시 그녀의 손을 거머쥐고 손등에 입을 맞췄다.

움찔—

재인의 긴장이 전해진 듯 그가 옅은 미소를 띠며 말했다.

"가자, 여왕님. 이번에야말로 최영주를 만나고 오자."

로다 백화점 내에 있는 카페의 구석 자리. 그곳에 수영과 영주가 마주 보고 앉아 있었다.

영주는 다리를 꼬고 앉아 수영을 지그시 응시했다.

"그래서요. 전 버버리보다는 페라가모가 더 세련된 것 같더라고
요."

수영은 아까부터 명품에 대해 끊임없이 떠들어대고 있었다. 그
녀가 무슨 의도로 찾아왔는지, 영주는 잘 알고 있었다. 아마 영주의
환심을 사서 명품백이라도 하나 얻으려는 거겠지. 아니면 직원 할
인을 받아 물건을 구입하든가.

수영의 속셈은 아무래도 좋았다.

사실은 수영과 따로 만날 생각 같은 건 없었다. 십수 년 전 잠깐
인연이 있었던 사람들의 안부 따위, 궁금하지도 않았다.

구형진의 장례식장에 수영이 찾아왔을 때도, 예의상 재인의 안부
를 물었을 뿐. 정말 궁금해서 물어본 것은 아니었다.

하지만 장례식이 끝나고 여유가 생기자, 불현듯 재인의 눈동자
가 떠올랐다.

영주를 똑바로 노려보던 옅은 갈색의 눈동자. 사람의 마음을 꿰
뚫어 보는 것 같은, 날카롭고도 서늘한 냉기를 지닌 눈빛.

8살짜리 소녀가 절대로 가질 수 없는 눈빛으로, 재인은 영주를
노려보며 물었었다.

"아줌마가 우리 아빠랑 엄마를 죽였죠?"

어떻게 알았을까? 경찰도 몰랐던 것을.

그 당시에는 대수롭지 않게 여겼었는데, 이제 와 생각해 보면 기이하기 짝이 없다. 재인과 영주의 관계는 나쁘지 않았다. 아니, 오히려 재인은 남편을 잃고 반쯤 미친 제 엄마보다 영주를 더 따랐다.

그런데도 그때는 영주를 의심했다. 떠보는 것이 아니었다. 재인은 확신하고 있었다.

'생각해 보면…… 참 이상한 아이였어.'

재인의 아빠인 유진석이 살아 있을 때 재인에 대해 했던 이야기가 떠올랐다.

"우리 공주님은 말이야. 아주 예리해. 내가 거짓말을 하면 기가 막히게 눈치챘다니까."

그때는 팔불출 아빠의 헛소리로만 치부했다. 하지만 이제 와 생각하니 8살짜리 아이가 '살인'에 대해 눈치를 챘다는 것이 참으로 이상했다.

'아니, 이상할 것도 없지. 내가 너무 과민하게 반응하는 거야. 어린애가 누굴 원망하고 싶어서 던져본 말이었을 텐데.'

영주는 곧 생각을 털어 냈다.

구형진의 죽음 때문에 마음이 혼란스러워진 것 같다. 그래서 이젠 다들 잊었을 옛일을 떠올리게 되는 것이다.

마음을 다잡고 나니 수영과의 만남조차 후회가 됐다. 구태여 과거의 인물과 재회할 필요는 없었다. 수면 아래로 가라앉은 일은 그대로 놔두는 편이 낫다.

"그만 일어날까?"

막 디올 화장품에 대한 이야기를 꺼낸 수영의 말을 끊으며, 영주가 말했다. 수영이 생글생글 웃었다.

"네, 이모도 바쁘실 텐데 일어나야겠네요."

'내가 왜 네 이모야?'

라고 생각하며 영주는 일어났다. 카페에서 나와 수영은 뭔가를 기대하는 시선을 보냈다. 뭐 하나라도 쥐어서 보낼까 하다가 관뒀다. 이런 아이들은 하나를 얻으면 또 하나를 얻고 싶어 한다. 귀찮은 일은 질색이었다.

"그럼 그만 가 봐. 조심히 가고."

수영이 한심할 정도로 실망감을 드러냈다.

멍청한 계집애. 이렇게 속마음을 감추지 못해서야.

여자란 자고로 슬퍼도 행복한 척, 기뻐도 담담한 척을 할 수 있어야 한다.

"네, 그럼…… 다음에 봬요."

수영이 꾸벅 인사를 하고 돌아섰다.

'다음은 없어.'

비쩍 마른 수영의 뒷모습을 보며, 영주는 생각했다.

'이제 두 번 다시 과거와 마주하지 않을 거야. 나는 이제 새 삶을 살 거야.'

그로부터 5시간 후.

영주의 어두운 수면 위로 과거가 현재가 되어 불쑥 떠올랐다. 그 과거의 이름은 '유재인'이었다.

로다 백화점 근처에 도착했을 때는 해가 저물고 있었다. 잠깐 잔 줄 알았는데, 꽤 긴 시간을 잤던 모양이다.

전철역에서 나와 로다 백화점을 향해 걸었다. 백화점이 가까워질수록 걷는 속도가 점점 느려졌다.

재인의 손을 잡고 걷던 성현이 정면을 응시한 채로 말했다.

"괜찮아. 내가 있잖아."

흘끗 시선을 움직여 그의 옆모습을 확인했다. 언뜻 보이는 그의 입가에는 의미를 알 수 없는 미소가 묻어 있었다.

이 남자는 알고 있을까? '내가 있잖아.'라는 그 말이, 얼마나 안심이 되는지.

재인은 크게 심호흡을 했다.

이제 곧 최영주를 만나게 된다. 그 여자가 어떻게 지내고 있을지 궁금했다. 재인을 마주했을 때 어떤 표정을 지을지도.

짧은 순간 그 여자의 얼굴에서 많은 것을 알아내야만 한다. 평소보다 날카롭게 표정의 움직임을 관찰해야만 한다.

"이런, 이런."

재인의 긴장을 눈치챈 성현이 가벼운 목소리로 말문을 열었다.

"여왕님, 그러면 안 돼. 너무 긴장하면 볼 수 있는 것도 못 보게 돼. 게다가."

그는 곤란하다는 듯 미간을 좁혔다. 재인은 고개를 돌려 그를 올려다봤다.

"그렇게 바짝 긴장한 여왕님은."

성현의 손이 재인의 뺨에 닿았다.

"몹시도 귀여워서 나도 모르게 확."

그의 얼굴이 가까워졌다.

"관둬."

손으로 그의 턱을 막아 냈다. 성현은 싱긋 웃더니 자세를 바로하고 다시 걷기 시작했다.

'이 남자는 진짜 스킨십 좋아하네.'

라고 생각하다가 깨달았다. 긴장이 풀렸다는 것을.

'정말…… 대단한 사람이구나.'

그는 대수롭지 않은 일을 했다는 듯 흥얼거리며 걷고 있었다. 하지만 그의 행동은 아무나 할 수 있는 것이 아니었다.

그는 늘 아무렇지도 않게 상대의 마음을 들었다 놓으며, 단 몇 마디의 말로 심장을 움직였다

자기 자신도 어찌할 수 없는 것이 '마음'이다. 제 마음조차 마음대로 하지 못하는데, 그는 남의 마음을 움직이는 기술을 지녔다.

'내 능력 같은 건, 정말 아무것도 아닌데.'

남의 거짓말을 알아내고 사건을 재구성하는 능력보다 그의 능력

이 더 대단했다.

로다 백화점이 시야에 들어왔다.

"저 백화점의 총매니저라고 했지?"

"응."

"따로 약속을 잡은 거야?"

"아니. 정보에 의하면 이 시간쯤에 퇴근을 한다고 하더라. 아쉽게 됐어."

"뭐가?"

"낮에 방문했으면 내 여왕님을 위한 원피스와 신발이라도 사줄까 했는데."

이 시간에 와서 정말 다행이라고, 재인은 생각했다. 한 무리의 사람들이 로다 백화점에서 걸어 나온 것은, 바로 그때였다.

예쁘게 차려입은 몇 명의 여자들, 몇 명의 남자들. 그리고 최영주.

그녀를 마지막으로 본 지 오랜 시간이 지났다. 그러나 재인은 한번에 그녀를 알아볼 수가 있었다.

최영주는 19년 전의 그때와 거의 달라진 것이 없었다. 낭창낭창한 몸매, 요염한 눈매, 입가에 걸린 냉소적인 미소.

늘 상상해 왔다. 최영주와 재회하는 순간을.

그때의 자신이 어떻게 행동할지, 어떤 감정을 느낄지, 매일, 매일 상상했다.

울지도 몰라. 화를 내려나? 어쩌면 무서워서 한 마디도 못 할지도. 바보처럼 부들부들 떨고 싶지는 않은데.

수많은 상상 중 어떤 것도 들어맞지 않았다.

변함없는 최영주를 보는 순간, 재인의 시간이 19년 전의 그때로 되돌아갔다.

그날 주위를 떠돌던 냄새와 에워싼 공기의 온도, 창문을 타고 들어오는 소음과 미미하게 감도는 불길한 기운. 그곳에 바보처럼 서 있던, 비쩍 마른 어린 소녀. 갈 길 잃은 시선을 어디에 고정시켜야 할지 몰랐던, 그 소녀가 되었다.

하지만.

'따뜻해.'

따스함이 느껴졌다.

분명히 추웠는데. 보일러를 틀어놨음에도 살을 에일 듯한 냉기가 집안을 가득 채우고 있었는데.

그런데 따뜻했다.

그 따스함은 손에서부터 시작되고 있었다. 작은 손을 꽉 잡고 있는, 누군가의 커다란 손. 무척이나 따뜻한 손.

어린 소녀는 고개를 들어 옆을 봤다. 자신을 내려다보는 근사한 미소의 남자를 발견했고, 그 순간, 27살의 유재인으로 돌아왔다.

이곳은 19년 전 재인 혼자 들어간 차가운 주택이 아니었다. 재인도 그때처럼 어리고 작지 않았다.

쌀쌀한 바람이 불어오는 어둑한 거리. 그때보다 조금 더 체구가 커진 재인은, 그때처럼 혼자가 아니라 성현의 손을 꼭 잡고 이곳에 서 있었다.

재인은 다시 시선을 돌렸다.

맞은편의 최영주는 아직 재인을 발견하지 못했다.

함께 있는 동료들에게 미소를 지어 주며, 최영주는 걷고 있었다. 재인의 삶을 지옥으로 만든 최영주는 여전히 아름답고 여전히 행복해 보였다. 그녀의 몸을 감싼 고급스러운 옷과 가방, 반짝반짝 빛나는 비싼 구두.

"내가 죽인 것 같니? 아니야, 재인아. 네 부모는 말이야. 멍청해서 죽은 거야."

그 말을 하며 최영주가 재인을 향해 지었던 미소가 생생하게 떠올랐다. 바로 어제의 일처럼.

재인은 가만히 서서 최영주가 가까이 오기를 기다렸다. 그녀의 얼굴에서 눈을 떼지 않았다.

궁금했다. 최영주가 19년이라는 시간 동안, 한 번이라도 재인을 떠올린 적이 있기는 한지. 그날의 일에 대해 죄책감을 가진 적이 있기는 한지.

재인의 시선을 느낀 듯, 최영주가 시선을 움직였다. 눈이 마주쳤다.

최영주의 눈동자가 흔들리는 것을, 재인은 똑똑히 목격했다. 그녀는 그 짧은 시간에 재인을 알아봤다.

그것을 깨닫는 순간, 재인의 입가에 옅은 미소가 떠올랐다.

'자, 어쩔 거야?'

최영주와 재인 사이의 거리는 열 발자국 남짓.

'도망칠 거야, 아니면 날 마주할 거야?'

최영주는 도망치지 않았다. 아무 일 없었다는 듯 뻔뻔한 표정으로 돌아가, 동료들과 대화를 나누며 걸어왔다. 자신들의 앞에서 손을 꼭 잡고 서 있는 연인 따위 관심도 없다는 듯이.

열 발자국.

아홉 발자국.

여덟 발자국.

그렇게 한 걸음, 한 걸음 가까워지는 동안, 재인은 최영주에게서 시선을 떼지 않았다. 손을 꼭 잡고 있는 성현을 의식하지 못할 정도로, 최영주에게 집중했다. 그녀의 표정과 호흡의 속도와 눈빛을, 하나하나 머릿속에 새겨 넣었다.

그리고 한 발자국.

최영주의 향수 냄새를 맡을 수 있을 만큼 가까워졌을 때, 재인은 최영주를 똑바로 응시하며 입을 열었다.

"아줌마가."

최영주와 그녀의 동료들이 동시에 재인을 쳐다봤다. 하지만 재인은 단 한 사람, 최영주만 주시했다.

"구형진을 죽였죠?"

최영주의 눈이 조금 커졌다가 순식간에 가늘어졌다. 동료들은 무슨 소리를 하는지 모르겠다는 듯, 어리둥절한 표정을 짓고 있었다.

"사람을 잘못 본 것 같은데. 우리 구면이었던가요?"

"그건."

재인이 부드럽게 웃었다.

오래전 최영주가 재인에게 그러했던 것처럼.

"아줌마가 알겠죠."

"난 아가씨를 처음 보네요. 아, 혹시 우리 백화점 고객님이신가요?"

재인은 대답하지 않았다.

"제가 지금 퇴근 후라서요. 로다 백화점 이용에 대해 문의하실 것이 있으면 다음에 다시 방문 부탁드릴게요."

최영주는 두 손을 가지런히 모으고, 고객을 대하듯 꾸벅 인사를 한 후 다시 걷기 시작했다. 그녀의 동료들도 재인을 흘끗흘끗 쳐다보며 걸음을 옮겼다.

재인은 스쳐 지나가는 최영주를 돌아보지 않았다.

6장

빈 곳을 채운

심장이 쿵, 내려앉았다.

저 멀리 서 있는 흐릿한 색채의 여자를 보는 순간, 심장이 멎는 줄로만 알았다.

처음에는 잘못 본 줄 알았다.

유재인에 대해 생각하는 바람에 그녀 또래의 여자를 보고 착각한 거라고, 그렇게 생각했다. 하지만 그녀의 연갈색 눈동자를 마주하는 순간, 유재인임을 확신했다.

'저 애가 왜 여기에?'

재인은 영주를 똑바로 응시하고 있었다. 그녀가 누군지 알고 있다는 듯이.

그래서 영주는, 길을 가다가 우연히 마주친 것이 아니라는 것을 깨달았다. 재인이 일부러 영주를 찾아온 것이다.

'모르는 척하자. 그냥 지나가면 저 애도 굳이 아는 척을 해오지는 않겠지.'

오판이었다.

"아줌마가 구형진을 죽였죠?"

재인은 영주를 똑바로 응시하며 물었다.

동요하지 않았다고 생각한다. 구형진의 죽음 직후 경찰이 찾아왔을 때도 아무런 의심을 사지 않았으니까. 갑작스럽게 남편을 잃은 여자를 제대로 연기해냈으니까.

하지만 재인은 웃었다.

그녀의 작은 얼굴에 떠오른 미소의 의미를, 영주는 도무지 알 수 없었다.

'별 뜻 없는 미소겠지. 괜히 허세를 부린 걸 거야.'

머리로는 그렇게 생각했지만 마음에 걸렸다.

'사실 저 애가 눈치를 챘다고 해도 할 수 있는 건 없잖아. 19년 전에도 그랬으니까.'

재인은 영주의 거짓말을 간파해냈지만, 그에 대한 대가를 치르게 만들 수는 없었다. 19년이 지났다고 해서 달라진 것은 없을 것이다.

'그런데 왜 이렇게……'

거슬리는 걸까?

저도 모르게 뒤를 돌아봤다.

재인이 이쪽을 보고 있을 줄 알았다. 하지만 보이는 것은 재인의 등. 재인은 아까와 같은 자세로 서 있었다.

작게 한숨을 내쉬며 다시 고개를 돌리려던 그때, 시야에 한 남자가 들어왔다. 재인에게 집중하느라 미처 발견하지 못한 남자. 재인의 손을 꼭 잡고 있는, 훤칠한 키의 사내.

눈에 들어오지 않았던 이유를 알 수 없을 만큼 잘생긴 그 남자는, 고개를 돌려 영주를 응시하고 있었다. 멀리서도 그의 날카로움을 알아볼 수 있었다.

속을 꿰뚫을 듯 예리한 눈빛. 사냥을 하기 직전의 맹수와도 같은 눈으로, 그는 영주를 쏘아봤다.

오싹—

살면서 처음으로 온몸에 소름이 돋는 공포를 느꼈다. 형체 없는 눈빛이 물리적 질감을 가지고 영주를 덮쳐오는 것만 같았다.

그것은 무척이나 차갑고, 그러면서도 한편으로는 화상을 입을 듯 뜨거웠다. 그래서 영주는 하마터면 비명을 지를 뻔했다.

숨을 삼키는 영주를 지그시 응시하는 그의 입가에, 옅은 미소가 번졌다. 잘생긴 남자가 짓는 달콤한 미소인데도, 영주의 등에서는 식은땀이 흘러내렸다.

그 순간 영주의 머릿속은 한 가지 생각으로 가득 차 있었다.

'저 남자가, 나를 죽일 거야.'

*　　　*　　　*

12월 중순이 가까워지면서 날씨가 급격히 추워졌다. 올해 겨울은 작년보다 추울 거라고 했다.

'난방비가 많이 나오겠네. 아르바이트를 늘려야 하는데.'

학기 중에는 학업 때문에 주말 아르바이트만 하지만, 방학 때는 하루 종일 아르바이트를 했다. 방학 때 바짝 벌어 두지 않으면 생활비를 감당하기 힘들었다.

'배고프다.'

매일 성현과 아침을 먹었는데 오늘은 늦잠을 자는 바람에 끼니를 걸렀다. 늦잠을 잔 건 전부 성현 탓이었다.

어젯밤에는 천둥번개가 쳤다. 비는 많이 내리지 않는데 천둥소리가 무척이나 시끄러웠다.

식탁에 앉아 공부를 하고 있는데 초인종이 울렸다.

딩동—

누구냐고 묻지 않고도 성현이라는 것을 알 수 있었다. 하지만 묻지 않으면,

"여왕님은 위기의식이 없어."

"이 세상에 미친놈이 얼마나 많은지 알아?"

따위의 잔소리를 늘어놓기 때문에, 어쩔 수 없이 누구냐고 묻고 대답을 들은 후에야 문을 열었다.

성현은 파란색 바탕에 흰색 구름무늬가 그려진 기모 잠옷을 입고, 커다란 베개를 꼭 끌어안고 서 있었다. 그 모습을 보자마자 다시 문을 닫으려 했지만,

턱—

성현이 더 빨랐다. 한 손으로 문을 잡은 성현이 말했다.

"여왕님, 충격 받지 말고 들어."

번쩍—

그때, 복도 창문으로 번개 치는 모습이 보였다. 그 빛이 성현의 얼굴을 환하게 비추었다. 그 짧은 순간, 재인은 성현의 얼굴을 똑똑히 목격했다. 그리고 그가 무슨 말을 하려는지 깨달았다.

"나는 말이야."

"번개 알레르기가 있어?"

성현은 그야말로 '소스라치게 놀랐다.'고 표현할 수 있는 표정을 지었다. 그러더니 눈썹을 축 늘어뜨리고 속상하다는 듯 말했다.

"여왕님, 내 스토킹 하는구나. 그렇게 한가해?"

'이 세상에 미친놈은 정말 많지만, 당신을 넘어설 수 있는 사람은 없을 거야.'

라고 생각하며 다시 문을 닫으려고 했다. 하지만 성현은 문을 꼭 잡고 움직이지 않았다.

"싫어."

그의 입술이 달싹거리기에, 재인이 먼저 말했다.

"안 재워 줄 거야."

"과연. 마음을 읽는 능력을 가졌군, 내 여왕님은."

"아니, 그런 능력 없어도 당신이 뭔 소리를 할지는 예상할 수 있어."

툭 내뱉은 말이었는데, 성현의 얼굴에 해사한 미소가 번졌다. 깜짝 놀랄 만큼 예쁜 미소인지라, 재인은 잠시 넋을 잃고 그 얼굴을 바라봤다. 아름다운 예술 작품을 앞에 뒀을 때 말문이 막힌다는 뜻을 알 수 있을 것 같았다.

"이거 참, 기쁜데."

그가 중얼거렸다. 문을 잡고 있던 그의 손이 그의 입가로 향했다. 얼굴 아래를 살짝 가리고 그가 중얼거렸다.

"여왕님이 내 행동을 예측할 수 있을 만큼 내게 관심을 주다니."

그가 현관문에서 손을 뗐으니 문을 닫으면 그만이었다. 하지만 단지 그런 이유만으로 기뻐하는 그를 보니, 도무지 문을 닫을 수가 없었다. 꼬리 흔드는 강아지를 매몰차게 뿌리치고 돌아서는 사람이 느낄, 그런 기분을 재인도 느끼게 될 것 같았다.

어쩔 수 없이 문을 연 채로 놔두고 거실로 들어갔다. 성현은 졸졸 재인의 뒤를 따라왔다.

"난 공부해야 돼."

"응, 해."

식탁으로 돌아가서 앉았다. 성현은 자연스럽게 맞은편에 앉았다.

"당신은 혼자 있을 때 뭐해?"

심리학 전공서적의 빼곡한 활자를 응시하며 물었다.

"여왕님 생각."

성현이 당연한 걸 묻는다는 듯 대답했다.

"거짓말 좀 하지 마."

"세상에서 가장 솔직한 남자에게 무슨 그런 서운한 말씀을."

"당신은 대답을 피하고 싶을 땐 꼭 바보 같은 소리를 해."

"바보 같은 소리라니. 이거 참, 충격인걸. 아무리 사회가 냉혹해졌다지만 진실을 말하는 것조차 질책을 받아야 하는 때가 온 건가?"

성현이 고개를 절레절레 저으며 중얼거렸다. 재인은 그의 말을 귓등으로 들으며 공부에 집중했다. 아니, 집중하려 했다.

어릴 때부터 집중력이 나쁘지는 않았다고 생각한다. 아무리 시끄러운 곳에 있어도 독서에 몰입할 수 있었다.

하지만 성현을 앞에 둔 지금, 그의 눈동자가 오롯이 재인만을 향하는 이 순간. 재인은 도저히 집중할 수가 없었다.

성현은 손바닥에 턱을 괸 채 비스듬히 앉아, 재인을 지그시 응시하고 있었다. 재인의 시선은 분명 책을 향해 있는데, 그의 눈빛이 어떤지 알 수 있었다.

무척이나 까맣고 반짝거리는, 그래서 오히려 투명하게 느껴지는 눈동자. 그 눈동자가 미동도 없이 재인을 지켜보고 있는 것이다.

"뭘 그렇게 봐?"

고개도 들지 않고 물었다. 최근엔 그의 눈을 똑바로 보면 대화를 하기가 힘들어지기 때문이다.

"내 여왕님."

그가 별거 아니라는 듯 낮은 음성으로 말했다.

"참 예쁘구나 싶어서."

두근— 심장이 한 번, 깊고 강하게 뛰었다.

"봐도, 봐도 새삼스럽게 아름다워서."

그의 손이 재인이 보고 있는 책 위를 덮었다. 가늘고 긴, 그러나 재인의 손이 쏙 들어갈 만큼 커다란 손. 검지를 톡톡 움직이며 그가 덧붙였다.

"단 한순간도 시선을 돌릴 수가 없네."

매번 하는 칭찬일 뿐이라고 생각했다. 이 남자는 칭찬에 익숙한 남자니까, 누구에게나 하는 인사치레 중 하나를 던져 준 것뿐이리라.

그렇다는 것을 알면서도 긴장이 됐다. 책 위를 덮은 그의 예쁜 손이, 얼굴에 닿는 그의 눈빛이, 코끝을 자극하는 달콤한 향기와 자꾸만 부딪치는 무릎이. 그 공간에서 벌어지는 그 모든 것들이 신경 쓰여서, 재인의 입안이 바싹 말랐다.

"손 치워."

간신히 내뱉었다.

"공부해야 돼."

"얼마든지."

그가 작게 웃으며 손을 치웠다. 그 웃음소리가 거슬렸다. 왜 웃는 걸까? 긴장하고 있다는 것을 눈치챈 걸까? 입안이 바싹 말라 있다는 것을, 방금 전 목소리가 갈라졌다는 것을, 그가 눈치챈 걸까?

'눈치챈 게 뭐 어때서?'

그런 것 때문에 소심하게 고민하는 자신에게 화가 치밀었다.

'남이 날 어떻게 생각하든, 상관하지 않고 살아왔잖아.'

책에 눈을 둔 채로 시간이 흘렀고, 어느새 천둥이 멈췄다는 것을 깨달았다. 재인은 책을 탁 소리가 나게 덮으며 성현을 응시했다.

"천둥, 멈췄어. 그만 돌아가."

"또 칠지도 몰라."

성현이 눈썹을 축 늘어뜨리고 말했다. 정말이지 놀라운 사람이었다. 저렇게 자유자재로 표정을 바꿀 수 있다니.

"안 돼, 나가."

마음을 굳게 먹고 현관문을 가리켰다. 성현은 크게 한숨을 내쉬더니,

"내 여왕님은 매정한데, 그게 또 매력이란 말이야. 상냥한 여왕님과 냉정한 여왕님. 둘 중 뭐가 더 좋은지 고민 좀 해봐야겠어."

라는 말을 남기고는 자기 집으로 돌아갔다. 참 쓸데없는 걸로 고민을 하는구나, 라고 생각하며 방으로 들어갔다. 이미 공부할 기분이 아니었다.

침대에 누웠는데도 달콤한 향기가 사라지지 않았다. 아마 같이 있는 동안 옷에 밴 모양이다. 항상 불면증에 시달려 왔는데 이 달콤한 향기를 맡으면 잠이 잘 온다고 생각하며, 재인은 눈을 감았다.

그리고 4시간 후 울린 알람 소리를 듣지 못했다.

'충격이야. 알람 소리를 못 듣다니.'

재인은 어릴 때부터 잠귀가 밝은 편이라, 옷깃 스치는 소리에도 잠에서 깨곤 했다. 그런데 그 시끄러운 알람 소리를 듣지 못한 채 푹 자고 말았다.

성현을 만난 후, 놀라운 속도로 재인의 생활이 헝클어지고 있었다. 그런데 그게 싫지 않아서, 다시 화가 났다. 머리를 쓸어 넘기며 고개를 돌린 재인은, 강의실 구석에 앉아 있던 여학생과 눈이 마주쳤다. 아니, 눈이 마주친 것은 착각일 뿐. 여학생은 재인 옆의 창문을 보고 있었다.

'뭐지?'

사람은 누구나 비밀을 품고 있다. 사람은 누구나 나쁜 짓을 하나쯤은 해봤고, 사람은 누구나 거짓말을 한다.

타인을 마주할 때마다 느껴지는 그들의 비밀, 죄책감, 분노, 증오. 그러한 마이너스의 감정들을 일일이 신경 쓰고 싶지 않았다. 그래서 더욱더 타인과 벽을 쌓아왔는지도 모르겠다.

'저 앤, 좀……'

여학생이 유독 마음에 걸리는 이유는, 그녀의 얼굴에 드러난 비밀과 고통, 증오가 다른 이들보다 몇 배는 컸기 때문이었다.

'그리고 민성현 씨 때문이겠지. 그 인간 때문에 내가 변했어.'

불현듯 두려워졌다. 괜찮은 걸까? 이대로 이 변화를 놔둬도 되는 걸까? 민성현이 언젠가 떠난 후, 이 변화가 나쁘게 작용하지 않을까?

'아니, 상관없잖아. 어차피 죽을 생각이었는데.'

재인은 그가 떠난 후의 미래를 생각하는 자신을 깨닫고는 조소를 머금었다. 민성현이 곁에 있는 한, 변화는 막을 수 없을 것 같았다. 그렇다면 변화하지 않으려고 애쓰느니, 흘러가는 대로 놔두기로 했다. 어차피 최영주 문제가 해결되면, 재인의 삶도 어떻게든 끝이 날 테니까.

쉬는 시간이 되자, 저 앞에 앉아 있던 진혁이 일어나는 것이 보였다. 학생식당에라도 가려는 듯, 일어난 진혁이 재인을 발견하고 싱긋 웃었다.

"누나."

그가 재인에게 다가오려는데, 평소에 진혁에게 관심을 보이던 명희가 먼저 그의 팔에 팔짱을 끼었다.

"진혁아. 점심 먹을 거지?"

"아, 네. 누나는요?"

진혁이 정중하게 팔을 빼내며 물었다.

"나도 먹으려고. 같이 먹을까? 학교 앞 돈가스집 가자."

"그럼 그럴……."

까요, 라는 말을 하기 전 진혁과 재인의 시선이 마주쳤다. 진혁은 살짝 미간을 좁혔다가 곧 눈을 크게 뜨더니, 조금 들뜬 표정으로 명희에게 말했다.

"누나, 오늘은 패스할게요."

"응, 왜? 굶게? 굶지 마, 너 다이어트 안 해도 돼."

"아뇨, 먼저 약속한 사람이 있어서요."

"정말? 누구? 여자?"

명희의 표정이 시시때때로 변하는 것을, 재인은 조용히 지켜봤다. 저 표정의 변화를 다른 사람들은 모르겠지만, 재인은 알 수 있었다. 거절당했다는 민망함과 분노, 진혁의 약속 상대를 향한 질투와 증오. 그런 것들이 빠르게 명희의 얼굴을 물들이고 지나갔다.

"네, 뭐."

진혁이 어색하게 웃었다. 눈치 빠르게도 진혁은 그 사람이 재인이라고 말하지 않았다. 명희는 입술을 비쭉거리다가,

"그럼 나중에 같이 먹자."

라는 말을 남기고 다른 친구들과 함께 강의실을 나갔다.

재인은 고개를 돌렸다. 아까 봤던 강의실 구석 자리. 그곳에는 여전히 그 여학생이 앉아 있었다. 공허한 눈동자를 창밖으로 향한 채.

"누나, 같이 점심 먹어요."

어느새 옆으로 온 진혁이 말했다.

"응. 내가 같이 먹고 싶어 하는 거, 어떻게 알았어?"

"그냥요. 누나가 뭘 하고 싶어 하는지는, 보면 대충은 알아요."

이 비슷한 말을 어디선가 들어본 적 있다고 생각하며, 재인은 자리에서 일어났다.

두 사람은 교내에 있는 학생식당으로 향했다. 물어볼 것이 있어서 같이 먹으려고 한 것이라, 재인이 계산을 하려고 했다. 하지만 어느 틈에 식권을 두 장 뽑아온 진혁이 한 장을 재인에게 건넸다.

"누나, 제가 살게요."

"아니, 그러지 않아도 돼."

"제가 사고 싶어요. 아르바이트 비 받았거든요."

진혁은 재인과 함께 주말 아르바이트를 하고 있고, 아직 아르바이트 비를 지급받을 시기가 아니었다.

'다른 알바라도 하나?'

재인은 의아했지만 분명하게 말했다.

"그럼 커피는 내가 살게."

"응, 그래요."

진혁이 씩 웃었다. 보기 좋은 미소였다.

오늘의 메뉴는 두 종류. 카레덮밥과 제육덮밥. 재인은 카레를, 진혁은 제육을 골랐다. 재인은 식판을 들고 돌아서다가, 근처 식탁에 앉아 있던 명희와 눈이 마주쳤다. 아차 싶었다. 진혁에게 돈가스를 먹으러 나가자고 하기에, 학교 밖으로 나갈 줄 알았는데.

'귀찮게 됐네.'

재인은 명희를 무시하고 진혁을 따라갔다. 명희도 자존심이 있는지 진혁을 막아서서, '약속이 재인이랑 있었던 거였어?' 따위의 말은 하지 않았다.

'뭐, 상관없겠지. 개인적으로 만날 일은 없으니까.'

학창 시절 재인을 고통스럽게 만든 것이 이모와 수영이었다면, 귀찮게 만든 것은 여자들의 질투였다.

한 소녀가 짝사랑하는 소년, 그 소년이 짝사랑하는 재인. 사랑을 이루지 못한 소녀의 분노는 고스란히 재인에게로 향했다. 소년이 재인에게 친절하지 않았다면 당하지 않았을 괴롭힘이었다.

"물어보고 싶은 게 있어."

숟가락을 들면서 바로 본론으로 들어갔다. 진혁과 사담을 나누며 친근한 모습을 여기저기 보이고 싶지 않았다. 진혁은 기분 상한 기색 없이 미소를 지었다.

"응, 그런 건줄 알았어요. 뭔데요?"

"아까 강의실에서 오른쪽 구석에 앉아 있던 애, 봤어?"

"음. 아, 우리 나올 때까지 앉아 있던 애요?"

"응. 그 애, 어떤 애야?"

"누나, 걔 이름도 모르는구나?"

"……응."

"우와, 그런데 제 이름은 아는 거네요. 좀 기쁜데요."

재인은 대답하지 않았다.

"박다희라고, 저랑 동갑인 애예요."

진혁이 눈치 빠르게 본론으로 돌아갔다.

"어떤 애야?"

"음. 술 잘 마시고 노는 거 좋아하고 선배들한테 애교 많고 싹싹하고. 걔 좋아하는 애들도 꽤 될 걸요. 아, 그러고 보니 아까 표정이 좀 안 좋던데."

"그 애랑 친해?"

진혁이 숟가락을 내려놓고 고개를 옆으로 살짝 기울였다.

"왜?"

"그냥. 누나가 누구한테 관심 갖는 걸 처음 봐서요. 다희랑 무슨 일 있었어요?"

"아니, 그런 건 아냐."

"걱정되는데. 괜찮은 거죠, 누나?"

그 순간 진혁이 보인 걱정은 진심이었다. 재인은 살짝 고개를 끄덕였다.

"응, 괜찮아. 그냥 좀 알고 싶어서. 이유는, 나중에 말해 줄게."

진혁은 이 정도로만 말해도 재인이 말하기 곤란해 한다는 것을 눈치채고 순순히 물러날 것이다. 어느어느 경찰청에서 근무하는 다혈질 형사와는 달리.

'류 형사님이었다면 매일 따라다니면서 무슨 사정인 거냐고 물었겠지.'

예상대로 진혁은 더 이상 캐묻지 않았다.

"걔랑 친한 건 아닌데, 그냥 연락처는 알고 있어요. 가끔 학교 일 때문에 연락할 때도 있고. 걔한테 뭐 물어볼 거 있으세요?"

"응, 조만간 그 애한테……."

턱—

커다란 손이 재인의 머리 위에 얹어진 것은, 바로 그때였다. 재인은 천천히 고개를 돌렸다.

"뭐야, 놀라지도 않고."

"류 형사님일 줄 알았어요."

재인의 뒤에 위협적인 분위기를 뿜내며 서 있는 남자는 한선이었다. 한선은 언제나처럼 야구점퍼를 입고 있었다.

"역시 인느님."

"담배 냄새가 나니까요."

콕 집어 말했더니, 한선이 자기 팔에 코를 대고 쿵쿵거렸다.

"그렇게 많이 나나? 민 교수, 그놈처럼 초콜릿이라도 넣고 다닐까?"

진지하게 고민하는 것처럼 보여서, 재인은 좀 걱정이 됐다. 그래도 한선은 성현보다는 정상인 축에 속했다. 한선까지 성현에게 물들어 버리면, 정말로 골치 아파질 것이다.

"어쩐 일이세요?"

구형진의 죽음이 알려진 이후, 한선은 재인의 학교에 따로 찾아오지 않았다. 한선과 만나는 것은 놀이터에서 대화를 나눈 후 처음이었다.

"휴대폰 확인, 왜 안 해?"

"아. 강의실 가방 안에 넣어 두고 왔어요."

"전화 안 받아서 무슨 일 생긴 줄 알고 걱정했잖아. 잠깐 할 얘기가 있는데."

한선이 진혁에게 흘긋 시선을 보냈다. 진혁은 옅은 미소를 지으며 한선에게 인사를 했다. 그동안 몰래 강의실에 들어와 재인을 괴롭히던 남자라는 것을 알아본 것이다.

"진혁아."

한선이 경찰 쪽의 일 때문에 찾아왔다는 것을 깨닫고, 재인은 진혁을 돌아봤다.

"네, 누나."

"정말 미안한데, 나중에 다시 얘기하자."

"네, 그러세요. 가방, 잘 챙겨 둘게요."

그녀가 강의실에 두고 온 가방까지 챙겨 주는 그의 씀씀이에, 재인은 의식하지 못한 채 희미한 미소를 지었다. 좀처럼 볼 수 없는 재인의 미소에 진혁의 얼굴이 붉어졌다. 하지만 재인은 그것을 보지 못하고 휙 돌아섰다.

한선과 함께 학생회관을 나가는 재인의 뒷모습. 그녀를 지켜보는 진혁의 눈에 애틋함과 서글픔이 떠올랐다가 사라졌다. 진혁은 숟가락을 다시 들며 중얼거렸다.

"저 누나 주위에는 왜 저렇게 멋진 남자들만 잔뜩 있는 거지? 나랑 엄청 비교되겠네, 진짜."

"으, 추워."

학생식당 밖으로 나오자마자 한선이 팔을 문질러댔다.

"으아, 왜 이렇게 추운 거야? 지구온난화 시대는 개뿔! 얼어 죽겠다!"

재인은 투덜거리는 한선을 가만히 응시하다가 말했다.

"옷을 좀 두껍게 입는 게 어때요?"

한선은 얇은 티셔츠에 봄가을용 야구점퍼 하나만 입고 있었다.

"인느님, 지금 날 걱정해 준 거야?"

한선이 감동받은 표정으로 물었다. 재인은 고개를 절레절레 저으며 근처 벤치에 앉았다.

"무슨 일이에요?"

"사건이 하나 터졌는데 좀 미묘해서."

"어떤 부분이요?"

재인의 옆에 앉은 한선이 주머니에서 담배를 꺼냈다. 담배 한 개비를 꺼냈지만, 재인의 예상대로 불은 붙이지 않았다.

"인느님, 괜찮아?"

그가 상체를 앞으로 기울이며 재인의 얼굴을 들여다봤다. 괜찮으냐는 질문도, 걱정스러운 눈빛도, 오늘 두 번이나 받았다.

"제 표정이 좀 이상한가요?"

한선에게 물었다.

"흐음. 그러게. 이상하다고 해야 하나?"

한선이 미간을 좁혔다.

"다르다고 해야 하나? 평소랑 좀 다른데."

"그래요?"

재인은 느리게 뺨을 쓸었다. 뭐가 달라진 건지 가늠할 수가 없었다.

"괜찮은 거 맞지?"

"네, 괜찮아요. 어떤 사건인지 알고 싶은데요."

"아아. 그래, 그 얘기를 하러 왔지. 이건 우리 쪽 일은 아니고 친한 형사가 있는 경찰서 일인데."

한선이 고개를 끄덕이며 이야기를 시작했다.

"1살짜리 아이가 죽었어. 자다가 호흡곤란으로 사망을 했는데, 처음에는 영아돌연사 정도로만 생각을 했거든. 그런데 아이를 검사한 의사가 그러더라고. 3년 전에도 그 여자의 아이가 호흡곤란으로 사망했었다고."

아이 엄마의 이름은 진미래. 33세. 가정주부라고 했다.

"첫 아이가 죽었을 때 유아보험을 들어둬서 상당한 보상금을 받은 모양이야. 이번 아이도 유아보험을 들었다고 하더군."

"신문은 했고요?"

"응. 울면서 자긴 그런 짓 안 했다고 난리를 치고 기절하고, 그 여자 남편도 야단이고. 일단 아직은 취조실에 있는데, 증거가 나오지 않으면 곧 돌려보내야 돼."

"죽였다는 증거가 없나보군요."

"응. 진미래는 자기가 낮잠 잘 때 아이가 뒤척거리다가 엎드렸고, 베개에 얼굴이 파묻혀서 죽은 거라고 하는데. 이게 정말 애매해. 이번이 처음이라면 모르겠는데, 두 번이나 똑같은 이유로 아이가 죽었으니까."

"하지만 그런 우연이 두 번 발생할 수도 있는 거죠."

"응. 그래서 우리도 강하게 나가질 못하고 있어. 어쩌면 그 여자의 말이 사실일 수도 있으니까. 그럴 경우, 아이를 두 번이나 잃고 상심한 애 엄마를 괴롭히는 게 되는 거잖아."

"그렇겠네요."

재인은 가볍게 한숨을 내쉬며 자신의 손바닥을 내려다봤다. 엄마가 돈 때문에 아이를 죽인다. 충분히 있을 수 있는 일이었다. 돈 때문에 무슨 짓이든 할 수 있는 사람들이 세상에는 넘쳐나니까.

"전 아마 그 여자가 하는 말이 거짓말인지, 진실인지 알아낼 수는 있을 거예요. 어쩌면 그 여자가 아이를 죽였을지도 모르고요. 하지만 그런 경우 물증이 하나도 없는 상황에서, 그 여자의 자백을 이끌어낼 수 있을까요?"

사실 전에 몇 번 물증이 전혀 없는 상황에서 재인의 능력만으로 상대를 몰아붙였다가, 자백을 이끌어내는 데 실패한 적이 있었다. 또 그런 일이 생길까 봐 걱정이 됐다.

"일단 인느님이 그 여자가 죽였는지, 죽이지 않았는지 확실하게 해 주면 그 녀석들도 방향을 잡을 수는 있으……."

한선이 갑자기 말을 멈췄다. 재인은 한선이 왜 그러나 싶어서 손바닥을 향하고 있던 시선을 들었다. 저 멀리 성현이 보였다.

성현은 조교인 듯한 젊은 여자와 친근하게 대화를 나누고 있었다. 그는 오늘도 코트만 걸치고 있었다. 코트를 입기에는 너무 추운 날씨인데. 성현도 그렇고 한선도 그렇고, 겨울이라는 자각이 없는 모양이다.

"민성현 씨라면 가능할지도 모르겠어요."

재인이 중얼거렸다.

"오, 그거. 그거 좋다. 나도 그렇게 해 줘."

한선이 알 수 없는 것을 요구해 왔다. 뭐가 좋다는 걸까? 민성현이 좋다는 걸까? 문득 전에 성현과 한선이 서로의 두 손을 꼭 부여잡고 지그시 시선을 공유하고 있었던 것이 떠올랐다.

"그렇게 민성현 씨가 좋다면……."

"나도 이름 불러 줘."

재인의 말을 끊으며 한선이 말했다. 재인은 미간을 살짝 좁히고 한선을 돌아봤다. 한선은 기대에 부푼 표정으로 재인을 빤히 응시하고 있었다.

"류한선 씨, 라고 불러 주는 게 좋겠어."

"하아."

재인은 깊은 한숨을 내쉬었다. 무슨 소리를 하나 했더니.

"우리 그냥 사건 이야기로 돌아가는 게 어떨까요?"

"이름 불러 주면."

"류 형사님."

"왜 안 되는데? 저놈은 민 교수라고 부르지 않으면서, 왜 난 꼬박꼬박 류 형사라고 부르는데? 내가 저놈처럼 잘생기지 않아서?"

"하아……."

재인은 두 번째로 깊은 한숨을 내쉬었다. 한선이 성현보다는 정상이라고 생각했던 것은 취소다. 둘 다 거기서 거기였다. 하지만 재인은 한선을 다룰 방법을 알고 있었다.

"류 형사님은 민성현 씨보다 존경할 만한 점이 있으니까, 존중해드리고 있는 겁니다. 제가 존중해드리는 게 싫으신 건가요?"

재인의 예상대로 한선의 표정이 순식간에 밝아졌다. 그는 환한 미소를 지으며 가슴 앞으로 팔짱을 끼고 고개를 크게 끄덕거렸다.

"그래, 확실히 내가 저놈보다는 존경받을 만하지."

"네, 그러시겠죠."

"하핫. 그래, 맞아. 얼굴만 잘생기면 뭐해! 존경 받을 만한 점이 있어야지."

"네, 네. 맞습니다."

한선은 재인의 묘한 어조도 깨닫지 못하고 즐거워했다.

"아무튼 류 형사님. 민성현 씨라면 그게 가능할지도 몰라요."

"응? 뭐가? 나만큼 존경 받는 게? 그건 아닐 것 같은데."

한선은 '사건'을 새까맣게 잊고 있었다. 순간 재인은 '이 인간도 그냥 확!'이라고 생각했다가, 간신히 감정을 갈무리했다.

"사건 이야기를 하는 겁니다, 류 형사님. 제발 집중 좀 해 주세요."

"아, 맞다. 그것 때문에 왔었지."

"민성현 씨는 대답을 이끌어내는 방법을 알고 있어요."

"대답을 이끌어내는 방법?"

"네. 류 형사님은 민성현 씨를 상대할 때, 자기도 모르게 속에 있는 말을 한 적 없나요?"

짚이는 게 있는지, 한선의 얼굴이 험악하게 구겨졌다. 그는, '제길. 그런 식으로 간질이는 고문은 누구라도…….' 이라는, 뜻 모를 말을 중얼거렸다.

"민성현 씨라면 아마도 그 여자에게서 진실을 이끌어낼 수 있겠죠."

재인은 한선의 중얼거림을 무시하고 말했다. 성현이 조교와 대화를 마치고 재인과 한선을 향해 달려오고 있었다.

펄럭. 펄럭. 그의 긴 코트 자락이 망토처럼 펄럭거렸다.

"형아!"

한선의 앞에서 성현이 외친 호칭에 재인은 기겁했다.

"야, 이 자식아! 내가 그렇게 부르지 말랬잖아!"

한선이 벌떡 일어나 성현의 멱살을 잡으려 했다. 하지만 성현은 한선의 손을 가볍게 잡고 그를 지그시 응시했다.

"오랜만에 만나서 반가울 땐 이렇게 불러야만 하는 거잖아."

"도대체 그따위 규칙은 어디서 들어오는 거야? 그런 정보를 알려주는 놈이 누군지는 모르겠지만 당장 인연 끊어!"

"뭐야, 형. 질투하는 거야?"

"질투는 누가 질투를 해? 네놈이 이상한 것만 배워오니까……!"

"형, 너무 질투하지 마. 내가 형아라고 부르는 건 형뿐이야."

"그러니까 그 호칭 사용하지 말라고!"

투닥거리는 두 사람을, 재인은 멍하니 구경했다. 저도 모르게 벌린 입술을 다물지 못하고 있다가, 간신히 정신을 차렸다.

'이 남자들은 대체……?'

등을 살짝만 떠밀면 입술이 닿을 듯 가까운 거리에 붙어 서서, 다정하게 노닥거리는 두 남자의 사이를 가늠할 수가 없었다. 아니, 사실 가늠하고 싶지도 않았다.

'일단 자리를 피하자.'

라고 재인은 생각했다. 이 사람들과 아는 사이라는 것을, 어느 누구에게도 들키고 싶지 않았다. 이번에 벌어졌다는 사건은 '형아'가 질투하는 '아우'가 알아서 해결해 주겠지.

슬그머니 일어나서 도망치려는데, 덥썩— 양쪽 손목이 붙잡혔다. 한쪽은 성현에게, 한쪽은 한선에게. 재인은 이를 악물고 그들을 노려봤다.

"어디 가, 여왕님."

"어딜 도망가, 인느님."

어째서 이런 일이 벌어지는 걸까? 일렁이지 않는 고요한 삶을 살고 싶었다. 가슴에 품은 문제만으로도 벅차고 흔들려, 타인과의 관계에서만큼은 그러고 싶지 않았다. 그래서 사람들과 거리를 두며 살아왔다. 그런데 왜 이런 인간들이 거머리처럼 철썩 들러붙은 것일까?

'내 행동에 문제가 있나?'

라는 생각이 들 정도였다.

"두 분이서 즐거운 시간 보내세요."

감정을 드러내지 않고 차분하게 말했다. 아르바이트를 할 때 진상손님을 상대하던 기술을 이런 곳에서 사용하게 될 줄은 몰랐다.

"두 분이라니, 여왕님. 그런 식으로 말하면 서운해. 나는 이 형이랑 다르게 남자한테 관심 없어."

"다르긴 뭐가 달라, 이 자식아! 나도 관심 없어!"

또다시 티격태격 싸우는, 덩치 큰 두 남자를 지그시 응시했다. 이 인간들을 정말 어떻게 해야 할까?

말릴까? 화낼까? 주의를 환기시킬까?

고민하던 재인은 결론을 내렸다. 아무것도 하지 말자. 뭔가를 한다고 들어먹을 사람들이 아니니까. 저러다가 지치면 알아서 이쪽 세상으로 돌아오겠지.

재인의 예상대로 그들은 성적 취향에 대해 열렬히 논하다가, 원래의 주제로 돌아왔다. 한선은 성현에게 이번에 벌어진 사건에 대해 설명했고, 성현은 진지하게 경청했다. 거기까지는 좋았다. 어쨌든 본론으로 돌아온 거니까.

'대체 언제까지 이러고 있으려는 거지?'

성현과 한선은 아까처럼 서로의 손을 꼭 잡고 있는 상태였고, 재인은 양쪽 손목을 그들에게 붙잡힌 채였다. 대학 교정에서 키 큰 두 남자와 작은 한 여자가 손에 손을 잡고 있는 기이한 광경이 연출되고 있었다.

재인은 놔달라고 말하고 싶었지만, 그 말을 쉽게 꺼낼 수가 없었다. 간신히 본론으로 돌아온 이들이 또다시 주제를 벗어나게 될지도 모른다는 우려 때문이었다.

재인은 그저, '이런 고민 없이 평범하게 대화할 수 있는 사람이랑 같이 있고 싶다.' 라는 소박한 소망을 품고 있을 뿐이었다.

＊　　　＊　　　＊

　흠칫—

　검은색 코트를 걸친 훤칠한 남자의 뒷모습을 보고, 영주는 몸을
떨었다. 긴장하는 바람에 들고 있던 차트를 떨어뜨렸다. 근처에 있
던 점원이 눈치 빠르게 달려와 차트를 집어 주었다. 하지만 영주는
그것을 깨닫지 못할 만큼 남자에게 정신이 팔려 있었다.

　코트를 입은 남자가 진열대의 상품을 구경하기 위해 몸을 돌렸
다. 언뜻 보이는 그의 옆얼굴을 확인한 후에야, 영주는 보이지 않는
주박에서 풀려났다.

　그 남자가 아니었다. 유재인의 손을 꼭 잡고 있었던, 그 놀랍도
록 잘생긴 남자.

　"고마워요."

　차트를 받아 들며 매장 유리벽에 비친 자신의 얼굴을 확인했다.
늘 여유로웠던 얼굴이 형편없이 일그러져 있었다. 서둘러 표정을
갈무리하고 휙 돌아섰다.

　유재인을 백화점 앞에서 마주치고 나서 얼마나 지났을까. 적지
않은 시간이 흘렀는데도 그 남자의 눈빛이 생생하게 떠올랐다. 마
치 바로 몇 초 전에 본 것처럼.

　그날 이후, 잠을 편히 잘 수가 없었다. 눈을 감으면 검고 날카로
운 눈빛이 떠올랐고, 간신히 잠이 들면 그 남자가 맹수로 변해 덮치
는 악몽에 시달렸다.

흔히 볼 수 없는 잘생긴 남자인데도 '좋다'는 기분이 들지 않았다. 그의 얼굴을 떠올리는 것만으로도 끔찍해서 어떻게든 잊고 싶었다.

'그놈은 대체 뭘 하는 놈이지?'

만난 지 한참이 지났다. 만약 그들이 영주에게 무슨 짓을 하려고 했으면 벌써 했을 것이다.

침착하게 생각해 보면 대수롭지 않은 일이었다. 유재인이 운 좋게 구형진의 죽음을 알게 되어, 마침 사귀고 있던 눈빛 날카로운 애인의 손을 잡고 영주를 떠보러 온 것일 수도 있다. 하지만 증거도 없고, 방법도 없으니 거기서 길이 막힌 것이리라. 유재인이 과거에 그랬듯이.

'하지만…… 구형진의 죽음을 알았다는 건, 그동안 쭉 나를 지켜보고 있었다는 걸지도.'

그렇게 생각하자 오싹, 팔뚝에 소름이 돋았다.

'대체 왜 이러는 거야?'

영주는 자신의 반응을 이해할 수가 없었다. 설령 그렇다 하더라도 유재인은 대단할 것이 없었다. 부모 없이 혼자 자란 계집아이가 사귈 남자의 스펙은 거기서 거기일 것이고, 고만고만한 것들이 뭉친다고 큰 힘을 발휘할 수는 없었다.

그렇다는 것을 알면서도 자꾸만 그들을 신경 쓰게 돼서, 이제는 슬슬 화가 나기 시작했다. 어디서 나타난 미꾸라지 두 마리가 고요한 물웅덩이를 진흙탕으로 만들기 시작했다. 그렇다면.

'미꾸라지 두 마리를 잡아 없애면 그만이지.'

영주는 다시 유리벽에 비치는 자신의 얼굴을 확인했다. 이번에는 고혹적인 미소를 짓고 있는 아름다운 여자가 비치고 있었다.

이번 표정은 마음에 들었다.

취조실을 향해 걸어가다가 한 남자를 보았다. 어디서나 볼 수 있는 평범한 외모의 남자였다. 살짝 내려간 눈초리 덕분에 전체적으로 순한 느낌이 들었다. 피곤에 찌든 표정과 남루한 평상복이 아니었다면, 성실한 회사원으로 보였을 것이다.

"저, 형사님. 제 아내는 언제 풀려납니까?"

재인 일행과 함께 있던 담당 형사를 발견한 남자가 황급히 다가와 물었다. 형사와 남자가 대화를 나누는 동안, 재인은 그 남자를 물끄러미 응시했다.

남자의 표정, 말투, 목소리, 눈썹과 눈동자의 움직임. 충분히 관찰 후, 재인은 시선을 뗐다. 재인의 관찰이 끝났다는 것을 눈치챈 한선이, 먼저 걸음을 옮겼다. 담당 형사는 여전히 남자를 상대하고 있었다.

"어때, 인느님?"

"일단 아이 엄마 쪽도 확인할게요."

아이 엄마인 진미래는 취조실 옆방에서 매직미러를 통해 관찰했다. 아이가 죽고 정신이 없었는지 헝클어진 머리, 너무 울어서 퉁퉁 부은 눈, 파리한 안색. 진미래는 금방이라도 쓰러질 것처럼 보였다.

재인은 똑바로 서서 조용히 그녀를 응시했다. 넋이 나간 듯 앉아 있는 진미래를 한참 동안 관찰하다가, 재인이 크게 한숨을 내쉬었다.

재인의 왼쪽에는 한선이, 오른쪽에는 성현이 서 있었다. 재인은 한선에게 한 번 시선을 준 후, 성현을 올려다봤다. 성현은 진미래에게 시선을 고정시킨 채, 손으로는 열심히 초콜릿을 먹고 있었다.

재인의 시선을 느낀 성현이 막 자기 입술로 가져가던 초콜릿을 재인에게 건넸다. 재인은 가볍게 고개를 저으며 말했다.

"저 여자가 죽인 게 아니야."

"흐응, 그렇군."

성현은 놀란 눈치가 아니었다.

재인은 그가 이미 답을 알고 있을 거라고 생각했다. 어쩌면 복도에 있는 진미래의 남편을 보는 순간, 성현도 이 사건의 답을 알아냈을지도 모른다.

"그럼 저 여자의 자식이 정말 자연사한 거야?"

한선이 인상을 찌푸리고 물었다.

"아뇨, 류 형사님. 저 여자의 아이가 살해를 당한 것은 맞아요. 하지만 범인은 저 여자가 아니에요."

재인은 한선을 돌아보며 말했다.

"아이를 죽인 것은 저 여자 남편이에요."

3시간 후.

재인과 성현, 한선은 동래 아파트 놀이터 벤치에 나란히 앉아 있었다. 안 그래도 황량한 놀이터는 겨울바람 때문에 더욱 쓸쓸한 분위기를 자아내고 있었다. 휘이잉, 불어오는 바람이 모래 위에 굴러다니던 과자봉지를 이리저리로 흩어놓았다.

　"대체 무슨 마법을 부린 거냐?"

　팔꿈치를 허벅지에 대고 허리를 굽힌 자세로 앉아 있던 한선이 입을 열었다. 재인도 묻고 싶었던 것이다. 재인이 진짜 범인을 말해줬을 때, 성현은 씩 웃으며 재인의 어깨를 꽉 잡았다. 그리고 재인과 눈을 똑바로 마주친 채 말했다.

　　"잘 봐, 여왕님. 그리고 배워."

　성현은 한선이 붙잡을 새도 없이 훌쩍 그 방을 나가 취조실로 들어갔다. 진미래의 맞은편에 앉은 성현은, 탁자에 팔꿈치를 대고 양쪽 손을 깍지 낀 자세로 그녀를 지그시 응시했다. 지켜보는 재인조차도 숨이 막힐 정도로, 고요하고 긴 시간이 지나갔다.

　그동안 진미래의 표정은 시시각각 변했다. 하지만 조개처럼 다물고 있던 입이 열린 것은, 성현이 딱 한 마디를 내뱉었을 때였다.

　　"그 많은 돈은 다 어디에 쓴 겁니까?"

　그 말이 끝남과 동시에 진미래는 갑자기 울음을 터뜨렸고, 모든 것을 털어놓기 시작했다.

남편을 어떻게 만났는지, 얼마나 가난했는지, 그 가난 속에서 첫 애를 낳았을 때 얼마나 기뻤는지, 그 애가 죽었을 때 얼마나 슬펐는지, 하지만 혹시나 싶어 들어둔 보험금을 받았을 때 얼마나 놀랐는지.

평생 만져보지 못한 큰돈이 들어오자, 남편은 그걸 불리겠다며 주식을 시작했다. 결과는 뻔했다.

"오히려 빚이 생겼어요. 그이가 나 몰래 시작했던 거라, 그걸 감추려고 여기저기서 대출을 한 거예요. 대출을 해서 또 주식에 투자한 거죠."

진미래는 그걸 모르는 채로 둘째 아이를 낳았다. 빚이 감당할 수 없을 만큼 불어나자, 남편은 진미래에게 솔직하게 털어놓았다.

"아이가 태어나자마자 얼른 보험을 들자고 닦달하긴 했었어요. 하지만 의심하진 않았죠. 어떻게 의심해요? 자기 자식을 자기 손으로 죽일 계획을 품고 있다고…… 누가 의심할 수 있겠어요?"

진미래는 퇴근한 남편에게 아이를 맡겨두고 장을 보러 나갔다가 왔다. 돌아왔을 때, 아이는 죽은 후였다. 남편은 그 옆에서 울고 있었지만, 진미래는 알 수 있었다. 남편이 아이를 죽였다는 것을.

"말할 수 없었어요. 그래도…… 내게 남은 건 그이 뿐이니
까."

진미래가 자백했다고 하자, 처음에 부정하던 남편은 모든 것을
털어놓았다. 성현의 대화 기술을 알고 있는 재인의 눈에도, 모든 것
이 마법처럼 보이기만 했다. 아이를 죽인 남편조차도 좋다고 감싸
주던 여자의 입을, 단 하나의 질문만으로 열어버리다니.

"그건 마법이 아니야."

성현이 벤치에서 일어나 재인과 한선의 앞에 섰다.

"비밀이 있는 사람은 그 비밀을 감추기 위해 거짓말을 하지. 거짓
말을 하면 할수록 사람은 진실을 말하고 싶은 충동에 시달리게 돼.
그 얘기 알지? 임금님 귀는 코끼리 귀."

"……당나귀 귀겠지."

한선은 저런 놈에게 밀렸다는 것이 분하다는 듯 중얼거렸다.

"코끼리가 더 크고 근사하잖아. 아무튼 비밀이 크고 무거워지면,
그걸 담은 마음이 흔들리기 시작하지. 누구에게든 털어놓고 마음이
편해지고 싶다, 그런 소망을 품게 되는 거야. 그 소망이 부풀고 또
부풀어 올랐을 때, 그걸 바늘로 톡 찔러 주면. 펑!"

성현은 마지막 "펑!"을 어마어마하게 큰 목소리로 외쳤다. 때문
에 진지하게 경청하고 있던 한선과 재인은 소스라치게 놀라 몸을

뒤로 젖혔다. 성현이 씩 웃었고, 한선은 그런 성현을 한 대 치고 싶은 듯 주먹을 꽉 쥐었다. 그때, 재인도 속으로 생각하고 있었다.

'저 인간을 진짜!'

"분위기를 살피고 상대의 불안감이 어느 상태까지 올라왔는지 확인해야 돼. 그것이 정점을 찍었을 때, 질문 하나. 적절한 질문 하나를 던지면 되는 거야."

"그 적절한 질문이라는 걸 어떻게 찾아?"

재인이 물었다.

"오, 좋은 질문이야. 상으로 초콜릿을……."

"제발 쓸데없는 짓 하지 말고 대답이나 해 줘."

"여왕님 뜻이라면."

성현이 과장되게 허리를 굽혀 보인 후, 말했다.

"상대는 오만가지 상상을 하겠지. 어떤 질문을 해올까. 그 질문에 어떻게 대답하면 좋을까. 그럴 때 예측을 벗어나는 질문. 상상도 못 한 질문을 던지면 돼."

진미래는 예상했을 것이다. 당신이 죽였지? 그 시각에 어디에 있었지? 뭘 하고 있었지? 아이 보험은 왜 들어 둔 거지? 그 시간 남편은 뭘 하고 있었지?

하지만 성현은 물었다. 지난번 받은 보험금을 다 어디에 썼는지. 진미래가 상상도 못 했던 그 질문은, 모든 것을 밝히고 싶은 소망을 터뜨리는 바늘이었던 것이다.

"덧붙여 말하자면."

성현이 재인의 앞으로 다가왔다. 달콤한 향기가 흘러와 재인의 주위를 에워쌌다. 그는 허리를 굽히고 재인과 눈을 맞췄다. 날씨가 추워서 그의 숨결이 더욱 뜨겁게 전해져왔다. 가까이에 있는 그의 따스하고도 곧은 눈빛과 달콤한 향기. 그 때문에 한선이 이 자리에 있다는 것도 잊었다.

성현의 눈동자를 똑바로 마주할 때면 늘 그렇다. 주위의 상황을 잊고, 그 눈동자가 만들어 내는 세계에 갇혀 버린다.

턱― 보다 못한 한선이 성현의 얼굴에 거칠게 손바닥을 대고 밀어내지 않았더라면, 시간이 가는 줄 모르고 그 눈동자 안에 잡혀 있었을 것이다.

"아프잖아, 형."

성현이 얼굴을 문지르며 볼멘소리를 냈다.

"얼른 덧붙이기나 해."

"아, 맞아. 여왕님이 너무 아름다워서 잠깐 넋을 잃었네."

"너……!"

"덧붙여 말하자면, 여왕님이 최영주에게 던진 질문. 그것도 아주 좋았어."

"좋았다고?"

이 상황에서 그 여자에 대한 이야기가 나올 줄은 몰랐다. 그리고 그 일에 대해 칭찬을 받을 줄도 몰랐다.

"응, 무척. 최영주는 여왕님을 보는 순간 생각했겠지. 그때 일을 끄집어내려고 왔나? 또 자기 부모 죽였냐고 닦달하러 왔나? 하지만 여왕님은 최영주가 상상도 못한 질문을 던졌어."

"아줌마가 구형진을 죽였죠?"

이미 성현에게 전해 들었던 한선이 중얼거렸다.

"응. 그것도 과거와 똑같은 방식으로. 아줌마가 우리 부모님을 죽였죠. 아줌마가 구형진을 죽였죠. 나도 깜짝 놀랄 만큼 강렬한 질문이었어."

성현이 계속해서 말했다.

"그 질문은 최영주에게 콱 틀어박혔을 거야. 빼내고 싶겠지만, 한 번 박힌 가시는 빼내기 쉽지 않지. 처음에는 가시 정도로만 생각할 거야. 조금 거슬리는 정도. 하지만 그 가시가 깊이 들어가면 들어갈 수록, 존재감도 커지겠지. 매일매일 신경 쓰이고 뽑아내려 하고, 하지만 뽑히지는 않고."

"그럼 그 여자가 실수를 하게 될까?"

재인의 질문에 성현이 씩 웃었다.

"실수를 할 수도 있고, 폭주를 할 수도 있지."

"폭주를 하면 인느님이 위험해지는 거 아냐?"

"그런 걱정은 할 필요 없잖아, 형. 여왕님은 나랑 형이 지킬 거니까."

"재인이를 좀 만나고 싶은데."

영주가 말했다.

수영은 심장이 쿵 내려앉았지만 애써 동요를 감췄다. 지난번 영주와의 만남은 유쾌하지 않았다. 그날은 성추행을 당했고 재인까지 마주치는 바람에 기분이 최악이었다. 그래도 영주가 뭐라도 주지 않을까 싶어서 백화점까지 찾아갔는데, 그녀는 수영을 귀찮은 파리 대하듯 굴었다.

두 번 다시 영주와 만나지 않으리라 마음먹었는데, 아까 갑자기 연락이 왔다.

[이번에 가방 하나 남는 걸 받았는데, 젊은 아가씨한테 더 잘 어울릴 것 같아서. 이런 가방 좋아하니?]

첨부된 사진 속엔 에르메스에서 나온 최신 토드백이 당당하게 자태를 뽐내고 있었다. 연봉의 반을 투자해야 살 수 있는 백이었다. 영주에 대한 서운함은 사진을 보는 순간 깨끗이 사라졌다. 이런 가방을 받기 위해서라면 없는 시간이라도 내야지.

회사를 조퇴하고 바로 영주를 만나러 달려왔다. 그런데 영주가 생각지도 못한 것을 요청해온 것이다.

"아, 맞다. 이걸 줘야지."

영주가 옆에 있던 쇼핑백을 테이블 위에 올려놨다. 쇼핑백에는 그 이름도 찬란한 '에르메스' 로고가 박혀 있었다. 수영은 그 쇼핑백에서 눈을 떼지 못했다. 친구들은 저 쇼핑백이라도 구하고 싶어서 안달이었다.

"재인이, 많이 바쁘니?"

영주가 쇼핑백을 인질처럼 자기 앞에 놔둔 채로 물었다.

"걔가 바쁘긴 뭐가 바쁘겠어요."

쇼핑백에 신경 쓰느라 날카로운 대답이 흘러나왔다. 뒤늦게 아차 싶어 서둘러 덧붙였다.

"이모가 만나고 싶다고 하면 당연히 시간 내겠죠."

"그래. 난 이번 주 내내 괜찮고, 주말에도 괜찮은데."

"아……."

큰일 났다. 사실 재인의 연락처도 모르고 있었다. 재인이 주말에 아르바이트를 하는 곳은 알지만, 그곳에는 재인의 추종자들이 우글거렸다. 또다시 그런 수모를 겪는 것은 사양이다.

'하지만……'

에르메스의 위력은 대단했다.

'그래, 다른 사람들은 저걸 위해서 몸도 파는데. 못할 게 뭐야.'

수영은 마음을 다잡았다.

"걔가 아마 이번 주엔 시간이 안 되고 다음 주 초에 괜찮을 거예요. 월요일이나 화요일, 어떠세요?"

"응, 그래. 월요일 저녁이 좋겠네."

"여기서 만나면 되겠죠?"

"아니. 그 애가 번거로울 테니 그 애가 원하는 곳으로 장소를 정하면 될 거야. 시간은 7시 이후가 좋겠고."

"네, 이모."

"가방, 너랑 잘 어울릴 것 같아."

라고 말하며 영주가 쇼핑백을 수영에게 건넸다. 수영은 떨리는 손으로 쇼핑백을 받아 들었다. 주황색 쇼핑백을 손에 쥐는 순간, 수영의 머릿속에는 딱 한 가지 생각만 자리 잡았다.

'내일 회사에 들고 가야지.'

성현은 볼일이 있다며 먼저 놀이터를 떠났다. 한선은 주머니의 휴대폰이 계속 울리는 것을 느끼고 있었지만 무시했다. 재인과 오랜만에 만난 터라 엉덩이가 떨어지지 않았다.

흘끗, 옆에 앉은 재인을 몰래 훔쳐봤다. 하얀 얼굴, 연갈색 머리카락, 그 아래로 보이는 긴 속눈썹과 오뚝한 코.

예쁘기도 예뻤지만 그녀의 전신을 둘러싼 공허한 느낌 때문에, 더욱 특별하게 느껴졌다. 시선을 떼어야 한다는 것을 잊을 정도로. 그녀의 주위를 둘러싼 허무는 세이렌의 노래와 비슷했다. 한번 매혹당하면 돌이킬 수가 없다.

"왜 그렇게 보세요?"

한 톤 낮은 음성이 들려오자, 한선은 정신을 차렸다. 어느새 재인이 고개를 돌려 한선을 마주 보고 있었다. 그녀의 커다란 눈망울을 보자, 심장이 철렁 내려앉았다. 유리 같은 투명한 눈동자. 저 눈동자는 거짓을 파헤친다.

그동안은 재인에 대한 마음에 정신이 팔려, 그런 식으로 생각을 해본 적이 없었다. 아니, 사실은 마음에 자신이 있었다. 나쁜 짓 한 번 한 적 없고, 재인을 향한 마음도 거짓이 아니니까.

하지만 문득 궁금해졌다. 저 눈동자는 어디까지 볼 수 있는 걸까? 때때로 그녀에게 느끼는 이 은밀한 욕망까지도, 그녀에게는 보이는 걸까? 그렇게 생각하자 금세 부끄러움이 번져 시선을 피하고 말았다. 그러는 동시에 창피해졌다.

성현은 단 한 번도 재인의 시선을 피하지 않았다. 그 역시 재인의 능력을 알고 있지만, 항상 재인을 똑바로 마주했다. 그 속을 아무리 읽혀도 상관없다는 듯이.

"인느님, 어디 아픈 데는 없어?"

부끄러운 마음을 감추기 위해 되는 대로 질문을 던졌다.

"네, 괜찮습니다."

평소와 다르게 웃음기가 묻어나오는 재인의 음성. 깜짝 놀라 재인의 얼굴을 돌아봤다. 그녀의 얼굴에 좀처럼 보기 힘든 희미한 미소가 묻어 있었다.

"왜 그렇게 놀라세요?"

미소는 금방 사라졌다. 하지만 무척이나 강렬하게 한선의 뇌리에 남았다.

"아니, 인느님이 좀 달라졌다 싶어서."

"아아. 역시 좀 그런가요?"

재인이 무심히 중얼거리며 손바닥을 입가로 가져갔다.

"최근엔 좀 될 대로 되라는 심정인데. 그래서 그런가?"

"될 대로 되라?"

"네. 형사님도 알다시피 전 사람을 대하는 게 서툴기도 하고 버겁기도 해요. 평범한 사람을 상대하는 것도 힘든데, 민성현 씨는 더 하죠. 그 사람이 하는 이상한 짓들을 상대하다 보면 너무 힘들고 지

쳐서."

성현이 했던 이상한 일이라도 떠올리는지, 재인이 피식 웃었다. 불쾌한 감정이 묻어나오는 미소는 아니었다.

"아무래도 좋다는 생각이 들어요. 그래, 될 대로 되어라. 어떻게든 되겠지."

"그럼 이제 타인을 밀어내지 않기로 한 거야?"

한선은 재인을 이렇게까지 변하게 만든 성현에게 질투를 느꼈다.

"네, 뭐. 민성현 씨가 있는 동안에는요. 그 사람 상대하는 것도 벅차서, 다른 사람들을 어떻게든 밀어내야 한다는 생각을 잊게 되거든요."

그렇게 크구나. 유재인이란 여자에게 민성현이라는 존재가. 그토록 두려워하던 타인과의 관계를 별거 아니라고 여길 만큼, 민성현이라는 남자와의 관계가 중요하구나.

지끈—

재인의 상황을 아니까 한 발 떨어져 있으려고 했다. 상대가 누가 되었든, 재인의 마음을 열 수 있다면 그것으로 족하다고 생각했다. 그녀의 공허함, 그녀의 전신을 아우르는 허무. 그것들을 없앨 수 있다면, 이 안에 넘치는 마음을 꾹꾹 억누를 것이라고 다짐했다.

하지만 그 사람이 자신이 아니라는 것을 그녀의 입으로 직접 듣게 되자, 억눌렀던 마음이 폭발했다. 그래서 한선은 바보 같은 질문을 던지고 말았다.

"인느님. 그 녀석을 좋아하게 된 거야?"

한선은 뱉은 말을 곧바로 후회했다. 얼른 양팔을 겹쳐 엑스 모양을 만들었다.

"아니, 취소. 이번 질문은 취소!"

재인의 눈이 가늘어졌다.

"우와, 나 방금 엄청 바보 같았지? 없어 보였지?"

"아뇨, 뭐. 그렇진 않았어요."

"그래? 그럼 물어봐도 돼?"

바로 말을 바꾸는 한선의 태도에, 재인이 황당하다는 듯 작게 한숨을 내쉬었다.

"좋아하느냐, 싫어하느냐. 둘 중 하나를 고른다면 좋아해요. 하지만 류 형사님은 분명 이성으로서의 감정을 물어본 걸 테고. 그걸로 대답해야 한다면⋯⋯."

재인을 둘러싸고 있던 공기가 순식간에 변했다. 온도가 낮아지고 색채가 어두워졌다.

"형사님, 전 아무도 사랑할 수 없어요. 사랑 받고 싶지도 않고요."

〈다음 권에 계속〉